Ernst Heimes

Inmitten von allem der Fluss

Roman

Rhein-Mosel-Verlag

Für meine Mutter
(1933–2024)

Alles ist autobiografisch, auch das Erfundene.

Claude Simon

Ahnentafel

NN ⚭ Pitter
- Paula

der alte Dores ⚭1 Magdalena

⚭2 die Ollichs

- Agathe ⚭ Fritz
- Dores
- Barbara
- Vinzent ⚭ Hilde
  - Liesel
  - Kalle
- Gerda ⚭ Jupp
  - Sepp
- Betti
- Franz ⚭ Lenchen
- Jakob ⚭ Johanna
  - Albert
  - Winni (Bübel)
  - die kleine Schwester

Schneiderwilhelm ∞ Maria

Friedrich ∞ Elli

insgesamt 14 Kinder,
darunter:

- Lissabeth
- Marische
- Hannes ∞ Berta
- Fina
- Klara ∞ Heinrich
- Anna

- Heinrich
- Paul
- Felix

Albert,
der Ältere

Jakob ∞ Johanna
– Albert, der Jüngere
– Winni (Bübel)
– die kleine Schwester

* Übersetzung aller Dialektbegriffe im Anhang

1

Frühjahr 1956.

Schon wieder sitzt er im Keller, der alte Dores, in seinem selbstgewählten Asyl auf der Suche nach Ruhe.

»Dou Scheißkerl! Dou Dreckshund, dou dreckijer!«* Das ewige Geschrei der Alten! Ihr Gezeter! Inzwischen ist es fast jeden Tag zu hören. Vor keiner, auch noch so üblen Beschimpfung scheut sie zurück. Lässt ihrer Tollwütigkeit freien Lauf. Schmeißt Gegenstände an die Wand, die zerscheppern und in tausend Teilen durch den Raum fliegen. Sie beißt, spuckt, schlägt wahllos um sich, greift ihn sofort an, wenn er mit mutlosen Worten beruhigend auf sie zugehen will. Stühle fliegen in die Zimmerecke, mit Wucht reißt sie den Tisch herum, dass dieser die Beine in die Höhe streckt, wie ein Tier in Totenstarre.

Wehe! Nur nicht in ihre Nähe geraten, wenn ein Tobsuchtsanfall sie heimsucht. Klingt dieser ab, dann ist sie noch stundenlang aggressiv, missstimmig, ja, gefährlich. Für sich selbst und für ihn. Seit sie aus der Andernacher Anstalt zurück ist, verlässt sie kaum noch das Haus, kaum noch die Wohnung im ersten Stock. Sie klettert ein paar Mal am Tag die Treppe hinunter ins Parterre. Dort ist das Klo, das sich die Hausbewohner teilen, dahinter das Badezimmer, in dem samstags der Badeofen geheizt wird.

Er verbringt ganze Tage im Keller, nur um sein wutschnaubendes Weib nicht ertragen zu müssen. Dort unten, im Vorraum zu den Lagerfässern, hat er sich notdürftig eingerichtet. Wegen der gleichbleibend niedrigen Kellertemperatur schmerzen ihm die Knochen. Da helfen auch noch so dicke Jacken nicht viel. Früher haben ihm lange Aufenthalte hier unten nichts ausgemacht, als er noch richtig arbeiten konnte und sich um seinen Wein mühen musste. Aber inzwischen ist er dreiundsiebzig und nichts an ihm ist mehr neu. Tagsüber verlässt er immer wieder sein Kellerdomizil und macht sich in dem kleinen Gartenstreifen, auf der zum Dorf hin gelegenen Seite des Weges, den die Einheimischen *Neije Wäch* nennen, zu schaffen. Ein winziges Stückchen Erde, das zum Haus gehört, das er sogar mit einem Zaun eingefasst hat. Er bepflanzt, hegt und pflegt es, erntet Gemüse, Salat, Tomaten, Beeren, seit er vor dreißig Jahren seinen Neubau bezogen hat.

Kühles, unentschlossen flimmerndes Sonnenlicht. Noch ist es früh im Jahr. Fliehende Wolken. Bauchige Wesen in zügiger Veränderung. Schieben sich dicht, so dicht aufeinander, um sich dann schnell wieder in andere, offenere Formen zu flüchten. Helles, kräftiges, verheißungsvolles Blau zwischen den bauchigen, den freundlichen Himmelsgespenstern des Mittags.

Der Junge weiß noch nichts von den Erscheinungen hoch in den Lüften, von Wolken, Regen, Sonnenglanz. Licht und Schatten. Die ersten Bilder vor seinen Augen sind hell, leuchtend, unscharf und von einem diffusen Flattern durchwoben. Schon hat er begonnen, die Welt zu begreifen. Das Lichterspiel auf den Fensterscheiben, die lebendigen Bewegungen über den Blumenmustern der Tapete und an der Zimmerdecke. Blitzende Spiegelungen funkelnd im Glas der Vitrine. Schatten, Konturen, die rautenförmig den Raum durchwandern.

Das Pochen, stetig gleichmäßiges, sanftes Pochen in seinem Ohr, wenn die Ohrmuschel flach auf dem Kopfkissen liegt. Der Rhythmus des Lebens, seines noch ganz jungen Lebens, wiegt ihn, lässt ihn ruhig sein in völligem Urvertrauen. Es verschwindet, dieses zarte Klopfen, sobald er das Köpfchen ein wenig dreht. Dann hört er deutlich andere Geräusche, gemächliches Anschwellen und Abschwellen. Er hört es nah, spürt es tief in sich drinnen, leises Strömen, behütendes Summen. Es verbindet ihn mit allem, was ihn umgibt. Noch frei von erlernten Vorstellungen, frei von Ängsten, existiert er ganz in einem alles umfassenden Vertrauen.

Das zurückhaltende Knarren der Holztür, die sich vorsichtig aufschiebt. Ein Geräusch, das er schon kennt. Es kündet vom Erscheinen seiner Mutter Johanna. Er spürt Freude, warmes Lodern im Bauch. Die Frau in der Tür wirft forschende Blicke in den Raum, in die Wiege. Lauscht, und hört den Atem des Jungen. Er spürt, dass sie näher kommt und vernimmt ihre Stimme. Sie ruft leise, singt seinen Namen: »Albert!« Vertrauter, wohltuender Klang. Wärmende Hände, die über seinen Kopf streichen, die sich um seinen Körper legen, ihn vorsichtig aus der Wiege heben, ihn nah an den Leib der Frau legen, die leise mit dem Kind spricht. Sein Mund findet schnell den zarten Ort auf ihrer Brust, der sein Verlangen nach Nahrung stillt, der Nähe spendet und Weichheit, bedingungslosen Schutz.

Johanna steht am großen Fenster des Eckzimmers, das Kind in ihrem Arm, genießt den Blick über die vom Tau benetzten Schieferdächer des Dorfes und hinüber nach Cochem, wo an den Berghängen die ersten Frühlingsboten grün schimmern. Obwohl der Junge noch viel zu klein ist, ihre Worte zu verstehen, spricht sie mit ihm und erzählt, dass der Mann da draußen auf der Straße sein Großvater sei.

»Opa«, sagt sie mit weicher Stimme. »Wo ist der Opa?«

Dieser macht sich nicht die Mühe zum Fenster hinaufzuschauen, um etwa seinem Enkel zu winken. Auch nicht, als der mit Armen und Beinen vergnügliche Babyhopser vollzieht. Seiner Schwiegertochter schenkt er ohnehin keine Beachtung. Der alte Dores wirkt abwesend, in sich gekehrt vielleicht. Er hat den Jackenkragen dicht um den Hals gelegt. Den gesenkten Blick richtet er in seinen Hut. Den hat er vom Kopf genommen, umgewendet und dreht ihn an der Krempe mit beiden Händen gedankenlos vor dem Bauch. So steht er lange da. Sogar noch, nachdem Johanna ihrem Kind die Windeln gewechselt, ein wenig mit ihm gespielt, ihm ein Lied gesungen und es zurück in die Wiege gelegt hat. Als sie wieder ans Fenster tritt, um die Übergardinen ein wenig vorzuziehen, sieht sie ihn noch immer unverändert vor seinem Gärtchen am Wegrand. Sie bemerkt zwei Passanten, einen Mann und eine Frau, die sich von der Brücke her nähern. Beide sind ihr unbekannt. Es werden Fremde sein, denkt sie. Fremde, das Wort Touristen ist noch ungebräuchlich. Als die zwei sich dem Alten nähern, stecken sie die Köpfe zusammen und tuscheln im Vorübergehen. Der Mann greift umständlich in die Innentasche seines Mantels, befördert ein Etui heraus und entnimmt ein paar Münzen. Die lässt er im Hut des Alten klimpern. Der alte Dores nickt, ist mit einem Mal aus seiner Erstarrung erwacht. Er wiegt den Hut auf und ab, als wolle er so das Gewicht der Münzen ermitteln, ihren Wert schätzen. Er deutet eine Verbeugung an: Dankeschön! Über sein Gesicht scheint sogar ein kleines Lächeln zu huschen. Aber da kann Johanna sich auch getäuscht haben.

2

An einem grauen Tag in der zweiten Hälfte der 1920er Jahre quengelte im Eckzimmer, auf dem gleichen Platz im Raum, ein Winzling in einem ausgemergelten Weidenkorb vor sich hin. Ein erbärmliches Häufchen Elend, das seine älteren Geschwister den Viereinhalbpfünder nannten. *Veerenhalfponner* klang es im moselfränkischen Dialekt, wenn von dem Kind die Rede war.

Es war zum Beginn des Winters 1927/28. Eine Kältewelle hielt ganz Europa mehr als zwei Wochen lang im eisigen Griff. In Nürnberg soll das Thermometer minus 25 Grad angezeigt haben, in Südnorwegen sogar minus 45 Grad Celsius. Aber Nürnberg und Südnorwegen waren weit weg. Hier im Tal der Mosel packte der Frost weniger streng zu. Manche glaubten, das läge am Schiefergestein der Berge, die bis in den Winter hinein die im Sommer aufgetankte Wärme abstrahlten. Andere bestritten dies, sagten, das könne nicht sein. Die Speicherkapazität des Moselschiefers könne zwar für milde Sommernächte sorgen, mehr aber nicht.

Das Eckzimmer des Viereinhalbpfünders wurde nicht beheizt. Zwar war der Weidenkorb reichlich mit Decken und Kissen ausgepolstert, sodass der Kleine darin mitunter völlig versank und seine Schwestern ihn erst einmal freilegen mussten, wenn sie ihn aufnehmen wollten. Doch die Kälte biss ihm ins Fleisch, sobald das kleine Gesicht oder eine seiner winzigen Hände eine Weile unbedeckt blieben. Die Kältewelle zog sich bis kurz vor Christtag dahin. Wochenlang folgte graues, nasskaltes Winterwetter, hierzulande *usselich* genannt.

Dreizehn Grad unter Null zeigte das Thermometer am Cochemer Rathaus, was der Ausscheller von Cond auf seinem Rundgang mit heiserer Stimme in die Straßen und Gassen rief.

Die Kälte stellte die Fenster und Türen des Neubaus, in dem sich das Eckzimmer mit dem Viereinhalbpfünder befand, auf eine erste harte Probe. Der alte Dores hatte das Haus im Frühjahr 1927 mit seiner Familie bezogen, war aus dem kleinen muffigen Gebäude aus rissigem Schiefer und Kieselgestein, Holz und Lehm in der *Daljaas* in den stolzen Neubau auf dem *Neije Wäch* gezogen. Hier roch alles frisch und unverbraucht, je nach Witterung manchmal sogar noch nach Zement und dem feuchten Hauch, den frisch gewonnene Bruchsteine, die Mosel-Grauwacke, ausdünsten können.

In den Weidenkorb hatte Agathe, die älteste Schwester, den nur viereinhalb Pfund leichten Bruder gebettet. Im gleichen Korb hatte sie selbst als Baby gelegen, bis ihr Bruder Dores, ältester Sohn des alten Dores nachgerückt war und ihr den Platz streitig gemacht hatte. Ihm folgten fünf weitere Geschwister. Zuletzt Franz, gerade mal anderthalb Jahre alt, als er den Korb zu Gunsten seines jüngeren Bruders räumen und damit den Ort des größten Wohlbehagens verlassen musste. Von da an irrte er tagsüber verloren durch das große Haus, verlief sich manchmal im angrenzenden Hof oder suchte im Kelterhaus Schutz vor Nässe und Kälte. Niemand suchte ihn. Alle Fürsorge der älteren Geschwister, hauptsächlich der Mädchen, galt dem kleinen Viereinhalbpfünder, der sich gar nicht so recht entwickeln wollte.

Aber auch Magdalena, ihre Mutter, bereitete den Geschwistern Kummer. Sie hatte sich nach der Geburt des Kerlchens noch nicht wieder aufgerappelt, sondern belagerte seit der Entbindung ihren Teil des Ehebetts, von Fieberschüben heimgesucht. Tränen schossen ihr in die Augen, wenn Agathe ihr den Viereinhalbpfünder brachte, um ihn zu stillen. Erinnerte sie der Kleine doch, mehr als Franz, an Barbara, ihre Tochter, die sie vor mehr als zehn Jahren verloren hatte.

An einem blaugrünen Maientag war Barbara in einer kleinen schwarzen Kiste, kaum Sarg zu nennen, über die *Daljaas* in den Kirchhofsweg zur *Streckboa* getragen worden. Unter einem fremdartigen Gewächs, das hoch und rund auf der Mitte des Friedhofs einen ovalen Schatten warf und, obwohl es nach Tod roch, *Lebensbaum* genannt wurde, legten zwei Männer in schwarzen Arbeitsanzügen die kleine Holzkiste mit Barbaras Leichnam in die Erde. Der Pastor sprach vom Reich Gottes und erklärte, dass jetzt, im dritten Kriegsjahr, eben mehr gestorben würde als sonst. Unsere tapferen Soldaten, aber auch die Zivilisten, hätten ihre Opfer zu bringen. Denn schließlich würde alles der großen vaterländischen Sache dienen, was den Schmerz über den Tod eines so jungen Lebens zwar nicht ausradieren, aber erträglicher machen könnte. Als Barbaras Vater, der alte Dores, die patriotischen Worte des Pastors vernahm, streckte er intuitiv das Rückgrat, richtete sich auf, und mit einem kaum wahrnehmbaren Ruck warf er den Kopf in den

Nacken. Ein Reflex, der ihm während seiner Dienstzeit beim Militär in den ersten Jahren des Jahrhunderts antrainiert worden war und in besonderen Momenten heute noch überkam. So stand der alte Dores vor dem Grab seiner Jüngsten, den fein gezwirbelten Oberlippenbart gegen den üppig blauen Maihimmel und den Blick zur hoch aufstrebenden, zinnen- und zackenbekrönten Cochemer Reichsburg gerichtet. In die Erleichterung über den Tod der Tochter mischte sich kaum Trauer. Doch versuchte er, sich seine wirklichen Gefühle nicht anmerken zu lassen. Das Kind, dachte er, sei nun erlöst, und die Bürde dieser ewigen, Magdalenas Aufmerksamkeit auf sich ziehenden Mühsal von seinem Familienbetrieb genommen.

»Staub bist du, und zum Staube kehrst du zurück«, predigte der Pastor. Er ließ eine Schaufel Erde auf Barbaras kleinen Sarg niederprasseln. Im selben Augenblick spürte Magdalena einen Tritt und noch einen und danach viele energische Knuffe unter ihrer Bauchdecke.

»Der Herr aber wird dich auferwecken am jüngsten Tag«, sagte der Pastor und schlug mit der Hand das Kreuzzeichen über dem Grab.

Barbara war sieben Monate alt geworden. Ein knappes halbes Jahr nach der Beerdigung entband Magdalena einen gesunden, kräftigen Jungen, den die Eltern Vinzent nannten. Er wuchs schnell heran, war anspruchslos, folgsam und gelehrig. Als der alte Dores den munter plärrenden, neugeborenen Vinzent hinaus auf die *Daljaas* trug, um ihn der Herbstsonne entgegen zu recken und durch die Häuserschlucht der steil abfallenden *Daljaas* »Dä Vinz es do!« brüllte, dass alle Nachbarn ihn hören mussten, hatte er Barbara endgültig vergessen.

Anders seine Frau. Genau wie der elf Jahre später geborene Viereinhalbpfünder, war Barbara bei ihrer Geburt viel zu klein gewesen und hatte fast nichts gewogen. Dazu kam, dass Magdalenas Milcheinschuss auf sich warten ließ, und als er sich einstellte, entzündeten sich ihre Brüste binnen zwei Tagen dermaßen schmerzhaft, dass der alte Dores sich beknien ließ, den Arzt aus Cochem zu holen. Innerlich schimpfte er, weil er sein Geld zusammenhalten musste und hoffte, dass der Doktor sich mit zwei oder drei Litern Wein als Honorar begnügen würde. Also riss er sich zusammen ohne zu maulen, was ihm nicht oft gelang, und nahm die Fähre zum Cochemer Moselufer.

Der Arzt kam noch am gleichen Abend von Cochem nach Cond herüber. Er bat den Fährmann, auf ihn zu warten. Er müsse nur die Talstraße hinauf und beeile sich. Der Fährmann nickte, stopfte sich eine Pfeife und machte sich daran, die Angel auszuwerfen.

Der Arzt untersuchte Magdalena gründlich und murmelte, halb zu sich selbst, etwas von *Mastadenitis*, worauf der alte Dores ihn fragend anblickte. Eigentlich, erklärte der Arzt, müsse seine Frau dringend das *Häppesje* stillen, dessen Leben nur an einem seidenen Faden hinge.

»Dat Häppesje«, wiederholte der alte Dores erschrocken und senkte den Blick: »Jo, jo!«

Der Arzt hielt die Hand auf und nannte den Preis für seine Leistungen. Nein, Wein könne er nicht akzeptieren. Die Winzer wollten immer nur mit Wein bezahlen. Soviel könne er sein Lebtag nicht trinken. Also versprach der alte Dores widerwillig, ihm das Geld in der nächsten Woche in die Praxis zu bringen. »In Ordnung«, sagte der Arzt, stellte einen Becher mit Salbe sowie eine kleine Dose mit Tabletten auf den Küchentisch und erklärte dem alten Dores, wie die Medizin zu verwenden sei.

Der kleinen Barbara wurde Kuhmilch eingeflößt, gegen die sie sich wehrte. Sie war kaum dazu zu bewegen, die Milch zu schlucken. Und wenn sie doch ein wenig heruntergewürgt hatte, erbrach sie die Flüssigkeit umgehend. Erst in hohem Bogen, dann, als das Kind immer schwächer wurde, lief sie ihr wie Brei aus dem Mund. Magdalena achtete peinlich darauf, dass Barbara immer auf der Seite lag, umpolsterte sie, damit sie nicht auf dem Rücken zu liegen kam und an ihrem Erbrochenen erstickte. Morgens und abends rieb sie ihre Brüste mit der kühlenden Salbe ein, die der Cochemer Arzt verordnet hatte. Sie nahm Tabletten gegen das Fieber und bettete ihre Brustwarzen unter Schmerzen in Watte.

Der alte Dores schlug eines Tages mit der flachen Hand auf den Küchentisch, spürte unverhofft einen brennenden Schmerz in der Handfläche, was seinen Unmut noch steigerte. Es sei jetzt genug! Er sei der Meinung, dass Magdalena, da die Geburt des Mädchens doch schon Wochen, ja Monate zurück liege, endlich wieder in den Weinberg gehen könne. Die Arbeit würde sich nicht von allein machen. Es seien noch allerhand Reben aufzubinden, und in den Wingerten im Kern und unter der Brauselay wären sie noch nicht einmal geschnitten. Die Nachbarn würden schon reden! Sie wisse doch, bedrängte er seine Frau, dass er sich jetzt im Frühjahr um andere Dinge kümmern müsse, um die Felder auf dem Berg, den Garten in *Kaas* und vor allem um den Verkauf des Fuders Wein an private Käufer. Damit er nicht wieder, wie im vergangenen Jahr, seinen Wein für einen Appel und ein Ei an die Kellerei Ronmes verkaufen müsse.

Magdalena gehorchte. In dicke Pullover eingemummt und geschürzt querte sie am nächsten Tag auf wackligen Beinen die *Daljaas*, steuerte den gegenüber liegenden Schuppen am Abzweig zum Friedhofsweg an, der ebenso zum Haus gehörte, wie ein Holzverschlag mit dem Lokus dahinter. Sie griff nach einem Bündel Bast und band es sich um die Hüfte. Sie tat es in langsamen Bewegungen, wollte unbedingt vermeiden, dass die dicke, schwere Kleidung zu sehr an ihren Brüsten rieb.

Der alte Dores zog schimpfend mit einer Kuh, die er am Seil hinter sich her schleppte, die *Daljaas* herauf, blaffte etwas, das Magdalena galt, und verschwand mit der Kuh im Stall.

Die Frau ergriff die Deichsel des rappeligen Leiterwagens, in dem sie ihre beiden Ältesten, die schon fast dreijährige Agathe und den kleinen Dores, verstaut hatte. Warm eingemummt auch die Kinder in Wollpullover und Pluderhosen. Der Wingert unter der Brauselay lag weit vor dem Dorf. Magdalena zog mit der Karre die *Daljaas* hinunter zur Mosel und bei den Linden flussaufwärts bis unter die hohen Felsen der Lay. Es war nicht ungefährlich hier zu arbeiten. Immer wieder kam es vor, dass Gesteinsbrocken aus der hohen Felswand brachen und in die Weinberge hinabstürzten. Besonders nach ausgiebigen Regenfällen tat man gut daran, den Wingert erst einmal zu meiden. Magdalena parkte den Leiterwagen direkt vor der niedrigen Wingertsmauer am *Nikeläsje*, einem Bildstock mit der Figur des Heiligen Nikolaus. Das Bildnis stand um die Länge des Weinbergs in sicherer Distanz zur Felswand. Von dort richtete Nikolaus seit fast dreihundert Jahren seinen behütenden Blick auf den Fluss.

Zu allen Zeiten barg die Umschiffung der Brauselay auf der Mosel eine Gefahr für die Schiffer, besonders bei hohem Wasserstand. Im Jahr 1630 ertrank ein Fahrensmann namens Peter Selecus in der Nähe des Felsens in der Mosel. Mag sein, dass er die Stromschnellen vor der Brauselay unterschätzt hatte, die Gewalt über sein Schiff verlor und kenterte. Vielleicht wurde er durch die Strömung gegen einen Felsen getrieben und sein Schiff schlug leck. Genaues wusste man nicht. Von seinem Tod zeugte ein Basaltkreuz, das zu Füßen des Heiligenbildes wie in die Weinbergsmauer hineingewachsen zu sein schien. Ein in Stein gemeißeltes Gebet. Mit erhobener Hand warnte *Nikeläsje*, schützte und segnete all jene, die sich auf dem Wasser der Brauselay näherten.

Wenn er sich seit Jahrhunderten solche Sorgen um die Schiffer macht, dachte Magdalena, wird er wohl auch ein paar Stunden auf meine Kinder aufpassen können. Trotzdem erteilte sie der kleinen Agathe genaue Anweisungen, wie sie auf den noch kleineren Dores aufzupassen habe. Sie erhob drohend den Zeigefinger, als sie sagte, dass die Kinder der Mosel fernbleiben sollen. Außerdem könne Agathe jederzeit laut nach ihr rufen.

»Wenn ebbes es, dann reefs de.«

Die Kinder waren den Nachmittag über brav, gruben mit den Händen in der kühlen Erde und stapelten Schiefergestein zu kleinen Türmen auf. Begierig aß Agathe ihr Marmeladenbrot, und als Magdalena eine Pause einlegte, schlürfte Dores genüsslich den mitgebrachten Brei. Als es zu dämmern begann und in der Brauselay plötzlich polternde Steine zu hören waren, hatte Magdalena sämtliche Reben des Weinbergs in Form geschnitten und schon mit dem Aufbinden begonnen. Sie würde zwei weitere Nachmittage brauchen, um die Bindearbeiten, die ihr mehr Mühe machten als das Schneiden, zu beenden. Aber jetzt galten ihre Gedanken den Kindern. Sie sah, dass auf das *Nikeläsje* Verlass war. Dores war in den Leiterwagen gestiegen und auf der Seite eingeschlafen. Agathe lag mit Brust und Bauch an den Rücken ihres Bruders geschmiegt und summte ihm ins Ohr. Magdalena warf einen Blick auf die Steinfigur, nickte ihr zu und bekreuzigte sich. *Nikeläsje* hatte gute Arbeit geleistet. Doch jetzt nichts wie heim! Nach Barbara schauen, sie waschen und wickeln und hoffen, dass sie etwas Nahrung zu sich nehmen wird. Heiliger Nikolaus, bitte, hilf auch der kleinen Barbara! Als Magdalena das Dorf erreicht hatte und anhob, den Leiterwagen die *Daljaas* hinauf zu ziehen, schoss ihr der Schmerz, den sie am Nachmittag fast vergessen hatte, in die Brüste. Die kleine Barbara fand sie zerbrechlicher denn je und wimmernd im Weidenkorb, zu schwach um zu schreien.

Der Viereinhalbpfünder wurde auf den Namen Jakob getauft. Erst in einer Nottaufe, auf welche die Hebamme gedrängt hatte, als sie den winzigen Wurm nach seiner Geburt in Händen hielt, dann, später im Frühjahr, noch einmal in der Kirche mit allem drum und dran. Die Kindstaufe hatte in Cond obligatorisch bis zum dritten Tag nach der Entbindung zu erfolgen, worauf der Pastor auch penibel achtete. Schließlich starben in den 1920er Jahren immer noch zehn von einhundert Kindern im Laufe der ersten Lebensjahre. Nach seiner Ansicht hatte kein Menschenkind ungetauft vor Gottes Angesicht zu erscheinen, und dafür hatte er als Bediensteter Gottes zu sorgen. Da Jakob notgetauft war, bestand keine Eile, das Kind zum Taufbecken in die Kirche zu tragen. Der offizielle Taufakt wurde erst einmal auf den Sankt Nimmerleinstag verschoben, dann für eine Weile ganz vergessen und schließlich im Frühjahr abgehalten, nachdem die Reben aufgebunden waren und der Austrieb der Knospen noch nicht begonnen hatte.

Jakobs Taufe stand ganz im Zeichen seines Paten. Der hieß Jockel. Seit dem Tag der Taufe allerdings wurde er in Cond nur noch Pesche genannt. Jockel war ein Cousin von Magdalena, der in ihrer Conder Familie bisher noch nie aufgetaucht und daher unbekannt war. Beim achten Kind war die Auswahl an geeignetem Personal für eine Patenschaft nicht mehr allzu groß, wenn man nicht doppelt besetzen wollte. So kam der Burgener Jockel zum Zuge. Magdalena erinnerte sich an den munteren Kerl aus ihrer Jugendzeit, dem sie seit ihrer Hochzeit mit dem alten Dores und ihrem Umzug vom weiter flussabwärts gelegenen Moselort Burgen nach Cond nur noch selten begegnet war. Aber sie hatte den Jockel als lustigen, allerdings auch sehr trinkfreudigen Kerl in guter Erinnerung. Er war der erste Mann, der sie zum Tanz aufgefordert hatte. Das war auf der Burgener Kirmes gewesen, als sie sechzehn war, oder siebzehn. Obwohl sie noch gar nicht tanzen konnte und sich zierte, nahm Jockel ihre Hand, umfasste mit großer Sicherheit ihre Taille und schwang sie mit einer solchen Leichtigkeit über die Bretter, dass sie zu fliegen glaubte. Nie hatte später jemand noch einmal so mit ihr getanzt. Wenn der alte Dores, der als Tänzer eigentlich auch eine gute Figur machte, sie in den ersten Jahren ihrer Ehe an Fastnacht oder am Kirmesmontag im Gasthaus *Zum Rebstock* durch den nach Bohnerwachs duftenden Saal schob, glitten ihre Gedanken zu Jockel.

Der kam heute mit dem Fahrrad aus dem achtzehn Kilometer entfernten Moselkern angereist. Den halben Vormittag hatte der Anstreichergeselle noch pinselschwingend auf einem wackligen Holzgerüst vor einer Hausfassade zubringen müssen. Sein Meister, dessen einziger Angestellter er war, hatte es abgelehnt, ihm ein paar Stunden Urlaub zu genehmigen. Beim ersten Glockenschlag des Mittags aber reinigte Jockel schnell sein Werkzeug, wusch sich notdürftig, wechselte die Arbeitskleidung gegen einen mitgebrachten Anzug und ein frisches Hemd. Bevor er seinen Drahtesel bestieg, für den er lange gespart hatte und der ihm, dem Junggesellen, eine, wie er selbst sagte, unheimliche Beweglichkeit ermöglichte, nahm er den letzten Schluck aus einer Weinflasche, die er vor Arbeitsbeginn entkorkt hatte. Unterwegs nach Cond legte er in Karden und Klotten einen Stopp ein, um in den Weinschänken am Moselufer seinen großen Durst zu stillen. Die ganze Fahrt über war er gespannt und freute sich, auf die Fähre verzichten und stattdessen über die neu errichtete Moselbrücke nach Cond zu gelangen. Zwar würde er den Brückenzoll in Kauf nehmen müssen, aber die Pont transportierte ihn schließlich auch nicht umsonst. Alle Welt hatte von der Eröffnung der Skagerrak-Brücke vor gut einem Jahr gesprochen. Sogar eine Fotografie, ein Schnappschuss von der Einweihung, machte die Runde.

In der Zeitung war zu lesen gewesen, dass sich trotz kalten Schmuddelwetters mit Schneeregen eine für hiesige Verhältnisse beachtliche Menschenmenge zur Einweihung am Cochemer Brückenkopf eingefunden hatte, um den Eröffnungsworten des Oberpräsidenten der Rheinprovinz, Dr. Johannes Fuchs, zu lauschen.

Unter den Besuchern waren auch der alte Dores samt Ehefrau. Kaum jemand, der nicht wegen einer Wintergrippe gerade das Bett hüten musste oder wegen einer anderen Gebrechlichkeit den Fuß nicht vor die Tür setzen konnte, ließ sich von der scheußlichen Witterung, diesem Sauwetter, davon abhalten, der Feierlichkeit im besten Sonntagsstaat beizuwohnen. Mantelkragen hochgestellt, Hut tief ins Gesicht gedrückt, fertig, und wer einen Regenschirm hatte, spannte diesen, zum Ärger von hinter ihm stehenden Besuchern, auch noch auf.

Was hier unten im Tal als feiner Nieselregen ankam, fiel in der oberen Hälfte der umliegenden Weinberge als Schnee. Im Anschluss an die offiziellen Reden, Weihungen und Segenswünsche sollte das Ereignis der Brückeneinweihung in den Gastwirtschaften von Cochem und Cond trefflich begossen werden. Und so geschah es dann auch.

Die Firma Ronmes, ansässig auf der Conder Moselseite, hatte zur Feier des Tages ein Fass Wein spendiert, aus dem am Conder Brückenkopf mit Unterstützung der Freiwilligen Feuerwehr ausgeschenkt wurde. Das Wetter wurde nicht mehr gemütlicher, und es waren mehrheitlich die Frauen, die schnell wieder dem heimischen Herd zustrebten. Für viele Conder Männer aber erschien bald ein Silberstreif am nahen Horizont, der sich vor ihnen mit jedem getrunkenen Glas aus dem Ronmes-Fass deutlicher abzeichnete. So erging es auch dem alten Dores. Der hätte zwar gern im Hotel *Germania*, in der Nähe des Oberpräsidenten und der anderen Honoratioren Platz genommen, aber sein Geldbeutel erlaubte ihm das leider nicht. Der Umzug aus der *Daljaas* in sein neues Haus, für das er sich bis über sämtliche Ohren verschuldet hatte, stand in wenigen Wochen bevor. Doch nach Beendigung des offiziellen Teils der Feierlichkeit sofort über die Brücke nach Cond zu laufen, und sich mit anderen Habenichtsen über den Ronmes-Wein herzumachen, war ihm zuwider. Also hakte er seine Frau unter und zog mit ihr, Arm in Arm, hier und da grüßend den Hut ziehend, stolz in Richtung *Germania*. Jeder, der sie sah, musste glauben, sie gehörten zu den geladenen Gästen, die sich dort versammelten. Kurz vor der breiten Treppe, die zur Terrasse und dem Portal des nobelsten Hotels der Stadt führte, verschwanden die beiden durch einen niedrigen Durchschlupf, das sogenannte Fuchsloch, der seitlich der *Germania* unter Nachbarhäusern hindurch in die Innenstadt führte. Dann taten sie etwas, was an diesem Tag sonst niemandem eingefallen wäre. Statt über die neue Brücke ans Conder Ufer zu gelangen, winkten sie einige hundert Meter weiter flussaufwärts den Fährmann herbei und ließen sich übersetzen. Zu Hause wärmte der alte Dores sich auf und ließ ein, zwei Stunden verstreichen. Dann streifte er den Mantel über, setzte den Hut auf, verließ das Haus und bemühte am Moselufer erneut den Fährmann, ihn überzusetzen. Wenig später genoss er es, ohne Hast über die Skagerrak-Brücke dem Conder Brückenkopf entgegenzuschreiten. Jeder dort musste annehmen, er habe noch bei den Honoratioren gesessen. Endsprechende, laut geäußerte Vermutungen dementierte er nicht, sondern beantwortete sie mit gönnerhaftem Lächeln und einem Pokal in der Hand, den er zuprostend in die Runde hob.

Das war am 23. Januar 1927 gewesen, ein Datum für die Geschichtsbücher der Stadt. Niemand ahnte, dass genau siebzehn Jahre später das Brückenbauwerk zusammen mit großen Teilen der Cochemer Altstadt und einigen Conder Häusern durch britische Sprengbomben, die eigentlich das Portal des Kaiser-Wilhelm-Tunnels, des damals längsten Eisenbahntunnels Deutschlands, treffen sollten, wieder zerstört werden würde. Nach dem Zweiten Weltkrieg dauerte es vier Jahre, doppelt so lang wie die ursprüngliche Bauzeit, bis die Skagerrak-Brücke wiederaufgebaut war und am 29. September 1949 zum zweiten Mal eingeweiht werden konnte.

Skagerrak-Brücke. Wer mag nur auf den Gedanken gekommen sein, diese schöne, steinerne Bogenbrücke über die meist still dahinfließende Mosel nach einer der schrecklichsten Seeschlachten des Ersten Weltkrieges, nach einem der größten Massenmorde aller Zeiten auf dem offenen Meer zu benennen?

Waren sich die Namensgeber, als sie die Bezeichnung für die Brücke ausheckten, darüber im Klaren, dass im Frühsommer 1916 in der Schlacht vor dem Skagerrak an nur zwei Tagen 8645 junge Männer, Briten wie Deutsche, von der durch mörderische Waffen aufgebrachten Nordsee verschlungen wurden? Hatten sie nur eine Sekunde lang gezögert und versucht, sich die Todesangst vorzustellen, welche die Seeleute erlitten, wenn sie, vom Feind getroffen, in ihren grauen Stahlkolossen in die Tiefe gerissen wurden?

Sie seien für ihr Vaterland gefallen, hieß es. Ist es nicht seltsam, dass auch bei auf See getöteten Soldaten von Gefallenen gesprochen wird, statt von Gesunkenen oder Ertrunkenen?

Fragen, die Jockel sich nicht stellte. Er genoss die Fahrt über die Brücke und den Wind, den er in den Haaren spürte.

Flottenchef und Vizeadmiral Reinhard Scheer, der im Frühjahr 1916 bei Kaiser Wilhelm die Genehmigung für eine offensive Seekriegsführung erreichen konnte, überlebte die eigens mit angerichtete Hölle im Skagerrak auf einem Linienschiff, das den Namen *Friedrich der Große* trug. Von da aus – vermutlich aus einigermaßen sicherer Distanz – kommandierte er das entsetzliche Flottenspektakel. Während tausende Ersoffene in ihren Schiffen schon seit fünf oder sechs Tagen auf dem Grund der Nordsee oder irgendwo im offenen Meer trieben, wurde Reinhard Scheer zum Admiral befördert. Das Angebot Kaiser Wilhelm des Zweiten ihn in den Adelsstand zu erheben, lehnte er großmütig ab. Aus der Seeschlacht vor dem Skagerrak ging keiner der beiden Gegner als eindeutiger Sieger hervor, weder die Grand Fleet der Royal Navy, noch die deutsche Hochseeflotte. Propagandistisch wurde die Skagerrak-Schlacht jedoch als deutscher Sieg über England gefeiert.

Doch von all dem hatte Jockel nie etwas gehört, nie etwas gelesen, und es hätte ihn auch nicht weiter interessiert. So machte er sich keine Gedanken über den Namen der Brücke, und mit dem Wort *Skagerrak* wusste er, wie die meisten, nichts anzufangen. Doch das neue Bauwerk über die Mosel zu sehen, es zu betreten, zu befahren, genau auf der Mitte an der höchsten Stelle über dem Wasser anzuhalten und sich weit übers Geländer zu lehnen, von da aus in die Tiefe zu blicken, hinunter zu spucken, der Spucke hinterher zu gucken, wie sie vom Wind erfasst einen Bogen beschrieb, und sich mit einem winzigen Platschen mit dem Flusswasser vermischte, das war etwas ganz anderes, das interessierte ihn.

Auf der Conder Brückenseite bog er nach rechts direkt auf den holprigen *Neije Wäch* ein, bugsierte das Fahrrad zum einzigen Haus, das dort über dem Dorf mitten in den Weinbergen stand. Der Nachmittag war längst angebrochen.

Es stellte sich schnell heraus, dass es mit der Lustigkeit des Cousins, an die Magdalena sich so gern erinnerte, nicht mehr weit her war. Ganz im Gegensatz zu dessen Trinkfreudigkeit. Der Cousin stieg vor dem neuen Haus des alten Dores vom Fahrrad. Da er niemanden sah, nahm er tief Luft, steckte ein paar Finger in den Mund und ließ die Luft mit hohem Druck entweichen. Nach mehreren gescheiterten Versuchen gelang ihm ein schriller Pfiff.

»Heij es dat Pesche!«, lallte er, was heißen sollte, dass der Pätt, das Pättchen, der Pate angekommen war. Als sich nichts rührte, rief er das gleiche noch einmal, warf dabei beide Arme in die Höhe, um sich auch optisch bemerkbar zu machen, was ihm jedoch augenblicklich zum Verhängnis wurde. Er verlor das Gleichgewicht und fiel um. Sein Fahrrad mit ihm. Dabei verhaspelten sich seine Beine mit dem Gestänge des Drahtesels dermaßen, dass er nicht sofort wieder zum Stehen kam. Er jammerte und fluchte, und je mehr er versuchte, sich aus seiner verzwickten Lage zu befreien, umso mehr verhedderte er sich. Bis er unvermutet eine Hand an seinem Oberarm spürte, die ihm aufhalf.

»Dou bes also datt Pättche von unserem Jakob«, sagte der alte Dores. Er musste schmunzeln, als er in Jockels verzweifeltes Gesicht blickte, halb mitleidig, halb belustigt.

Jockel schlug sich ärgerlich den Staub aus dem Anzug und antwortete »Jo! Un wer bes dou?«

Der alte Dores, schon ganz in Schale, mit Schlips und Weste, weißem Hemd und dunklem Anzug, stellte sich als der Vater des Täuflings und Magdalenas Ehemann vor. Ihm entging nicht, dass der Cousin seiner Frau heute bereits ordentlich zur Flasche gelangt hatte und wie man sagte, nicht mehr allein war. Trotzdem schenkte er dem Pesche Jockel ein, als dieser sich am Küchentisch von den Strapazen der Tour und dem Sturz vor dem Haus erholte und nach einem Willkommenstrunk verlangte.

Das Taufkleid für den kleinen Jakob war ein Erbstück aus Magdalenas Familie. Sie selbst hatte es bereits bei ihrer Taufe getragen. Danach ihre sieben Kinder. Jetzt war Jakob an der Reihe. Eigentlich war es mehr ein Schleier als ein Kleid, und der inzwischen zwölfjährige Dores sprach in boshaftem Ton von einer alten Schlafzimmergardine. Damit hatte er nicht einmal Unrecht. Aber Magdalena wollte davon nichts wissen und verbot ihrem Jungen den Mund. Die Farbe des Stoffes wird vermutlich einmal weiß gewesen sein. Davon war freilich nichts mehr zu erkennen. Das fadenscheinige Gewebe wirkte graubraun, obwohl frisch gewaschen, gebleicht und gebügelt.

Es entsprach gutem Brauch, zur Taufe in einer Art Prozession zur Kirche zu gehen. Die Glocken läuteten. Vornweg gingen die Eltern, dahinter der Pate mit dem Täufling auf dem Arm. Dann kamen die Geschwister und die Nachbarn. Der Taufgang des kleinen Jakob aber musste modifiziert werden, denn Magdalena weigerte sich, ihrem betrunkenen Cousin das Kind anzuvertrauen.

»Ämol lässt en et noch falle«, fürchtete sie.

Die Nachbarn fehlten, weil es auf dem *Neije Wäch* noch keine Nachbarn gab. Aber die frühere Nachbarschaft aus der *Daljaas* machte sich auf den Weg, und man traf sich vor der Kirche.

Magdalena bestimmte Agathe, ihre Älteste, das Kind zu tragen, die diesen Auftrag mit Stolz erfüllte. Hinter Agathe trottete der Pesche Jockel in der Prozession. Ihm hatte man immerhin das Taufkleid anvertraut, das er auf ausgestreckten Armen vor sich hertrug wie eine kostbare Reliquie. Vermutlich war ihm nicht einmal bewusst, dass man ihn in seiner Rolle beschnitten hatte, denn er mühte sich erkennbar, das Kleid ohne ernste Zwischenfälle zur Kirche zu tragen.

Natürlich gab es nach der kirchlichen Feier den obligatorischen Streuselkuchen, frisch aus dem Ofen mit Kirschen und Äpfeln und eine Kanne Bohnenkaffee, der teuer und damit selten war. Nur Pesche Jockel verzichtete und verlangte nach Wein und *Heffe*. Der alte Dores schenkte ein, wie gewünscht. Pesche Jockel stürzte den Hefeschnaps hinunter. Der alte Dores schenkte nach, bevor er sich selbst einen genehmigte, denn *auf einem Bein* und so weiter. Das kennt man ja.

Der neu gekürte Patenonkel verließ das Haus des Täuflings und seiner Familie erst wieder am übernächsten Tag. Den ganzen Sonntag über habe er sich bei ihnen durchgefressen, warf der alte Dores seiner Frau Magdalena vor, die in Erinnerung an frühere Zeiten ihrem Cousin zu den Malzeiten gehörig aufgetischt hatte. Am Montagmorgen war er in aller Herrgottsfrühe aufgestanden, auf sein Fahrrad gestiegen und fast für immer verschwunden. Seine Cousine Magdalena und der alte Dores jedenfalls sahen ihn nie wieder.

Mit dem Tag der kirchlichen Taufe legte Jakob auch seinen Kosenamen Viereinhalbpfünder ab. Nicht nur, weil er inzwischen ganz passabel an Gewicht zugelegt hatte. Magdalena hatte darauf bestanden, dass der Junge künftig bei seinem richtigen Namen genannt würde, und der war Jakob. Alle hielten sich an den Wunsch der Mutter. Nur Dores, der kleine Quertreiber, frotzelte und spottete über seinen Bruder. Dem war's zwar noch egal, aber die Mädchen ärgerten sich über Dores' Häme und seine Unfolgsamkeit.

In die Zuständigkeit seiner drei älteren Schwestern fiel künftig Jakobs Beaufsichtigung. Besonders die inzwischen vierzehnjährige Agathe hatte für ihn zu sorgen. Während Gerda und Betti mit ihren sieben und sechs Jahren sich danach drängten, auch Verantwortung für den Kleinsten übernehmen zu dürfen, weil er ihnen doch so hilflos und schnuckelig erschien, wurde ihnen meistens Franz zur Betreuung zugewiesen, was allerdings nicht leichter war, da sich der Junge im Neubau seines Vaters immer wieder verlief, sobald er aus den Augen gelassen wurde.

Neuerdings verließ er in unbeobachteten Momenten das inmitten von Weinbergen gelegene Anwesen. Immer schien der Junge auf der Flucht zu sein. Als Gerda angerannt kam und aufgeregt den Verlust ihres Bruders, auf den sie aufzupassen hatte, meldete, erhielt sie von Dores erst eine hinter die Löffel. Gerda trat den älteren Bruder postwendend vors Schienbein und streckte ihm schreiend die Zunge heraus. Dann setzten sich alle verfügbaren Familienmitglieder in Bewegung, Franz zu suchen. Der alte Dores, der unterwegs war, beschimpfte bei seiner Rückkehr Frau und Kinder, als er vom Verlust des Jungen und von der Suchaktion seiner Familie erfuhr. Er fürchtete vor allem das Gerede im Dorf, und dass manch einer ihm nicht zutrauen könnte, seine Verhältnisse in Ordnung zu halten.

Magdalena war auf der Schwelle der Haustür stehen geblieben, rief von da aus mit schwacher Stimme in alle Richtungen nach ihrem Jungen, während die Schwestern, Dores und Vinzent rannten, ihren kleinen Bruder zu suchen. Im Nu hatten sie nach Franz schreiend das halbe Dorf durchpflügt, jede Rumpelecke untersucht, jede Brandgasse und alle möglichen Winkel durchkämmt. Sie hatten Leute angesprochen und gefragt, ob sie den Kleinen gesehen hätten. Manch einer, der gerade nichts Besseres zu tun und sich der Suche nach Franz angeschlossen hatte, gab irgendwann resigniert wieder auf. Andere redeten nur schlau daher. Als jemand darauf verwies, dass die Mosel hoch sei und die Kinder die Ufer absuchen sollten, versetzte die Vorstellung, dass der Bruder ertrunken sein könnte, Dores und Vinzent in schiere Panik.

Gerda war verzweifelt. Sie und Betti hätten auf Franz aufpassen müssen. Aber Betti war die jüngere, und Gerda, mit ihren sieben Jahren, die Verantwortliche. Vor Angst und von Schuldgefühlen aufgewühlt, tat sie intuitiv das Richtige. Erst war sie kopflos und unter Tränen über die gesamte Länge des Dorfes, von der Moselbrücke bis zur *Daljaas* über den *Neije Wäch* hin und her gerannt, bis sie vor Erschöpfung auf halber

Strecke anhalten und verschnaufen musste. Sie stand direkt vor dem Wegkreuz aus Basalt, das den Zugang zu den Weinbergen markierte. Gerda stützte sich mit beiden Händen an den hohen, schwarzen Stein, um wieder zu Atem zu kommen. Direkt vor ihren Augen standen in den Stein gemeißelte und mit bröckelnder Farbe nur noch schwach hervorgehobene Buchstaben. Gerda ging erst in die zweite Volksschulklasse. Aber die Buchstaben kannte sie schon alle. Allmählich entschlüsselte sie die Schrift. *DIE IHR SEI GOT ALEIN*, stand da. Intuitiv schlug sie ein Kreuzzeichen über der Brust: »Lieber, lieber Gott, bitte lass uns dat Fränzje wiederfinden!« Dann rieb sie sich die Tränen aus den Augen, und statt wie ihre Geschwister hinunter ins Dorf zu laufen, stieg sie den Pfad hinauf. Der begann gleich neben dem Steinkreuz und führte stracks steil hinauf in die Weinberge. Im Hochkraxeln zählte Gerda die Rebzeilen, die sie hinter sich ließ, grummelte die Zahlen bis elf halblaut vor sich hin. Bis zehn hatte sie in der Schule zählen gelernt. Elf hatte sie sich selbst beigebracht. Also zählte sie bis elf, zwei Mal und noch einmal bis neun. Dann hörte sie ein Geräusch wie ein Juchzen, das munter, fast fröhlich klang und sah auch gleich seinen Verursacher.

»Danke, lieber Gott!«, rief sie, »Danke, danke, danke!« Ach, sie rief nicht, Gerda schrie vor Erleichterung aus voller Brust: »Danke, danke, danke, dä Franz es widder do! Danke, ech hon dat Fränzje jefunn!« Dieser saß in der dritten oder vierten Reihe neben dem Wingertspfad auf dem Boden. Ganz offensichtlich hatte er mit seinen Händen in der Erde gewühlt, und wie sein Gesicht rund um den Mund beschaffen war, auch versucht, die feuchte Erde zu kosten, angereichert mit salzigem Rotz, der ihm in kleinen Rinnsalen aus der Nase troff. Seiner Schwester schenkte er ein zufriedenes Lächeln, streckte ihr die Arme entgegen und plapperte: »Heim, heim gehen. Mama, heim.«

Zu Hause drückte Magdalena den Wiedergefundenen an sich, stellte den Wasserkessel auf den Herd und Franz auf den Küchentisch. Sie zog das Kind aus, wusch es gründlich und steckte es in Kleider aus Wolle. Draußen im Hausflur hörte sie das Wimmern und die bangen Rufe von Gerda und Betti. Der alte Dores war nach Hause gekommen. Sein Ältester hatte ihn draußen im Hof abgefangen und beflissen informiert, was vorgefallen war. Zum Dank erntete er eine Ohrfeige.

Der alte Dores hatte den Hosengürtel abgeschnallt, den Mädchen befohlen, die Röcke über das Gesäß zu heben und sich nebeneinander über die untersten Stufen der Haustreppe zu beugen.

Nachdem Jakob die ersten Lebensmonate gekränkelt und Magdalena sich kummervoll um sein Überleben gesorgt hatte, entwickelte er sich bald schneller, als irgendjemand in der Familie es zu hoffen gewagt hatte. Nicht allzeit fröhlich und gut gelaunt, wie sein Bruder Franz, schaute er in die Welt. Aus seinen strahlenden, blauen Augen blickte er mehr mit Skepsis und Zurückhaltung ins Leben. Vom Übermut und der Leichtigkeit, mit denen sein Bruder gesegnet war und durch den Tag lief, hatte er kaum etwas. Nur wenn seine Mutter ihn in den Arm nahm, flog ein kleines Lächeln über sein schmales Gesicht, und seinem Mund entfuhr ein wohliges Babygrunzen.

3

Im Hochsommer des Jahres 1928 rollte ein fahrender Fotograf aus dem Ruhrgebiet auf seinem Motorrad über die Skagerrak-Brücke in das Dorf Cond. Auf dem Sozius hatte er in abenteuerlicher Weise seine Siebensachen hoch aufgetürmt. Dazu gehörte auch eine Fotoausrüstung mit Stativ und Kasten und allem, was er zum Fotografieren brauchte. Gemächlich knatterte er über das holprige Kopfsteinpflaster der Dorfstraße, das eine schnellere Fahrt mit einem Motorrad ohnehin nicht erlaubte. In der *Daljaas* machte er Halt, schaltete den Motor aus und schob das Gefährt durch eine Toreinfahrt in den Hof des Gasthauses *Zur guten Quelle.* Dort mietete er ein Zimmer mit Frühstück für zwei bis drei Nächte, je nachdem, wie gut das Geschäft laufen würde. Noch am gleichen Tag begann er, seine Dienste anzubieten. Niemand, außer vielleicht ein Mitglied der Familie Ronmes, hatte in Cond einen eigenen Fotoapparat. Deshalb war ein Fotograf ein willkommener Gast. Jeder, der es sich einigermaßen leisten konnte, wollte Erinnerungen auf Fotopapier für künftige Gelegenheiten schaffen und kratzte die letzten Reichspfennige zusammen, um sie dem Fotografen zu geben. Auch der alte Dores, obwohl er es sich eigentlich nicht hätte leisten dürfen, denn sein Neubau war um ein Vielfaches teurer geworden, als der Bauunternehmer vorausberechnet hatte, entschied, drei Fotografien anfertigen zu lassen. Auf einer sollte er selbst vor eben jenem Neubau zu sehen sein, mit geschwellter Brust vor seinem neuen Besitz, der, gemessen an den meisten älteren Winzerhäusern des Dorfes, durchaus stattlich zu nennen war. Dass es sich tatsächlich nicht wirklich um seinen Besitz, sondern vielmehr um den seiner Bank handelte, minderte seinen Stolz nicht. Vielmehr fühlte sich der alte Dores hereingelegt. Von seiner Bank, und von diesem Weimarer Staat sowieso, dem er zutiefst misstraute.

Hatten die beiden Conder, Gerhard Wolf und Leo Schlösser, die der alte Dores gut kannte und mit denen er sich gern maß, noch ein gutes Geschäft gemacht, als sie nur wenige Jahre vor ihm ihre Häuser in Cond bauten, gerade rechtzeitig, bevor die Hyperinflation in rasender Geschwindigkeit sämtliche Geldwerte vernichtete, hatte er nun, nach der Einführung der harten, beständigen Reichsmark, das Nachsehen. Seine ohnehin nur geringen Ersparnisse waren der Geldentwertung zum Opfer gefallen. Während Wolf und Schlösser ihr Erspartes rechtzeitig in den Sachwert ihrer Häuser zu verwandeln wussten, musste er sich teures Geld leihen, das ihn nun über viele Jahre in die Schuldenklemme zwingen würde. Aber wer hatte auch mit einer solchen Finanzkatastrophe gerechnet! Aus den Städten waren Berichte über einst wohlhabende Bürger des ehemaligen Mittelstandes zu hören, die jetzt gleich neben den Kriegskrüppeln des Weltkrieges bettelnd an Straßenkreuzungen standen, weil sie all ihr Geld verloren hatten. Andere, die Mark und Pfennig rechtzeitig investiert hatten, erhielten es durch Mieteinnahmen oder Verkäufe von Immobilien hundertfach zurück.

Der alte Dores hatte klare Vorstellungen von dem, was er später auf der Fotografie zu sehen gedachte. Er wies den Fotografen an, ihn vor seinem Wohnhaus abzulichten. Dabei sollte dieser sicherstellen, dass die hervorgehobenen Initialen seines Vor- und Nachnamens, die er außen auf dem Erker im ersten Stock unterhalb der Fenster mittig hatte anbringen lassen, gut zu sehen seien. Kein anderes Haus in Cond hatte einen derart imposanten Vorbau aufzuweisen, schon gar nicht einen mit der Signatur seines Erbauers. Niemand sonst in Cond, dachte der alte Dores, hatte das Temperament, sein Monogramm wie in ein Denkmal meißeln zu lassen. Seines hingegen war weit über den Ort hinaus sichtbar. Auch von vorbeifahrenden Schiffen aus waren die beiden Buchstaben ganz bestimmt noch zu erkennen, ebenso von der jenseitigen Uferpromenade. Vorausgesetzt, man gab sich etwas Mühe und schaute richtig hin.

Obwohl es ein gewöhnlicher Werktag war, hatte der alte Dores sich fein herausgeputzt und ging, ganz nach den Empfehlungen des Fotografen, im Sonntagsstaat in Aufstellung. Die Hände auf dem Rücken verschränkt, mit hochgerecktem Kinn wartete er unbeweglich auf das Auslösen der Kamera.

Eine zweite Fotografie sollte das Wohnhaus von der Hofseite zeigen, mit dem großzügigen Treppenaufstieg zum Hauseingang und seiner Frau Magdalena auf einer der oberen Treppenstufen als gute Seele ihres modernen Zuhauses. Gern hätte der alte Dores das Gebäude auch von der Rückseite ablichten lassen. Dort wäre ein kleiner Hof mit Platz für Haushaltsarbeiten, mit Wäschedrähten und einem gezimmerten Holzschuppen zu sehen gewesen. Darüber die terrassenförmig angelegten, zu den Weinbergen aufsteigenden Gartenbeete. Doch die Weinberge standen voll im sommerlichen Saft, und ihr dichtes Blattwerk, in dem der Fotograf sich für die Aufnahme hätte positionieren müssen, versperrten die Sicht auf das Objekt. Also entschied der alte Dores, auf eine weitere Abbildung seines Refugiums zu verzichten und stattdessen die Kamera in einen seiner besten Weinberge richten zu lassen. Dieser zog sich, nicht weit vom Haus entfernt, über einer wuchtigen Wingertsmauer direkt am *Neije Wäch* beginnend, in den zum Gipfel hin immer steiler aufragenden *Conder Rosenberg* hinauf. Der Fotograf allerdings empfahl, auch auf dieser Aufnahme eine oder mehrere Personen im Vordergrund zu zeigen, weil das spätere Bild dann, wie er sich ausdrückte, eine interessantere Dynamik erhielte und außerdem – *mit Verlaub!* – doch einfach mehr Anlass biete, es zu betrachten. Also winkte der alte Dores seine Tochter Agathe herbei. Die hatte eben ihren Bruder Jakob für eine Spazierfahrt fertig gemacht und in den Kinderwagen gesetzt. Agathe, außer sich vor Freude, fotografiert zu werden, lief ins Haus und rief nach hinten, dass sie ihre neuen Strümpfe anziehen wolle und die roten Schnallenschuhe dazu. Und noch während der alte Dores Luft holte, um zu rufen, dass es gut genug sei, was sie am Leib trage und sie sich herbei machen solle, hatte der Fotograf schon beruhigend die Hand auf Dores Schulter gelegt und mit viel Verständnis gesagt, er solle sie doch lassen. Sie sei doch ein junges Mädchen und außerdem seine Tochter, und es käme doch wirklich nicht auf ein paar Minuten an.

Da hatte er recht. Das sah sofort auch der alte Dores ein, der den Fotografen, je länger er mit ihm zu tun hatte, zu respektieren begann. Erst war er ihm wie ein fliegender Händler vorgekommen, einem Volk, wie er es nannte, zugehörig, das er von oben herab betrachtete. Menschen, denen gegenüber er, sesshaft und besitzend, sich für etwas Besseres hielt. Aber er spürte bei dem Mann eine Sensibilität, die ihm fremd war und ein fotografisches Geschick, das ihn beeindruckte. So ganz anders als er selbst war dieser Mann und schien dennoch ein ganzer Kerl zu sein. Also nutzte er die Zeit, und während Agathe sich umzog, lud er ihn zur Besichtigung seines neuen Kelterhauses und des Weinkellers ein. Interessiert lauschte der Fotograf den Ausführungen des alten Dores, als dieser ihm die Verarbeitung der Trauben im Herbst und den Keltervorgang erklärte. Der Fotograf, einigermaßen beeindruckt, fragte, ob er die Kelter fotografieren dürfe, natürlich ohne Berechnung, und die Fotos seien für den eigenen Gebrauch. Stolz willigte der alte Dores sofort ein. Als die Aufnahme im Kasten war, schritten die beiden über den Hof und tauchten unter der niedrigen Schwelle der Kellertür hindurch in das *Herzstück* seines Hauses ein, den Weinkeller.

Dores genoss die bewundernden Blicke des Fotografen, als er einen dünnen, elastischen Schlauch, der über eines der Holzfässer gelegt war, wie in einer Zeremonie mit einem Ende in das Spundloch des Fasses einsinken ließ, während er am anderen Ende mit den Lippen den Wein ansaugte. Sodann verrichtete er mit dem Schlauch eine Bewegung, auf und ab, und füllte routiniert zwei Weingläser. Wortlos überreichte er eines dem Fotografen während er das andere Glas schwenkend zur Nase führte und roch, dann gegen die funzelige Glühbirne richtete, die den Kellerraum spärlich beleuchtete, um die Farbe des Weins zu prüfen, dann wieder zur Nase und endlich zu den Lippen, mit denen er den Wein schlürfend einsog. Der Fotograf tat es ihm nach, verwechselte allerdings die Reihenfolge, trank zuerst, roch und blickte dann durch das halb geleerte Glas in die Glühbirne. Beim zweiten Glas verzichtete auch der alte Dores darauf, die Farbe des Weins zu prüfen und ab dem dritten oder vierten tranken beide ohne jede vorherige Überprüfung von Farbe und Duft.

Der Fotograf nannte sich Erich, bot dem alten Dores das Du an und verschwieg ihm aus taktischen Überlegungen seine kommunistische Überzeugung. Anlässe zu einer politischen Debatte hätte es schon einige gegeben, und dass der alte Dores eher dem entgegengesetzten, wahrscheinlich dem nationalistischen Lager zuzurechnen war, hatte er schnell erkannt. Doch wollte er weder seine neu gewonnene Bekanntschaft gefährden, noch dessen Gastfreundschaft missachten. Er dachte an die Zeit des Ruhrkampfes vor fünf Jahren, als er, der Kommunist, mit national gesinnten Kräften gemeinsame Sabotage- und Sprengstoffanschläge gegen die feindlichen französischen Besatzer verübt hatte und daran, wie sie in der Zeit davor alle Hand in Hand, auch im passiven Widerstand gegen den Feind, gestanden hatten. Außerdem war der alte Dores sein Kunde. Geschäftsverhältnisse verboten politische Auseinandersetzungen per se. Ja, und dann war da der köstliche Wein, der mit jedem Glas die Wege zur Freundschaft ebnete und ideologische Unterschiede dahinschmelzen ließ, wie die Sonne einen Klumpen Butter.

Vor dem Haus lief Agathe mit dem Kinderwagen auf und ab. Schon den halben Nachmittag. Inzwischen hatte sie nicht nur Strümpfe und Schuhe gewechselt, sondern auch etliche Male ihre langen Haare zu Zöpfen geflochten, diese wieder geöffnet, mit einer Haarbürste durchkämmt, um sie wieder neu zu ordnen und zu flechten. Sie hatte auch den Jakob frisch eingekleidet und ihm für das Foto ein helles leichtes Jäckchen übergezogen. Jakob war das egal. Was ihn aber brennend zu interessieren schien, war die Apparatur, die der Fotograf zu guter Letzt vor ihm und seiner Schwester aufbaute, nachdem dieser am Spätnachmittag zusammen mit seinem Vater aus dem Keller heraufgestiegen war. Die Sonne hatte sich hinter Wolken verzogen, und Agathe, die Sorge hatte, dass es schon zu düster zum Fotografieren sein könnte, wurde von Erich belehrt, dass es kein besseres Wetter zum Fotografieren gebe, als das jetzige. Agathe war glücklich und stellte sich mit dem Kinderwagen in Pose, während der Fotograf das Stativ aufbaute und den Fotoapparat darauf schraubte. Der kleine Jakob hingegen jackelte und wackelte aufgeregt in seiner Kinderkarre, als wolle er mit aller Gewalt begreifen, was hier gerade passierte. Tatsächlich dauerte es eine Weile, bis der Fotograf soweit war. Als dieser endlich den Apparat auslöste, posierte Agathe ganz entspannt, lächelnd, die rechte Hand am Griff des Kinderwagens, in dem ihr kleiner Bruder überschwänglich, aufgeregt mit den Armen ruderte.

Die Fotografien wurden sechs Wochen später mit der Post zugestellt. Jedes Motiv in drei Exemplaren im Postkartenformat. Als der alte Dores das Kuvert am Küchentisch öffnete, war die halbe Familie um ihn versammelt. Agathe war begeistert, als der Vater ihr das Bild von ihr und Jakob im Kinderwagen zuschob. Es war ohne Frage das Schönste, unverstellt und natürlich und Agathe mit ihrem gewinnendsten Lächeln. Das Foto mit dem alten Dores vor seinem Haus war nicht wirklich *schön* zu nennen, obwohl seine Qualität brillant und alles gut getroffen war. Es wirkte vergleichsweise starr, was ihm aber, wie er selbst fand, eine gewisse Bedeutung und Gewichtigkeit verlieh. Damit war der alte Dores sehr zufrieden. Auch das dritte Bild war von einwandfreier Beschaffenheit und Tiefenschärfe. Im Vordergrund der Hof mit den Begrenzungsmauern zum *Neije Wäch*, dahinter das Kelterhaus, links der Treppenaufgang, Magdalena vor der Haustür. Ihre kleine stämmige Gestalt, die Arme wie von müden Schultern getragen, die Hände vor der Kittelschürze gekreuzt. Ihr Gesicht ließ sich nicht leicht erkennen, trotz der guten Bildqualität. Zu groß war wohl die Entfernung zum Aufnahmestandort. Magdalena wirkte sehr ernst. Überhaupt nicht fröhlich, und ihre Augen erweckten den Eindruck von dunklen Höhlen. Magdalena nahm die Fotografie in die Hand, und während sie nur einen kurzen Blick darauf warf, um es gleich wieder zur Seite zu legen, schob sich eine Bitternis in ihre Mundwinkel. Eine Regung, die Agathe als einzige bemerkte. Sie reichte der Mutter das Bild von sich und dem kleinen Jakob.

»Mama, guck emol hei dat!«

Magdalena nahm das Bild in die Hand und ließ ihren Blick eine Weile darauf wandern. Ihre Mundwinkel hoben sich zu einem kleinen Lächeln.

»Jo, dat es schön, Agathe.«

Guten Tach Dores, schrieb Erich auf der beiliegenden Postkarte, die laut Aufdruck ein Hochofenwerk bei Dortmund zeigte. *Gern erinnere ich mich an die Tage bei Euch an der Mosel, vor allem an Deinen vorzüglichen Wein.*

»Jo, dä Erich«, grummelte der alte Dores und wendete einige Male die Postkarte in den Händen, so als müsse noch eine dritte Seite zum Vorschein kommen. Sein staunender Blick verweilte auf der Abbildung mit den dampfenden Hochöfen. Dabei schüttelte er den Kopf, als wolle er nicht glauben, dass es so etwas gibt.

»Un do wonnen och Leit?«, fragte Agathe ungläubig.

»Dat es et jo, dat do Leit wonne, medde en dem janze Qualm«, gab der Vater zur Antwort. Und in einer Redseligkeit, die weder seine Frau noch seine Kinder von ihm gewohnt waren, erzählte der alte Dores wie er den Erich verabschiedet hatte, kurz bevor dieser Cond verließ.

Mit vollgepacktem Motorrad war Erich vor dem Haus vorgefahren und hatte fünf Flaschen Wein zu kaufen verlangt. Diese ließ er sich mit Strohhüllen umpolstern und in Kartons verpacken. Mit Riemen schnallte er sie auf den Tank, den einzigen noch freien Platz auf seinem Fahrzeug. Er zahlte dem alten Dores mehr, als dieser verlangte, wünschte ihm viel Glück und knatterte mit der linken Hand zum Abschied winkend über den staubigen *Neije Wäch* in Richtung Skagerrak-Brücke im Zickzackkurs schwankend davon.

»Oje!«, rief der alte Dores hinter ihm her. »Weile schlieh net noch de Kabelz!«

4

Frühsommer 1956.

Die Mutter schuckelt ihren Jungen über der Schulter, nachdem dieser sich an ihrer Brust satt getrunken hat.

»Bäuerchen machen«, sagt sie. Das Wort Bäuerchen klingt so melodisch, fasst wie ein kleines Lied. Sie wechselt die Windeln, trocknet, pudert und cremt seine Haut, packt ihn in warme Sachen. Dabei spricht und singt sie unablässig mit dem Kind, das ihr die Fürsorge mit fröhlichen Babylauten und munterem Gezappel dankt. Sie trägt den Jungen aus dem Raum durch das Wohnzimmer in die Küche. Das Wohnzimmer, an Wochentagen unbeheizt, abweisend und zwecklos, durchschreitet sie mit schnellen Schritten. Sie könnte auch durch den Hausflur in die Küche gelangen. Doch möchte sie es vermeiden, dem alten Dores, ihrem Schwiegervater, über den Weg zu laufen, der mit seiner zweiten Ehefrau Gertrud die Wohnung im ersten Stock des Hauses über ihr bewohnt. In der Küche atmet der Junge die Aromen von heißer Suppe, Kartoffeln, Gemüse und brennendem Holz. Gerüche, die er schon gut kennt. Die Luft ist durchdrungen von Knistern und Behaglichkeit. Das Kind horcht auf, als draußen die Haustür geöffnet wird, hört jemanden eintreten und wie sich die Haustür leise wieder schließt. Schritte bis zur Küchentür, die sich öffnet, ohne Anklopfen.

»Mahlzeit«, klingt es aus dem Mund des Mannes, der eintritt. Er umarmt seine Frau und küsst sie. Als er sich dem Jungen zuwendet, die Lippen erneut zu einem kleinen Kuss schürzt, nimmt das Kind, mehr noch als das Gesicht des Vaters, dessen Geruch wahr, den er täglich aus der Weinkellerei, in der er arbeitet, mit nach Hause bringt.

5

Der Grund dafür, dass ich den Vornamen meines Patenonkels Albert geerbt habe, liegt am Zeitpunkt meiner Geburt, der mitten in die 1950er Jahre fiel. Damals galt es scheinbar als modern, ein und denselben Namen in der Familie weiterzugeben. Auch mein Bruder Winfried ist dieser schicksalhaften Namensgebung nicht entgangen.

Mitunter verstört es mich, schreibend die Lückenhaftigkeit meines Wissens über die eigene Herkunft zu erfahren. Schon beim Versuch, mir vorzustellen, wie einige meiner Vorfahren ihren Alltag verbracht, wie dörfliche, regionale oder weltpolitische Ereignisse ihr Handeln beeinflusst und ihren Lebenslauf geprägt haben könnten, ist es, als blicke ich auf eine riesige graue Fläche, wie aus Schiefer oder Basalt, die nur wenig Kontur aufweist.

So rätsele ich, ob mein Großvater väterlicherseits als Soldat am Ersten Weltkrieg teilgenommen hat. Geboren im Februar 1883, gehörte er 1914, einunddreißigjährig, zu den wehrtüchtigen Männern und hätte in diesem oder einem der nächsten Kriegsjahre eingezogen werden müssen. Da dürfte ihm auch der Umstand nicht geholfen haben, dass er sich auf den Tag genau ein Jahr bevor Österreich-Ungarn Serbien den Krieg erklärte, am 29. Juli 1913, mit Magdalena Castor verheiratet hatte und im Frühjahr, ehe das große Schlachten begann, Vater einer fidelen Tochter geworden war. Familie war kein Grund, nicht in den Krieg ziehen zu müssen. Vielleicht galt der Land- und Weinbaubetrieb meines Großvaters, so bescheiden er auch war, als kriegswichtig und unverzichtbar für *Volk und Vaterland* und der Großvater wurde freigestellt. In diese Richtung gehen meine Vermutungen, doch Gewissheit habe ich nicht. In allen Kriegsjahren, außer dem letzten, gebar meine Großmutter Magdalena ein Kind. Dieser Umstand könnte meine Annahme stützen, dass er nicht aktiv am Ersten Weltkrieg teilnehmen musste. Belege aus der Familie existieren nicht, auch keine Anhaltspunkte, keine Überlieferungen, keine Erzählungen. Sicher lagern Listen in Archiven, die Klarheit schaffen könnten. Diese gelte es zu finden, einzusehen und auszuwerten.

In den Jahren 1903 bis 1905, also ein Jahrzehnt vor dem ersten großen Massenmorden des vergangenen Jahrhunderts, diente der Großvater seinem Vaterland. Soviel ist sicher. Jene zwei Jahre seiner Militärzeit verbrachte er in der 10. Kompanie des 6. Rheinischen Infanterie-Regiments Nr. 68 in Koblenz, dessen Kommandeur den klangvollen Namen Vincentius de Paula von Brixen trug.

Ein echt preußisches Erinnerungsfoto zeugt davon, überbordend mit optischem Tschingderassassa und der Aufschrift *Zum Andenken an meine Dienstzeit* auf dem Passepartout. Es hat heute im Gästezimmer meines Hauses einen Platz gefunden, und unsere Gäste, die das Zimmer bewohnen, müssen seinen Anblick ertragen.

Wir dienten an des Rheines Strand zwei Jahre treu dem Vaterland, heißt es darauf. Zu lesen ist auch der Spruch: *Wo Rhein und Mosel sich vereinen zu einem breiten Strom, da dienten wir zwei Jahre als treuer deutscher Sohn.* Schon als Kind stolperte ich über diesen Reim. Müsste es nicht heißen, ... *da dienten wir zwei Jahre als treue deutsche Söhne*? Aber so genau nahm man es mit dem Deutschen scheinbar auch wieder nicht, zumindest nicht mit der deutschen Sprache. Reim dich oder ich fress dich!

Dennoch: Ein Monument von einem Bild! Mit Haut und Haar scheint sich der Großvater darauf, wie auch die meisten seiner abgebildeten Kameraden und Vorgesetzten, dem Leitspruch verpflichtet zu fühlen, der in das aufwendig gestaltete Passepartout in goldenen, martialischen Lettern eingraviert ist: *Mit Gott, für Kaiser, König und Vaterland.*

Ganz vorn in der ersten Reihe ist der Großvater auf dem Gruppenfoto sehr gut platziert. Bemerkenswert ist seine Körperhaltung. Mit seitlich abgewinkelten Beinen hockt er auf dem Boden, dabei hält er den Oberkörper auffallend aufrecht. Sehr bequem dürfte das nicht gewesen sein. Zumal er seine Hände nicht zum Abstützen benutzt. Denn in der Rechten hält er einen senkrechten Stab mit einer Art Wimpel an der Spitze, der ihm ein gutes Stück weit über die Schulter ragt, in der Linken eine Trompete. Ich mache mich schlau und erfahre: Die auffallend großen, weißen Schulterklappen, die nur er und drei andere seiner Kameraden auf der Fotografie tragen, wurden *Schwalbennester* genannt und waren, wie ich nachlese, traditioneller Bestandteil der Uniformen deutscher Militärmusiker.

Ich versuche, die sonderbare Haltung meines jungen Großvaters nachzuahmen, sicherheitshalber auf dem Sofa, und ich scheitere kläglich. Nun, ich bin heute fast drei Mal so alt wie er damals und komme vermutlich nicht im Entferntesten an seine damalige körperliche Leistung und Gelenkigkeit heran.

Die Fotografie samt Passepartout ist der einzige Gegenstand, den ich von diesem Großvater besitze. Dabei handelt es sich nicht etwa um ein Erbstück. Bewahrung und Weitergabe von persönlichen Dingen hat in unserer Familie leider keine Tradition. Großvaters *Erinnerung an seine Dienstzeit* fand ich eines Tages vernachlässigt in einem Stapel von Gerümpel im Keller meines Elternhauses auf der Conder Valwiger Straße wieder, die wir als Kinder noch den *Neije Wäch* nannten. Ich nahm das Exemplar an mich, ließ es säubern und ihm einen angemessenen, goldlackierten Holzrahmen verpassen.

Schon als Kind hatte ich oft versucht zu verstehen, was ich auf dem Foto sah. Niemand hatte es mir erklärt. Viele Jahre wusste ich nicht einmal, dass einer der abgebildeten Soldaten mein Großvater war. Als ich es von meinem Vater erfuhr, war ich stolz wie Oskar. Ich hielt meinen Großvater, da er sich auf der Fotografie ganz vorn befindet und der stattlichen Schulterklappen wegen, für einen General. Mein Vater lachte und ließ mich eine Weile in dem Glauben.

Soweit ich mich erinnere, befand sich das Bild zu allen Zeiten immer nur im Keller. Mal hier, mal da, wo sich gerade Platz bot. Das Erinnerungsstück meines Großvaters, zu meiner Kinderzeit ein gutes halbes Jahrhundert alt, schien keiner seiner Nachfahren in seinen eigenen vier Wänden bewahren, aber auch keiner wegwerfen zu wollen. Nicht etwa im tiefen Weinkeller fristete es sein Dasein, sondern in dem Kellerraum, der zur Straße hin ein schmales Fenster besaß, in dem Kartoffel, Äpfel und Birnen auf hölzernen, selbstgezimmerten Stellagen lagerten, in dem das Eingemachte aufbewahrt wurde, und der Sauertopf mit Kraut oder Bohnen gefüllt duftete, wenn man den hölzernen Deckel anhob. Hier hatte auch eine wuchtige Werkbank aus Holz ihren Platz und das Werkzeug meines Vaters.

Dieser Kellerraum war viele Jahre einer meiner liebsten Plätze im Haus, und das Bild meines Großvaters gehörte untrennbar dazu. Oft saß ich davor, hatte es von der Wand genommen und vor mich auf den Schoß gelegt. Mich faszinierten die Gesichter, der in erstaunlich hoher fotografischer Qualität abgebildeten Personen. Oft habe ich versucht, sie zu zählen. Die Anordnung der Abgebildeten erschwerte dies, und das Ergebnis war immer nur ungefähr. Ich habe es gestern erneut versucht. Der Ausgang war der gleiche. Nun denkt man vielleicht, es sei ein Leichtes, die Personenzahl auf einem Gruppenfoto zu ermitteln. Die erste Reihe zählt sich leicht. Vier Soldaten sitzend auf dem Rasen in ihren eigentümlichen Körperhaltungen, darunter, rechts außen, mein Großvater. Ein fünfter in der Mitte. Er mag auf einem Hocker Platz genommen haben. Sein gebieterischer Blick verleiht ihm einen unsympathischen Gesichtsausdruck. Übrigens lächelt niemand der hier versammelten Herren. Da hat keiner ein *Cheese!* auf den Lippen, um freundlich zu wirken. Im Gegenteil, der Ausdruck von männlicher Härte, Disziplin und Furchtlosigkeit schien die Absicht zu sein. Dennoch gibt es Unterschiede. Manche wirken in ihrer Strenge äußerst authentisch und fast schon erschreckend. Andere blicken sanfter in die Welt, mit weicheren Gesichtszügen. Manche schauen fragend, andere fast ein wenig verloren. Mein Großvater gehört zu den Strengeren, und ein Bemühen nach Schärfe ist ihm anzusehen.

Die Zwölf, die in der zweiten Reihe sichtlich entspannt, fast ein wenig gelangweilt in ihren Stühlen lehnen, dürften allesamt Offiziere gewesen sein. Sie wirken auch älter als die meisten anderen. Manche tragen einen Säbel, den sie auf dem Boden aufstützen und mit einer Hand am Griff halten. Zwölf Mann sind es auch in der dritten Reihe. Die beiden Äußeren sind als einzige mit Sturmgepäck beladen, tragen wilhelminische Pickelhauben und haben ihre Bajonette aufgepflanzt, gerade so, als stünden sie hier, um die ganze Mannschaft zu bewachen, und meinem Eindruck nach, irgendwie auch das Bild selbst. Ab Reihe vier wird es schwierig, weil sich die abgebildeten Personen teilweise auf einer Höhe mit denen aus Reihe fünf befinden, und die in Reihe fünf teilweise schon zur sechsten Reihe gehören könnten. Erst in der siebten Reihe herrscht wieder Klarheit. Ich zähle sechs Männer. Zwei von ihnen sehen aus wie Kinder unter zu groß geratenen Mützen.

Die Fotografie wurde an einem der imposantesten Plätze aufgenommen, die das Kaiserreich zu Beginn des 20. Jahrhunderts im Westen zu bieten hatte. Im Hintergrund lässt sich die spiegelnde Wasserfläche des Rheins erahnen. Darüber erhebt sich gewaltig der Ehrenbreitstein, okkupiert von noch gewaltigeren preußischen Festungsmauern. Vor dieser Kulisse reckt sich das Reiterstandbild Kaiser Wilhelm des

Ersten am Deutschen Eck in den Himmel. Einen *Faustschlag aus Stein* nannte Kurt Tucholsky den Denkmalsockel, auf dem hoch oben die 14 Meter hohe Bronzestatue des Potentaten samt Schlachtross und geflügeltem Genius thront. Oder, um noch einmal Tucholsky zu bemühen, da *tut er, was er all sein Lebtag nicht getan hat: er dräut in die Lande* und *sein Pferd dräut auch.* In Bronze gegossen und übergroß. Alles wirkt wichtig, wuchtig und gewaltig. Als Betrachter könnte man den Eindruck gewinnen, der Kaiser reite mit seinem mächtigen Schlachtross über die Köpfe seiner Soldaten hinweg.

Mit Ausbruch des Ersten Weltkriegs, lese ich, machte das 6. Rheinische Infanterie-Regiment Nr. 68 am 2. August 1914 mobil. Als Teil der 30. Infanterie-Brigade der 16. Division nahmen seine Soldaten am Aufmarsch in Luxemburg teil. In den folgenden mehr als vier Jahren waren sie beteiligt an der Schlacht an der Maas, an den Verfolgungskämpfen von der Maas zur Marne, an der Schlacht an der Marne, an den Stellungskämpfen in der Champagne / Souain, an der Schlacht bei Souain, den Stellungskämpfen in der Champagne, an der Schlacht bei Perthes-lès-Hurlus, an der Winterschlacht in der Champagne, an der Schlacht bei La Bassée und Arras, an den Kämpfen an der Aisne, an der Schlacht an der Somme / Thiepval, an den Stellungskämpfen bei La Ville-aux-Bois, an den Kämpfen an der Aisne / Pommieres, an den Stellungskämpfen am oberen Styr-Stochod / Wolhynien, an den Kämpfen in Flandern / Wytschaetebogen, den Abwehrkämpfen in Flandern / Becelaere, an den Stellungskämpfen in Flandern / Passendale, an der Schlacht bei Armentières, an den Stellungskämpfen in Nordfrankreich, an den Abwehrkämpfen an der Lys, an der Schlacht bei Hendecourt, an den Kämpfen bei Arleux, und bis wenige Tage vor Kriegsende an den Abwehrkämpfen in der Hermannstellung an der Schelde.

Wer danach noch am Leben war, trat am 19. November 1918 von Lüttich aus den Rückmarsch in die Heimat an. Hier wurde das Regiment ab 9. Dezember 1918 in Bramsche bei Osnabrück zunächst demobilisiert und im Januar 1919 schließlich aufgelöst.

3.832 Angehörige des Regiments waren im Ersten Weltkrieg gefallen. Ein Regiment umfasste unterschiedlichen Quellen zufolge zirka 2000 bis 3000 Soldaten. Nimmt man als mittlere Zahl eine Regimentsstärke von 2500 Soldaten an, dann ist das Regiment, in dem mein Großvater zwei Jahre als Trompeter diente und von dem ich nicht weiß, ob er an den Kämpfen teilgenommen hat, in vier Jahren Krieg mehr als eineinhalb Mal vernichtet worden.

Die Kinder meines Großvaters können alle nicht mehr nach ihm befragt werden. Mein Vater starb um Mitternacht nach einem der zahlreichen goldenen Oktobertage des Jahres 2011. Der Herbst, Vaters Jahreszeit, hatte sich in seinem Todesjahr besonders viel Mühe gegeben und ein ungeheures Spiel aus Licht und Farben vollführt. Das Moseltal lag wochenlang in einem Meer goldgelb leuchtender Weinberge unter einem wolkenlosen Himmel. Die Schriftstellerin Clara Viebig hat eines ihrer bekanntesten Bücher nach dieser, nur alle paar Jahre auftretenden Naturerscheinung *Die goldenen Berge* genannt. Bei meiner Recherche stoße ich auf die Information, dass ein erster Vorabdruck des Buches in Vaters Geburtsjahr 1927 erschienen ist.

Die Natur, an der mein Vater immer nah gelebt hat, in seinen Weinbergen und Gärten war er daheim, bot all ihre Verwandlungskünste auf, ihn gebührend aus dem Leben zu verabschieden. Er hätte mir Auskunft über den Großvater gegeben. Doch habe ich es versäumt, ihn rechtzeitig noch einmal nach ihm zu befragen.

Vaters fast acht Jahre ältere Schwester Gerda, kam zu Vaters Beerdigung ein letztes Mal aus dem Saarland nach Cond angereist. Als sie ihren *kleinen Bruder* unter der Erde wusste, machte auch sie sich daran, ihr Leben zu beschließen. Sie starb nur wenige Wochen nach ihm. Gerda hatte einen Bergmann von der Saar geheiratet und fast ihr ganzes Leben in Köllerbach gewohnt, einem gesichtslosen Zusammenschluss mehrerer Gemeinden nördlich von Püttlingen an einem kleinen Nebenfluss der Saar. Sie blieb von allen Geschwistern meines Vaters, die Cond verlassen hatten, jene, die am stärksten mit ihrem Heimatdorf verbunden blieb. Wenn es Gerda danach war, oder wenn sie es im Saarland, warum auch immer, nicht mehr aushielt, packte sie die Koffer und setzte sich in den Zug nach Cochem. Manchmal tauchte sie völlig unangemeldet auf. Es kam vor, dass der Briefträger meiner Mutter morgens eine Karte von der Saar aushändigte, auf der in ungelenker Schrift zu lesen war, dass die Absenderin, Gerda, am späten Nachmittag des gleichen

Tages einträfe. Manchmal war Gerda noch vor ihrer Post da. Da hat sie die Karte vielleicht erst eingeworfen, während sie schon auf dem Weg zum Bahnhof war. Nicht immer wurde ihr Besuch als passend empfunden. Mein Vater verdrehte die Augen und sagte ungehalten *schunn widder!* wenn meine Mutter ihm Gerdas Karte beim Mittagstisch vorlegte. Manchmal sagte sie nur, *wir haben Post von der Saar,* und mein Vater wusste, dass seine große Schwester noch am gleichen Abend mit am Tisch sitzen würde. Mehr als mein Vater, hatte meine Mutter Verständnis für das Heimweh ihrer Schwägerin, das diese mehrmals im Jahr wie aus heiterem Himmel heimsuchte. Sie schien dieser schmerzlichen Sehnsucht nach der Mosel schutzlos ausgeliefert gewesen zu sein. Gerda blieb mindestens eine Woche oder länger. Sie zog in unsere Wohnung ein und führte sich von der ersten Minute an auf, als wäre sie hier zu Hause. Vielleicht war sie es in ihrem Innersten ja auch noch, schließlich waren ihr das Haus und die Räume, in denen wir lebten, von früher Kindheit an vertraut. Heute würde man ihr Verhalten vielleicht distanzlos nennen. Damals hat es zwar genervt, aber so war es nun eben, und es wurde als Gegebenheit hingenommen. Meinem Bruder und mir gegenüber versuchte sie sich als Autorität zu behaupten. Sie erteilte Anweisungen, die allenfalls einem Elternteil zugestanden hätten, rügte oder tadelte uns. Wenn sie es für nötig hielt, zögerte sie auch nicht, uns eine *hinter die Löffel* zu hauen, was wir hauptsächlich mit Verwunderung wahrnahmen, da es nie besonders weh tat.

Die größte Enttäuschung brachte Gerda mir anlässlich meiner Erstkommunion bei, der ersten heiligen Kommunion, wie es damals weihevoll ausgesprochen wurde. Neben allen anderen schrägen Ereignissen und Dauerdemütigungen anlässlich meines Jubeltages, ist diese am wenigsten vergessen. Gerda war meine Patentante, die Geet. Meine Mutter war die Patentante ihres jüngsten Sohnes, Sepp. Er und ich haben das gleiche Alter. Deshalb gingen wir auch im gleichen Jahr zur ersten heiligen Kommunion und mussten am sogenannten Weißen Sonntag beide auf die Anwesenheit unserer Patinnen verzichten, denn beide hatten ja selbst einen Jungen, der zur Kommunion ging. Der sogenannte Weiße Sonntag folgt auf Ostern und ist in katholischen Gegenden der traditionelle Erstkommunionstag. Ich habe mindestens einen Anhaltspunkt dafür, dass der Tag der ersten heiligen Kommunion meines Cousins Sepp meinen nicht an Enttäuschungen übertraf. Denn Sepp bekam von seiner Geet, meiner Mutter, eine Armbanduhr geschenkt, auf die ich heute noch neidisch sein könnte. Da ich meine Armbanduhr von meinem Pett erhalten sollte, die auch, glaube ich, ganz in Ordnung war, hatte ich die Hoffnung, von der Saar mit einer Überraschung rechnen zu dürfen. Diese kam mit der Post. Das Paket war nicht besonders groß. Ich durfte es am Tag meiner ersten heiligen Kommunion auspacken, sah dabei mit Verwunderung, dass es bereits geöffnet, und wieder verschlossen worden war. Damals kam ich nicht auf den Gedanken, dass meine Eltern neugierig wissen wollten, was ich von der Saar zu erwarten hatte. Ich zerfetzte die Verpackung. Zum Vorschein kam ein kleines Kofferradio, ein sehr kleines. Vielleicht wäre es besser gewesen, es ein Taschenradio zu nennen, denn von einem Koffer hatte es beim besten Willen nichts und, wie sich herausstellen sollte, auch nichts von einem Radio. Aber es sah schön aus. Seine untere Hälfte steckte in einem Lederetui aus schwarzem Plastik, die nicht verhüllte obere Hälfte glitzerte golden. Es gab kein Fenster für die Anzeige eines Senders, nichts, woran ich die Einstellungen des Radios hätte ablesen können. Aber das Gerät besaß an der Seite zwei winzige Rädchen. Mit dem oberen konnte es ein- und ausgeschaltet, sowie die Lautstärke reguliert werden. Das untere Rädchen war zur Sendersuche gedacht. Eine winzige Antenne ließ sich, wenn man das Köpfchen an ihrem oberen Ende mit einem Fingernagel zu packen bekam, herausziehen. Doch so sehr ich am Tag meiner ersten heiligen Kommunion das Radio drehte und wendete, die Rädchen rollte und die Antenne raus und rein schob, hinaus auf die Straße lief und des mutmaßlich besseren Empfangs wegen hoch oben unters Dach stieg; bis auf ein unregelmäßiges an- und abschwellendes Rauschen, war dem Gerät kein Mucks zu entlocken. Auch nicht am zweiten Tag meiner ersten heiligen Kommunion, dem Weißen Montag, wenn man so will, an dem zu den vielen, mir teilweise fast unbekannten Gästen noch einige neu hinzugeladen worden waren, Nachbarn, Bekannte, Freunde meiner Eltern. Sie alle waren gekommen, um sich die Mägen mit Kuchen und anderen Leckereien vollzuschlagen. Von mir wurde erwartet, an den beiden Tagen meiner ersten heiligen Kommunion am festlich geschmückten Tisch der Erwachsenen anwesend zu sein, möglichst unauffällig und freundlich, im dunkelblauen Kommunionanzug steckend, mit einer Fliege um den Hals, die mir, wenn ich daran denke, heute noch die Atemluft raubt.

Auch in den Tagen und Wochen nach der Feier war das Geschenk meiner Geet nicht in Gang zu bringen. Da half es auch nichts, der auf Französisch abgefassten Bedienungsanleitung Hinweise abzuringen. Selbst meinem technisch und handwerklich begabten Vater gelang es nicht, dem sogenannten Radio mehr als ein nervtötendes Rauschen und nur selten Töne abzutrotzen, die entfernt an eine menschliche Stimme erinnerten. Trotzdem hatte ich das Geschenk in Ehren zu halten. In Ehren, das bekam ich von meiner Mutter zu hören, denn es sei schließlich das Kommuniongeschenk meiner Patin. Auch, wenn es nicht spiele, das sei mal ganz egal.

Sakrileg, Sackzement und heiliger Bimbam!

Ich bin sicher, dass meine Mutter nur den Moment fürchtete, da Gerda sich nach dem Gerät erkundigen könnte. Das Geschenk fand also, zu meiner Herabwürdigung, einen würdigen Platz auf einem Bord in unserer Wohnung, wo es allenfalls zum Abstauben hin und wieder angerührt wurde.

Jahre vergingen bis ich mich traute, das Gerät tief unten im Mülleimer zu vergraben, immer noch mit der Angst im Nacken, jemand könnte mich dabei beobachten oder es im Müll wiederfinden.

Nicht nur Gerda, auch alle anderen Geschwister meines Vaters sind tot. Die kleine Barbara, nur ein gutes halbes Jahr ist sie alt geworden, sie starb, lange bevor mein Vater geboren wurde. Agathe, die ihn im Kinderwagen schaukelte, tat ihre letzten Atemzüge in einem Seniorenstift. Dores, der einen Tag vor seinem 92. Geburtstag einen relativ kleinen medizinischen Eingriff nicht lebend überstand. Er wachte einfach nicht mehr aus der Narkose auf. Ein gnädiger Tod in seinem Alter. Anders erging es seinem nur zwei Jahre jüngeren Bruder Vinzent. Mit noch nicht einmal 60 Jahren raffte ihn eine Krebserkrankung dahin. Nie vergesse ich meine letzte Begegnung mit ihm, als er schon sehr geschwächt, aber mehr noch verzweifelt, auf dem Sofa seines Wohnzimmers mir gegenübersaß. Wir redeten ein wenig. Ich spürte seine Not. Aus dem halb geöffneten Schlitz seiner Hose wand sich ein Blasenkatheter, durch den eine dunkelrote Flüssigkeit in einen transparenten Auffangbeutel sickerte. Onkel Vinzents fröhliches Gesicht, das ich von ihm kannte, hatte sich in einen Ausdruck purer Hoffnungslosigkeit verwandelt. Ich war jung und unerfahren. Ich hatte keinen Trost für ihn. Aber wir ähnelten uns in unserer Hilflosigkeit.

Wie unbeschwert war dagegen die schöne Zeit, als ich Kind war und er der Briefträger von Cond. Ich sehe ihn gegen Mittag in unseren Hof einbiegen und die Treppe zur Haustür hinaufsteigen. Die Sonne scheint. Die lederne Briefträgertasche ist schon geleert und hängt ihm schlaff über der Schulter. Und immer sein strahlendes, lachendes Gesicht und freundliche Worte für uns Kinder. Ich fragte meine Mutter, warum Onkel Vinzent bereits mittags Feierabend habe, während unser Vater oft erst spät am Abend nach Hause kam, wenn mein jüngerer Bruder und ich schon im Bett lagen. Sie erklärte, dass der Onkel Vinzent schon sehr früh aufstehen müsse, wenn es noch Nacht sei. Zuerst müsse er alle Briefe für seine Tour durchs Dorf nach Straßen und Hausnummern sortieren. Das würde schon eine Menge Zeit in Anspruch nehmen, denn er trage die Briefe nicht nur im alten Teil von Cond, sondern auch auf der Siedlung aus. Ich wisse ja, wie weit sich die neuen Häuser den Berg hinaufzögen, in die Kapellenstraße und die Bergstraße hinauf bis zum Wald. Deshalb habe er seinen Feierabend am Mittag redlich verdient. Aber Papa, sagte ich, stünde auch jeden Morgen sehr früh auf.

Da seufzte meine Mutter, und ich hörte ein Bekümmern in dem, wie sie sagte: »Ja, der Papa ist aber kein Briefträger.«

Franz, der mit seinem unbemerkten Verschwinden einst die ganze Familie in Aufruhr versetzt hatte, starb im Jahr 2000 in Ratingen. Dorthin war er seinen älteren Schwestern Agathe und Betti nach dem Zweiten Weltkrieg gefolgt. Die beiden Schwestern, erst die Agathe, später die Betti, hatten dort Arbeit und Ehemänner gefunden. Cond, dem Ort ihrer Geburt und ihres Aufwachsens, hatten sie schnell und fast endgültig den Rücken gekehrt. So, als habe es ein familiäres Zerwürfnis gegeben, über das niemand mehr sprach, als seien die Schwestern nicht im Frieden aus Cond fortgegangen.

Die Frage, was sie ausgerechnet in dieses Ratingen, einer Schlafstadt und dem Standort von Dienstleistungs- und Kleingewerbebetrieben für das nahegelegene Düsseldorf verschlagen hat, wird womöglich ein Rätsel bleiben. Ich meine mich entfernt zu erinnern, dass Agathe in der Textilindustrie eine Arbeit gefunden hatte. Da kann ich mich aber auch täuschen.

Anders als Gerda kamen Agathe und Betti fast nie zu Besuch. Meine Tante Agathe habe ich höchstens fünf oder sechs Mal im Leben zu Gesicht bekommen. Die Tante Betti eher noch seltener. Die beiden hatten sich einfach auf und davongemacht. Nur dann und wann war in Cond die Rede von ihnen, und eher noch von Agathe als von Betti. Eine Nachricht von Bettis Tod erhielt ich vor noch nicht allzu langer Zeit. Sie dürfte um die hundert Jahre alt geworden sein.

Während der wenigen Begegnungen, die es zwischen ihr und mir gab, wunderte ich mich, dass diese Frau tatsächlich meine Tante war. Tante, ein Begriff, der so gar nicht zu ihr passte. Sie erschien mir wie eine Fremde, kühl, beherrscht, distanziert. Abweisend fast, was sie für mich ungeheuer attraktiv machte. Sie war äußerst gutaussehend, sehr schlank mit scharf geschnittenen Gesichtszügen und, wie ich fand, einem verräterischen Lächeln auf den schmalen Lippen, das mich magisch anzog. Doch nur in Gedanken bin ich ihr jemals ein wenig näher gekommen. Etwas, das man ein Gespräch nennen könnte, hat es zwischen ihr und mir wohl nie gegeben. Es existiert ein Foto, klein, mit gezacktem Rand, wohl bei einer Kommunion oder vergleichbaren Familienfeier aufgenommen, worauf sie zu sehen ist. Ihr enganliegendes Kleid, das sie auf dem Foto trägt, erlaubte mir schon beizeiten eine Ahnung von der geglückten Form ihrer Brüste und deren eher bescheidener Größe. Doch welches Kind interessiert das schon bei einer mehr als dreißig Jahre älteren Tante? Aber bei ihr war es etwas anderes.

Onkel Franz bekamen wir öfter zu sehen. Er war uns Kindern zugewandt, scherzte und verulkte uns. Er bastelte uns Angeln, über die sich jeder Moselfisch totgelacht hätte und verbrachte mit uns Nachmittage auf den Kribben am Moselufer. Den einzigen gefangenen Fisch, den wir zu sehen bekamen, hatten nicht wir mit unseren Angeln, sondern Onkel Franz mit einer Dose gefangen. Wir freuten uns, wenn er zu Besuch kam. Sein Erscheinen wirkte stets sonnig und von Leichtigkeit getragen. Viele Jahre fuhr Franz für eine Spedition mit einem Laster durch die Gegend, und wenn er irgendwo im Umkreis von Cochem und Cond unterwegs war, legte er einen Stopp ein, rollte über die Skagerrak-Brücke und parkte seinen riesigen Kasten auf dem *Neije Wäch* direkt vor unserem Haus. Das war ein Heidenspektakel, bei dem es mächtig zischte, quietschte, rappelte und pufft, bis der Motor stillstand. Lastkraftwagen von diesem Ausmaß waren in den 1960er Jahren keine Selbstverständlichkeit in Cond. Und jetzt stand da einer, von dem ich meinen Spielkameraden im Dorf erzählen konnte, dass er meinem Onkel gehörte und – ganz klar! – in dessen Fahrerkanzel ich bereits gethront hatte. Bei laufendem Motor, wohlgemerkt, obwohl das gelogen war.

Meistens musste Onkel Franz am gleichen Tag mit dem Lastkraftwagen weiter. Seine Zeit reichte oft nur für eine Tasse Kaffee, einen Strammen Max, den meine Mutter ihm in aller Eile zubereitete und einen kurzen Plausch. Alle paar Jahre machte Franz Urlaub in Cond. Dann hatte er einen Wohnwagen dabei. Er wollte unabhängig sein und keinem seiner noch in Cond wohnenden Geschwister mit Übernachtungen zur Last fallen. Den Wohnwagen bewohnte Onkel Franz zusammen mit Lenchen, seiner lebenslustigen, kessen, dem Cognac zugeneigten und wie ein Schlot qualmenden, daher immer hustenden, dennoch sehr liebenswerten Ehefrau und ihrem gemeinsamen Sohn, meinem Cousin. Lenchen hatte ein offenes, sehr lockeres Auftreten. Ihre Losung schien *Lebenslust* zu lauten. Ihr kamen Wörter über die Lippen, die meine Mutter sich kaum zu denken gewagt hätte, über die sie sich aber, von Lenchen ausgesprochen, dennoch amüsierte. Befreit von vielen Konventionen, Angepasstheiten und religiösen Maßstäben hatte Lenchen alles, was wir auf dem Dorf *städtisch* nannten und wonach wir uns vielleicht insgeheim sehnten.

Lenchen starb einige Jahre früher als Franz. Nach seiner Beschäftigung als Kraftfahrer arbeitete er im Unternehmen eines Freundes, der Leichenbestatter war. Ich erschrak ein wenig, als ich davon erfuhr, weil ich dachte, dass dieser Beruf nicht zu ihm passe. Als er wieder einmal zu Besuch in Cond war, fragte ich ihn nach seiner Tätigkeit als Bestattungsgehilfe. Er sagte, das sei ein Beruf wie jeder andere auch. Egal, ob man Sachen von einem Ort zum nächsten transportiere oder tote Körper in Kisten lege. Aber das glaubte ich ihm nicht.

Lachend und kopfschüttelnd erzählte mein Vater später einmal eine Begebenheit über seinen Bruder Franz. Dieser, inzwischen verwitwet, hatte sich wieder für ein paar Tage an der Mosel eingefunden. Am Abend zog er durch die Cochemer Kneipen, um ein paar Bier zu trinken, vielleicht auch um zufällig alte Bekannte zu treffen. In der Nacht lockte es ihn in eine der beiden Bars, die damals das Cochemer Nachtleben auch mit sexuellen Angeboten bereicherten. Sie nannten sich Astoria-Bar und Berolina-Bar. Beide Bars waren von außen durch farbige Leuchtreklamen zu erkennen. Die eine gelborange, die andere in einem tiefen Lilablau. Man klingelte an der verschlossenen Tür und wartete auf das elektrische Surren des Türöffners. Der Eingang zur Berolina-Bar befand sich direkt an der Moselpromenade, aber der Barraum muss irgendwo in einem Hinterhaus gelegen haben. Die Berolina-Bar erreichte man durch viel zu lange düstere Gänge und über Treppen. Manch ein Gast wird es sich hier noch einmal anders überlegt haben und umgekehrt sein. Auch zur Astoria-Bar mussten Treppen und Flure überwunden werden, bis man das Etablissement erreichte, das sich im Stockwerk über der Martinsklause in der Liniusstraße befand.

In welcher der beiden Bars Onkel Franz gelandet war, ist nicht überliefert, nur dass er sie sehr enttäuscht und erleichtert wieder verlassen hat. Obwohl ich die beiden Brüder nie vertraulich erlebt habe, ließ Onkel Franz meinen Vater doch wissen, dass er zwar um 800 Mark erleichtert worden sei, die Damen in der Bar ihn aber nicht einmal an ihre Titten gelassen hätten. Von mehr ganz zu schweigen.

6

Spätherbst 1956.

Diese gemeinsamen Mittage sind die intensivste Zeit des Tages. Nur knapp eine Stunde dauern sie. Dann wird es Zeit für den Vater. Er muss wieder gehen. Der Junge genießt das mittägliche Zusammenrücken der kleinen Familie um den Tisch nah beim Herd, auf dem die Töpfe mit Speisen warmgehalten werden. Es wird gesprochen, und die Worte klingen sanft und einvernehmlich. Die Stimme der Mutter, die Stimme des Vaters. Auch mit ihm, dem Jungen, wird gesprochen. Dann verändern sich die Stimmlagen, nehmen mit einem Mal eine höhere Tönung an, und er weiß, dass er gemeint ist. Er lacht und jauchzt vor Lebensfreude.

Eines Mittags ist ein Klopfen an der Küchentür zu hören. Aber kein energisches Anklopfen mit der Absicht, hereingebeten zu werden. Es klingt mehr wie ein dumpfes Schlagen. Die Mutter öffnet die Küchentür zum Flur um nachzusehen. Im ersten Augenblick sieht sie niemanden. Dann erkennt sie den Großvater des Jungen, ihren Schwiegervater, den alten Dores. Zusammengesunken kauert er auf einer der untersten Stufen der Holztreppe, die zu seiner Wohnung hinaufführt. Mit einem seiner angewinkelten Beine hat er gedankenlos leicht an die Tür geschlagen. Scheinbar hat er es überhaupt nicht bemerkt. Die Mutter fragt, was er da tue. Aber sie erhält keine Antwort. Er schaut nicht einmal zu ihr auf. Sie weiß nicht, wie sie ihn anreden soll. Obwohl sie seit über zwei Jahren mit seinem Sohn verheiratet ist und mit dem Alten in einem Haus wohnt, hat er bis heute kaum einen Satz mit ihr gesprochen. Auch ist sie unsicher, ob sie *Du* oder *Sie* zu ihm sagen soll. Sie fürchtet sich vor einer Abfuhr. Sie umgeht die Anrede geschickt, indem sie ihn in der dritten Person anspricht.

»Wat es los met Euch?« Sie erhält keine Antwort.

Sie lädt ihn ein, in die Küche zu kommen und mit ihnen zu essen. Sie solle ihn in Ruhe lassen, sagt er. Das hier ginge sie nichts an.

Der Vater des Jungen kommt hinzu, fragt seinen Vater, was denn schon wieder los sei, obwohl er es ja eigentlich weiß. Der alte Dores hebt langsam den Kopf und blickt seinen Sohn Jakob missbilligend an. Er deutet mit einem Kopfschwenken die Treppe hinauf in den ersten

Stock. In dem Moment hören alle drei von dort ein Scheppern und zeitgleiches Zetern, ein Geschrei als sei der Teufel los.

»Hot se widder ihr Tour?«, fragt Jakob seinen Vater und er erhält die missmutige Antwort: »Dat hierst de doch!«

Auch für die Einladung seines Sohnes, ob er denn nicht doch mit in die Küche kommen und etwas mitessen wolle, hat der alte Dores nur ein ablehnendes Kopfwinken übrig.

Der Junge hat in der Küche zu weinen begonnen. Wie genau er doch gespürt hat, dass die geschützte Atmosphäre am Mittagstisch gestört und von ungestümen Stimmungen durchkreuzt wurde.

7

Wir kannten keinen Straßennamen, schon gar keine Adresse, als wir in der Ortschaft Burgen das Haus finden wollten, aus dem Magdalena stammte. Mein Vater trug nur eine sehr ferne Erinnerung an ein Bruchsteinhaus mit sich, an einen gepflasterten Hof in einer zur Mosel hin steil abfallenden Gasse. Ein einziges Mal, sagte er, sei er als Kind dort gewesen, dann nie wieder. Dabei liegt die Ortschaft Burgen nur rund zwanzig Kilometer moselabwärts von Cond entfernt. Eine Strecke, die leicht zu bewältigen gewesen wäre. Noch bis zur Mitte des 20. Jahrhunderts hatten die Menschen solche Distanzen häufig zu Fuß zurückgelegt. Samstags hin und sonntags zurück, vielleicht, um am Samstagabend die Kirmes mitzufeiern.

Das war lange her. Wir fuhren mit meinem PKW, brauchten keine halbe Stunde, parkten an der Moselstraße vor dem Ort und liefen aufs Geratewohl drauflos. Der Zufall führte uns zu einem hölzernen Schaukasten. Darin die Aushänge der Gemeinde und ein Ortsplan. Wir zählten sieben Straßen, die der vagen Beschreibung meines Vaters entsprachen. Sieben Straßen, die geradewegs zur Mosel hinunterführten. Meine Mutter sagte gleich, dass könnten wir vergessen. Weder wisse mein Vater, wo genau das Haus gestanden habe, noch in welcher der Straßen, die infrage kamen. Ich spürte, dass, obwohl sie ihrem Mann gern den Gefallen getan hätte, das Haus seiner Mutter noch einmal zu sehen, sie doch lieber in ein Café eingekehrt wäre und das Thema für unergründlich erklärt hätte. Aber mein Vater, sonst immer sehr auf die Wünsche seiner Frau bedacht, ließ sich nicht beirren, und wir durchstreiften die Gässchen eins nach dem anderen. Wir kehrten in vorherige, bereits besichtigte Gässchen zurück, um Vergleiche anzustellen und Irritationen auszuräumen, schlugen neue Wege ein, sofern das in dem kleinen Dorf möglich war, um bisher entgangene Details aus veränderter Perspektive vielleicht doch noch zu erkennen. Ich bemerkte meinen Vater, der mit einem Mal abwesend dastand, unter sich schaute und zu Grübeln begonnen hatte, sich bald aber abrupt aufrichtete und entschied: Wir müssen zwei Straßen zurück, und dann alles noch einmal von vorn! Niemand widersprach. Meine Mutter stöhnte, ihr täten die Füße weh. Genau genommen sagte sie: »Kenna, wenn ihr mein Feeß hätt!« Aber mein Vater hörte das nicht. So entschlossen und nur auf das eigene Ansinnen bedacht, hatte ich ihn selten erlebt. Wir durchliefen, wir durchkämmten den Ort, vor und wieder zurück, und noch einmal hier und da nachschauend und vergewissernd und ... Zwei oder drei Häuser gerieten letztlich in die engere Auswahl und schieden doch, nach genaueren Betrachtungen und Erörterungen wieder aus. Zuletzt fragte mein Vater einen Passanten nach seiner Mutter, Magdalena Castor. Ob er wisse, in welchem Haus sie gewohnt habe. Der Mann, vom Ansinnen meines Vaters sichtbar überfordert, antwortete freundlich, aber unbeholfen, es täte ihm leid, eine Frau mit dem Namen kenne er nicht. Ich sagte zu Vater, der Mann könne das nicht wissen, der sei jünger als ich. Seine Mutter sei im Mai 1930 gestorben. Da sei er selbst erst zweieinhalb Jahre alt gewesen.

Das wisse er selbst, entgegnete er unerwartet ruppig, das müsse ich ihm nicht erzählen. Ich sagte: »Papa, das, woran du dich erinnerst, ist fast 80 Jahre her. Du bist seitdem nie wieder hier gewesen. Es wäre ein Leichtes gewesen, nach Burgen zu fahren. Du hast es dein Leben lang nicht getan.«

Was ich denn schon wisse, warf er mir vor. Er ließ es nicht zu, dass ich ihm besänftigend die Hand auf die Schulter legte. Er wendete sich ab, wirkte mit einem Mal sehr niedergeschlagen und lethargisch. Wir standen schweigend mitten in einer der Gassen des kleinen Ortes. Über uns rankte der Wein von einer Hausfassade zur anderen. Die Weinblätter flimmerten im Licht. Die Tür einer angrenzenden Straußwirtschaft wurde aufgestoßen. Eine Frau trat heraus, nickte uns freundlich zu, beachtete uns aber weiter nicht. Sie begann, Stühle und Tische auf der Terrasse zu richten.

Wir standen wie versteinert. Die Augen meiner Mutter hatten sich mit Tränen gefüllt, mitleidend über die Enttäuschung meines Vaters. Ein alter Mann auf der Suche nach Erinnerungen an seine Mutter. Mamas Blick streifte mich kurz. Sie hakte sich bei ihrem Mann unter, sagte in ihrer sanft klingenden, aber entschiedenen Art: »Kummt weijle.«

8

Als Magdalena, fünfundzwanzigjährig, ohne nennenswerte Mitgift ihr Zuhause in Burgen verließ, um den Conder Dores zu heiraten, ahnte sie nicht, dass sie schon den längsten Teil ihres Lebens gelebt hatte. Was noch kamen, waren Arbeit und Pflichterfüllung. Gleich beim ersten Liebessturm ihres Ehegatten, denkbar, dass dieser in der Hochzeitsnacht stattfand, scheint er sie geschwängert zu haben. Ihr erstes Kind, Agathe, wurde fast auf den Tag genau neun Monate nach der Hochzeit geboren. Es folgten Dores, Barbara und Vinzent in jährlichen Abständen. Nach einer gut zweijährigen Pause erblickte Gerda und im Jahr darauf Betti das Licht der Welt. Mit dem Nachzügler Franz war Magdalena knapp vier Jahre später schwanger, und zehn Monate nach dessen Geburt trug sie bereits das Kind in sich, das, als es klein und mickrig auf die Welt gekommen war, von seinen Geschwistern der Viereinhalbpfünder genannt wurde, bis die Mutter es ihnen verbot.

In vierzehn Jahren hatte sie acht Kinder ausgetragen und geboren. Sie hatte den ehrgeizigen Bau ihres Hauses mit begleitet, den Umzug aus der *Daljaas* auf den *Neije Wäch* organisiert und das neue Heim für die Familie hergerichtet. In den ersten Monaten eines jeden Jahres hatte sie in den Weinbergen gestanden, den Reben einen neuen Schnitt verpasst und sie aufgebunden. War das Jahr weiter vorangeschritten, hatte sie die Weinberge zum Auspflücken und Anheften der Austriebe ein weiteres Mal durchstreift. Die meiste Zeit hatte sie im Wingert allein gearbeitet. Nur selten hatte der alte Dores, der andere Arbeiten bevorzugte, die Notwendigkeit gesehen, sie zu unterstützen. Aber ihre Kinder hatte Magdalena immer dabei, die je nach Alter in ihrer Nähe spielten oder zu Weinbergsarbeiten angeleitet wurden. Die Lese im Herbst war ihr die liebste Zeit. Wenn sie den Haushalt erledigt und das Essen für den Abend vorbereitet hatte, trug sie den Erntehelfern Brote und Suppe in die Weinberge, um dann den Rest des Tages selbst bei der Traubenernte mitzuhelfen. Es war ein geselliges Arbeiten, und wenn die Ernte gut war und der alte Dores bei Laune, wurde dabei viel erzählt und gelacht.

Agathe wurde ihr zur rechten Hand. Sie half fleißig und ohne Widerworte. Mit noch nicht einmal zehn Jahren übernahm sie nach der Schule Arbeiten im Haushalt, während ihre Mutter in den Wingert musste. Vieles lief Hand in Hand zwischen Mutter und Tochter. Und obwohl immer auf das Wohl ihrer Kinder bedacht, geriet es auch Magdalena manchmal aus dem Blick, dass Agathe noch ein Kind war und ihr nicht zu viel zugemutet werden durfte. Anders als Agathe, wusste sich der nur ein Jahr jüngere Dores geschickt den Erwartungen der Eltern zu entziehen. Deshalb bekam er, wie niemand sonst in der Familie, den Zorn des alten Dores zu spüren, egal, ob er sich eines kindlichen Vergehens schuldig gemacht hatte oder nicht. Magdalena vermochte es hingegen nicht, einzuschreiten und ihren Jungen in Schutz zu nehmen, zumal dieser sich trotz allem mehr dem Vater als ihr verbunden fühlte. Statt zum Vater auf Distanz zu gehen, versuchte er, ihm ähnlich zu sein und es ihm gleichzutun. In Abwesenheit des alten Dores versuchte der junge Dores nach dessen Vorbild über seine Geschwister zu verfügen, sie zu rügen und zu strafen. Er drangsalierte und traktierte sie, wo und wann immer sich Gelegenheit dazu bot. Nur Agathe war in der Lage, ihm die Stirn zu bieten. Vor ihr kuschte er. Dores fürchtete ihre Ernsthaftigkeit und ihren offenen Blick, dem er nichts entgegenzusetzen hatte.

Magdalena litt mit jedem ungerechtfertigten Schlag und jedem gemeinen Hieb, der in der Familie ausgeteilt wurde. Versuchte sie ihren Dores in den Arm zu nehmen, stieß dieser sie von sich und lief seinem Vater hinterher. Kaum, dass er sich in dessen Reichweite befand, erhielt er von ihm eine *getachtelt*. Einfach so. Ohne jeden erkennbaren Grund.

Magdalenas Genesung nach der Geburt ihres Jüngsten zog sich lange hin. Fast das ganze darauffolgende Jahr kam sie nicht richtig zu Kräften. Dann kam der bittere Winter des Jahres 1928/29, in dem die Mosel über lange Zeit zugefroren war. Er sollte den vorherigen noch weit an frostigen Tagen übertreffen und der kälteste des Jahrhunderts werden. Im neuen Haus auf dem *Neije Wäch* waren die Fensterscheiben über Wochen matt vom anhaftenden Frost. Nur in der Küche waren sie klar und allenfalls vom Wasserdampf getrübt. Hier wurde der Ofen gefeuert, und die Familie rückte dicht zusammen. In ganz Deutschland war das öffentliche Leben wegen der extremen Kälte nahezu lahmgelegt, und auch in Cond gab es wenig, was man bei diesen Temperaturen tun konnte. Selbst das winterliche Vergnügen, das die zugefrorene Mosel für Jung und Alt bot, war auf wenige Stunden begrenzt. Besonders die

Älteren strebten, wenn sie ein paar Mal über eine der Rutschbahnen auf dem Eis gesaust waren, zu ihren beheizten Stuben zurück. Überraschend erholte sich Magdalena in genau dieser Zeit am besten und tankte Kraft und Lebensmut. Erst als sie Ende März bei mäßiger Witterung wieder im Weinberg stand, der Sonne entgegenblinzelte und glücklich die, von den Steinen der Brauselay reflektierte, erwärmte Luft einatmete, spürte sie einen Stich in der Brust, der an Intensität bedrückend zunahm. Als sie mit der Hand nach dem Schmerz tastete, spürte sie zum ersten Mal, wie sehr sich das Gewebe unter ihrer Haut verhärtet hatte. Es war das letzte Jahr, das sie im Wingert verbrachte. Im Jahr darauf stand Dores an ihrer Stelle unter den hohen Felsen der Brauselay. Mit der Wingertsschere ausgestattet, wurde er von seinem angespannten Vater angewiesen, wie er die Reben zu schneiden hatte. Der Junge lernte schnell. Auch die Arbeiten, die folgten, das Biegen und Binden der Reben in Herzform, ging ihm leicht von der Hand. Wie stolz Dores war, schon wie ein Erwachsener arbeiten zu dürfen. Sein Wertgefühl steigerte sich noch, als er im Verhalten seines Vaters eine dezente Regung bemerkte, die ihm bis dahin fremd war. Zum ersten Mal in seinem Leben erfuhr er Anerkennung, die nur ihm galt.

Der seit Wochen drohende und im Mai des Jahres 1930 eintretende Tod Magdalenas riss die ganze Familie in tiefe Verzweiflung. Die inzwischen sechzehnjährige Agathe erledigte den Haushalt wie eine Große. Dem Schmerz über den Verlust der Mutter begegnete sie mit Arbeit und Fürsorge für die Familie. Dores hatte unter der strengen Aufsicht seines Vaters die Weinberge bald im Griff und leitete seinen zwölfjährigen Bruder Vinzent an, ihm zur Hand zu gehen. Vinzent war ein empfindsamer Junge. Er weinte täglich um den Verlust der Mutter und litt zusätzlich unter seinem großen Bruder, der herrisch mit ihm umsprang. Gerda und Betti, selbst noch Kinder, übernahmen die Betreuung der beiden kleinen Brüder. Franz war gerade vier geworden. Er stahl sich in unbeobachteten Augenblicken immer wieder davon, streunte ganze Tage durchs Dorf und musste abends von den Mädchen gesucht und heimgeholt werden. Mitunter erbarmten sich seiner auch Conder Frauen, die dem Kleinen begegneten, wenn er allein im Dorf unterwegs war. Es hatte sich herumgesprochen, dass er ständig ausbüxte. Sie nahmen ihn bei der Hand, redeten ihm gut zu und brachten ihn nach Hause. Auch Jakob, der Jüngste, war schon wacker auf den eignen Beinen unterwegs. Aber er entfernte sich nie außer Sichtweite des Hauses. Im Gegenteil. Er hatte den Hingang seiner Mutter am wenigsten begriffen. Aber sie fehlte ihm am meisten, und er rief nach ihr. Immer wieder mussten die größeren Geschwister ihn ins Haus holen und tröstend in den Arm nehmen, wenn er vor die Haustür getrippelt war und von einer der oberen Treppenstufen, die in den Hof hinunterführten, nach seiner Mama rief. Der suchende Blick des Kindes flatterte über die Dächer der tiefer liegenden Häuser des Dorfes und in die benachbarten Weinberge den Hang hinauf. Seine kleine Kinderstimme war zu hören, nicht schrill, nicht laut, aber jammernd und elend: »Mama! Mama!«

Vom alten Dores war wochenlang wenig zu hören. Er schlich durchs Haus und machte sich dünn. Im Rückzug von der Familie, seinen Kindern, die besonders jetzt einen zugewandten Vater gebraucht hätten, versuchte er den Tod der Ehefrau auf die ihm eigene Weise zu verkraften. Tags war er auf seinen Feldern und in den Weinbergen unterwegs. Viele Abende verbrachte er im Weinkeller oder außer Haus. Die Kinder empfanden seine weitgehende Abwesenheit einerseits als wohltuend, da es, bis auf gelegentliche, wichtigtuerische Ausreißer des jungen Dores, ungewohnt harmonisch zuging. Andererseits fehlte der Familie eine führende Hand, jemand, der ihr Halt gab, Orientierung. Agathe tat ihr Bestes, um die klaffende Lücke, die ihre Mutter hinterlassen hatte, zu füllen und schaffte mit Gerdas und Bettis Unterstützung, soviel sie konnte.

Abends suchte der alte Dores Trost bei seinem jüngeren Bruder, dem er sein Leid klagte. Pitter betrieb in Cond ein gut gehendes Malergeschäft mitten im Dorf, gleich neben der Pumpe. Hier wohnte er auch mit seiner Frau und Paula, der gemeinsamen Tochter. Abends klemmte sich der alte Dores zwei Flaschen Wein unter den Arm und lief das *Lauxe-Phillips-Gässje* hinunter zum Haus des Bruders, wohl darauf hoffend, zum Abendessen eingeladen zu werden und anschließend mit Pitter die Flaschen zu leeren. Während einer ihrer Trinkereien beschlossen die Brüder, den alten Dores zu entlasten. Die beiden Kleinsten, Franz und Jakob, sollten vorläufig in die Obhut von Pitters Familie gegeben werden. Gleich nach der getroffenen Vereinbarung, die die beiden Männer mit ein paar Schnäpsen begossen, weil der Wein bereits leergetrunken war, wurden am nächsten Tag die Koffer gepackt und die beiden Jungen hinunter ins Dorf zu Onkel, Tante und Cousine Paula verfrachtet.

Paula war kein nettes Mädchen, und vom plötzlichen Einzug ihrer beiden kleinen Cousins alles andere als begeistert. Dass sie sich, obwohl sie weiterhin Papas Prinzessin und Mamas Schätzelchen blieb, zurückgesetzt vorkam, zahlte sie den beiden Jungen bei allen sich bietenden Gelegenheiten heim. Und Gelegenheiten gab es den ganzen Tag über. Der kleine Franz tat, was er immer tat, er stahl sich davon. Inzwischen kannte er das Dorf wie seine eigene Hosentasche, und täglich begab er sich auf den Weg nach Hause auf den *Neije Wäch*. Jakob versank immer mehr in seiner kindlichen Verzweiflung, litt weiterhin am unbegreiflichen Fehlen der Mutter und am oft rabiaten Verhalten seiner Tante. Die fühlte sich mit der Betreuung der drei Kinder überfordert und von ihrem Ehemann hintergangen. Der hatte alles mit seinem Bruder besprochen und ausgemacht. Sie war nicht um ihre Meinung gefragt worden, doch Pitter verlangte von ihr, für die beiden Jungs mitzusorgen – und zwar ohne Wenn und Aber. Er sprach von familiärer Pflicht und Schuldigkeit, verriet dabei nicht, dass er von seinem älteren Bruder vom Tag der Vereinbarung an großzügig mit Wein versorgt wurde. Mit der Vereinbarung sah er seinen Part als erfüllt an. Alle Arbeit mit den Kindern überließ er seiner Frau. Der ging Jakobs ewiges Gewimmer und Weinen auf die Nerven. Dass ihre Tochter Paula den Kleinen wie ein ungeliebtes Spielzeug benutzte, ihm bei jeder Gelegenheit zusetzte, ihn zum Spaß kniff, kratzte, mitunter auch schlug, übersah sie nur deswegen nicht immer, weil ihr das Geschrei des Kindes, das auf die Drangsal der Tochter folgte, den letzten Nerv zu rauben drohte. Bis Paula sich ihrer unangetasteten Rolle als kleine Erbprinzessin ihrer Eltern wieder sicher war und damit ihr Interesse und das Vergnügen an der Peinigung des kleinen Cousins verlor.

9

Frühjahr 1957.

Zeit seines Lebens wird der Junge glauben, sich an diese eine Begegnung mit seinem Großvater zu erinnern.

Der Vater hat seine kurze Mittagspause genutzt, die *Rhein-Zeitung* zu durchblättern, das Wichtigste zu erfahren über Sport und Politik. Ein Blick auf die Wanduhr über dem Mittagstisch. Es ist schon wieder Zeit für ihn. In fünf Minuten muss er aufbrechen. Sorgsam sortiert er die Bögen der Zeitung, die durcheinandergeraten sind, und faltet sie zusammen. Er möchte nicht erleben, dass sein Vater, von dem er die Zeitung ausgeliehen hat, misslaunig knurrt, nur weil er die einzelnen Seiten nicht nach seiner Vorstellung sortiert zurückerhält. Dieser Tage erst hat er gemault, dass Jakob sich nicht einmal eine eigene Zeitung leisten könne. Ja, die Energie für den Spott gegen seinen Jüngsten hat den alten Dores noch nicht verlassen. Aus seinem Bett aber kommt er allein nicht mehr heraus. Dazu braucht er Unterstützung, und wenn er einmal am Tag danach verlangt, aufzustehen, ist der Sohn ihm als Helfer willkommen. Seit Wochen schon liegt der Alte fest, in stetiger Angst vor dem nächsten Asthmaanfall. Jakob lässt die gefaltete Zeitung auf dem Küchentisch liegen, küsst, bevor er geht, das Kind auf die Wange, seine Frau zweimal liebevoll auf den Mund.

Schon Wochen vor ihrem ersten Erscheinen am zwanzigsten April 1946, hatte der alte Dores die *Rhein-Zeitung* abonniert. Zwar wusste er, dass die Lizenz für die Herausgabe des neuen Blattes durch die Militärregierung der französischen Besatzungszone erfolgt war, der er aufs ärgste misstraute, im Stillen aber hoffte er auf eine Berichterstattung, die seinen Maßstäben gerecht werden würde. Schließlich würden in der neuen Zeitung auch Deutsche für Deutsche schreiben. Zumindest hatte der Zeitungsvertreter, der eines Abends vor seiner Tür gestanden und ihn zu einem Abonnement überredet hatte, seiner Einstellung nicht widersprochen, sondern vielsagend mit dem Auge gezwinkert. Ein knappes Jahr nach Ende des Krieges war, neben dem *Trierischen Volksfreund,* die neue Zeitung aus Koblenz mit ihrer Cochem-Zeller Ausgabe, die einzige Informationsquelle mit ausführlichem Regionalteil.

Was also blieb dem alten Dores anderes übrig, als in den sauren Apfel zu beißen und die zwanzig Pfennig pro Ausgabe, abzüglich des Abonnentenrabatts zu investieren. Denn wollte er auch in Zukunft mitreden und sich im Dorf Geltung verschaffen, konnte er unmöglich auf eine Zeitung verzichten. Der *Trierische Volksfreund,* den er spöttisch den *tierischen Volksfreund* nannte, war ihm schon aus Vorkriegszeiten bekannt – und suspekt. Damals hatte es geheißen, es würden sich Kommunisten und Sozialdemokraten hinter diesem Schmutzblatt verbergen und dass es durch und durch von diesen infiltriert sei und gelenkt würde. So hatten die Nationalsozialisten 1938 mit seinem Verbot nur folgerichtig gehandelt, fand er. Aber jetzt war die alte Ordnung, für die er stets eingetreten war, nichts mehr wert und Amerikaner und Franzosen hatten das Sagen.

Tatsächlich hatte die Tageszeitung *Trierischer Volksfreund* politisch der Zentrumspartei nahegestanden. Als das dem alten Dores jemand vorhielt, während er beim Sonntagsfrühschoppen in der *Guten Quelle* saß, schlug er abwertend mit der flachen Hand in die Luft, als wolle er Fliegen verjagen. Eine Geste, die ihm fast zum Hitlergruß entglitten wäre. Ein Automatismus, der ihm, so lange eingeübt, auch jetzt noch in den Knochen steckte. Er ergriff sein Glas und wandte sich mit der Bemerkung ab: »Och, wat dou schunn wäs!«

Johanna löst die Riemen, welche den Jungen davor schützen aus dem Kinderstuhl zu klettern und dabei zu stürzen. Sie hebt ihn aus dem Sitz, drückt ihn schmusend an sich und stellt das Kind auf den Boden. Munter rennt der Kleine los.

»Komm her«, sagt die Mutter. »Wir bringen dem Opa die Zeitung nach oben.« An das, was jetzt folgt, wird er sich noch als Erwachsener erinnern und es immer dann zum Besten geben, wenn die Rede auf seinen Großvater kommen wird. Auf allen Vieren klettert er die Holztreppe im Treppenhaus bis zum ersten Treppenabsatz hinauf. Von da sind es nur noch wenige Tritte bis in den ersten Stock. Die Mutter geht schützend hinter ihm, Stufe für Stufe. Ab und zu wendet er sich um und sieht nach ihr, ob sie ihm nahe genug ist. Ja, ihm wird nichts passieren. Oben legt die Mutter ihm die Zeitung in die Hände und schiebt ihn in die Richtung der nur angelehnten Schlafzimmertür. Durch den Türschlitz schon sieht er den alten Mann in seinem Bett liegen. Er schiebt die Tür weiter auf, tritt an das Bett heran und legt die Zeitung darauf ab. Der Mann, den seine Mutter den Opa nennt, hat ein rundes Gesicht und freundliche Augen. Seine Mundwinkel heben sich zu einem gütigen Lächeln, als er das Kind sieht. Hustend wendet er sich dem Kleinen zu.

»Brengs dou dem Opa die Zeijdung?«, fragt er. »Dat es awwer schön!« Er hebt zitterig eine Hand von der Bettdecke und fährt dem Jungen mit den Fingerspitzen über die Wange.

»Dat es awwer schön, meij Jungche.«

Johanna hat das Schlafzimmer nicht betreten. Sie steht im Eingangsbereich zur Wohnung und beobachtet die Szene aus gebührendem Abstand. Als der Blick des alten Dores dennoch das Gesicht seiner Schwiegertochter streift und sie ihm verträglich zunickt, wendet er sich ab.

»Komm jetzt!«, ruft die Mutter, und der Junge läuft aus dem Schlafzimmer. Anders als das Kind, wird sie sich später an diese Begegnung nicht mehr erinnern.

10

Es war eines jener merkwürdigen Häuser in Cond, alt, uralt wahrscheinlich, ganz aus Bruchsteinen gemauert, mit tief aufgesetztem Satteldach in Schiefereindeckung und zwei oder drei Gauben auf jeder Dachseite. Es gehörte zum Anwesen der Wein- und Sektkellerei Ronmes, in der mein Vater arbeitete, und war eine Art Hinterhaus der Ronmesvilla. An zwei Seiten wurde es umlaufen von einem Schluff, einem schmalen, auf dem Boden gepflasterten Hohlweg, der kurz hinter dem Conder Brückenkopf beginnend, hinunter in die tief gelegene Kellerei führte. Entlang dieses sich nach unten hinziehenden Schluffs verlief über einer hohen Mauer die Bergstraße, parallel und in entgegengesetzter Richtung bergan. Besagtes Haus hatte einen Eingang am unteren Ende des Schluffs, und dahinter gab es einen großen, dunklen, ebenerdigen Raum ohne Fenster. Als ich ihn einmal betrat und die Holztür hinter mir anlehnte, stand ich sofort in schummerigem Licht. Ich atmete kühle, feuchte Luft. Sie duftete nach Moder und Wein. Die Holzfässer darin waren gewaltiger, als ich sie aus dem heimischen Keller meines Vaters kannte, die ein Fassungsvermögen von einem halben oder einem ganzen, maximal anderthalben Fuder besaßen. Diese hier schätzte ich auf das Fünf- bis Achtfache. Ich schloss die Tür hinter mir. Von irgendwoher schimmerte Licht, kein Fenster, Kerzen vielleicht oder doch eher eine funzelige Glühbirne. Ich versteckte mich in einem schmalen Gang, den zwei nah beieinanderstehende Fässer zwischen sich bildeten. Er war gerade so breit, dass mein schmaler Kinderkörper geschmeidig hineinflutschen konnte. Hier harrte ich aus. Es war ganz still. Manchmal gluckste etwas. Ich genoss den Duft, der mich betörte, und die anschmiegsamen Fassdauben zu meinen Seiten, von denen ich wie von großen Händen gehalten wurde.

Es kam, wie es kommen musste. Während ich mich vollkommen der besonderen Atmosphäre des Raumes und seinen Gegebenheiten überließ, wurde die Tür aufgerissen und der Kellermeister höchstpersönlich kam herein. Schuldbewusst kroch ich sofort aus meinem Versteck, trat mit kleinen Schritten die Flucht nach vorn an und gab mich zu erkennen. Hätte er mich aufgespürt, wäre ich in die peinliche Verlegenheit geraten, mich rechtfertigen zu müssen. Stattdessen sagte ich zu dem Kellermeister, den ich kannte, und der ebenso verdattert schien wie ich: »Guten Tag Herr Scherr, eh…, Sie haben nicht zufällig meinen Vater gesehen?«

»Aber der arbeitet doch unten in der Abfüllhalle.«

»Ja, richtig, ich weiß«, sagte ich kleinlaut.

»Dann mach, dass du hier rauskommst!« Scherr war ein ruhiger und gesitteter Mann. Er hielt mir sogar die Tür auf, als ich hinauseilte. Dummerweise erzählte er meinem Vater von der Begegnung. Der fühlte sich von seinem Kellermeister angeschissen und gab abends seinen Ärger an mich weiter. Ich verteidigte mich, die Tür hätte aufgestanden, was nicht stimmte, und der wunderbare Geruch des Raumes hätte mich angezogen, was stimmte. Mein Vater aber konnte Letzteres überhaupt nicht akzeptieren: »Jeruch?«, fragte er. »Wat dann fir en Jeruch?«

Das Zusammentreffen mit dem Kellermeister muss sich an irgendeinem Oktober- oder Novembertag im Laufe der zweiten Hälfte meiner Kindheit zugetragen haben. In den Fässern wandelte sich Traubenmost zu Wein. Der Duft, der mir so gefallen hatte, war die von säuerlichen Gärgasen durchdrungene Kellerluft, und vielleicht war es ja doch eine Kerze gewesen, die irgendwo im Raum geflackert hatte und vor dem Betreten warnte, wenn sie, eingehüllt von Kohlenstoffdioxid, erlosch.

Über dem Raum, dessen Wohlgeruch ich genossen hatte, befand sich im ersten Stock des Hauses eine Wohnung. Diese musste durch eine zweiflüglige Haustür aus Holz betreten werden, die von der Bergstraße über eine schmale, steinerne Brücke zu erreichen war. In respektabler Höhe führte sie über den steil abfallenden Schluff. Mein täglicher Gang zur Volksschule führte mich an dieser Brücke und dem Bruchsteinhaus vorbei, und ich empfand es als beneidenswert, darin wohnen zu dürfen. Die Anlage, das Haus und sein Drumherum hatten etwas Urwüchsiges, wie aus Felsen erschaffen, wie in Jahrhunderten hingerückt und hergeschoben bis zu ihrem heutigen Aussehen, mit einem Viadukt versehen, wie zu einer Ritterburg. Die Wohnung selbst war schlicht und vielleicht sogar einmal für andere Zwecke als zum Wohnen gedacht. Von der Haustür auf der Mitte der Giebelseite zog sich ein langer breiter Flur durch die Etage geradeaus bis zum Ende des

Hauses. Links und rechts führten Türeingänge zu den Wohnräumen. Während meiner Volksschulzeit wohnte das Ehepaar Cochems darin. Herrn Cochems hielt ich seines Namens und seiner Figur wegen für den Bürgermeister der Stadt Cochem. Er war klein und rund wie eine Kugel und für mich der Inbegriff eines Bilderbuchbürgermeisters. In den fünfziger Jahren des vergangenen Jahrhunderts wohnten außer Cochems' auch mein Onkel Vinzent und seine Familie in der Wohnung. Sie war ja leicht zu teilen. Die einen links die anderen rechts vom breiten Hausflur. Allein, die Wohnung bot wenig Komfort. Der Weg zur Toilette zum Beispiel verlief durch die Haustür ins Freie, über die Brücke in die Bergstraße, über diese hinunter bis zum Beginn des Schluffs, dort, auf dem Pantoffelabsatz kehrt um 180 Grad wieder zurück und in den Schluff hinein, bis zu dessen Ende. Wer da die Scheißeritis hatte, tat gut daran, sich rechtzeitig zu sputen und auf den Weg zu machen.

Onkel Vinzent und Familie verließen die Ritterburg, nachdem er mit seinem Vater, dem alten Dores, ausgehandelt hatte, in welche Zimmer sie im Anwesen auf dem *Neije Wäch* einziehen durften. Onkel Vinzent und seine Frau Hilde kamen also mit Cousine Liesel und Cousin Kalle zu uns ins Haus, und ich erinnere mich nicht mehr, ob ich schon geboren war oder noch nicht. Jedenfalls brach, eine Weile nach dem Einzug der Verwandtschaft – und da war ich schon geboren – der Keuchhusten in der Familie meines Onkels aus. Liesel und Kalle erkrankten schwer. Meine Mutter überlegte nicht lange und entschied, mich zu evakuieren, bevor auch ich mit der Krankheit angesteckt würde. Möglich, dass ihr die Umstände gar nicht ungelegen kamen und sie die Möglichkeit erkannte, sich auch selbst für ein paar Wochen tagsüber aus dem Haus zu retten, in dem sie sich seit ihres Einzugs wegen der Grobheiten ihres abweisenden Schwiegervaters und seinem ewig plärrenden Weib nicht willkommen fühlte.

11

1957.

Schon in seinem ersten Lebensjahr hat sich das Wort *Oma* fest mit dieser einen Person verbunden. Oma ist auch das erste Wort, das er spricht. Es klingt wie »Hmma«.

Seine Mutter ist darauf ein bisschen eifersüchtig. Ihr hätte es gefallen, wenn *Mama* das erste gesprochene Wort ihres Jungen gewesen wäre. Sie fährt ihn täglich im Kinderwagen den *Neije Wäch* hinauf und die *Daljaas* hinunter bis zum letzten Haus der Straße, dem Eckhaus mit der Nummer 133.

Eine hohe Außentreppe führt von der *Daljaas* hinauf zur Haustür im ersten Stock. Im Parterre darunter, mit separatem Eingang auf Straßenhöhe befinden sich Lagerräume, Stall und Werkstatt. Hier unten, direkt am Fluss, baut man hoch und zieht in den ersten Stock ein, damit nicht jedes kleine Hochwasser sofort die Wohnräume erreicht. Sein schönstes Gesicht zeigt das Haus zur Mosel hin. Fast alle Fenster gehen nach dort hinaus. Die Sicht über den Fluss ist frei. Sie reicht bis hinunter zur Brücke und weiter dahinter auf den Südhang des Pinnerberges auf der Cochemer Seite. Flussaufwärts verstellen nah beim Haus zwei Linden den Blick. Die beste Aussicht hat man von der Terrasse. Sie ist dem Haus zur Mosel hin vorgebaut. Aus der Küche von Großonkel Hannes und Großtante Berta kann der Junge sie krabbelnd leicht erreichen.

Jenseits des Flusses recken sich, nur wenige Meter über dem Wasser, hohe Fachwerkhäuser eng gedrängt vor dem Cochemer Burgfrieden mit Dachformen wie Pfeilspitzen. Dahinter, steil aufschießend, der Burgberg, gekrönt von bizarren Türmen, tollkühnen Bögen und waghalsigen Erkern, von Dächern der Reichsburg wie glänzende Wipfel. Ein Stadtbild, ein Landschaftsbild, das sich dem Jungen tief einprägt, so sehr, dass er aus seiner Conder Moseluferperspektive – und nur aus dieser – in der Gestalt der Burg ein menschliches Antlitz zu erkennen meint, wie ein freundlich vertrautes Gesicht.

»Hmma, Hmma!«, japst er, als die Großmutter ihn in dem schmalen Flürchen gleich hinter der Haustür in den Arm nimmt und liebkost. Seine Tante Berta lässt nicht auf sich warten und steht an, den Jungen ebenfalls an sich zu drücken und ihrerseits mit Küsschen und Knutschern zu traktieren. Sie ist kinderlos geblieben und muss sich kindliche Nähe und die Streicheleinheiten bei der Verwandtschaft einholen.

»Jib mir och äns dä Jung!«, sagt sie in ihrem kölnischen Dialekt zu ihrer Schwägerin. Sie streckt dem Kind beide Arme entgegen.

»Komm äns bei die Tante Berta!« Der Junge ist nicht wählerisch, lässt sich widerstandslos herumreichen und sämtliche Liebkosungen geduldig über sich ergehen. Berta flieht, das Kind auf dem Arm, in ihre Küche, von der aus durch eine Tür mit langen, rechteckigen Glasscheiben die herrliche Terrasse zur Moselfront hin betreten werden kann.

»Mir luren äns, ob ma wat hann für de Jung.« Wohlweißlich, dass ihre Nichte Johanna heute mit dem Kind kommen und dieses wegen der Keuchhustengeschichte auf dem *Neije Wäch* für Wochen in ihr Haus einziehen wird, hat sie einen süßen Brei vorbereitet, einen Begrüßungsbrei sozusagen, den sie nur noch aufwärmen muss.

»Komm, Breichen, Breichen«, sagt sie und stopft dem Jungen einen Löffel nach dem anderen in den Mund. Dem scheint es zu schmecken, und er isst und schluckt und isst ... Dann ist Schüsselchen mit Breichen leer.

»Alle-alle«, singt Tante Berta. »Breichen ist alle-alle!« Sie hebt das Kind zum Bäuerchen, dreht es vor ihrer Brust und schuckelt, damit das Bäuerchen aufsteigen kann. Das tut es, und befördert gleichzeitig einen Schlapp Breichen mit hinaus. Oje!

»Johanna! Johanna!«, ruft Berta durchs Haus. »Häst de äns ne Windel oder ne Lappen? Dat Kind hät jekozz!«

Alles kein Problem. Johanna, kommt die Treppe heruntergelaufen. Oma Klara ihr hinterher. In Gemeinschaftsarbeit werden alle Verunreinigungen im Nu beseitigt. Der Junge streckt die Ärmchen: »Hmma, Hmma!« Die Großmutter hebt ihn an die Brust und geht mit ihm die Treppe hinauf zu ihrer Wohnung. Johanna beseitigt die letzten Breichen-Spritzer von Tante Bertas Fußboden.

»Do hän ich ne Moment lang net offjepasst«, versucht die Tante sich zu erklären.

»Es doch net schlemm!«, sagt Johanna. Sie singt es fast, glücklich im Haus in der *Daljaas* zu sein, in ihrem ersten richtigen Zuhause seit Bitburg.

12

An ihre ersten Lebensjahre in Cochem erinnerte sich Johanna später kaum noch. Alles, was sie in ihrem Leben mit Kindheit verband, waren Erinnerungen, heitere und schreckliche, an ihre Jahre im Eifelstädtchen Bitburg. Mitten in eine der großen Umwälzungen des zwanzigsten Jahrhunderts war sie hineingeboren worden. Eine Woche erst war es her, dass Reichspräsident Paul von Hindenburg die Macht an den aus Braunau am Inn stammenden Gefreiten und Kunstmaler, inzwischen aber zum Parteiführer der NSDAP aufgestiegenen, Adolf Hitler übergeben und damit faktisch die erste deutsche Demokratie an einen Diktator übergeben hatte.

Johannas Vater Heinrich war in diesen Tagen völlig aus dem Häuschen. Die glückliche Geburt seiner Tochter. Ein Mädchen, das besonders seine Frau Klara sich gewünscht hatte. Die Übernahme der Macht durch die Nationalsozialisten, der er so lange schon entgegengefiebert hatte. Das waren zwei übermächtige Ereignisse, die praktisch zeitgleich stattfanden.

So viele Tage hatte er selbst im Dienst der Partei administrativ auf diesen Tag mit hingearbeitet, hatte in den Nächten mit dem Kleistereimer in der Hand und Plakaten unterm Arm die Stadt durchstreift, um durch Aushänge an Wänden und Mauern für den Schnauzbärtigen zu werben, den er bewunderte. Heinrich würde nicht nachlassen in seiner Begeisterung, denn jetzt, da die Macht endlich in den richtigen Händen lag, würde sich das Blatt auch für ihn wenden. Adolf Hitler und die Partei würden aufräumen, Ordnung schaffen, ihm, der jungen Verwaltungskraft ohne Arbeit, zu Arbeit und Brot, Geltung und Ansehen verhelfen, wie sie es versprochen hatten. Fleißig und zielstrebig war er immer gewesen, daran hatte es nicht gehapert. Deshalb hatte er es auch nicht verdient, wenige Monate nach der Hochzeit mit seinem Cunner Klärchen, wie er Klara liebevoll nannte und der Geburt seines Sohnes Albert von seinem Arbeitgeber, der Stadt Cochem, entlassen zu werden. Einfach entlassen, rausgeschmissen, mir nix, dir nix. All die Zeit seiner Lehrjahre im Rathaus der Stadt hatte er engagiert mitgearbeitet und hinterher einen guten Abschluss hingelegt. Dann, eines Montagmorgens, glaubte er seinen Augen nicht zu trauen. Um sieben Uhr begann sein Dienst, er hatte sich angewöhnt, fünf Minuten früher da zu sein, denn *fünf Minuten vor der Zeit ist des Deutschen Pünktlichkeit.* Auf seinem Schreibtisch lag ein knapp verfasstes Kündigungsschreiben: *Mit sofortiger Wirkung ...* Das wollte Heinrich nicht auf sich beruhen lassen. Ein Nachspiel würde das haben, sagte er am Abend zu Klärchen, die heulend ihre Ellenbogen auf den Küchentisch stützte und ihr Gesicht in den Handflächen verbarg. Als sie aufschaute, ihn mit großen Augen fragte, was für ein Nachspiel er denn meine, blickte er verdutzt drein, und zog um eine Antwort verlegen, die Schultern hoch.

Den ganzen Tag über war er unterwegs gewesen. Nach dem Schock der Kündigung einfach wieder nach Hause zu gehen, das hätte er nicht fertiggebracht. Stattdessen verschaffte er sich Luft. Er rannte aus dem Rathaus, lief die Obergasse hinauf, parallel zur Oberbachstraße. Die Wahrscheinlichkeit, Leuten, die er kannte, zu begegnen, war hier geringer, und vor allem, er musste nicht an seinem Wohnhaus vorbei und Klärchen womöglich direkt in die Arme laufen. Auf der Anhöhe beim Friedhof verließ er durch das mittelalterliche Balduinstor die Stadt. Zwei Gefühle, Verzweiflung und eine unbändige Wut, rangen in ihm. Mal traten ihm die Tränen in die Augen, dann wieder hätte er am liebsten geschrien, gebrüllt wegen dieser großen Ungerechtigkeit, dieser Gemeinheit der Kündigung, dieser verfluchten, von wem auch immer eingefädelten Schweinerei! Er lief in einem Bogen oberhalb der Stadt entlang, nahm Anlauf und übersprang mit einem Satz den Märtscheltbach, spürte dabei, wie gut es ihm tat, sich zu bewegen, zu laufen, zu rennen. Er stürmte zum *Tummelchen* hinüber, überkletterte abseits des Weges Steinhaufen, Reste der ehemaligen Stadtmauer, hetzte weiter zum Burgbergsattel und hinter dem Burgberg hinauf zur *Knipp*, er rannte, taumelte, war völlig außer Atem. Zum Schluss kraxelte er den steilen Berg hinauf, schnaubend, bis er die Lescher Linde erreichte.

An sonnigen Sommertagen war er manchmal mit Klärchen hierhergekommen, und sie hatten es genossen, dass sonntags alles in der Stadt flanierte und kaum jemand den steilen Aufstieg zur Lescher Linde auf sich nahm. Hier waren sie ungestört. Sie waren sogar so ungestört, dass einige Wochen nach einem Ausflug hierher Klärchens Periode ausblieb. Der heimlich aufgesuchte Arzt bestätigte, was sie befürchtete, was ihr aber gleichzeitig ein ungeheures Glücksgefühl bescherte: Sie war schwanger. Albert kündigte sich an. Jetzt mussten schleunigst die Eltern des noch nicht einmal verlobten jungen Paares informiert werden, was in beiden Familien zunächst zu himmelschreiender Empörung und tagelangen Vorwürfen führte und zu guter Letzt in den Vorbereitungen zu einer Hochzeit mündete. Nur Maria, Klaras Mutter, lächelte mild. »Jojo«, sagte sie. »Seht ihr mol, wie flott su ebbes jieht!« Sie wusste wovon sie sprach, denn sie hatte in ihrem Leben vierzehn Kinder geboren. Der Schneiderwilhelm, ihr Mann und Klärchens Vater, machte sich an die Arbeit. Er nähte aus drei verschiedenen, von vorherigen Aufträgen übrig gebliebenen, dunklen Stoffresten einen Hochzeitsanzug für den angehenden Schwiegersohn. Heinrich musste mehrfach in der *Daljaas* antanzen, damit Wilhelm Maß nehmen konnte. Mehr hatte der Schneider als Mitgift für seine Tochter nicht zu bieten. Aber der Anzug konnte sich sehen lassen. Geschickt hatte er die drei unterschiedlichen Stoffe so verarbeitet, dass Heinrich zur Trauung in einem außerordentlich eleganten Zweiteiler erschien. Sein Cunner Klärchen, musste mit einem Hochzeitskleid vorliebnehmen, dass bereits einige ihrer Geschwister und auch manche andere Conder Braut getragen hatten. Es befand sich im Besitz ihres Vaters, der es ganz nach Bedarf verlieh. Und da es ein recht weites Kleid war, konnten in einem gewissen Rahmen ganz unterschiedlich gewachsene Bräute damit eingekleidet werden. Und wenn es doch irgendwo nicht passte, nahm der Schneider eben eine kleine Änderung vor. Klara sah hinreißend aus. Nicht des Kleides wegen. Ihre ganze Gestalt, ihr Gesicht, sprachen von einem Glück über ihre Verbindung mit Heinrich und einer Schönheit, wie sie nur bei werdenden Müttern zum Vorschein tritt.

Heinrich sackte auf die Holzbank unter der Linde. Der Baum war Jahrhunderte alt und in der ganzen Gegend als Besonderheit, als Naturdenkmal hochgeachtet. Schulkinder der ersten Klassen pilgerten mit ihren Lehrern in Scharen hierher, um das Wunder zu bestaunen. Im Laufe seiner langen Lebenszeit hatte der Baum zwei Marienstatuen, die auf seinem Stamm angebracht worden waren, nacheinander bis zur Unsichtbarkeit umwachsen. Auch ein basaltenes Wegkreuz, dessen Jahreszahl 1668 noch soeben zu erkennen war, hielt der Baum nah bei seinen Wurzeln in fester Umklammerung. Im Laufe der Jahrhunderte wurden seine starken Äste aber auch immer wieder zur Befestigung von Stricken benutzt, an deren Enden Menschen erhängt wurden.

Heinrich war sportlich. Er hatte sich von seiner Hatz hier herauf schnell erholt und hielt für kurze Zeit sogar die Augen geschlossen. Dabei war ihm der Gedanke gekommen, sich seinem Kameraden, dem gleichaltrigen Paul Wipper anzuvertrauen. Der war zwar kein echter Cochemer, hatte sich aber schnell Respekt verschafft, nachdem er 1930 die Leitung der NSDAP-Ortsgruppe in der Stadt übernommen hatte. Wipper, den er gleich am nächsten Tag traf, reagierte auf Heinrichs Dilemma mit Verständnis, riet davon ab, sich in Rachegedanken zu ergehen. Vielmehr, sagte er, sei Abwarten das Gebot der Stunde. Paul Wipper sollte Recht behalten.

Fast zwei Jahre vergingen, in denen Heinrich und seine kleine Familie von der Hand in den Mund leben mussten. Heinrichs Vater Friedrich, als Eisenbahner in der Funktion eines Stellwerkmeisters mit einem geregelten Einkommen ausgestattet, griff dem Sohn ab und zu finanziell unter die Arme. Gern tat er das nicht. Sein Geld kam nicht von Herzen. Vielmehr ließ er den Sohn bei jeder Geldübergabe spüren, für welch einen Versager er ihn hielt. Er tat das nicht mit launigen oder üblen Worten, er tat es schweigend, mit niederschmetternden Blicken. Von Klaras Vater, dem Conder Schneidermeister, hatte das Paar finanziell nichts zu erwarten. Er hatte Not, selbst einigermaßen über die Runden zu kommen, wenn auch mit Klaras Heirat und ihrem Umzug nach Cochem nur noch Anna, das jüngste seiner vierzehn Kinder mit ihm und seiner Frau Maria am Tisch saß.

Auf Geheiß seines Vaters musste Heinrich mit Klärchen und dem kleinen Albert aus der Wohnung in der Oberbachstraße in eine billigere Behausung in die Unterbachstraße ziehen. Friedrich hatte diese besorgt und machte den Umzug zur Bedingung für weitere Zahlungen, die ab sofort um die Differenz der Miete gekürzt wurden. Der Vater hielt Heinrich seine beiden jüngeren Brüder vor. Paul, der sich in seiner Lehre als Elektriker gut bewähre und schon so manchen selbst verdienten Groschen auf dem Küchentisch abliefere. Selbst Felix, der Kleine, das Nesthäkchen, würde mit seiner feinen Kinderstimme und seiner hohen Musikalität zu Festen und Feiern eingeladen werden. Dort singe er zur Erbauung der Gäste. Besonders die Frauen, die den kleinen Kerl mit der Engelsstimme erlebten, seien nicht selten äußerst spendabel. Heinrich hielt seinem Vater entgegen, dass auch er Musiker sei und mit dem Akkordeon samstags in Cochemer Lokalen zum Tanz aufspiele. Wortlos antwortete der Vater mit einer wegwerfenden Handbewegung.

Der Umzug war keine große Sache. Heinrich belud mit Hilfe seines Bruders Paul ein paar Mal eine Handkarre, die der Vater bei der Bahn organisiert und zur Verfügung gestellt hatte. Mit den darin aufgetürmten Siebensachen der kleinen Familie ließen sie die Karre mit leicht angezogener Bremse die Oberbachstraße über den Marktplatz in die Unterbachstraße bis vor die Haustür hinunterrollen, durch die sie in die neue Wohnung einzogen. An Möbeln besaß das Paar ohnehin nur das Nötigste. Schon am frühen Nachmittag war der Umzug, der am Morgen begonnen hatte, erledigt. Die neue Wohnung bot wenig Platz, befand sich im dritten Stockwerk und hatte eine miserable Aufteilung. Die Küche befand sich auf der Hälfte zwischen zwei Stockwerken. Sie war winzig, dunkel und wirklich zu nichts weiter zu gebrauchen, als notdürftig darin etwas zu Herde zu schlagen. Sie musste mit der Familie im zweiten Stock, die vier Kinder hatte, geteilt werden. Das Klo befand sich in einem winzigen Hof hinter dem Haus. Es wurde von unzähligen Nachbarn genutzt, deren Wohnhäuser alle einen Ausgang in das finstere Eck hatten. Heinrich beruhigte sein Klärchen, das sei ja alles nur eine vorübergehende Notlösung, sie werde sehen. Und wie fast alles, was er sagte, glaubte sie auch das ihrem Heinrich. Von ihm wusste sie auch, dass vornehmlich der Jud, wie sie sich angewöhnt hatten, die jüdische Bevölkerung zu nennen, an ihrer misslichen Lage und am deutschen Unglück die Schuld trage und dass es höchste Zeit sei, gegen ihn vorzugehen. Auf einem Gruppenabend der NSDAP wurde Heinrich nach den Gründen seines Umzugs gefragt. Darauf war er vorbereitet.

»Dat ech von meinem Finster ous net mie of die Judeschul gucke moos«, gab er zum Besten und erntete Applaus und Schulterklopfen. Bis zu ihrer Verwüstung in der Nacht vom 9. auf den 10. November 1938 befanden sich in der Oberbachstraße, gegenüber dem Wohnhaus, aus dem er ausziehen musste, die Synagoge und die jüdische Schule.

Mit Johannas Geburt war fast gleichzeitig der *Erlöser* gekommen. Tagelang ergingen sich Heinrich und seine Parteikumpane im Taumel dessen, was sie als politischen Befreiungsschlag empfanden und dem mutmaßlichen Beginn eines besseren Daseins. Und wenn er und seine Kumpane sich von nun an sicher und stark genug fühlten, wenn sie deutlich in der Mehrzahl waren, setzte es am späten Abend auch schon mal Dresche, am Moselufer oder am Bahnhof am Rand der Stadt, und manchmal auch mitten auf dem Marktplatz, wenn sie meinten, dass der Jud zu frech wurde oder der Sozi.

Die wenigen Bilder, die von meinem Großvater Heinrich erhalten geblieben sind, zeigen keinen Schläger. Eher einen hageren, schmächtigen jungen Mann, der unsicher in die Kamera blickt, die ihn ablichtet, mit schmalen, harten Lippen, verkniffenen Augen und voller Skepsis. Auf einem Foto trägt er die graue Uniform eines Unteroffiziers der Wehrmacht. Ein bissiges Tier, denke ich, dem weh getan wurde.

13

Zuletzt besuchte ich das Eifelstädtchen Bitburg am 4. November 1985. Es war ein Montag, und ich folgte einer Vorladung des dortigen Amtsgerichtes, in der es hieß, dass ich mich um 16:00 Uhr einzufinden hätte. Ich meine, mich an einen flachen, ein- oder höchstens zweigeschossigen Klinkerbau zu erinnern, in der die Vorladung vollzogen werden sollte. Fast eine Baracke, die meiner Vorstellung eines Amtsgerichts nicht entsprach. Ich hatte mir einen repräsentativen, einen würdigen Bau vorgestellt. Ein wenig fühlte ich mich gedemütigt. War mein Vergehen nicht von größerer Bedeutung gewesen, als dass es in einer solchen Kaschemme abgeurteilt werden sollte? Was auch der Grund für die Gebäudewahl gewesen sein mag, ob das Gericht etwa aus Platzmangel hierher ausgelagert worden war, während sich das eigentliche Gerichtsgebäude woanders befand oder ob es einfach kein anderes gab. Ich habe es nie erfahren. Der Vorwurf, den man mir entgegenhielt, lautete: gemeinschaftliche Nötigung. Eine sehr unschöne Formulierung für das, was ich getan hatte und nicht bestritt. Ich hatte die Vorhaltungen, die man mir machte, zuvor schriftlich im Briefkasten vorgefunden, zusammen mit der Einladung zum heutigen Termin. In allen Details hatte ich die Tage noch einmal rekapituliert, die inzwischen schon einige Jahre zurücklagen. Ich hatte mir gedacht, ich könne meinem Richter meine Einstellung und Motivation noch einmal genauestens auseinanderlegen und ihn – wer weiß? – mit meinen Argumenten vielleicht sogar ein wenig beeindrucken. Hinter der hölzernen Eingangstür, auf der mir ein Schild mit Aufschrift und farbigem Wappen versicherte, dass ich mich am richtigen Ort befand, ging es links in einen langen Gang, schmucklos, steril fast, wie man ihn von Behörden gewöhnt war. Auf einer Reihe von Stühlen hatten gut ein Dutzend Menschen Platz genommen. Die meisten hatten den Blick auf ein Papier in ihren Händen gesenkt.

Manche drehten ihre Köpfe, als ich den Gang betrat und grüßend nickte. Ich kannte niemanden.

»Tach zusammen«, sagte ich, um meine Verlegenheit mit Lockerheit zu überspielen.

»Tach«, antworteten manche.

Ich suchte mir einen freien Stuhl. Kaum hatte ich mich gesetzt, ging gegenüber eine Tür auf. Jemand trat heraus und nannte meinen Namen. Ich stand auf.

»Bleiben Se sitzen«, sagte der Mann. »Und warten Se bis Se aufgerufen werden.« Er drückte mir, mit der Aufforderung es zu lesen, ein Papier in die Hand, auf dem mein Vergehen noch einmal zusammenfassend formuliert war: *Die Staatsanwaltschaft legt Ihnen zur Last, am 2. September 1983, gemeinschaftlich andere rechtswidrig mit Gewalt zu einer Handlung, Duldung oder Unterlassung genötigt zu haben. Bei dieser gemeinschaftlichen Nötigung bei einer Sitzblockade vor der Einfahrt zur Air Base Bitburg am Freitag, 2. September 1983, haben Sie Personen und Fahrzeuge vorsätzlich daran gehindert, ihren Weg zum Gelände der Air Base, bzw. von dieser nach draußen fortzusetzen.*

Auf dem Flur des Gerichts ging es zu, wie in einem Taubenschlag. Wieder trat der Bedienstete durch die Tür, entließ jemanden und forderte den nächsten auf, das Zimmer zu betreten. Es dauerte nicht lange, und ich wurde aufgerufen. Ich versuchte, mich noch einmal genau auf das zu konzentrieren, was ich sagen wollte, dass die Stationierung der Pershing-II-Raketen auf der Air-Base den Kalten Krieg befeuert und die Wahrscheinlichkeit eines Atomkriegs erhöht habe, und dass wir, die Blockierer von Bitburg wie zur gleichen Zeit die in Mutlangen, das durch unsere Sitzblockade versucht hätten, zu verhindern, oder wenigstens zu verzögern. Unsere Absicht sei auch gewesen, die Öffentlichkeit auf die große Gefahr einer drohenden Katastrophe aufmerksam zu machen. Wir, die Blockierer, hätten uns also mit unserem Tun nur konsequent verhalten, indem wir uns in den Dienst der Menschheit und des Friedens gestellt und die Zufahrten zu den Orten der Stationierung besetzt hätten.

Der Bedienstete nahm hinter seinem Schreibtisch Platz, musterte mich, ohne mir ins Gesicht zu schauen. Er bot mir nicht an, mich zu setzen. Wie auch? In dem kleinen Raum gab es nur einen Sessel, und auf dem saß er. Er stellte meine Identität fest, wollte meinen Ausweis sehen und sagte ein paar Dinge, die ich als unwichtig empfand und formal klangen. Dabei hob er den Blick nicht einmal von den Papieren auf seinem Schreibtisch. Er unterschrieb schwungvoll, griff nach dem Stempel – zack, zack! – und die Sache war erledigt. Ich wurde zu nichts befragt, geschweige um eine Stellungnahme gebeten. Noch während ich mir ein paar Sätze zurechtlegte, um in das wortkarge Geschehen einzugreifen, stand er auf und drängte mich, mit einer Verabschiedungsfloskel und seiner Hand auf meinem rechten Schulterblatt durch die Tür in den Gang hinaus.

Was später als *Heißer Herbst 1983* in die Geschichtsbücher Einzug hielt, nahm für mich mit diesem traurigen Verwaltungsakt in Bitburg sein Ende. Der NATO-Doppelbeschluss und die drohende Raketenstationierung waren nicht um auch nur eine Minute verzögert, geschweige verhindert worden. Insgesamt waren es 266 Demonstranten, die damals in Bitburg jeweils montags, mittwochs und freitags von zwei Schöffengerichten zu Geldstrafen zwischen zwanzig und siebzig Tagessätzen verdonnert wurden. Ich erhielt fünfzig Tagessätze. Woran sich die Anzahl der Tagessätze orientierte, und wie unsere Vergehen gegeneinander abgewogen und unterschiedlich bewertet wurden, ist mir ein Rätsel geblieben. Was sich jedoch bald herausstellen sollte, war, dass sich im Rahmen der Prozessserie gegen uns, die sich über rund drei Monate hinzog, der Bitburger Polizeichef Heinz Perne, damals neunundvierzig Jahre alt, als Standard-Zeuge bereithielt. Das Magazin *Der Spiegel* berichtete damals:

»Es geht darum«, so der Polizeioberrat zackig, »dass die wehrhafte Demokratie einmal Flagge zeigt.« Anders als in Mutlangen bei Schwäbisch Gmünd, wo die Polizei die Blockierer eines US-Stützpunkts an jenem September-Wochenende hatte gewähren lassen, galt in Bitburg die harte Linie: »Perne«, so ein Abschnittsführer, »ließ Nägel mit Köpfen machen.«

»Der Großeinsatz war sozusagen ein Pilotprojekt«, weiß Amtsgerichtsdirektor Werner von Schichau, der jetzt reihenweise Urteile spricht.

Späte Genugtuung für die Richtigkeit ihres Handelns erfuhren die Demonstranten von damals. Der Deutschlandfunk teilte Jahrzehnte später, am 29. Mai 2014 mit:

1983 – das war das Jahr, in dem die Pershing-II-Raketen in Deutschland stationiert wurden, und es war das Jahr, das vermutlich das gefährlichste während des gesamten Kalten Krieges war. Stück für Stück können Historiker jetzt

Dokumente einsehen, die verdeutlichen, wie nah die Großmächte damals am Rande eines Atomkrieges standen.

Rehabilitiert wurden die verurteilten Blockierer bis heute nicht. Auch nicht im vereinten Deutschland, weder unter einer Rot-Grünen – noch einer anders zusammengesetzten Regierung.

Der zügige Verlauf meiner Verurteilung erlaubte mir, mich am Nachmittag ein wenig im Städtchen, in dem meine Mutter aufgewachsen war, umzuschauen. Aber der Ort befremdete mich und ich konnte, so sehr ich mich auch darum bemühte, hier keine Verbindung zu ihr finden. Als ich schon beschlossen hatte zurückzufahren, und zu meinem Auto unterwegs war, stieß ich doch noch auf eine Erinnerung. Ich fand den Bitburger Bierbrunnen, aus dem zu allen Zeiten zwar immer nur Wasser floss, der aber seinen Platz vor der Bitburger *Brauerei Simon* hatte. Mir kam sofort eine Fotografie in den Sinn, auf der mein Bruder und ich als Kinder auf dessen Rand sitzen, links und rechts flankiert von unseren Eltern, aufgenommen beim einzigen Besuch unserer Familie in Bitburg. Danach gab es keinen mehr. Wir waren damals bei Maria, der Kinderfreundin meiner Mutter, und deren Mann Ludwig zu Gast, die hier ein Zweiradgeschäft unterhielten. Ich kam auf die Idee, den beiden, die uns in Cond häufiger besuchten und die ich mochte, bei der Gelegenheit kurz *guten Tag* zu sagen. Bald fand ich den Laden und überraschte die beiden. Auf die Frage, was mich nach Bitburg führe, antwortete ich wahrheitsgemäß. Sie reagierten abwehrend, und wie ich meinte, unangenehm berührt. Nein, um so etwas würden sie sich nicht kümmern, und eigentlich hätten auch ihre beiden Töchter mit so etwas nichts zu tun, wie übrigens fast alle Bitburger. Ludwig, der aus Salzburg stammte, sagte in seiner ruhigen, freundlichen Art, er sei ja sowieso Österreicher, und Österreich sei neutral und kein Mitglied der NATO. Allein schon deswegen ginge ihn das mit den Raketen alles nichts an. Außerdem sei er der Auffassung, die Sache würde zu sehr hochgespült und in die Öffentlichkeit gezerrt werden. Ich beließ es dabei. Wir plauderten Unverfängliches und tranken zusammen einen Kaffee. Meine Mutter, der ich Tage später von meinem Besuch erzählte, lachte über die Reaktion ihrer Freunde.

»Dat es doch klar«, sagte sie. »Die lewwen doch von de Amis. Janz Bitburg levt heijt von de Amis.«

Der Flugplatz, Ausgangspunkt heftigster Auseinandersetzungen im *Heißen Herbst 1983*, wurde bereits zehn Jahre später aufgelöst und 1994 an die Stadt Bitburg zurückgegeben. Diese ließ auf dem Gelände ein Freizeit- und Gewerbegebiet entstehen. Nur die bis heute intakte Rollbahn erinnert noch an die Air Base der Amerikaner.

14

Ab 1933 waren es die Nationalsozialisten, die Bitburg zu größerer Geltung verhalfen und wirtschaftlich auf die Beine stellten, bevor sie den Anlass für die Bombardierung und völlige Zerstörung der Stadt schufen. Es wurden Behörden eingerichtet und Verwaltungen umorganisiert oder neu geschaffen. Die Zerschlagung der freien Gewerkschaften gehörte von Anfang an zu den vorrangigen Zielen der neuen Herrscher. In ganz Deutschland wurden die Gewerkschaftshäuser besetzt, Gewerkschafter und Sozialdemokraten verhaftet. Das Streikrecht wurde abgeschafft und das Vermögen der Gewerkschaften zugunsten der im Mai 1933 gegründeten Deutsche Arbeitsfront eingezogen. Alle Werktätigen hatten der Organisation *freiwillig* beizutreten. Durch die von ihr organisierten Aktivitäten sollte es die Deutsche Arbeitsfront dem NS-Regime ermöglichen, die arbeitende Bevölkerung sowohl im Beruf als auch – durch die Schaffung der Organisation Kraft durch Freude – in der Freizeit zu kontrollieren und zu indoktrinieren. Am zwanzigsten Januar 1934 wurde durch das *Gesetz zur Ordnung der nationalen Arbeit* die Deutsche Arbeitsfront rechtlich legitimiert.

Paul Wipper, der inzwischen zum Kreisleiter der NSDAP für den Bereich Trier-Land-West aufgestiegen war, erinnerte sich, was er in seiner früheren Funktion als Cochemer Ortsgruppenleiter seinem Parteigenossen und Kameraden Heinrich geraten hatte.

»Abwarten, unsere Zeit wird kommen«, hatte er gesagt und den wegen seiner Entlassung arbeitslosen Heinrich zu trösten versucht. Bis es so weit sei, müsse er sich durchbeißen.

In seiner neuen, zentralen Funktion war Wipper mit der Schaffung und Organisation neuer NS-Verwaltungsstrukturen bestens vertraut. Deshalb schrieb er aus Trier an Heinrich, er solle sich um eine Stelle bei der Deutschen Arbeitsfront in Bitburg bewerben. Er könne das Bewerbungsschreiben direkt an ihn persönlich schicken. Für alles Weitere würde er sorgen, darauf könne er sich verlassen. Er solle sich darauf einrichten, bis zum Sommer von Cochem nach Bitburg umzuziehen.

Die ersten Wochen verbrachte Heinrich ohne die Familie am neuen Wohnort. Er richtete sich notdürftig als Untermieter bei einem Parteigenossen namens Kroll ein, mit dem er sich jedoch nicht besonders gut verstand und dessen Ehefrau ihm Avancen machte. Heinrich war das mehr als unangenehm, es belastete ihn. Er war hier untergekommen für kleines Geld und wollte nicht undankbar sein. Doch er dachte nicht im Traum daran, seinen Neustart mit einem derartigen Fehltritt und seinen absehbaren Folgen zu beginnen.

Abgesehen davon konnte Krolls Frau weder äußerlich noch charakterlich mit Klärchen mithalten. Klein und etwas gedrungen und mit einer gewaltigen Oberweite versehen, blickte sie ihrem Gast bereits beim ersten Kennenlernen unverhohlen und auffordernd ins Gesicht. Heinrich versuchte die Sache galant zu lösen. Doch unfreiwillig schürte er die Fehleinschätzung der Frau zusätzlich, als er sich nach ein paar Tagen mit einem Blumenstrauß bei ihr und ihrem Mann für die Beherbergung bedanken wollte. Tags darauf erschien die Frau frühmorgens ohne anzuklopfen in Heinrichs winziger Schlafkammer. Leise schob sie die Tür auf, die kaum knarrte und huschte herein. Sie trug das Nachthemd über ihren Brüsten weit aufgeknöpft, und ob Heinrich es sehen wollte oder nicht, der Busen der Frau reichte, jetzt der Gravitation folgend, mindestens bis zu ihrem Bauchnabel. Aber das wollte er so genau nicht wissen und schon gar nicht herausfinden. Denn er hatte genug von ihrer Anmache. Er sprang aus dem Bett, stand ihr direkt gegenüber. In seinem Blick lag mit einem Mal etwas Beißendes. Eine Sekunde lang glaubte sie noch, das sei seine Art, auf ihr Angebot einzugehen. Aber dann sagte er, nein, er zischte es ihr entgegen: »Raus!« Das *S* zog er lang, und es klang scharf, wie eine Messerklinge am Wetzstein.

An den Wochenenden pendelte Heinrich nach Cochem, mit dem Bus zum Trierer Hauptbahnhof und mit dem Zug heim. Ja, *heim*, dachte er. Sein Daheim war Bitburg noch nicht. Ein kalter Wind wehte hier unablässig durch die Straßen, die Tage erschienen ihm grauer, und der Fluss fehlte und das schützende Tal. Doch das gestand er sich nicht ein. Schließlich war er nicht wegen einer beliebigen Beschäftigung hierhergekommen, die etwas Geld einbrachte, wenn auch das allein schon Grund genug für einen Umzug gewesen wäre. Er durfte sich jetzt von Berufs wegen ganz in den Dienst der nationalsozialistischen Sache stellen. Mit einem Wort: Er war jetzt ganz das, was er werden wollte! Beste Chancen weiter aufzusteigen, hatte er auch. Er hoffte darauf, künftig mit dafür sorgen zu können, dass deutsche Arbeiter und Angestellte nicht in Schutt und Asche gehen müssen, wie er selbst in den zurückliegenden Jahren; ohne Arbeit, ohne Auskommen, abhängig von einem unwilligen Vater und belächelt, ja, das war das Schlimmste! Belächelt, wie er fand, vom geldgeilen Jud, dem jetzt endlich mal das Handwerk zu legen sei.

In der Bitburger Schakengasse schloss Heinrich einen Mietvertrag mit der Familie Weber. In einem stuckverzierten Haus mit hohen Fenstern befand sich seine neue Wohnung. Die Vermieter machten einen manierlichen Eindruck und schienen auch der nationalsozialistischen Sache gegenüber nicht abgeneigt zu sein. Noch am gleichen Tag packte Heinrich seine Klamotten in zwei Koffer und verließ die Kammer im Haus des Parteigenossen und seiner Frau. Er hinterließ, da niemand zu Hause war, einen kurzen Brief, in dem er sich noch einmal höflich bedankte, legte den Rest noch ausstehender Miete dazu und freute sich, hier nie wieder herkommen zu müssen. Erst nach Monaten erfuhr Heinrich, dass sich der Parteigenosse Kroll für die gleiche Stelle bei der Deutschen Arbeitsfront beworben hatte wie er. Kroll, der sich schon in Sicherheit gewiegt hatte, diese auch zu bekommen, denn er wohnte seit seiner Kindheit in Bitburg, war hier sozialisiert, bekannt und engagiert. Schon beizeiten war er in die Partei eingetreten. Dann war der Kreisleiter Wipper persönlich mit einer Bewerbung aus Cochem aufgetaucht und hatte keinen Zweifel daran gelassen, dass der Moselaner die Stelle erhalten würde.

Heinrich trug seine Koffer durch halb Bitburg in die Schakengasse und fühlte sich glücklich. Er betrat die Wohnung, für die er bereits einen Schlüssel ausgehändigt bekommen hatte, obwohl die Miete laut Vertrag erst am kommenden Montag begann.

»Zum Eingewöhnen«, hatte sein neuer Vermieter gesagt, es gäbe ja sicher noch einiges herzurichten, bis der Umzugswagen käme und die Familie mit gepackten Koffern vor der Tür stünde.

Es hatte fast etwas Ehrwürdiges, als Heinrich die Wohnungstür hinter sich geschlossen hatte und in die leeren Räume blickte, bevor er die ersten Schritte tat. Lang hielt er sich in dem geräumigen Zimmer auf, das Küche und Wohnstube zugleich sein würde. Die beiden herrlich großen Fenster ließen das Licht durchscheinen, das in die Schakengasse fiel. Lange schaute er durch eines der Fenster hinunter auf die Gasse. Von hier oben ließ sich gut beobachten, was sich dort unten tat. Aus dem geschützten Raum der Wohnung ins Offene schauen, dachte er, und die Vorstellung gefiel ihm. Er betrat den Raum, in dem die Kinder schlafen würden, und das Zimmer, das nur für ihn und Klärchen sein würde. Hier käme das Ehebett hinein, der Schrank, die Kommode. Der Raum war weniger hell, das Fenster deutlich kleiner. Es führte zum Hinterhof. Heinrich maß die Fläche ab, auf der er das Ehebett aufbauen würde. Er legte sich genau an die Stelle auf den Boden. Mit unter dem Kopf verschränkten Armen blickte er an die hohe Decke. Dann drehte er sich nach links, wo Klärchen liegen würde. Er schloss die Augen, rückte näher an sie heran, umschlang und liebkoste sie in seinen Gedanken.

Heute war Dienstag, und der kommende Samstag, an dem er seine Frau sehen würde, noch weit. Er drehte sich wieder auf den Rücken, sah einem hellen Flecken hinterher, der über die Zimmerdecke zog. Mittagslicht, das von draußen durchs Fenster schien. Entschlossen zog er einen Stift und Schreibpapier aus der Innentasche seiner Jacke, rollte sich auf den Bauch und schrieb nach Cochem: *Wir werden in einem großzügigen Haus wohnen. Im Parterre befindet sich die Stoffhandlung unserer Vermieter. Die Wohnung liegt direkt darüber im ersten Stockwerk und ist überhaupt nicht mit der in der Unterbachstraße zu vergleichen. Das Treppenhaus ist geräumig und die Treppe leicht zu gehen, das habe ich beim ersten Hinaufsteigen sofort bemerkt. Alle Wände sind tapeziert, im Hausflur sogar mit Linoleum. Die Küche ist groß und hat Platz für uns alle, und die Kinder und wir, mein Klärchen, haben ein eigenes Schlafzimmer. Hier wird es sich leben lassen, und an den Eifelwind habe ich mich schon ein bisschen gewöhnt.*

Das Beste aber kommt jetzt: Gestern war ich zum ersten Mal bei meiner künftigen Arbeitsstelle und habe mich den künftigen Kollegen schon mal vorgestellt. Ich muss sagen, mir blieb die Spucke weg. Ich habe ein Büro ganz für mich allein. Es befindet sich im gleichen Gebäude mit der Ortsgruppendienststelle und der NS-Frauenschaft. Der hiesige Ortsgruppenleiter residiert im Zimmer direkt neben mir. Er hat mich sehr herzlich begrüßt und ich denke, wir werden einen guten Kontakt pflegen. Ich werde sogar bei den Sitzungen des Ortsgruppenstabs regelmäßig dabei sein. Dort sind wir für Schulungen,

Organisation, Geschäftsführung und Propaganda in der Ortsgruppe verantwortlich. Na, sind das Neuigkeiten? Packt alles, was ihr packen könnt, zusammen. Für die nächste Woche werde ich ein Fahrzeug bestellen, das unsere Möbel hierher transportiert. Du solltest am Samstag nächster Woche mit den Kindern nach Trier kommen, wo ich Euch abhole und wir mit dem Bus hierher weiterfahren. Vorher geht's leider nicht, denn am Montag beginnt ja, wie Du weißt, mein Dienst.

Klara ging jetzt plötzlich alles viel zu schnell, und wenn sie sich vorstellte, was jetzt alles auf sie zukommen würde, wurde ihr schwindlig. Nach so langer Zeit großer Lethargie und Tatenlosigkeit sollte es endlich richtig losgehen. Fast alles passte auf einmal zueinander. Die Wohnung, von der Heinrich schwärmte, sein Arbeitsbeginn in diesen Tagen und die nur um wenige Wochen verzögerte Einschulung Alberts in Bitburg. Johanna würde in den Kindergarten gehen können, und Klara hätte Zeit, sich ihren Stickereien zu widmen. Vielleicht könnte sie sogar noch etwas dazuverdienen, falls Heinrich das zuließe. Alles passte auf einmal wie *de Deckel of dat Debbe*.

Klaras Vater, der Schneiderwilhelm, half, wo er nur konnte, und Schneidern war nun einmal das, was ihm am besten von der Hand ging. Er hatte sich von Heinrich die Maße der neuen, großen Wohnungsfenster geben lassen. Aus hellem, blumengemustertem Stoff fertigte er zwei passende Gardinen und gab sie der Tochter als verspätete Aussteuer mit.

Wilhelm war neben seinen Alltagsarbeiten mehr für die großen Entwürfe geschaffen, nahm Maß, skizzierte, konzipierte und projektierte, bevor er sich mit Nadel und Faden daran machte, elegante Kleidung für Männer, Frauen und auch Kinder zu schaffen. Damit war er besonders auf die bessergestellten Leute im Dorf angewiesen, die sich seine Maßarbeit leisten wollten und konnten und auf die er sich, ohne dass er eine Anzahlung verlangen musste, verlassen konnte. Nicht wie der alte Dores vom *Neije Wäch*, der sich zur Einweihung seines teuren Hauses einen Anzug aus graumeliertem Stoff hatte anfertigen lassen. Im neuen Gewand hatte er stolz und großspurig die Honoratioren des Dorfes oder jene, die er dafür hielt, und sogar einige Cochemer stattlich empfangen. Der Schneiderwilhelm hatte nicht dazugehört. Der musste sich fast zwei Jahre gedulden, bis der alte Dores ihm seine Arbeit vollständig bezahlt hatte. Immer, wenn der alte Dores mit ein oder zwei Flaschen Wein die *Daljaas* heruntergelaufen kam und am Schneiderhaus die Außentreppe zur Haustür erklomm, wusste Wilhelm, der alte Dores kam, um ihn zu vertrösten. Es gab wieder einmal kein Geld.

Wohlhabendere Conder, die Geld besaßen und es für die Anfertigung ihrer Kleidung ausgaben, waren an einer Hand abzuzählen. Viele Conder waren Ackerer, kleine Winzer oder Tagelöhner, die in ihrem Leben, wenn überhaupt, einen einzigen Anzug auftrugen. Zum Glück fanden auch manche Cochemer mit ihren Kleiderwünschen den Weg zum Schneiderwilhelm nach Cond. Besonders vor Festtagen, allgemeinen oder familiären, war seine Fertigkeit gefragt. Neuanfertigungen, denen er sich leidenschaftlich widmete, hatten seltener Konjunktur. Häufiger gewünscht waren Aufarbeitungen von Kleidern und Anzügen, Umänderungen von Hosen und Röcken, Westen und Jacken. In Zeiten, in denen es besonders mau lief, beauftragte er seine Mädchen, zu seinen Kunden im Dorf zu gehen, um freundlich zu fragen, ob sie *etwas mitnehmen* könnten. Was so viel bedeutete wie: Gibt es etwas zu reparieren oder umzuändern, das wir unserm Vater mitnehmen können? Derlei Streifzüge von Schneiders Töchtern waren im Allgemeinen auch erfolgreich. Die meisten Conder, die von den Kindern angesprochen wurden, empfanden die Nachfrage als einen besonderen Service des Schneiders, als Aufmerksamkeit. So legten die Leute Kleidungsstücke und Stoffe, die verändert oder repariert werden mussten, zusammen und warteten ab, bis die Kinder des Schneiders kamen, um sie abzuholen.

»Wem et good jiet«, pflegte Wilhelm zu sagen, »dem machen ich de Rock weijder, wem et schlächt jiet, dem machen ech en enger.« Wie viele seiner Aussprüche quittierte er auch diesen regelmäßig mit: »po-po-po-po-po!« Das klang, als singe er fünf Töne einer Tonleiter von oben nach unten schnell hintereinander: »po-po-po-po-po!« Das war sein Markenzeichen.

Klara hatte das Besticken von Stoffen bei ihrem Vater gelernt. Besonders Damenbekleidung, Blusen und Röcke erhielten eine unverwechselbare Zierde durch individuelles Besticken. Niemand sonst im Dorf trug die gleiche Bluse, den gleichen Rock wie man selbst, wenn er von

Klara bestickt worden war. Auch in Cochem, bei den Damen der hohen Herrn oder jenen, die sich dafür hielten, gab es keine zwei Frauen mit den gleichen Verzierungen auf der Kleidung, sofern sie sie beim Schneiderwilhelm hatten anfertigen lassen. Sein Service war einmalig. Heute würde man Klaras Talent in Verbindung mit der Tüchtigkeit ihres Vaters als Alleinstellungsmerkmal bezeichnen. Durch dieses erlangte die Schneiderei einen besonderen Ruf. Manche Frauen des Dorfes versuchten die Stickereien selbst anzufertigen, um Geld zu sparen. Doch die meisten ließen es aus Mangel an Kenntnis und Fähigkeit bald wieder sein und verlegten sich wieder mehr aufs Strümpfestopfen, was ohnehin unerlässlich und einfacher war.

Schneiderwilhelms Schneiderei befand sich im größten Raum seines Hauses gleich neben dem Hauseingang. Er maß mindestens 15 oder 16 Quadratmeter, bot durch zwei Fenster gute Lichtverhältnisse und den Blick auf die Terrasse, welche von Mai bis Oktober von Weinlaub überrankt wurde und die Werkstatt vor direkter Sonneneinstrahlung schützte. Dahinter floss die Mosel. Die Möblierung des Zimmers war spartanisch: ein Kleiderschrank, ein paar Regale zur Ablage von Stoffen und Aufbewahrung des Werkzeugs, Stangen, Bügel, ein Stuhl für die Kundschaft und ein Tisch, auf dem der Schneider saß und arbeitete. Für Klara wurde ein Hocker ans Fenster geschoben, wenn sie Stickereien anzufertigen hatte.

Die Schneiderwerkstatt hatte eine Doppelfunktion. An Festtagen, Weihnachten, Fronleichnam oder Kirmes, kamen Verwandte zu Besuch, Schneiders Söhne oder Töchter. Wilhelm und seine Frau Maria hatten vierzehn Kinder, sieben Jungen und sieben Mädchen, der Geschlechterproporz war also gewahrt. Josefina, die zweitälteste und Fritzchen, der in den ersten Tagen des 20. Jahrhunderts geboren wurde, starben im Kindesalter. Später sollte das Kleeblatt, Fina – Klara – Anna, die drei jüngsten Mädchen, über die beiden früh verstorbenen Geschwister, von denen sie ja nur vom Hörensagen wussten, gewitzelt haben, sie seien beizeiten von der Mauer gefallen.

Lissabeth, 1893 geboren, war die Älteste und wurde ihr Lebtag von den Geschwistern »Ohs Ältst!« genannt. Anna, die Jüngste, kam 1910 zur Welt. Klara war ein Jahr älter als sie.

Maria, Frau des Schneiders und Mutter der Vierzehn, die aus dem zehn Kilometer moselaufwärts gelegenen Ort Beilstein stammte, erwartete besonders an Kirmes ihre beiden Beilsteiner Schwestern samt Anhang. Genauer gesagt, mit einer Auswahl des Anhangs, denn auch die Schwestern waren mit vielen Kindern gesegnet. Daher gestalteten sich die Zusammenstellungen des mitgebrachten Nachwuchses vielfältig, waren variabel und immer auch für eine Überraschung gut. Umgekehrt versäumte Maria keine Beilsteiner Kirmes und zog mit einem *Hängel* ihrer Familie Richtung Beilstein. Maria war die Mittlere von drei Schwestern. In der Bäckerfamilie, aus der sie stammte, war man hinsichtlich der Namensgebung um Vielfalt nur wenig bemüht. Marias ältere Schwester hieß Anna, die jüngere Anna-Maria. Wenn die *Beilsteiner Bäckermädchen* an Kirmes mit ihren Lieben zusammensaßen, durfte eine Episode in den Erzählungen nie fehlen: »User Modder hot immer nur Anna-Maria jeroof, un mir komen alle drei jerannt.«

An solch hohen Festtagen wurde die Schneiderei umgemodelt. Werkstoffe und Werkzeuge wurden gut verstaut, Stühle und Bänke herbeigeschleppt und eine Tischdecke wurde aufgelegt. Zum Nebenraum, der Küche, führte ein Durchgang. An schönen Tagen wurde die Terrasse, die sich entlang der schmalen Hausfront erstreckte, mit einbezogen, und all die vielen zur Familie gehörenden Menschen fanden Platz und kamen sich dabei sehr nah. Noch näher aber kamen sie sich in den Nächten, wenn die vorhandenen Betten geteilt werden mussten, mit Schwestern und Brüdern, Schwägerinnen und Schwagern, Onkeln, Tanten, Nichten und Neffen. Auch manch einer, der nicht zur Verwandtschaft gehörte, geriet manchmal zwischen die ruhenden Leiber in ihren engen Betten, wenn der Hausherr bestimmt hatte: »So, weile mache mer Feijeromend. Ab jetzt, en sämtliche Better – po-po-po-po-po!«

15

Albert und Johanna gewöhnten sich in Bitburg ein, so gut es ging. Albert fehlten seine Cochemer Freunde, und er brauchte Zeit, um in der neuen Schulklasse Fuß zu fassen. Er war von zarter Natur. Seine Bitburger Klassenkameraden, Kinder der Eifel, empfand er oft als raubeinig und robust, was seiner Art nicht entsprach. Er entwickelte sich schnell zu einem der besten Schüler in der Klasse, was ihm Respekt einbrachte. Rechnen, Schreiben, Lesen, alles fiel ihm nur so zu. Besonderes Interesse zeigte er an gestalterischen Aufgaben. Er ging auf im Malen und Zeichnen. Der spätere Werkunterricht begeisterte ihn und er legte erstaunliche Resultate vor. Zuhause erlernte er von seinem Vater das Akkordeonspiel. Sein musikalisches Können gab er im Musikunterricht und bei Schulveranstaltungen zum Besten.

Als Johanna in die Schule kam, hatte sie bereits die Hälfte ihres bisherigen Lebens in Bitburg verbracht und fühlte sich als ein Mädchen dieser Stadt. Die frühen Erinnerungen an Cochem verblassten zusehends, und bald waren Cochem und Cond nur noch Zielpunkte, zu denen die Familie fuhr, um die Großeltern und andere Verwandte zu besuchen. In schulischen Leistungen stand Johanna ihrem Bruder nicht nach und brachte nur beste Noten nach Hause. Wenn sie eine *Goldene Null* erreicht hatte, was null Fehler im Diktat bedeutete, lief sie nach der Schule zur Dienststelle ihres Vaters, der ihr fünf Pfennige für Süßigkeiten spendierte. Das freundliche, hübsche Mädchen war in der Dienststelle gern gesehen. Mitarbeiter ihres Vaters scherzten mit ihr und lobten sie, wenn sie sich mit blütenweißer Bluse und schwarzem Halstuch wie ein Jungmädel präsentierte. Ja, die Kinder waren Heinrichs ganzer Stolz, und er genoss die lobenden Worte seiner Kollegen und die verzückten Äußerungen der Mitarbeiterinnen über das Mädchen. Nicht nur in der eignen Familie fand Johanna ein Zuhause. Wohl und angenommen fühlte sie sich auch bei den Gruppenstunden und Aktivitäten der Jungmädel, denen sie beitreten durfte, obwohl sie das offiziell vorgeschriebene Eintrittsalter noch nicht erreicht hatte. Hier wurden nicht nur neue Lieder der Nationalsozialisten, auch altes deutsches Liedgut gelernt und gesungen. Johannas Bruder, Hitlerjunge Albert, erschien gelegentlich zu den Gruppenstunden der

Mädchen. Denn sein Akkordeonspiel war, wie auch bei den Jungen der Hitlerjugend, beliebt und geschätzt. Für viele Aktivitäten war Johanna zu begeistern, von staatlicher Führung, gar Indoktrination spürte sie nichts. Wie auch? Ein Foto zeigt sie in BDM-Uniform mit anderen Mädchen und Erwachsenen vor einem Gebäude der von den Nationalsozialisten neu errichteten Bitburger Kaserne. Sie wird darauf vielleicht neun oder zehn Jahre alt gewesen sein. Die abgebildete Gruppe hat sich nicht aufgestellt, um fotografiert zu werden, denn niemand schaut in die Kamera. Die Blicke der Personen sind auf etwas anderes konzentriert, scheinbar etwas, das sich vor ihnen, außerhalb des Bildes abspielt. Denkbar wäre, dass sie einem Ereignis, etwa einem Umzug oder Vorbeimarsch zugewandt sind. Auf einem Kasernenhof liegt es nahe, dass es sich um ein militärisches oder auch nur pseudo-militärisches Spektakel gehandelt hat, das die Aufmerksamkeit der Betrachter auf der Fotografie auf sich zieht. Auffallend ist, dass die Jungmädel in der ersten Reihe alle seltsam gerade dastehen, ein wenig so, als wären sie angetreten, mit durchgedrückten Knien und an den Körper angelehnten Armen. Johanna macht da fast noch die lockerste Figur, aber ihrem hübschen Mädchengesicht ist anzusehen, wie gebannt sie ist, von dem, auf das sie da blickt.

Wie es nicht anders zu denken war, wurde Johanna nach ihrer Geburt in Cochem, genau wie drei Jahre zuvor ihr Bruder Albert, römisch-katholisch getauft. Albert ging als Achtjähriger zur Erstkommunion. Dazu fuhr die Familie am Weißen Sonntag nach Cochem und feierte mit der Verwandtschaft. Aus Heinrichs Sicht hatte das gleich zwei Vorzüge. In Bitburg musste sich niemand über den makellosen Nazi, für den er sich hielt, wundern, weil er seinen Sohn ganz entgegen der Gesinnung zur Erstkommunion schickte. Umgekehrt konnte er vor seiner römisch-katholischen Sippschaft in Cochem und Cond den Schein des Traditionellen waren.

Johanna aber, so jung sie noch war, wusste, dass dem Führer alles Kirchliche nicht gefiel, und ihrem Vater auch nicht. Ihre Mutter, die in der Frage unentschieden wirkte, folgte der Haltung ihres Mannes. So war die achtjährige Johanna überzeugt, nicht zu den Kindern gehören zu wollen, die zur Erstkommunion gingen. Sie folgte dem Vorbild ihres Vaters und hatte sich ganz dem Führer verschrieben.

Johannas glücklich zu nennende Kindheit wurde erstmals getrübt, als der Vater die Familie verließ und in den Krieg zog. Im zweiten Kriegsjahr sah er seinen Platz bei der kämpfenden Truppe und meldete sich freiwillig. Seine Einsatzorte lagen überwiegend im Westen. Welche Aufgaben der Parteigenosse, Unteroffizier und Buchhalter Heinrich in seinen Kriegseinsätzen in Frankreich und den Niederlanden hatte, erfuhr niemand. Genügte es Klara, wenn er schrieb, dass es ihm gut gehe und sie und die Kinder sich keine Sorgen um ihn zu machen brauchten? Vielleicht enthielten die Mitteilungen an seine Frau auch Passagen, in denen er ihr von seiner soldatischen Arbeit in der Besatzungsarmee berichtete. Um Persönliches ging es in seinen Briefen sicher. Dass er sie liebe, wird er geschrieben haben, und sie vermisse, sie und die Kinder, die Familie. Seine Briefe hob Klara jahrzehntelang auf. Erst im Alter übergab sie diese ihrer Tochter. Johanna las und versteckte sie und zeigte sie niemandem. Eines Tages behauptete sie, die Briefe verbrannt zu haben, weil das, was darin zu lesen war, niemanden etwas anginge.

Verbrannt ist auch das Haus in der Schakengasse mit seinen schönen Stuckornamenten um die Fenster und entlang der Dachkante. Es wurde von herabfallenden Bomben getroffen, zerstört, fing Feuer.

Klara und die Kinder schnappten sich ihre immer bereitstehenden Taschen und rannten, sobald die Sirenen zum Luftalarm anhoben, in den Luftschutzkeller unter dem Nachbarhaus. Im Spätherbst des Jahres 1944 hatte es fast jede Nacht Fliegeralarm gegeben.

Das warnende Sirenengeheul schwoll ab. Ein letzter heulender Ton verlor sich in der Nacht. Fliegeralarm! Dann trat eine gespenstische Ruhe ein. Der Moment, den Klara am schwersten aushalten konnte. Niemand im Luftschutzkeller sprach ein Wort. Alle lauschten. Johanna zitterte am ganzen Körper. Drückte sich in die Arme der Mutter. Hitlerjunge Albert glaubte, den Vater ersetzen zu müssen, indem er angstvoll den Mutigen spielte. Er gehe nachsehen, ob die Flieger schon zu erkennen seien, sagte er mit aufgesetzter Stimme, hinter der er all seine Angst verbarg.

»Albert!«, brüllte Klara, »Dou bleivs heij!« Aber der Junge hörte nicht und spielte weiter den Helden. Johanna drückte sich in panischer Angst an ihre Mutter, so dass diese sich außer Stande sah, ihren Vierzehnjährigen zurückzuholen. Auch sonst fühlte sich in dem Keller niemand in der Lage oder willens, den Jungen zur Rückkehr zu veranlassen. Ein alter Mann krächzte Albert hinterher, er solle vernünftig sein. Aber Albert hörte das nicht. Mit einer Haltung von Unerschütterlichkeit stieg er die Steintreppe nach oben und verschwand. In dem Moment, als er die Tür nach draußen öffnete, war das anschwellende Brummen der Bomber im Keller zu hören. Johanna erlitt einen Anfall von Schüttelfrost. Eine Frau aus der Nachbarschaft stand auf und brachte eine Wolldecke, legte sie dem Mädchen, das sich an seine Mutter klammerte, um die Schultern. Die ersten Einschläge waren zu hören, Erschütterungen zu spüren. Staub rieselte von der gewölbten Decke. Das Licht begann zu flackern, was einen kollektiven Aufschrei der Angst verursachte, beruhigte sich aber wieder. Das Vibrieren der Flugzeugmotoren. Sie waren jetzt über ihnen. Mit einem ohrenbetäubenden Knall löste sich alles in Qualm und Rauch auf. Nichts war im Keller mehr zu sehen. Die Atemluft hatte sich im Nu zu einem Gemisch aus Rauch und feinem Staub gewandelt, das die Atemwege reizte und Luftholen fast unmöglich machte. Manche im Keller zogen feuchte Tücher aus bereitgestellten Wassereimern, legten sich diese vor Mund und Nase und verteilten sie an die anderen im Raum. Husten und Keuchen waren mit einem Mal die beherrschenden Geräusche im Keller, bis zu hören war, dass jemand die Kellertreppe herunterstieg.

»Die drähen of!«, rief Albert in den Raum. »Dat wor haarscharf!« In dem Augenblick, da sie ihren Albert durch den Qualm ausmachen konnte, riss Klara sich von ihrer Tochter los, stürzte sich auf Albert, schlug kopflos auf ihn ein und schrie ihre Wut und Angst und Sorge unartikuliert und in nicht zu fassenden Lauten aus sich heraus. Albert, irritiert über den Ausbruch der Mutter und gedemütigt vor allen anderen, klopfte sich den Staub aus seiner HJ-Uniform, stellte sich stramm und salutierte: »Heil Hitler!«

Der alte Mann, der ihm hinterhergerufen hatte, vergrub das Gesicht im Mantelkragen, wog den Kopf hin und her, stammelte: »Kinder Gottes!«

Es war bei einer der unzähligen Bombardierungen Bitburgs im Herbst 1944, als Klara und die Kinder ihre Wohnung verloren. Aber sie lebten. Vielleicht hatten sie damit sogar Glück im Unglück, dass ihr Haus einer der frühen Angriffe amerikanischer Bomber zum Opfer fiel, und sie gezwungen waren, die Stadt zu verlassen. Denn die schlimmsten Zerstörungen, mit denen die Amerikaner ihren bevorstehenden Einmarsch vorbereiteten, standen den Bitburgern noch bevor. Ausgerechnet am Heiligen Abend 1944 flogen sie den bis dahin schwersten Angriff, bei der die Stadt fast völlig zerstört wurde. Massenhaft lagen die Toten in den Trümmern, verschüttet in Erdlöchern, in Bunkern, die sie zum Schutz aufgesucht hatten oder einfach im Freien. Die Schreie von Verletzten und in Panik geratenen Überlebenden drangen durch das Fauchen der Flammen. Manche starben langsam, qualvoll und still, unbeachtet unter den Trümmern eingestürzter Gebäude. Es gab keine Straßen mehr. Über und über waren sie von Schutt bedeckt. Ein Vorankommen, ja selbst die Orientierung in der Stadt, fielen schwer. Dennoch versuchten Mitglieder der Bitburger Feuerwehr zu den Bränden durchzudringen. Doch die Wasserversorgung war komplett zusammengebrochen. Damit noch nicht genug. Amerikanische Jagdbomber erschwerten den Helfern ihre Arbeit, überflogen in immer neuen Schüben die getroffene Stadt und griffen mit Bordwaffen überall dort an, wo sich noch etwas regte.

Der folgende Tag aber sollte erst zum eigentlichen Desaster in der Geschichte Bitburgs werden. Das vermerkte der Archivar Dr. Peter Neu 1965 in der Stadtchronik. Demnach näherte sich kurz nach Mittag ein Bombengeschwader der Stadt und entlud seine todbringende Last. Als die Flugzeuge wieder in Richtung Westfront abdrehten, bestand Bitburg nur noch aus brennenden, rauchenden Trümmern und Schutthalden. Im Luftschutzkeller der Bavaria-Brauerei, aus der später die Bitburger Brauerei *(Bitte ein Bit!)* hervorging, der bis dahin als absolut bombensicher angesehen wurde, fanden etwa zwanzig Menschen, Zivilisten und Soldaten, den Tod. Wieder half die Bitburger Feuerwehr, wo noch zu helfen war, und so gut sie konnte. An Löscharbeiten allerdings war nicht zu denken. Die Feuerwehren der Nachbarorte Speicher und Rittersdorf, die angerückt waren, um zu helfen, mussten aus Mangel an Löschwasser unverrichteter Dinge wieder abziehen. In das Einsatzbuch der Bitburger Wehr schrieb jemand: *Bitburg ist verloren!* Zu den sehr wenigen Gebäuden die weitestgehend unversehrt geblieben waren, gehörten ausgerechnet die Kasernen im Süden der Stadt. Nach ihrem Vormarsch und der Eroberung Bitburgs quartierte sich die amerikanische Armee darin ein.

Der Versuch, aus den Trümmern des völlig zerstörten Hauses etwas von ihrer Habe zu retten, war nahezu aussichtslos, gefährlich obendrein. Albert fand den Koffer, mit dem sein Vater einst nach Bitburg gekommen war, um den Umzug der Familie vorzubereiten. Aber kaum etwas war noch aufzustöbern, was sie hätten hineinpacken können. Einige kräftige Stoffe, einst Ware der Stoffhandlung Weber im Erdgeschoss, durften sie sich aus den Trümmern bergen, um sich darin einzuwickeln und zu wärmen. So verließen sie die Stadt, der ihre endgültige Zerstörung noch bevorstand. Die Amerikaner erklärten nach ihren Luftangriffen Bitburg offiziell zur *toten Stadt*.

Klara und die Kinder kamen für ein paar Tage bei Bauersleuten auf einem weit außerhalb Bitburgs gelegenen Gehöft unter. Die Bilder der Bombennächte waren nicht vergessen. In innerer Unruhe, mitunter Aufgelöstheit, setzten sie ihren Weg fort. Mit der Bahn erreichten sie über Trier nach zwei Tagen Cochem. Auch hier bot sich keine dauerhafte Bleibe. Auch hier griffen die alliierten Bomber an und versuchten, das Portal des Kaiser-Wilhelm-Tunnels zu treffen, durch den der Nachschub nach Westen transportiert werden musste. Johanna war völlig durcheinander, stand noch immer dermaßen unter dem Schock des Erlebten, dass sie bei jedem Fliegergeräusch in pures Entsetzen verfiel, und völlig untröstlich außer sich geriet. Klara wusste sich keinen Rat. Überraschend erreichte sie über die Adresse ihrer Schwiegereltern ein Brief Heinrichs. Der hatte vom drohenden Untergang der Stadt Bitburg erfahren und beschwor Klara, mit den Kindern auch Cochem sofort zu verlassen, falls sie sich dort aufhielten. Der Westen des Reiches, schrieb er, sei derzeit zu unsicher und sie sollten zusehen, möglichst schnell wegzukommen. Heinrich teilte eine Adresse mit, wo man über ihr Eintreffen in den nächsten Tagen bereits informiert sei. Es handele sich um die Eltern eines Kameraden aus Sachsen, die gern bereit wären, sie für eine Weile aufzunehmen. Was hatte Klara da gelesen: aus Sachsen?

Welche Ahnung hatte sie, wo Sachsen lag? Ihr Schwiegervater Friedrich, Stellwerkmeister in Cochem, half weiter. Als Eisenbahner kannte er sich aus im Deutschen Reich, und wusste, wie die Züge fuhren, war sich aber auch darüber im Klaren, dass aufgrund des Bombenchaos, das über den deutschen Städten herrschte, eine genaue Planung nicht leicht sein würde. Trotzdem ging er es an und organisierte die Fahrkarten. Er entrollte eine Deutschlandkarte auf dem Tisch. Darauf war das Reich in den Grenzen von 1937 abgebildet.

»Heij«, sagte er und tippte mit dem Finger auf einen Punkt der Karte. »Heij läijt Cochem.«

»Un wo es Sachsen?«, fragte Klara zögerlich.

»Heij!«, antwortete der Schwiegervater und zeigte auf einen anderen Punkt. Klara fühlte sich sofort ein wenig erleichtert. Denn Friedrichs Finger lag jetzt ungefähr auf der Mitte der blau gekennzeichneten Fläche, die das Deutsche Reich markierte. Und während er Cochem ziemlich weit links gezeigt hatte, befürchtete sie schon, Sachsen läge noch viel weiter rechts.

»Nein!«, sagte Friedrich und fühlte klammheimliche Freude dabei, seine Schwiegertochter belehren zu können. Das da weiter im Osten seien Schlesien und Pommern, und der blaue Flecken da oben rechts sei Ostpreußen. Aber die Karte sei veraltet und Deutschland dabei, die Grenzen neu aufzubauen. Klara erschreckte das alles. Das waren Dinge, über die sie sich nie hatte Gedanken machen müssen. Alles, was Politik anging und das ganze Drumherum, hatte Heinrich geregelt. Und wie sehr er sich selbst aus der Ferne um sie und die Kinder mühte, zeigte sein Brief mit der Aufforderung, nach Sachsen zu gehen.

Bei den zahlreichen missglückten Versuchen der alliierten Luftwaffe, die Cochemer Mündung des Eisenbahntunnels zu treffen, wurde auch die Stadt an der Mosel schwer in Mitleidenschaft gezogen. Cochems Altstadt fiel der Zerstörung anheim. Der markante Zwiebelturm der Martinskirche sackte nach einem Bombardement in sich zusammen und stürzte tosend in die Bernstraße. Am 24. Dezember 1944, als Bitburg in Schutt und Asche gelegt wurde, rollte eine ungeheure Detonationswelle auch durch das Moseltal bei Cochem und Cond. Eine Luftmine hatte die Skagerrak-Brücke getroffen und auseinandergerissen.

Zu diesem Zeitpunkt hatten Klara und die Kinder Sachsen schon erreicht. Ihr Fluchtweg, der wegen der Kriegseinwirkungen an größeren Bahnhöfen und manchmal sogar auf offener Strecke immer wieder unterbrochen werden musste, hatte ein vorläufiges Ziel in Remse an der Mulde gefunden. Sie trafen auf freundliche, hilfsbereite Menschen. Wie Heinrich es in seinem Brief gesagt hatte, wurden sie bereits erwartet, und im Haus war ein Zimmer und eine kleine Kammer für sie hergerichtet. Die Mulde, ein Flüsschen, viel schmächtiger als die Mosel, floss quer durch den ländlichen Ort. Der sogenannte *Rote Stock*, ein hoch aufschießendes Gebäude, Rest eines mittelalterlichen Klosters, war das einzige herausragende Gebäude und sichtbare Wahrzeichen des Ortes.

Hier war es still, und Johanna erholte sich von den Schrecken der zurückliegenden Wochen. Auch Klara kam zur Ruhe und fand Ablenkung, indem sie in der kleinen Landwirtschaft ihrer Gastleute half. Doch es war Winter und nicht besonders viel zu tun. Die langen Abende verbrachte sie mit Stickereien, mit denen sie sich ihren Wirtsleuten gegenüber erkenntlich zeigte.

Albert war es langweilig. Mehrmals am Tag pirschte er durch Remses Gassen. Eine Clique Jugendlicher, die durchs Dorf streunte, beäugten ihn misstrauisch. Seine Sprache, fanden sie, klänge so seltsam. Näher kam er den Gleichaltrigen nur bei der einzigen wöchentlichen Abwechslung. Die gab es mittwochs ab siebzehn Uhr, wenn der HJ-Führer aus einer Nachbargemeinde zum Remser Gruppenabend kam. Dieser, kaum älter als Albert, brachte den Jungen militärischen Drill bei, exerzierte ein bis zwei Stunden mit ihnen im Freien, bevor sie sich im Gruppenraum aufwärmen durften. Das Exerzieren war Alberts Sache nicht, auch nicht das Geschrei, das dabei abgehalten wurde und die verbalen Knuffe und Tritte, die der HJ-Führer ihm versetzte. Gern hätte Albert das anschließende Singen durch seine Musik bereichert. Dabei hätte er auftrumpfen und zeigen können, zu was er in der Lage war. Doch sein Akkordeon hatte er in den Trümmern von Bitburg verloren.

Aber Johanna bekam Gelegenheit, sich musikalisch einzubringen. An einem ihrer ersten Schultage in Remse sangen die Kinder ein fremdes Lied, das von ihrer sächsischen Heimat handelte. Johanna lauschte dem Gesang aufmerksam, denn sie wollte bald mitsingen können. Der Lehrer, Herr Leonard, fragte, ob Johanna auch ein Lied aus ihrer Heimat im Westen des Reiches kenne und es vortragen könne. Sie überlegte kurz, stand von ihrem Stuhl auf und intonierte im Schunkelwalzertakt:

»Im weiten deutschen Lande
zieht mancher Strom dahin
von allen, die ich kannte
liegt einer mir im Sinn.
O Moselstrand, o selig Land!
Ihr grünen Berge, o Fluss und Tal
ich grüß' euch von Herzen
viel tausendmal.«

Leicht hätte Johanna alle acht Strophen des Moselliedes singen können. Im Lernen von Gedichten und Liedern war sie gut. Aber sie begnügte sich, nach der ersten noch die dritte Strophe zum Besten zu geben, und da der langsame Walzertakt Zeit braucht, vergingen Minuten, bis sie zum Ende der zweiten Strophe gekommen war.

»Und an des Stromes Bette
all überall im Tal
da stehen Dörfer, Städte
und Burgen ohne Zahl.
O Stadt und Land, o Stromesrand!
Ihr grünen Berge, o Fluss und Tal
ich grüß' euch von Herzen
viel tausendmal.«

Herr Leonard war begeistert, die übrigen Schülerinnen und Schüler beeindruckt. Doch als Johanna sagte, das Lied habe noch sechs weitere Strophen, die sie alle auswendig könne, vernahm sie eine dezent abwehrende Haltung des Lehrers und das leise Erstaunen ihrer Mitschüler, dass sich in kleinen Wortfetzen und unverständlichem Gemurmel äußerte.

16

Dass es ausgerechnet der Karnevalsdienstag des Jahres 1945 war, der sich Klara für immer einprägen sollte, registrierte sie erst, nachdem der Krieg vorbei war.

Von Karneval, echtem Karneval, bei welchem dem Volk das Maul übergeht und die Obrigkeit ihr Fett wegbekommt, konnte in diesen Zeiten schon lange keine Rede mehr sein. Nicht am Rhein und nicht an der Mosel und schon gar nicht in Sachsen. Vielmehr waren schon schnell nach der Machtübernahme durch die Nazis antisemitische und rassistische Motive bei Karnevalsumzügen in ganz Deutschland zu sehen gewesen. Besonders in der Karnevalsmetropole Köln. Bereits im Jahr 1934 wurden auswandernde Juden mit einem sogenannten *Palästinawagen* beim Umzug durch die Kölner Straßen verhöhnt. Die vorgeblichen Karnevalisten, in ihrer Verkleidung ausgestattet mit allen rassistischen Attributen der Nazis gegen Juden, hatten sich auf dem Wagen unter der antisemitischen Aufschrift *Die Letzten ziehen ab* versammelt und beim Umzug durch die Straßen der Stadt ihre üblen Späße getrieben. Die Nationalsozialisten hatten sich den Karneval unter der Zuständigkeit ihrer Organisation Kraft durch Freude in der Deutschen Arbeitsfront mehr und mehr zu eigen gemacht. Sie wussten, wer im Rheinland und an der Mosel den Karneval regiert, dem gehört auch die Stimmung eines großen Teils des Volks. Auch auf Conder Karnevalswagen prangte in den 1930er Jahren das Hakenkreuz. Erst als der Zweite Weltkrieg zu toben begann, kam das Feiern des Karnevals zum Erliegen.

Klara hörte, dass unten im Haus bei ihren Gastgebern Besuch angekommen war. Erst waren die Stimmen, die sie vernahm, laut und überschwänglich gewesen. Sie wurden leiser und schließlich waren sie unhörbar. Fast hatte sie vergessen, dass da jemand gekommen sein musste, als es an ihrer Zimmertür klopfte und die Tür von außen aufgeschoben wurde. Ohne jede weitere Ankündigung stand Heinrich im Zimmer. Während die Kinder nach einer Sekunde, in der sie die Überraschung verdauen mussten, *Papa, Papa!* riefen und Johanna ihrem Vater in die Arme lief, spürte Klara sofort, wie sich unter die Freude, die in ihr hochschoss, sofort auch eine Beklemmung, eine kalte Angst schob. Heinrich wirkte abgekämpft, erschöpft. Um seine Augen verliefen tiefe, schwarze Ränder. Und mager, sehr mager war der einst schlanke Heinrich geworden.

Wie war er hierhergekommen? Nein, seine Einheit liege nicht in der Nähe und nein, einen Urlaubsschein habe er auch nicht. Aber er habe sie sehen müssen, sie und die Kinder, sagte er zu Klara. Es ginge jetzt gegen den Russen, da im Westen für ihn vorläufig nichts mehr zu tun sei, und er hoffe, dass er es bis morgen Mittag zum Dresdner Hauptbahnhof schaffe.

Wo denn seine Einheit wäre, wollte Klara wissen.

»Froch net!«, sagte er auf Cochemer Platt. »Freu dich, dat ech heij seijn. Morje freh moß ech bei Zeijte widder weg.«

Wieder klopfte es an der Zimmertür, diesmal zaghaft. Der Hausherr steckte den Kopf durch den Türspalt und reichte einen halben Brotlaib und Wurst und eine Schüssel mit Kartoffelsalat herein: »Ihr Mann ist bestimmt hungrig«, sagte er. »Und die Kinder ja sowieso.«

Klara stiegen vor Rührung und Dankbarkeit Tränen in die Augen, als der Mann auch noch eine Flasche Wein hereinschob, bevor er einen guten Abend wünschte, und sich schleunigst wieder nach unten machte.

Es war keine entspannte Nacht, die nach dem Essen folgte, bei dem Albert vor allem vom Vater wissen wollte, wie es denn im Krieg sei, wie viele Feinde er denn schon erschossen habe und wann Deutschland denn endlich gewonnen habe. Die Kinder wollten nicht ins Bett, sondern so lange wie möglich mit ihrem Vater zusammenbleiben. Dem fielen immer wieder die Augen zu, und Klara wünschte sich so sehr, nah bei ihrem Heinrich zu liegen. Um 6:35 Uhr, hatte er gesagt, führe am nächsten Morgen sein Zug vom Bahnhof Remse in Richtung Dresden ab.

Der Zug kam pünktlich. Heinrich war der einzige Fahrgast, der in Remse zustieg. Hinter ihm krachte die Zugtür ins Schloss, und die guten Wünsche, die Johanna und Albert ihm vom Bahnsteig her nachriefen, hörte er kaum noch. Klara stand wie erstarrt, neben ihren winkenden Kindern, unfähig sich zu bewegen. Sie konnten nicht wissen, dass sie ihren Vater und Ehemann zum letzten Mal sahen. Ganz zuletzt als einen spiegelnden Schatten hinter einem Zugfenster, das Heinrich vergeblich zu öffnen versuchte. Klara bedrückte eine untrügliche Ahnung.

Es war Dienstag, der 13. Februar 1945, eben jener Karnevalsdienstag, an dem niemand mehr daran dachte zu feiern.

Den ganzen Tag über lag ein Rumoren von Flugzeugmotoren in der Luft. Johanna drohte durch das Geräusch erneut von Panikattacken heimgesucht zu werden. Albert hielt Wache vor dem Haus. Er beobachtete den Himmel. Die Flugzeuge flogen hoch und waren meist nicht zu sehen. Ihr an- und abschwellendes Brummen ließ den Jungen erahnen, aus welcher Richtung sie kamen und wohin sie flogen. Albert nahm Karte und Kompass zu Hilfe und ermittelte: »Die wollen nix von uns, die flejen Richtung Chemnitz un Dresden.«

Woher er das wissen wolle, fragte Klara. Albert zeigte ihr, was er bei den Gruppenstunden der HJ im Umgang mit Karte und Kompass gelernt hatte. Klara war beeindruckt von der Fertigkeit ihres Jungen. Plötzlich erschrak sie.

»Dresden?«, fragte sie. »Meinst de wirklich, die flejen en Richtung Dresden?«

»Jo, Mama, janz secher!«

Albert sollte Recht behalten. In der kommenden Nacht stand er am Fenster und neben dem fernen Donner, den er vernahm, der wie ein tiefes Gemurmel klang, beobachtete er, wie sich in dunkler Ferne der Himmel zunehmend rot färbte. Klara hatte Johanna zu sich unter die Bettdecke genommen. Beide zitterten wie Espenlaub, sprichwörtlich. Gern hätte Klara in dieser Situation zu dem Gott gebetet, von dem ihre Eltern ihr erzählt hatten, als sie noch ein Kind war. Doch das verbot sie sich. Sie hatte diesen Gott zusammen mit Heinrich und auf dessen Geheiß bei der Partei abgegeben. Erst tief in der Nacht fanden sie Schlaf.

Klaras zehn Jahre ältere Schwester Maria wurde immer nur Mariechen genannt. In der Sprache ihrer Conder Familie klang das so: Marische. Die Betonung lag auf *ische.* Marische war unverheiratet und befand sich seit Jahren in einer Anstellung bei einer Familie der Münchener Oberschicht namens Bornheim. Deren Villa stand in Gräfelfing, westlich, außerhalb der Stadt. Marische bewohnte ein Zimmer im Haus, und da sie mit den Mitgliedern der Familie Bornheim ein gutes Verhältnis verband, führte sie ein fast sorgenfreies Leben. Vom Krieg mit seinen bitteren Erscheinungen war sie persönlich bisher fast unberührt geblieben. Sie hatte die Zerstörungen Münchens nach den regelmäßigen Angriffen der US Air Force gesehen und erinnerte sich, dass bereits im Juni 1940 die französische Luftwaffe einen ersten Angriff auf das BMW-Werk in Allach geflogen hatte. Flugzeuge, die Bomben abwarfen, waren für sie bis dahin ein nahezu unbekanntes Phänomen gewesen. Jetzt aber, da die Royal Air Force fast täglich ihre Bombenfracht über der Innenstadt Münchens abwarf, war auch das beschauliche Gräfelfing zunehmend von den Folgen betroffen. Nicht durch Zerstörung, aber die Bevölkerung nahm rasant zu. Sogenannte Ausgebombte aus München, Flüchtlinge und Aussiedler mussten aufgenommen werden. Marische war bewusst, dass ihre Schwester sich mit den Kindern auf der Flucht in Sachsen befand. Und das beunruhigte sie. Jetzt, nachdem Dresden so schrecklich und fast bis zur völligen Auslöschung tagelang bombardiert worden war, konnte es nur noch eine Frage der Zeit sein, bis die Amerikaner das Land besetzen würden. Auch in der Familie Bornheim sprach man hinter vorgehaltener Hand, dass es nicht mehr lange dauern könne, bis der Ami da sei. Was Marische aber zutiefst ängstigte, war die Bedrohung Sachsens durch die heranrückende Rote Armee. Was nicht alles hatte sich im Deutschen Reich über die *russischen Horden* herumgesprochen! Da waren Plünderungen und Raub noch das Geringste. Russen, so hatte sie gehört, seien Unmenschen, mordeten planlos und aus reiner Lust, sie verstümmelten Kinder und schändeten Frauen, bevor sie diesen an die Kehle gingen.

Frau Bornheim und ihr Mann mussten nicht überzeugt werden, als Marische sich einen Ruck gab und ein gutes Wort für ihre Schwester und deren Kinder bei ihren Arbeitgebern einlegte. Beide zeigten sich ohne Zögern sofort einverstanden, die drei im Haus aufzunehmen. In Zeiten der Not müsse man eben zusammenrücken, sagte Herr Bornheim, und die Villa böte genügend Platz. Umgehend informierte Marische ihre Schwester Klara, die ohne Umstände begann, ihre wenige Habe zusammenzupacken und sich mit Albert und Johanna, diesmal ohne die hilfreichen Vorplanungen ihres Schwiegervaters, auf den weiten Weg zu machen. Schon die Zugfahrt von Cochem nach Remse war eine Tortur gewesen. Sie reichte jedoch bei weitem nicht an das heran, was sie jetzt erleben mussten. An reguläres Bahnfahren war überhaupt nicht mehr zu denken. Am kleinen, abgelegenen Remser Bahnhof stiegen sie noch in einen regulären, wenn auch völlig überfüllten Personenzug ein. Schon am Mittag aber mussten sie auf einen offenen

Güterwagen umsteigen, der Richtung Süden fuhr. Neben Menschen wurden Kohlen darauf transportiert. Und es war bitterkalt. Am wenigsten war die Kälte noch zu spüren, wenn der Zug fuhr und Wind und Regen und Schnee den Menschen um die Ohren pfiffen. Der fahrende Zug nährte die Hoffnung, dem Ziel näherzukommen. Und allein diese Aussicht schien zu wärmen und die Eiseskälte abzumildern. Das Stehen des Zuges aber, das ewige, endlose Stehen und Warten, zehrte an jedem und trieb die menschlichen Körper in die Unterkühlung. Die wenigen Essensvorräte, die Klara hatte einpacken können, und die ihre Remser Gastgeber sich vom Mund abgespart hatten, waren längst aufgebraucht und nirgends gab es etwas zu kaufen. An den Bahnhöfen hielt der Zug aus Sorge vor Luftangriffen nicht an. Dafür stand er mitunter stundenlang, ja halbe Tage, in geschützten Waldgebieten, wo er nicht entdeckt werden konnte. Am dritten Tag ihrer Fahrt wurde der Zug auf offener Strecke aus der Luft angegriffen. Einer jungen Frau, etwa in Klaras Alter, die mit auf dem Güterwagen saß, wurde aus der Bordkanone eines Tieffliegers in den Kopf geschossen. Neben Johannas großer Angst gesellte sich nun das Entsetzen, als der Kopf der Frau neben ihr zersprang. Doch Zittern und Schreikrämpfe, mit denen sie bisher reagiert hatte, wandelten sich jetzt in Apathie. Zu abgekämpft, zu schwach, zu müde war sie, um gegen die seit Monaten immer wiederkehrenden Bedrohungen für Leib und Leben körperlich noch anders reagieren zu können, als sie es jetzt tat. Stumm starrte sie vor sich hin. Nach dem Angriff, der auf anderen Güterwagen ebenfalls Tote und Verletzte gefordert hatte, hielt der Zug in der Nähe einer Ortschaft auf einem Rangierbahnhof an. Wieder stundenlanges Warten bei quälendem Durst. Von Hunger war schon fast keine Rede mehr. Es reiche ihm jetzt, sagte Albert, und er sprang entschlossen auf.

»Ech jien jetzt Wasser holle.« Dieser Satz Alberts riss Johanna aus ihrer Teilnahmslosigkeit. Sie klammerte sich an den Bruder. Sie schrie, er solle hierbleiben. Was denn wäre, wenn der Zug weiterführe, bevor er wieder da wäre!

»Kän Lost ze verduuschte!«, antwortete Albert harsch, löste sich von der Schwester und schob sie in die Arme ihrer Mutter. Die sagte nichts, sah ihren Jungen über den Rand des Güterwagens klettern und verschwinden.

Tatsächlich hatte Albert einen Zinkeimer auftreiben können, hatte ihn mit Wasser randvoll gefüllt und vorsichtig zum Bahnhof balanciert. Aber jetzt fuhr ihm der Schrecken in die Glieder. Der Zug war weg. Ein anderer Zug stand da, ein Zug mit geschlossenen Güterwaggons. Er stellte den Eimer ab und rannte los, jemanden zu finden, der ihm Auskunft über den Verbleib seines Zuges geben konnte. Doch da war niemand zu sehen, weder in Reichsbahnuniform noch in zivil. Aber die Lok des Güterzuges schnaubte, stieß Dampf und Pfiffe aus und machte sich zur Abfahrt bereit. Die Schiebetür eines Güterwagens rollte zur Seite, war von innen noch einmal aufgeschoben worden, und aus dem Spalt, der entstand, schaute ein Mädchengesicht.

»Albert, heij sein mir! Albert, heij! Mir mussten imsteije.«

Albert rannte los. Auf halber Strecke bemerkte er, dass er im Wirbel der Ereignisse den Eimer hatte stehen lassen. Er machte auf dem Absatz kehrt, flitzte, packte nach dem Griff des Eimers, sah, dass der Zug sich langsam in Bewegung setzte. Und jetzt rannte er, mochte das Wasser über den Rand des Eimers schwappen – egal.

»Renn, Albert, renn!«

Er erreichte den rollenden Zug. Erst reckte er seiner Schwester den Behälter mit Wasser entgegen, die ihn am Henkel ergriff und vorsichtig in den Waggon hob. Dann sprang Albert hinein, und der Zug nahm Fahrt auf.

Das Innere des Wagens war mit frischem Stroh ausgelegt, von dem ein angenehmer Duft ausging, und wer darauf saß oder lag, wurde von unten ein wenig gewärmt. Der Eimer hatte während Alberts Sprint erstaunlich wenig Wasser verloren. Es reichte für Klara und Johanna und andere Mitfahrende, die um Trinkwasser baten. Albert hatte sich bereits an der Zapfstelle im Ort den Bauch volllaufen lassen. Jetzt umarmte er die Schwester, drückte ihr einen Kuss auf die Wange und sagte: »Dat hast de richtisch gut jemacht, Johanna!« Die lächelte stolz, und von diesem Tag an verlor sie nach und nach ihre fürchterliche, unbeherrschbare Angst.

Am nächsten Morgen verließen sie den Zug auf einem Rangierbahnhof im Münchener Norden.

»Richtung Süd-Südwest.« Albert hatte mit Karte und Kompass die Marschrichtung ermittelt, die von befragten Passanten bestätigt und mit genaueren Wegbeschreibungen versichert wurde. Am späten Nachmittag standen die drei abgekämpft, aber erleichtert, ihr Ziel gefunden zu haben, vor Bornheims Villa.

»Tante Marischeee!«, rief Albert von der Straße. Beim zweiten Rufen, das von Johanna verstärkt wurde, öffnete sich ein Fenster, in dem die Tante erschien: »Du lever Gott, do seijd er jo!«

Albert und Johanna bezogen in dem Haus ein großes, helles Zimmer. Klara richtete sich in den Räumlichkeiten bei ihrer Schwester ein. Zum Abendessen, das Marische im Salon des Hauses im Parterre servierte, empfingen und begrüßten Bornheims die Verwandten ihrer Haushälterin. Zur Vesper träfen sich alle Hausbewohner hier, sagte Herr Bornheim, auch wenn das Essen nicht immer so üppig ausfalle wie heute. Gleich aber, nach dem Tischgebet, sollten sich alle bitteschön rundum satt essen. Als Bornheim begann, laut und vernehmlich einen Vers aufzusagen, schaute Johanna irritiert zu ihrer Mutter. Die senkte den Blick und faltete die Hände. Johanna tat es ihr gleich.

»Aller Augen warten auf dich, o Herr«, sprach Bornheim, »du gibst ihnen Speise zu rechter Zeit. Du tust deine Hand auf und sättigst alles, was lebt, nach deinem Wohlgefallen. Amen.«

Nach dem Gebet änderte Bornheim den Tonfall seiner Stimme und sagte vergnügt: »So, und jetzt langt zu!«

Albert und Johanna nahmen die Aufforderung sehr wörtlich. Sie erinnerten sich kaum, wann sie zuletzt an einem derart üppig gedeckten Tisch gesessen hatten. Tante Marische servierte eine sämige Kartoffelsuppe mit angeschmorten Zwiebelstückchen und daraufgestreuter Petersilie. Brot gab es mit Wurst und Schmalz und eingemachte Pfirsiche mit einem Sahneklecks zum Nachtisch. Klara ermahnte Albert, der mächtig zulangte, sich etwas zurückzunehmen. Nein, sie solle ihn ruhig lassen, sagte Frau Bornheim. Kinder in dem Alter hätten nun mal einen Mordshunger, sie wisse das noch von ihren beiden Söhnen.

Bornheim ergriff wieder das Wort. Eine Ausnahme im Tagesablauf gebe es nur an Sonntagen, sagte er. Dann würde die Vesper ausfallen. Er und seine Frau würden sonntags allein im Salon zu Mittag essen. Alle anderen müssten sich in der Küche bedienen. Nach dem Kirchgang, wohlgemerkt, an dem selbstverständlich alle teilnähmen.

Dem Besuch der sonntäglichen Messe konnten sich Klara und die Kinder auf keinen Fall entziehen. Das war der leicht zu entrichtende Preis für die Freundlichkeit, die ihnen in diesem Haus zuteilwurde. Johanna gefiel es sogar, in die Kirche zu gehen. Sie empfand ein andächtiges Vergnügen, wenn bei den Gottesdiensten alle in bunten, glitzernden Kleidern um den Altar herumliefen und eine seltsame Sprache sprachen. Klara erklärte, das sei Latein. Johanna fand das lustig und als sie sich anschickte, wie die Bornheims und ihr Bruder zur Kommunionbank zu gehen, um sich wie die anderen ein Stück Brot in den Mund legen zu lassen, hielt Klara sie am Ärmel zurück. Marische, die das beobachtete, erklärte, sie würde dafür sorgen, dass das Kind im Sommer mit zur Erstkommunion gehen könne. Johanna willigte freudig ein und Klara, verwundert über den Sinneswandel ihrer Tochter, sagte nichts dagegen.

Vor Fliegerattacken konnte Gräfelfing sich all die Jahre im Schatten der Großstadt verbergen und blieb weitestgehend verschont. Immer galten Luftangriffe der Münchener Innenstadt, dem Bahnhof, den Industrieanlagen. Neben seiner Bedeutung als Standort kriegswichtiger Betriebe wie BMW, Kraus-Maffei, Dornier und anderen, war die damalige *Hauptstadt der Bewegung* für die Alliierten vor allem auch ein propagandistisches Angriffsziel.

Deswegen floh in der Villa auch niemand in den Keller oder in einen nahen Bunker, als am 26. April die Sirenen aufheulten und Fliegeralarm meldeten. In Klaras und der Kinder Erinnerung tauchten sofort die entsetzlichen Bilder wieder auf, die sie von Bitburg in sich trugen. Gerade hatten sie sich von den Schreckensszenarien ein wenig gelöst, sodass sie nicht mehr an jedem Tag zu jeder Stunde davon gequält wurden.

Marische nahm Johanna tröstend in den Arm, in Gräfelfing sei das nicht so schlimm wie in Bitburg. Sie müsse sich nicht fürchten. Dabei war Marische durchaus bewusst, dass sie mit ihrer Prognose auch danebenliegen konnte. Und sie sagte, also gut, gehen wir hinunter in den Keller, nur sicherheitshalber.

Während die in München verbliebene Bevölkerung ein letztes Mal in diesem Krieg mit einem Bombenteppich der US Air Force überzogen wurde und viele in diesen Tagen noch ihr Leben lassen mussten, kam Gräfelfing wieder einmal mit dem Schrecken davon.

Aber ein Schrecken ganz anderer Art bot sich Albert und Johanna an einem der darauffolgenden Tage. Gräfelfing liegt an einem kleinen Fluss mit Namen Würm, den die beiden arg lustig fanden. Der Fluss war noch kleiner als die Mulde und mit der Mosel erst gar nicht zu vergleichen. Aber Albert und Johanna hielten sich gern an seinem Ufer auf. Die Würm, an manchen Stellen von Wehren durchzogen, mit Strudeln und kleinen Wasserstürzen, rauschte und war sehr lebendig.

Während sie am Wasser hockten und zum Zeitvertreib mit Stöcken darin planschten, überkam Albert mit einem Mal ein Gefühl, das ihm gänzlich fremd war. Es machte ihn beklommen und sogar ein wenig schwindelig. Er spürte, dass sich ihnen etwas näherte, das er *so* nicht kannte.

»Ech glaf, Johanna, mir machen uns heim«, sagte er. Für seine Schwester kam diese Aufforderung überraschend. Es war noch früher Nachmittag und es wurde noch lange nicht dunkel. Aber Johanna war nicht entgangen, dass die Stimme ihres Bruders belegt klang und ein wenig zitterte, was sie wie ein Alarmzeichen deutete. Daher fragte sie nicht, sondern stand auf, um zu gehen. In dem Moment hielt Albert schützend seinen Arm vor sie. »Halt! Woat emol!«

Sie befanden sich in einem Waldstück und das junge Laub der Bäume versperrte ihnen die Sicht. Sie hörten Stimmen. Waren das menschliche Stimmen? Ein Stöhnen, ein großes Ächzen war zu hören, durchsetzt von Schreien, immerzu und lauter werdend. Sie erkannten noch nichts. Hatten die Bäume, hatte der Wald selbst, der sie umstand, sich plötzlich auf unfassbare Weise geregt? Was für eine absurde Fantasie! Aber was kam da auf sie zu? Albert fasste die Hand seiner Schwester, zog sie vom Weg fort. Sie liefen ein paar Schritte durchs Unterholz und verbargen sich im Dickicht.

»Do kimmt en Armee!«, sagte Albert intuitiv, als Gestalten in ihr Sichtfeld rückten. Gestalten, die den Weg heraufkamen, sich aber kaum noch auf den Beinen halten konnten. Knochenmänner waren das mit erschreckenden Gesichtern. Kaum noch an Menschen erinnernd, wie sie da herantrotteten, sich gegenseitig voranschleppten. Einer hängte sich an den anderen. Manche stürzten zu Boden, rissen im Fallen andere mit sich, wurden von denen, die neben ihnen gingen mit Ach und Krach hochgezogen, schafften es weiterzulaufen oder stürzten erneut oder blieben einfach liegen. Sie steckten in unsäglichen Lumpen, waren halb nackt, manche ohne Hose, ohne Jacke. Es kamen mehr und immer mehr. Ein Zug, der nicht enden wollte. Mit einem Mal nahmen die Geschwister einen üblen Geruch wahr.

»Riechst de dat och?« Ein beißender Gestank ging von den Knochenmännern aus und Johanna spürte Übelkeit, musste sich unvermittelt übergeben. Die Kreaturen wurden von Uniformierten begleitet. Die trugen Gewehre und Knüppel mit sich. Sie droschen beständig auf jene ein, die ohnehin kaum noch laufen konnten. Wieder stürzte einer zu Boden und blieb nicht weit vor den Geschwistern liegen. Er bewegte sich noch. Aber er versuchte nicht, sich wieder hochzurappeln, blieb einfach gekrümmt auf der Seite liegen. Albert sah, wie er leicht mit dem Kopf wackelte, hin und her, als wolle er damit bedeuten, nein, es ist genug, ich stehe nicht wieder auf, komme, was wolle. Einer der Uniformierten lud die Pistole durch, zögerte nicht, schoss dem Mann in den Kopf. Er tat es fast im Vorübergehen. Einen anderen erschlugen sie mit Knüppeln. Dabei rief jemand etwas, das klang wie »… dem Führer Munition sparen.« Während Johanna sich immer noch würgend abgewandt hatte, durchfuhr Albert, der das Geschehen gebannt beobachtete, eine unfassbare Erkenntnis: »Dat seijn jo deutsche Soldote!«

Eine halbe Ewigkeit zog die Kolonne vorüber. Albert und Johanna glaubten später, Stunden in ihrem Versteck gesessen zu haben, bis sie sich wieder herausgetraut hatten.

»Deutsche Soldote woren dat«, sagte Albert ungläubig wie zu sich selbst und dann an seine Schwester gewandt: »Host de dat och jesehn, dat dat deutsche Soldote woren?« Doch Johanna blickte ihn nur fragend mit ihren großen, braunen Augen an. Nein, das hatte sie nicht erkannt, und im Moment wollte sie das auch gar nicht wissen.

Wie unwirklich ihnen beiden das eben Erlebte mit einem Mal vorkam, jetzt, da die Kolonne vorbeigezogen und nichts mehr von ihr zu hören und zu sehen war! Vielleicht hätten sie es auch gar nicht mehr geglaubt, was sie eben mit ansehen mussten, hätte da nicht immer noch dieser fürchterliche Gestank in der Luft gelegen und wären da nicht die vielen Toten gewesen, die überall am Wegrand lagen.

Das Konzentrationslager Dachau befand sich nur knapp zwanzig Kilometer nördlich von Gräfelfing. Dreitausendvierhundert gequälte, ausgehungerte Gefangene wurden dort Ende April 1945 von der SS das Würmtal hinauf auf einen sogenannten Evakuierungsmarsch geschickt, eines jener Unternehmen, die später als *Todesmärsche* bekannt werden sollten. Der Tod der Häftlinge wurde dabei nicht nur billigend in Kauf genommen, sondern war erklärtes Ziel. Sie starben an Unterernährung, Erschöpfung, Vernachlässigung und der gezielten Gewalt ihrer Aufseher.

Als Johanna auf dem Heimweg zur Villa noch immer vor Übelkeit würgte und auch Rotz und Tränen unablässig flossen, versuchte Albert, sie zu beruhigen. Das seien sicher alles Schwerverbrecher gewesen, sagte er, Feinde des Deutschen Reiches. Aber das glaubte er, als er es sagte, schon selbst nicht mehr.

Am Tag der Erstkommunion Johannas schoss Herr Bornheim zur Feier des Tages ein Foto auf der Terrasse. Zu sehen ist eine Johanna, die sich sichtlich freut, jedoch in ihrem weißen Kleid auf seltsame Weise zu groß geraten wirkt, zu erwachsen. Trotz ihrer langen Haare, die sie zu Zöpfen geflochten trägt, den weißen Schleifen, die sie zusammenhalten und dem weiß bekränzten Kopf, wirkt sie wie eine junge Frau in seltsamer Verkleidung. Schlank und hoch gewachsen übertrifft ihre Körpergröße bereits die der kleinen, etwas rundlichen Tante Marische. Die steht mit einem gutmütigen Lächeln im Gesicht halb verdeckt hinter ihr. Auch ihrem Bruder Albert, der sich freundlich schmunzelnd mit weißem Kragen und einem Kurzhosenanzug präsentiert, steht sie an Körperlänge nicht nach. Ein Bild, getragen von Freude und Zuversicht, könnte man denken, denn auch der Krieg, wie das Datum auf der Bildrückseite zeigt, war seit sechs Wochen zu Ende. Wäre da nicht Klara, die in der Mitte als einzige sitzend, mit abgewandtem Gesicht, die traurigen Augen in eine unsichtbare Ferne richtet. Sie trägt ein dunkles Kleid. Neben dem freudigen Ereignis der Erstkommunion Johannas zeigt das Bild eine Klara in tiefer Trauer. Wie zum Trost liegt Johannas Hand auf der Schulter ihrer Mutter.

17

Lange Zeit war mein Großvater Heinrich nur eine Fotografie im Postkartenformat, die eingerahmt auf dem Sideboard im Wohnzimmer meiner Oma stand. Oma Klara sprach oft von ihm, erzählte aber nie etwas über ihn. Nichts über ihr gemeinsames Leben. Nichts über sie als Familie, aus der Zeit, als er noch bei ihnen war. Nichts über ihre frühen Jahre in Cochem, nichts über die Zeit in Bitburg. So wurde der Großvater zu einem Mysterium, bis heute. Klaras Tochter, Johanna, tat es hierin ihrer Mutter fast ihr ganzes Leben lang gleich. Beide hüteten das Geheimnis um diesen Mann. In Klaras Gesicht trat automatisch ein Ausdruck von Schmerz, ein Weh an ferne Erinnerungen, wenn sie anhob und mit einem Blick hinüber zu der Fotografie sagte: »Meijne Heinrich.«

Ein Merkmal, eine Besonderheit war unverbrüchlich mit meinem Großvater verbunden, er wurde *vermisst*. Schon in früher Kindheit erhielt ich die Information, dass er nicht im Krieg gefallen sei, sondern vermisst wurde. Was es mit dem Vermisstsein auf sich hatte, erfuhr ich lange Zeit nicht. Und meine Nachfragen verebbten schnell im Schweigen.

»Vermisst ewe. Er es net mie widderkumm.«

»Wie, net mie widderkumm?«

»Er kom net mie ousem Kréch zereck.«

»Joft en erschoss?«

»Wenn mir dat wesste, wär en jo net vermisst!«

In späteren Gesprächen wurde meine Mutter redseliger. Wir erörterten Vorstellungen, was denn mit Heinrich geschehen sein könnte.

Sie erinnerte sich gut an den letzten Abend mit ihrem Vater, als er plötzlich wie aus heiterem Himmel, ohne jede Vorankündigung in ihrem Zimmer in Remse an der Mulde aufgetaucht war. Eine Woche zuvor hatte Johanna Geburtstag gehabt, und Klara hatte ihr neben einem kärglichen, aber liebevoll angerichteten Frühstück eine kleine Kerze aufgestellt, die sie nach dem Frühstück ausblasen durfte. Und weil die entflammte Kerze so wunderbare, kleine Momente zwischen Klara und den Kindern gezaubert hatte, zündeten sie den kürzer werdenden Stummel an den folgenden Tagen ebenfalls an. Auch an dem Abend, als Heinrich gekommen war, als sie beieinandersaßen und die

Speisen vertilgten und die Weinflasche entkorkten, die ihr Gastgeber ihnen heraufgebracht hatte. Den Geburtstag seiner Tochter hatte Heinrich vergessen, und als Johanna ihn daran erinnerte, dass sie jetzt immerhin schon 12 Jahre alt sei, überlegte er kurz. Er fiel Johanna entschuldigend in die Arme und beglückwünschte sie nachträglich. Er sagte etwas in die Richtung, dass er des verfluchten Krieges wegen an ihren Geburtstag nicht gedacht habe. Klara erschrak. So etwas hatte sie von ihrem Heinrich noch nie gehört. Hatte er den Krieg *verflucht* genannt? Hatte er dessen Notwendigkeit damit vielleicht sogar infrage gestellt? Sie vergewisserte sich nicht, fragte nicht nach. Aber sie nahm wahr, dass auch Albert ihr einen irritierten Blick zuwarf. Und sie sorgte sich, dass Heinrich vielleicht auf die, wie sie dachte, falsche Seite abgerückt sein könnte, innerlich, dass er nicht mehr fest für den Führer und den Nationalsozialismus einstand und dass er damit sein Leben mehr als nötig gefährden könnte.

Als Heinrich darüber sprach, dass er sie am kommenden Morgen in aller Herrgottsfrühe wieder verlassen müsse, spürte Klara, was Albert sich in kindlicher Offenheit auszusprechen traute: »Gell, Papa, dou wells net mie zereck en dä Kréch?«

Heinrich gab keine Antwort. Sein müder Blick kreiste in der Runde der Familie, bevor die Flamme auf dem inzwischen winzigen Kerzenstummel kurz aufflackerte und erlosch. Sein Zug brachte Heinrich am nächsten Tag von Remse zum Dresdener Hauptbahnhof, in die Stadt, deren Auslöschung durch alliierte Bomber an genau diesem Tag begann.

Es gibt Anhaltspunkte, die noch einen anderen Schluss zulassen als den, dass Heinrich Opfer der Bombardierung Dresdens wurde und dass er zu den vielen Tausenden gehörte, deren Identifizierung nach den Angriffen nicht mehr möglich war.

Seine Bemerkung über den Krieg, den er *verflucht* nannte, könnte auf einen Gesinnungswandel des einst strammen Nazis hindeuten. Vielleicht hatten seine Kriegserlebnisse ihn eines Besseren belehrt, vielleicht war er überrascht von der Wirklichkeit, der Wucht und Gewalt dieses Krieges, die er sich so nicht vorgestellt hatte und er hatte seine Einstellung überdacht, umgeworfen, radikal geändert. Eine Vorstellung, die mir, dem Enkel, sehr gefällt. Dass ein solcher Wandel vielleicht selten, jedoch nicht unwahrscheinlich war, zeigt die Entwicklung von Heinrichs Vertrauten und Parteigenossen Paul Wipper, der ihm die Stelle bei der Deutschen Arbeitsfront in Bitburg beschafft hatte. Wipper, der Anfang der 1930er Jahre NSDAP-Ortsgruppenleiter in Cochem und nach seiner Zeit als Kreisleiter von Trier-Land-West 1936 nach Cochem zurückversetzt worden war, fungierte in der Moselstadt als NSDAP-Kreisleiter bis Kriegsende. Wipper hatte sich im Laufe des Zweiten Weltkrieges bis zum SS-Obersturmbannführer hochgewirtschaftet. Im Jahr 1948 wurde er in englischer Gefangenschaft im ehemaligen Konzentrationslager Esterwegen interniert. Es heißt, dort habe er sich von seiner bisherigen Überzeugung losgesagt und seinen Irrtum erkannt. Er habe dazu sogar einiges zu Papier gebracht und geschrieben, die Deutschen hätten nicht nur Hitler auszuschwitzen, sondern den Geist, der dem militärischen Wahn hörig sei. Er schäme sich der Verbrechen, die im Namen des deutschen Volkes begangen worden seien. Später sei Wipper sogar Mitglied der *Internationale der Kriegsgegner* geworden. In den 1950er Jahren sei er gegen Wiederbewaffnung und Anfang der 1980er Jahre gegen das Wettrüsten im Kalten Krieg aufgestanden.

Warum also sollte nicht auch Heinrich eine Abkehr von alten Überzeugungen erfahren haben? Neben seiner Bemerkung an jenem Abend in Remse hatte er Klara gleichsam gestanden, dass er weder Urlaubspapiere noch einen Marschbefehl, sondern nur ein Dokument bei sich trage – welches auch immer! – in dem er ein Datum abgeändert habe. Über seine Einheit wusste er keine Auskunft zu geben. Oder er wollte es nicht. Klingt das nicht sehr nach unerlaubter Entfernung von der Truppe, wenn nicht gar nach Fahnenflucht? Auch das ist eine Vorstellung, die heute dem Enkel gefällt, weil sie den nationalsozialistischen Heißsporn aus den 1930er Jahren in ein anderes, milderes Licht rücken würde.

Meine Überlegungen trug ich meiner Oma vor, die sich bei der Nennung des Wortes *Fahnenflucht* in einer Weise aufgebracht empörte, die ich sonst nicht von ihr kannte. Das Wort *Fahnenflucht* hatte offensichtlich bei ihr diesen ungestümen Reflex ausgelöst. Nein, für ihren Heinrich und wie ich heraushörte, vor allem auch für sie selbst, wäre Desertion keine Option gewesen. Niemals.

Meine Mutter schreckte die Vorstellung nicht. Sie hob die Schultern und ließ sie wieder fallen, als ich mutmaßte, dass ihr Vater ja vielleicht einfach aus dem Krieg abgehauen sein könnte. Sie ließ nur mit einem tiefen Seufzer ein gequältes »Wer wäß?« vernehmen.

Später einmal erzählte sie mir, dass ihr Vater, da er nicht sicher war, ob seine Familie tatsächlich die Flucht ergriffen und Sachsen erreicht hatte, in den ersten Februartagen 1945 im zerbombten Bitburg und dann in Cochem nach Frau und Kindern gesucht und sich erst dann auf den Weg nach Remse gemacht hatte. In der Nähe von Cochem war er auf seine Schwägerinnen Fina und Anna, Klaras Schwestern, getroffen. Sie hatten sich aus der Stadt ins Tal der wilden Endert geflüchtet und dort mit ihren Kindern Zuflucht in einer Mühle gefunden. Unablässig war Cochem Ziel von alliierten Fliegerangriffen. Immer und immer wieder flogen die Maschinen heran und versetzten die Menschen der Stadt in Angst und Schrecken.

Der Endertbach kommt aus den Höhen der Eifel, hat sich tief ins Gestein des Schiefergebirges hineingefressen, hat eine Schlucht geschaffen, ein dramatisches Tal mit kleinen Wasserstürzen und spektakulären Wasserfällen. In Cochem mündet die Endert überraschend unaufgeregt in die Mosel. Am Lauf des schnell fließenden Gewässers sind über die Jahrhunderte Mühlen errichtet worden, deren Räder ihre Kraft auf Mühlsteine übertrugen, unter denen das auf den umliegenden Höhen geerntete Getreide zu Mehl zerrieben wurde.

Wie Heinrich seine Schwägerinnen in ihrem Rückzugsort ausfindig gemacht hat, bleibt ein Rätsel. Ebenso bleibt die Frage unbeantwortet, warum er in Cochem nicht seine Eltern aufgesucht hat. Sein Vater hätte ihm sofort sagen können, wo sich seine Familie befand. Schließlich hatte Friedrich Klara vor ihrer Flucht auf der Karte gezeigt, wo Remse lag und ihr als alter Eisenbahner erklärt, wie sie am besten dorthin gelangte. Wenn es stimmte, dass Heinrich ohne Papiere unterwegs gewesen war, dann könnte genau das der Grund sein, warum er sich nicht traute, bei seinem strammen Nazivater aufzukreuzen.

Die Schwägerinnen holten ihn ins Mühlhaus, als er dort anklopfte, versorgten ihn mit Essen und Informationen. Hier erfuhr er, dass Frau und Kinder tatsächlich Remse erreicht, und nicht, wie er vielleicht doch gehofft hatte, in Cochem eine sichere Bleibe gefunden hatten. Bis zum nächsten Tag ruhte er sich aus. Anna und Fina redeten auf ihn ein, er solle doch bleiben, sie könnten ihn auf dem Dachboden des Hauses verstecken, denn der Krieg würde nicht mehr lange dauern. Auf dem Speicher der Mühle sei er einigermaßen in Sicherheit. Es käme hier kaum mal jemand vorbei und die Amis seien im Anmarsch. Aber Heinrich schüttelte den Kopf, nein, er wolle Klara und die Kinder sehen. Außerdem sei er kein Deserteur. Aber vielleicht war er in diesem Moment schon genau das, ein Fahnenflüchtiger. Auch, wenn er es sich selbst noch nicht eingestand. Andere waren wegen viel geringerer Ausreißer von Standgerichten verurteilt und erschossen worden. Warum also jetzt, da sich das Kriegsende abzeichnete, noch ein Risiko eingehen?

Aber Heinrich sei mit dem ersten Hahnenschrei am nächsten Tag aufgestanden, erzählten später die Schwestern, und er habe sich auf den Weg gemacht. Seine Schwägerin Anna hatte ihn aus dem Dachfenster ihres Schlafzimmers aufbrechen sehen und ihm hinterhergerufen, er solle nur ja auf sich aufpassen.

Eine latente Zurückhaltung, aber auch eine verstohlene Lust löst ein anderer Gedanke in mir aus. Nämlich jener: Was, wenn Heinrich während seiner vielen Jahre als Besatzungssoldat in Frankreich eine neue Liebe gefunden, sich Hals über Kopf oder peu à peu in eine Französin verliebt hat? Ein Gedanke, der mir manchmal durch den Kopf geht. Fast ein wenig romantisch. Manchmal male ich mir dazu sogar die Geschichte aus, in der er sich nach seinem Fortgang in Remse wieder nach Frankreich begab und alle im Glauben ließ, er sei in der Dresdner Bombennacht ums Leben gekommen und vermisst. Zwar hätte er nach dem Krieg nie wieder in Cochem oder Bitburg auftauchen dürfen, aber vielleicht wollte er das ja auch gar nicht mehr, nachdem er die französische Lebensart kennengelernt hatte. In Deutschland vermisst, hätte er in Frankreich gefahrlos ein neues Leben mit einer anderen Frau beginnen können. Vielleicht hatte der Krieg aus dem strammen Nazi einen lebensfrohen, freigeistigen Mann geformt. Und so gesehen auch einen Schuft, ja, das sicher auch.

Meiner Oma trug ich die Vorstellung nicht vor. Ich war sicher, sie wäre außer sich geraten vor Empörung. Meiner Mutter schon, und sie zuckte nur mit den Schultern. Nach einer Bedenkzeit sagte sie unaufgeregt, dass sie das nicht glaube. Ein solcher Lump sei ihr Vater nicht gewesen.

In ihrem neunten Lebensjahrzehnt bemerkte ich eine Veränderung in der Haltung meiner Mutter, über die ich mich wunderte. Sie bestand darin, dass sie zugänglich wurde für Gespräche über selbst Erlebtes, über ihre Geschichte und Vergangenheit, die sie bisher eher gemieden oder mitunter auch einfach schroff blockiert hatte. Ich spürte sogar, wie sehr sie sich mitunter darüber freute, wenn wir bei meinen Besuchen auf Begebenheiten von früher zu sprechen kamen, oder wenn ich, um Gesprächsanlässe zu provozieren, in die Kiste mit Familienbildern griff und beliebig Fotografien hervorholte. Ich verschwieg ihr nicht, dass ich Notizen sammelte, um vielleicht einmal unsere Familiengeschichte aufzuschreiben.

Bei aller gegenseitigen Freude über unseren Austausch von Erinnerungen stand ein Konflikt zwischen uns, dessen Beginn lange zurücklag. Ich weiß nicht mehr, wie und wann ich von den Kriegsbriefen meines Großvaters erfahren habe. Vielleicht zu dem Zeitpunkt als meine Oma sie meiner Mutter übergab. Natürlich war ich scharf darauf gewesen, sie zu lesen, und bat meine Mutter, sie mir zu zeigen. Die aber weigerte sich, sie mir zu überlassen mit der Begründung, es stünde nichts Politisches darin. Es seien nur sehr persönliche Briefe ihres Vaters an seine Frau.

Ja, was war denn das für eine Antwort? Welche Vorstellung hatte meine Mutter von meiner Wissbegierde? Dass mich etwa nur Politisches interessiert? Das Gegenteil war der Fall! Ich hätte mich gern dem Mann auf dem Foto angenähert, das auf dem Sideboard stand und von dem mir erzählt wurde, dass es meinen Großvater zeige. Meine Hoffnung, ihm durch seine Briefe ein wenig hinter sein maskenhaftes Gesicht auf der Fotografie blicken zu dürfen, wurde vom *Nein* meiner Mutter kategorisch zerschmettert. Ich wusste nur zu gut, dass ihr ausgesprochenes *Nein* keine Hoffnung auf Umstimmung in sich barg. Es war vollkommen nutzlos, an ihrer Entscheidung zu rütteln. Bei ihrem *Nein* mit seiner fragwürdigen Begründung blieb meine Mutter all die Jahre. Mir verschlug es jedes Mal die Sprache vor so viel Sturheit. Trotzdem wollte ich sie nicht davonkommen lassen. Ich wollte es wissen, wollte die Briefe lesen und bohrte bei jeder Gelegenheit nach. Sie blieb bei ihrer Haltung bis auf meine letzte Nachfrage, auf die sie lakonisch dahersagte, als hätte ich nach der Urzeit gefragt, ach die Briefe, die habe sie inzwischen verbrannt.

Als Kind fühlte ich mich unwohl mit dem Wort *vermisst*. Es tauchte sonst kaum in meinem Sprachgebrauch auf. Daher war es mit Großvater Heinrich fest verbunden. Unwohl war mir vor allem beim Klang des Wortes. Besonders, weil ich darin den Begriff *Mist* hörte, stellte ich mir vor, dass mein Großvater irgendwo, unerkannt, kläglich auf einem Misthaufen verendet ist. Man erklärte mir, dass man nicht wisse, was mit ihm geschehen war. Also folgerte ich, dass es auch sein könne, dass er noch lebte. Mit bedrückter Miene und belegter Stimme wurde mir vermittelt, dass es zwar sein könne, dass es aber nicht wahrscheinlich sei. Nun, mit dieser Aussicht, dass er eventuell doch noch lebte, ging es dem Kind, das ich war, besser. Und wenn er ein so herzensguter und treusorgender Vater und Ehemann war, wie mir vermittelt wurde, würde er sich eines Tages auf den Weg nach Cond machen und zurückkommen. Anders wäre das nicht zu denken gewesen.

Um meiner Oma Klara und auch Johanna, meiner Mutter, über ihren Schmerz, der mich ratlos machte, hinwegzuhelfen, entwickelte ich einen Traum, der immer mehr Kontur gewann, je öfter ich ihn träumte, eine Vorstellung, an die ich in meiner Kindlichkeit zu glauben begann, je öfter und konkreter ich den Traum an mich heranließ, tags und nachts:

Ich gehe von meinem Elternhaus den schmalen Bürgersteig hinunter zur Skagerrak-Brücke. Ich überquere die einmündende Zehnthausstraße und gehe den kurzen gebogenen Aufweg zum Brückenanfang. Es ist die Stelle, an der ich und andere Kinder aus Cond im Vorschulalter, von Betreuerinnen abgeholt und zum Kindergarten nach Cochem geführt wurden. Die Betreuerinnen nannten wir Tante oder, wenn es eine der Nonnen war, die den Kindergarten leiteten, nannten wir sie Schwester. Eine hieß Schwester Nikodema. An diesem Sammelpunkt vor der Skagerrak-Brücke stehe ich und warte. Heute aber nicht auf die Tanten oder Schwestern. Ich warte auf meinen Großvater Heinrich, und ich weiß, dass er kommen wird. Es dauert auch gar nicht lange, bis sich ein schlanker Mann in einer grauen Militäruniform und mit einem Rucksack beladen von Cochem her nähert. Ich weiß sofort, dass er es ist. Schließlich kenne ich sein Foto. Ich spreche ihn an und stelle mich ihm als seinen Enkel vor. Ich trage den gleichen Vornamen wie mein Patenonkel Albert, sein Sohn. Der Patenonkel soll darauf bestanden haben, dass ich auf den gleichen Namen getauft werde wie er. An meinem Namen erkennt mich mein Großvater und seine Lippen, die noch etwas schmäler sind, als auf dem Foto, verziehen sich zu einer Art Lächeln. Ich fasse seine Hand und sage auf Hochdeutsch: »Komm, ich bring dich der Oma zurück.« Hand in Hand gehen wir durchs Dorf zu Klaras Wohnung. Nicht so, wie ein Großvater mit seinem kleinen Enkel an der Hand geht, sondern wie ein Kind, das seinen Großvater im Schlepp hinter sich herschleift.

Überlegungen bezüglich meines Großvaters Heinrich beschäftigen mich weiterhin. Fragen, auf die ich wohl nie eine zufriedenstellende Antwort erhalten werde. Als überall im Deutschen Reich die Synagogen brannten, als auch die Cochemer Synagoge samt dem jüdischen Schulhaus und der darüberliegenden Wohnung des jüdischen Lehrers Goetzoff in der Oberbachstraße verwüstet wurde, war auch die Bitburger Synagoge von Nazihorden angezündet worden. Wo nur ist mein Großvater Heinrich in der Nacht vom 9. auf den 10. November 1938 gewesen? Dass er zu Hause bei seinem Klärchen und den Kindern saß, das ist meine Hoffnung.

Heinrichs jüngeren Bruder nenne ich Onkel Paul. Den habe ich gut gekannt, weil wir ihn und seine Familie, die mit meinen Urgroßeltern, Friedrich und Elli, in Cochem gemeinsam ein Haus bewohnten, gelegentlich besuchten. Onkel Paul arbeitete zur Zeit meiner Kindheit bei einem Elektrounternehmen. Zu seiner Arbeit gehörte es, die damals zahlreich aufgestellten, hölzernen Strommasten zu besteigen, um oben auf deren Spitze Arbeiten an der Elektrik zu verrichten. Zum Hinaufklettern benutzte er besondere Schuhe. Die waren unter der Sohle mit speziellen Nägeln versehen. Bei jedem Schritt den Mast hinauf drangen die Nägel ins Holz und verliehen dem Steiger Halt. Zusätzlich war er mit einem Gurt, den er um die Hüfte trug, sowie einem Seil gesichert. Einer der Masten stand gleich neben unserem Haus auf dem *Neije Wäch*. Zusammen mit den Kindern aus der Nachbarschaft versammelten wir uns unter dem riesigen Holzpfahl und schauten gebannt, wie Onkel Paul dort hinaufkletterte. Natürlich wollte niemand glauben, dass dieser Akrobat mein Onkel war, und die Nachbarskinder lachten, als ich das behauptete. Aber sie kamen aus dem Staunen nicht mehr heraus, als er mich nach seinem Abstieg vom Mast begrüßte und mir freundlich durchs Haar strich.

Auf diese Episode kam ich später einmal mit meiner Mutter zu sprechen und ohne Umschweife erzählte sie mir von zwei Begebenheiten.

Wie selbstverständlich hatte Onkel Paul, genau wie sein älterer Bruder Heinrich, der Nazipartei angehört. Er war nicht nur ein glühender Anhänger von deren Ideologie, sondern auch ein Raufbold, ein Rowdy, ein jugendlicher Draufgänger. Vielleicht war es in der Nacht vom 9. auf den 10. November 1938, vielleicht aber auch in einer anderen Nacht, als es nicht gegen jüdisches Eigentum, sondern gegen einen sakralen Gegenstand der Katholiken ging, gegen ein Kruzifix. Das große Holzkreuz hatte seinen Platz unter dem Bogen, über dem sich in der Cochemer Bernstraße der Kirchturm erhebt. Eine Clique Cochemer Nazis haben es in der Dunkelheit heruntergerissen, zerschlagen und auf dem Boden verbrannt. Eine ungeheuerliche Handlung im stark katholisch geprägten Cochem. Einer der Kreuzschänder sei mein Onkel Paul gewesen. Nach dem Krieg wurde die Tat an die große Glocke gehängt, und die Empörung sei so beträchtlich gewesen, dass Paul sich, aus dem Krieg zurückgekehrt, nicht wieder in seine Heimatstadt getraut habe. Offenbar hatte es auch Drohungen gegen ihn gegeben. So sah mein Urgroßvater Friedrich sich veranlasst, für seinen Sohn Fürsprache zu halten. Wen genau er dazu aufsuchte, ist ungewiss. Vielleicht den Bürgermeister, ganz sicher aber Vertreter der Katholiken in der Stadt. Ungewiss ist auch, ob Geld geflossen ist. Den Unmut gegen Paul konnte Friedrich sicher nicht dämpfen, wohl aber wusste er die Wogen so weit zu glätten, dass sein Sohn es wagen konnte, sich wieder in seiner Heimatstadt niederzulassen. Alles Übrige wird wohl die Zeit für ihn gerichtet haben.

Jetzt, da ich das aufschreibe, gerät mir der Gedanke in den Sinn, dass man sich des Schänders eines christlichen Symbols nach dem Krieg in Cochem durchaus zu erinnern wusste und dem Täter noch Jahre später die Hölle heiß machte. Dass man sich mit vergleichbarem Groll gegen Zerstörer jüdischen Eigentums und deren religiöser Gegenstände aufgebracht hätte, davon war nie etwas zu hören.

Wie auch? Viele Cochemer Juden waren ermordet worden. Manchen war rechtzeitig die Flucht gelungen. Sie waren von Kindern auf offener Straße mit Steinen beworfen worden. Traf man sie nicht auf der Straße, flogen die Steine in die Fenster der Häuser, die verächtlich *Juddehäuser* genannt wurden. Sie waren davongejagt worden, fortgeschleppt, verhaftet, deportiert und ermordet.

Alteingesessene Cochemer waren die Mitglieder der großen Familie Hein. Siegfried, der mit seinen Brüdern ein, wie es hieß, Pferde- und Rindviehgeschäft betrieb, der wie alle seine Brüder im Ersten Weltkrieg gedient hatte, und dessen Vater, Isaak, Mitbegründer der Freiwilligen Feuerwehr Cochem im Jahr 1882 war, wurde bereits 1938 in Buchenwald ermordet. Auch Siegfrieds Frau Rosa und ihr Sohn Erwin wurden Opfer des Holocaust. Lediglich Sohn Walter konnte rechtzeitig in die USA entkommen. Siegfrieds jüngerer Bruder Ludwig überlebte mit seiner Frau Sophia und Tochter Inge fast drei Jahre lang das Konzentrationslager Theresienstadt. Sie kehrten im Sommer 1947 nach Cochem zurück. Aber Bruder Julius wurde in Polen ermordet, irgendwo. Seine Schwester Jenny mit ihrem Mann in Riga. Die Brüder Max und Hugo waren bereits im Ersten Weltkrieg zu Tode gekommen.

Die Überlebende Anni Hein geriet in Auschwitz in die Fänge des Dr. Mengele, der sie zu medizinischen Versuchen missbrauchte. Ihre Eltern Leopold und Johanna, beide schon alte Leute von über siebzig Jahren, konnten 1939 nach Amsterdam fliehen. Aber sie wurden aufgegriffen und über das KZ-Sammellager Westerbork nach Auschwitz deportiert und ermordet.

Annis Schwester Gertrude war mit Erwin Haimann verheiratet. Der erkannte beizeiten und früh genug, dass es besser war, alles stehen und liegen zu lassen und zu fliehen. Schon 1935 waren Nazis in das Haus des Händlers in der Endertstraße eingedrungen, hatten Wertsachen, Radios und Schmuck gestohlen und alles andere mutwillig zerstört. Ihre Flucht gelang im Januar 1937. Erwin und Gertrude Haimann erreichten zusammen mit ihrem fünfjährigen Sohn Kurt im Frühjahr 1937 Brooklyn in den USA.

Nur wenige Cochemer Juden hatten das Glück, dem Holocaust zu entrinnen. Wem nicht rechtzeitig die Flucht gelang, der wurde verhaftet, deportiert und umgebracht.

Mitglieder der Cochemer Familie Dahl wurden in Lodz, Minsk, Auschwitz und anderen unbekannten Orten in Polen ermordet.

Leopold Hein und vier weitere Familienangehörige starben in Auschwitz, Sophie Hein wurde in Minsk ermordet. Sie alle waren weit über siebzig, Adelheid Hein war mit über achtzig Jahren die Älteste.

Leo und Paula Hein wurden in das Ghetto Izbica deportiert. Es diente als Durchgangslager für Judentransporte in die Vernichtungslager Belzec und Sobibor. Beide wurden am 31. Dezember 1942 ermordet. Elfride Hein wurde in Auschwitz ermordet, Fanny Hein wurde 1942 84-jährig von Köln nach Theresienstadt deportiert, wo sie starb.

Hedwig und Selma Hirsch wurden in Minsk ermordet. Todesort und -tag von Siegmund Hirsch sind nicht bekannt.

Benno Simon und Hilde Stern, geborene Simon, wurden irgendwo in Polen, an einem unbekannten Ort ermordet.

Paul Goetzoff, letzter Kantor und israelitischer Lehrer von Cochem, war bereits in der Nacht vom 9. auf den 10. November 1938 verhaftet und nach Dachau verschleppt worden, nachdem die Männer der SA die Cochemer Synagoge in der Oberbachstraße und die Bibliothek des Kantors verwüstet hatten. Die Synagoge und das angrenzende jüdische Schulhaus, in dessen ersten Stock die Familie Goetzoff wohnte, wurden in der Pogromnacht nicht angezündet. Grund dafür dürfte die enge Fachwerkbebauung in der Cochemer Oberbachstraße und ihrer Umgebung gewesen sein. Ein Übergreifen der Flammen auf Nachbargebäude wäre unvermeidbar gewesen. Paul Goetzoff durfte Dachau bald unter der Maßgabe verlassen, dass er binnen 24 Stunden nach Übersee ausreiste. Mit einem englischen Touristenvisum gelangte er nach Palästina. Am 25. Januar 1939 erreichte er Haifa. Seinem erst 15-jährigen Sohn Arko gelang es noch im August 1939, Deutschland zu verlassen. Er überlebte in Palästina und später im neu gegründeten Staat Israel.

Rosa Goetzoff, Ehefrau des Kantors Paul Goetzoff, gelang die Ausreise nicht. Sie wurde zusammen mit ihrer zwölfjährigen Tochter Senta 1941 deportiert und im Konzentrationslager in Lodz ermordet.

Meine Ausführungen über verfolgte und ermordete Cochemer Juden sind unvollständig. Sie entstammen den Forschungen der Historikerin Angelika Schleindl. Sie sollen beispielgebend sein für Schicksale der Menschen, die sich oft über Generationen ganz selbstverständlich als

Cochemer Bürgerinnen und Bürger verstanden hatten. Sie waren Moselaner, und viele von ihnen werden Cochemer Platt gesprochen haben. Wer in der Stadt Cochem und in den Ortsteilen Cond oder Sehl hat nach dem Krieg nach ihnen gefragt? Und wer wollte wissen, wer die Täter waren, die sie in die Flucht getrieben oder ermordet hatten? Die wenigen, die zurückkamen, waren sie willkommen? Oder wurden sie auch hier, wie sonst so oft in der deutschen Nachkriegsgesellschaft, als nicht dazugehörig angesehen? Wie Ludwig und Sophie Hein, die mit ihrer Tochter Inge wie durch ein Wunder fast drei Jahre in Theresienstadt überlebt hatten oder Anni Hart, die dem Vernichtungslager Auschwitz und dort dem verbrecherischen Dr. Mengele entkommen war.

Wieviel Wertschätzung brachten die Cochemer Bürgerinnen und Bürger dem 22-jährigen Kurt Heimann entgegen, als er 1954 in der Uniform eines amerikanischen GI zum ersten Mal in seinen Geburtsort an der Mosel zurückkehrte?

Den dritten Sohn meiner Urgroßeltern mütterlicherseits nenne ich Felix. Er war das Nesthäkchen der Familie, zwölf Jahre jünger als sein ältester Bruder Heinrich und ein musikalisches Talent. Auch Heinrich und Paul hatten Instrumente zu spielen gelernt. Heinrich beherrschte das Akkordeonspiel so gut, dass er in Cochem regelmäßig bei Feiern und Festen zu hören war. In einer Drei-Mann-Besetzung mit Schlagzeuger und Bassist spielten sie zum Tanz auf. Aber Felix übertraf seine Brüder im Musizieren weit. Musikinstrumente jeder Art erlernte er leicht und schnell. Egal, welches er zur Hand nahm, bald entlockte er ihm Klänge, denen jeder gern lauschte. Vielleicht wäre ein bedeutender Musiker aus ihm geworden, wenn er nicht einundzwanzigjährig zum deutschen Vernichtungskrieg gegen die Sowjetunion eingezogen und in die Schlacht geschickt worden wäre, die später als *Doppelschlacht von Wjasma und Brjansk* traurige Bekanntheit erlangte. Das Bild auf dem Totenzettel, der an Felix erinnert, zeigt ihn in Uniform. Er trägt die sogenannten Schwalbennester auf den Schultern, die Abzeichen der Militärmusiker. Doch offensichtlich waren es weniger die Musiker, die in der barbarischen Schlacht gebraucht wurden. Denn im Infanterieregiment, dem er angehörte, musste er bald als Krankenträger dienen. Sein Einsatz dauerte nicht lange. Am zwölften Tag der Schlacht verlor er wenige Tage vor seinem 22. Geburtstag sein Leben. Dass er sein junges Leben nicht *verlor*, sondern *gab*, freiwillig sozusagen, wird im Text des Totenzettels behauptet.

Schaut euch den jungen Kerl doch an, möchte man rufen, der hatte anderes vor, als sein Leben *herzugeben*!

Eine Ähnlichkeit der Gesichtsphysiognomie zu seinem Bruder Heinrich ist erkennbar. Doch Felix hat dunkle starke Augenbrauen und vermutlich schwarzes, dichtes Haar. Seine Gesichtszüge sind weich und er blickt freundlich, fast ein wenig lächelnd in die Welt.

Felix' Portrait ist ein Gedicht beigefügt. Ein kleines, manchmal etwas ungelenkes Werk. Vielleicht hat jemand aus der Familie die Zeilen für ihn geschrieben. Schade, dass es keine Angabe zum Verfasser gibt.

Du hast oft an uns geschrieben:
»Ich habe Sehnsucht nach Euch, Ihr Lieben.«
Doch dies gewünschte Wiedersehn
Kann leider nun nicht mehr gescheh'n.
Du starbst so jung und wirst so sehr vermisst.
Du warst unser Sonnenschein unser Glück,
Kehrst nicht mehr in die Heimat zurück,
Du schläfst nun, heißgeliebter Sohn und Bruder,
Siehst nicht das gebroch'ne Elternherz,
Nicht der Geschwister bitt'ren Schmerz.
Wir werden Dich nicht vergessen,
Bis auch unsere Augen brechen.

Klara erfuhr vom Tod ihres jungen Schwagers nicht von den Schwiegereltern, was naheliegend gewesen wäre, sondern aus einem Brief, den Heinrich ihr aus dem *Feld* irgendwo in Frankreich geschrieben hatte.

Am Montag, den 24. November 1941 wurde morgens um 9:00 Uhr ein Seelenamt für Felix in der Cochemer Pfarrkirche gehalten. Klara fuhr von Bitburg nach Cochem, um dabei zu sein. Als Klara ihrer Schwiegermutter kondolierte, stellte diese ihr bekümmert die rhetorische Frage, warum denn ausgerechnet ihr Felix habe sterben müssen.

Statt ihres Jüngsten hätte es doch ebenso gut den älteren Bruder Heinrich treffen können.

Sie seien beide keine herzlichen Großeltern gewesen, resümierte meine Mutter bei einem unserer Gespräche. Immer sei spürbar gewesen, wie sehr Friedrich seine Frau unterdrückt habe. Elli habe sich kaum getraut, in seiner Anwesenheit eine selbstständige Rede zu führen oder etwas zu unternehmen, was nicht von ihm abgesegnet gewesen war.

Schon körperlich waren sie sehr unterschiedlich. Ich sehe sie nebeneinander vor mir sitzen: Er hochgewachsen, mit polierter Vollglatze und stechendem Blick. Sie klein, geduckt und schrumpelig mit hängenden Augenlidern.

Johanna vergisst bis heute die Geschichte dieser Demütigung nicht, die ihre Mutter durch Elli nach Felix' Tod erfahren hatte. Ebenso erinnert sie sich an die Herabwürdigungen, die sie selbst durch ihre Großeltern erleben musste. Waren sie als Kinder dort zu Besuch, bekam Albert 30 Pfennig geschenkt. Sie, Johanna, musste sich, weil sie ein Mädchen und außerdem jünger war als ihr Bruder, mit 10 Pfennig begnügen. Erst als der Opa Friedrich gestorben war, erzählt sie, habe ihr die Oma Elli ab und zu zehn oder zwanzig Mark zugesteckt, was damals, Anfang der 1960er Jahre viel Geld für sie gewesen sei. Damit habe Elli, glaubt sie, ihr schlechtes Gewissen entlastet und versucht, in ihren letzten Lebensjahren manches Versäumnis der Vergangenheit wiedergutzumachen.

18

Sommer 1957.

Vielleicht fühlt sich der Junge in seinen ersten Lebensjahren mehr in der *Daljaas* als auf dem *Neije Wäch* zu Hause. Seine Evakuierung wegen des Keuchhustens seiner Cousine und seines Cousins zu Oma Klara in das Haus am Fluss wird jetzt, nach dem Ende der Infektion, wieder aufgehoben. Wie sehr hatte er in dieser Zeit den Wettbewerb zwischen Oma und Tante Berta um Zuwendung genossen! Jetzt schläft er nachts nicht mehr nah am Busen von Oma Klara, atmet nicht mehr ihren Duft, spürt ihren warmen Körper nicht mehr, sondern liegt wieder im Kinderbett des Eckzimmers im Haus auf dem *Neije Wäch*. Aber hier sind die Eltern in der Nähe. Ein kleiner Japser genügt, und er spürt die Aufmerksamkeit der Mutter. Manchmal schiebt sie ihre Hand über den schmalen Gang zwischen ihrem und seinem Bett und durch die Gitterstäbe, die ihn vor dem Herausfallen aus seinem Nest schützen. Dann spricht sie ein paar Worte zu ihm, leise, damit der Vater nicht aufwacht.

Jetzt haben ihre nachmittäglichen Spaziergänge wieder nur das eine Ziel, *Daljaas*. Er liebt es, im Frühsommer auf der Terrasse von Tante Berta und Onkel Hannes unterwegs zu sein. Noch ein wenig tollpatschig ist sein Laufschritt, gehemmt auch durch das fette Windelpaket, das er in der kurzen Hose trägt. Er erkundet alle Winkel und die Fläche des Terrassenterrains, das ihm unerschöpflich erscheint, das nüchtern betrachtet vielleicht gerade einmal fünfzehn Quadratmeter umfasst, wenn überhaupt. Er untersucht alles, was ihm begegnet, die Blumen in den Kästen, kleine Steine, die herumliegen, Tiere, die auf der Erde krabbeln. Er betastet, was er nicht kennt, und prüft dessen Geschmack. Für den Jungen eröffnet sich hier eine Welt, das Universum dieses prächtigen Winkels im Moseltal, in dem er sich selbst als Mittelpunkt empfindet.

Anfang Juli, als eine ungewöhnliche Hitzewelle anbricht, beschließt Tante Berta, dass es für den Jungen auf der Terrasse zu heiß sei. So holt sie ihn herein ins abgedunkelte Wohnzimmer, das bis vor zehn Jahren noch die Schneiderwerkstatt seines Urgroßvaters war. Dem Jungen gefällt der Wechsel ins Haus überhaupt nicht. Aber Tante Berta weiß Rat und organisiert auf einer Baustelle in der Nachbarschaft zwei Eimer mit feinem Sand. Kurzerhand entleert sie die Behälter in der Mitte ihres Wohnzimmers, schafft aus der Küche Töpfe und Löffel herbei und zeigt dem Jungen, was er alles damit anfangen kann. Die Terrasse, die er eben noch weinend und sich wehrend verlassen musste, hat er tatsächlich vergessen. Sein Kummer darüber wandelt sich zusehends in Verwunderung. Zaghaft greift er in den Sand und erfährt, wie es sich anfühlt, wenn er zwischen den Fingern hindurchrieselt. Das gefällt ihm. Er wird mutiger. Bald wirft er die feinen Sandkörner händeweise um sich. Tante Berta lächelt großmütig und schaut belustigt zu, wie er sich müht, alles gleichmäßig zu verteilen. Das Kind juchzt, und Tante Berta klatscht belustigt in die Hände. Sie hören ein kurzes Klopfen an der Tür: »Herein, wenn's kein Schneider ist!«

»Ach Herrje!«, ruft Klara beim Eintreten nach einem kurzen Moment der Sprachlosigkeit. »Wat es dann heij passert?«

Berta erklärt: »Ich hab dat Kind mal aus der Sonn jeholt.« Angesichts des irritierten Gesichtsausdrucks ihrer Schwägerin sagt sie in ihrem schönsten rheinischen Dialekt: »Dat bisschen Sand, dat määd nix, dat kehren ich nachher wieder op.«

19

Johannas Erstkommunion in Gräfelfing war hauptsächlich auf Herrn Bornheims Bestreben zustande gekommen. Klara und ihre Tochter wagten es nicht, etwas dagegen vorzubringen, als er gut gelaunt verkündete, dass er alles, was die Kommunion betreffe, bereits in die Wege geleitet habe. Johanna müsse nur noch den Pastor zu einem Vorbereitungsgespräch aufsuchen, das er schon für den nächsten Tag terminiert habe. Alles andere ginge schon seinen Weg.

Klara erlebte den Tag der Erstkommunion wie in Trance. All ihre Gedanken drehten sich um ihren Heinrich, von dem sie seit dem Abschied in Remse nichts mehr gehört hatte. Er hätte, anders als damals noch bei Albert, diesem katholischen Initiationsritus für Johanna nie zugestimmt. Dessen war sie sich sicher. Zudem bewegte sie unablässig die drängende Frage nach dem Wohin. Wohin jetzt? Sie konnten nicht noch weitere Wochen, gar Monate den Bornheims zur Last fallen. Sie mussten weg. Aber in Bitburg gab es für sie kein Zuhause mehr, das wusste Klara. Sie und die Kinder hatten ja vor den Trümmern ihres Hauses in der Schakengasse gestanden, vor all dem Schutt, unter dem ihr Hab und Gut begraben lag. Dabei wusste Klara, dass sie dem Allerschlimmsten noch entkommen waren, dass nur wenige Wochen nach ihrer Flucht die kleine Stadt erbarmungslos niedergebombt worden war und unzählige Menschen den Tod gefunden hatten. Fast hätte man vom Glück im Unglück reden können, dass ihr Haus schon bei einem der ersten Fliegerangriffe zu Bruch gegangen war und sie gezwungen waren, fortzuziehen. Nein, Bitburg bot keinen Ausweg. Auch das Haus der Schwiegereltern in Cochem, das groß genug gewesen wäre, kam für sie nicht infrage. Nach dem Affront ihrer Schwiegermutter hatte sie den Kontakt zu ihr auf das Nötigste beschränkt. Jetzt, dachte Klara verbittert, hatte die Alte ja was sie wollte: von Heinrich kam kein Lebenszeichen mehr! Was blieb, war das kleine Schneiderhaus in Cond.

Dann würden sie eben zusammenrücken müssen, hatte der Schneiderwilhelm an Klara geschrieben. Sie solle sich unverzüglich mit den Kindern auf den Weg machen. Er würde, so gut es ginge, alles vorbereiten. Schließlich seien zwölf Kinder in dem Haus groß geworden, und es sei immer Platz für alle gewesen. Vorausgesetzt, nicht alle seien gleichzeitig heimgekommen und hätten womöglich noch ihren ganzen Hängel dabeigehabt. Also: Herein, wenn's kein Schneider ist – po-po-po-po-po!

Vieles verunsicherte Klara und die Kinder, als sie an einem Abend im September 1945 nach dreitägiger Fahrt aus Gräfelfing kommend auf dem Cochemer Bahnhof eintrafen. Es war schon spät und dunkel. Kaum Straßenbeleuchtung. Sie liefen in Richtung Stadtzentrum, erkannten unterwegs die zerstörte Brücke. Sie liefen weiter in Richtung Burgfrieden, immer an der Mosel entlang. Albert bemerkte erschrocken, dass der Kirchturm fehlte. Sie hofften trotz der Schwärze des Abends, das Schneiderhaus auf der anderen Flussseite zu erkennen. Doch beim Blick hinüber war es, als schlucke das Wasser das andere Ufer. Plötzlich hörten sie ein Trompetensignal, klar und scharf und schneidend. Französische Uniformierte der Besatzungsarmee bliesen zum Feierabend. Das Signal für den Beginn der Ausgangssperre. Die Franzosen hatten Lampen dabei. Was sie noch auf der Straße zu suchen hätten, wurden sie in schlechtem Deutsch mit französischem Akzent gefragt. Sie seien gerade erst angekommen und wüssten nicht wohin. Der Gedanke, zu den Schwiegereltern zu gehen, die nicht weit vom Bahnhof weg wohnten, war Klara erst gar nicht gekommen. Zu sehr fühlte sie sich gedemütigt von den Äußerungen der Schwiegermutter und der menschlichen Kälte des Schwiegervaters. Bevor sie dort anklopfte, würde sie sich und die Kinder eher von den Franzosen festnehmen lassen, die sie über Nacht weiß Gott wo einquartieren würden. Aber sie hatten Glück. Während Klara versuchte, mit den französischen Soldaten irgendwie übereinzukommen und auch Albert ihre Situation zu erklären versuchte, ging im Haus, vor dem sie standen, zaghaft ein Fenster auf. Eine Frauenstimme drang heraus auf die Straße. Ein banges Rufen. Die Frau könne mit ihren beiden Kindern hereinkommen und über Nacht bleiben, hörten sie. Die Uniformierten beratschlagten kurz, und mit rüden Gesten, die wohl zeigen sollten, wer hier das Sagen hatte, ließen sie die drei gehen. Die Gastgeberin stellte sich als Frau Fuhrmann vor. Allein im Haus würde sie auf die Rückkehr ihres Mannes und ihrer beiden Söhne aus der Kriegsgefangenschaft warten. Klara und sie kannten sich nicht. Als sich die Haustür hinter ihnen schloss, war von draußen wieder das Trompetensignal zur Nachtruhe zu hören.

Später erinnerte sich Johanna an den glücklichen Moment am nächsten Morgen. Früh war sie als erste aufgewacht. Tageslicht schien in ihr Zimmer. Sie sprang auf. Aus dem kleinen Fenster, das zur Mosel ging, konnte sie direkt auf das Schneiderhaus blicken. Und mehr noch! Auf der Terrasse erkannte sie einen großen schlanken Mann, der sich reckte. Das musste ihr Großvater Wilhelm sein, der Schneider!

Vielleicht gehörten ihre Jugendjahre im Haus des Schneiders, die nun folgten, zu Johannas und Alberts glücklichsten. Bescheiden entwickelte sich doch vieles zum Besseren. Das Wichtigste, die ewige Angst vor Krieg, rückte allmählich ab von ihnen. Sie hatten ein Dach über dem Kopf und durften sich geborgen fühlen. Ausgerechnet das alte, wacklige Schneiderhaus an der Mosel bot ihnen mehr Schutz und Heimeligkeit als jedes andere vorher. Immer seltener schreckte Johanna aus dem Schlaf auf, weil ein Albtraum sie noch einmal durch die Bitburger Bombennächte und den Lärm des nahenden Artilleriefeuers geführt hatte. Der Schneiderwilhelm, streng und nachsichtig zugleich, genoss seine letzten Lebensjahre mit den beiden Enkeln im Haus. Die waren dankbar und boten keinen Grund zur Klage. Nur Klara, seine Tochter, war für ihn unerreichbar geworden. Zwar verbrachten sie wie früher viele Stunden gemeinsam in der Schneiderwerkstatt, Wilhelm im Schneidersitz auf dem Tisch und Klara stickend auf dem Hocker am Fenster. Mit jedem Tag jedoch, der ohne Nachricht von Heinrich blieb, verkroch sie sich tiefer in ihre Trauer. Nach und nach kamen die Ehemänner ihrer Schwestern aus der Kriegsgefangenschaft zurück. Keiner von ihnen war gefallen. Auch Kerle, die in Klaras Augen nicht viel taugten, hatten die Katastrophe überlebt. Ihren Bruder, den sie gern *ose Bärkes* nannte und Bertas Ehemann war, hatten die Engländer als Kriegsgefangenen mit auf ihre Insel genommen, wo er helfen musste, die Schäden Deutscher Luftangriffe zu beseitigen. Doch obwohl er ein guter Handwerker war, schickten sie ihn schon beizeiten wieder zurück. Nur Heinrich blieb verschollen. Sogar Johann, der Kölner Kommunist, den eine ihrer älteren Schwestern geheiratet hatte, und für den keiner mehr einen Pfifferling gegeben hätte, hatte Buchenwald überlebt und war zurückgekehrt. Nur Klaras Bemühungen nach Klarheit über den Verbleib ihres Mannes führten alle zum gleichen, niederschmetternden

Ergebnis. Der zu erwartenden Kriegsopferrente wegen, ließ sie nach langen Jahren des Zögerns notgedrungen ihren Heinrich irgendwann für tot erklären.

Ose Bärkes war der Erbe des Schneiderhauses. Aus England zurückgekehrt, machte er sich gleich an die Renovierung des längst in die Jahre gekommenen Gebäudes. Schließlich sah er darin seine Zukunft und die seiner Frau. Zunächst überprüfte der gelernte Klempner sämtliche Rohre und Wasserleitungen und begann Schäden zu beheben.

Das Scheißhaus befand sich hinter dem Wohnhaus. Um es zu erreichen, musste das Haus über die Außentreppe verlassen und über die *Daljaas* hinauf in den Hof gelaufen werden. Ein Horror für Johanna. Denn in dem Plumpsklo hatten sich Ratten eingenistet. Wenn später einmal die Rede auf diesen Zustand kam, erinnerte Johanna sich immer noch vor Ekel schüttelnd regelmäßig daran, dass ihr die Viecher an den Hintern gesprungen seien, während sie auf dem Lokus gehockt habe.

»Dann mache ma dat mol daréscht«, entschied ose Bärkes und erklärte, dass er ein Klo mit Wasserspülung im Haus einbauen werde. Widerspruch erhielt er von seinem Vater, der das für eine überflüssige Maßnahme hielt. Hinsichtlich der Abschaffung des Plumpsklos protestierte er: »Po-po-po-po-po! Do es noch käner rennjefaal.« Doch ose Bärkes ließ sich nicht beirren, kniepte Johanna verschworen mit einem Auge zu und machte sich daran, im Hausflur unter der Holztreppe, die zum ersten Stock führte, ein modernes Wasserklosett zu installieren. Als es fertig war, sagte er zu den übrigen Hausbewohnern: »So, weile kinnt ihr all en Roh kacke!« Klara dachte, *jojo, dä Bärkes*, und Berta stieß ihren Mann ermahnend mit dem Ellenbogen in die Seite: »Sei doch net so ordinär!« Ose Bärkes amüsierte sich und lachte: »Ei, es doch wohr«, schwenkte ein paar Fetzen Klopapier aus alten Zeitungen und fragte in die Runde: »Wer well daréscht?«

Der Schneiderwilhelm blieb stur.

»Pha! Wasserklo«, sagte er. »Su wat Modernes brouch ech net.« Weiterhin wanderte er auf das Plumpsklo, wie er es sein Leben lang gewöhnt war, bis ose Bärkes es ohne die Zustimmung seines Vaters zuschütten und abreißen ließ.

Obwohl Klara und ihr Vater, wenn auch unter einem Dach, so doch immer noch in zwei Welten lebten, war Klara nicht entgangen, dass er etwas tat, was sie von ihm nicht kannte. Er wies zunehmend die Wünsche seiner Kundschaft ab, ihre Kleidungsstücke abzuändern oder zu reparieren. Je mehr Arbeit und Anstrengung ein Auftrag erforderten, umso eher lehnte er ab. Stickereien erledigte sie wie gehabt in dem Umfang, wie sie anfielen. Jetzt, da das Kriegsende schon drei Jahre zurücklag, und wie man lesen konnte, eine Währungsreform bevorstand, häuften sich die Aufträge zu den hohen Feiertagen, zu Ostern und Fronleichnam. Sogar im Sommer des vorherigen Jahres war die Nachfrage vor der Conder Kirmes bereits angestiegen. Mitunter hatte Klaras Vater den Frauen des Dorfes aus minderwertigen Stoffen, die sie selbst mitgebracht und die zuweilen schon Jahre hinter Fenstern als Vorhänge gebaumelt hatten, ganz passable Kleider genäht. Um diesen Stücken den Gardinencharakter möglichst gänzlich zu nehmen, verzierte Klara sie mit Stickereien am Kragen, an den Bünden, oder sie nähte selbst vorgefertigte Bordüren über den Schultern oder als Gürtelband auf.

Als Wilhelm einen Cochemer Kaufmann, der wegen der Anfertigung eines Anzugs aus feinem Stoff vorstellig geworden war, freundlich abwies mit der Begründung, er habe jetzt genug gearbeitet, erschrak Klara. Schneiderwilhelm ließ den Mann tatsächlich unverrichteter Dinge wieder gehen. So etwas hatte es noch nie gegeben! Von ihrem Platz aus schaute Klara durch das Fenster dem Mann fassungslos hinterher, sah wie er den Fährmann herbeiwinkte, die Ponte bestieg und sich nach Cochem übersetzen ließ.

Bald waren es nur noch wenige Stoffe, die um den Schneider herum auf dem Tisch lagen, die er abarbeitete, Stück für Stück. Zuletzt änderte er ein Jackett, das zu einer Militäruniform gehört hatte und gut erhalten war. Er entfernte darauf jeglichen militärischen Klimbim auf den Schultern, am Kragen, auf der Brust. Er öffnete die Nähte und fügte die Teile ein wenig enger wieder zusammen. Er wusch es. Er bügelte es auf und legte es über einen hölzernen Torso, nahm die Bürste und entfernte ein paar Fusel. Er räumte sein Werkzeug in die Schubladen, legte die Elle, die Schere beiseite, Nadeln in den Nähkasten, das Garn aufgerollt daneben, er säuberte den Tisch, kehrte den Fußboden. Zusammen mit Berta und Klara aß er zu Mittag eine Suppe und legte sich wie gewöhnlich zum Mittagsschlaf auf sein Bett.

Ohne triftigen Grund fehlte in Cond niemand bei einer Beerdigung. Ganz gleich, was man im Leben miteinander hatte oder nicht. Die letzte Ehre wurde niemandem versagt. So stand mehr als halb Cond in bestem Zwirn auf dem Friedhof in der *Streckboa* zusammen, um den Schneider, der aus seinem Mittagsschlaf nicht mehr aufgewacht war, zur letzten Ruhestätte zu begleiten. Auch der alte Dores hatte sich eingereiht, um sich vor dem Grab des Schneiders zu verneigen. Dabei trug er den Anzug, den er sich von ihm zur Einweihung seines Hauses auf dem *Neije Wäch* vor gut zwanzig Jahren hatte anfertigen und zur Einführung in sein Amt als Ortsbauernführer vor acht Jahren umändern und neu anpassen lassen.

20

Seit 1933 hieß der Ortsbauernführer des Dorfes Cond Jäbche, was eine Verniedlichungsform des Namens Jakobus war. In seiner Funktion war er der Leiter einer der untersten Einheiten im System des sogenannten Reichsnährstandes, der Organisation, die Agrarwirtschaft und Agrarpolitik im Deutschen Reich steuerte. Jäbches Aufgabe war die Vertretung der Conder Bauernschaft, deren Betriebe oft in einer Kombination aus Weinbau und Landbau bestanden. Die Wenigsten lebten ausschließlich vom Weinbau. Doch verstanden sie sich als Winzer, auch dann, wenn sie neben ihren Wingerten in wochenlanger Arbeit in ihren Gärten in *Kaas* und auf den Wiesen in der Conder Mark Gemüse und Obst anbauten, und die Felder auf dem Berg mit Getreide und Kartoffeln bestellten. Die Interessen dieser Leute hatte Jäbche gegenüber den örtlichen Parteiführern und dem Cochemer Bürgermeister Aloys Elsen zu vertreten. Umgekehrt hatte er die Haltung der Partei an die Winzerschaft weiterzutragen. Doch seine Funktion war nicht ausschließlich administrativer Art.

Der NS-Staat unterstützte die Moselwinzer durch ungeahnte propagandistische Aktionen, die weit bis in die großen Städte des Reiches führten und Sorge dafür trugen, deutschen Wein und vor allem Moselwein zu einem Volksgetränk zu stilisieren. Somit befand sich ein Ortsbauernführer in der Moselregion in einer durchaus komfortablen Funktion. Hatte er doch den Segen, den das Regime über den Berufsstand der Winzer zu bringen gedachte, weiterzuleiten. In guten Jahrgängen erzielten sie einen ansehnlichen Preis für ihren Wein, und in den weniger guten musste eben nachgeholfen werden. Nun war die Aufzuckerung oder, feiner gesagt, die Verbesserung eines Weines damals keineswegs verpönt. Im Resultat musste der Wein dem Kunden schmecken. Das war entscheidend. Zum Charakter eines Rieslings, und solcher wurde an der Mosel überwiegend angebaut, gehörte eine typische Säure, die nicht jedem behagte. So wurde die Gärung des Weines in guten Jahren beizeiten durch Zugabe von Schwefel gestoppt, dass eine gehörige Portion Fruchtzucker in dem Getränk verblieb. In schlechten Jahren, in denen es viel geregnet und die Sonne nur bescheiden geschienen hatte, musste mit Zucker nachgeholfen werden. Zucker war als entscheidendes Element in der Weinerzeugung unerlässlich, besonders in schlechten Jahrgängen. Davon gab es in den 1930er und den Kriegsjahren mehr als genug. Mit Qualität taten sich damals nur die Weinjahrgänge 1934 und 1937 ein wenig hervor. Die anderen waren schwach oder höchstens mittelmäßig. Der Jahrgang 1943 war der beste während der Kriegsjahre, und erst im Jahr 1945 wuchs in einem heißen Sommer bei geringen Erträgen endlich wieder einmal außerordentlicher Spitzenwein.

Zucker wurde den Winzern über den Ortsbauernführer zugeteilt. Der erhielt die Lieferungen und leitete sie, je nach Größe der Weinbaubetriebe im Ort, an diese weiter. Offenbar konnte Jäbche der Versuchung nicht widerstehen, in Erwartung kommender schlechter Jahrgänge, Zucker für sich persönlich und seinen eigenen Betrieb beiseitezulegen. So stapelte er in seinem Sommerhaus, einem aus Holzbohlen errichteten Gerätehaus in seinem Garten, vor dem er sich im Sommer sonnte, eine beachtliche Anzahl von Zuckersäcken. Doch jemand kam ihm auf die Schliche und zeigte ihn an. Über die sich aus dem Diebstahl ergebenden Konsequenzen ist nur so viel bekannt, dass er sein Amt als Ortsbauernführer verlor. Fortan wurde ihm der Spottname *Summerhäusjens Zuckerjäbche* angehängt. Wer mag sich diese unglaubliche Wortschöpfung erdacht haben?

Beerbt wurde *Summerhäusjens Zuckerjäbche* in seiner Ortsbauernführerschaft vom alten Dores. Dieser geriet völlig aus dem Häuschen, als er das amtliche Schreiben in Händen hielt, das ihn mit sofortiger Wirkung als Jäbches Nachfolger einsetzte.

Allein, künftig die Bezeichnung *Führer*, Ortsbauernführer, tragen zu dürfen, verschaffte ihm höchste Genugtuung. Jetzt konnte er von Amts wegen das tun, wonach er strebte, den direkten Kontakt mit den Honoratioren der Stadt Cochem zu pflegen und sich in gehobenen Kreisen zu bewegen, ja, sogar dazuzugehören. Bei den Begegnungen mit örtlichen Parteiführern und dem Bürgermeister, die so sehr häufig, wie er zunächst gehofft hatte, doch nicht waren, achtete er stets darauf, dass sein Parteiabzeichen gut sichtbar am Revers steckte. Dass ihm später sogar eine legere Uniform mit Breecheshose und Stiefeln zugeteilt wurde, die seine Funktion unterstrich, erfüllte ihn mit Stolz.

Der alte Dores stand sich gut mit Jäbche. Deshalb saßen die beiden einen Nachmittag bis in den Abend zusammen und tranken zwei oder drei Flaschen Wein, während Jäbche dem alten Dores die für das neue Amt unerlässlichen Unterlagen aushändigte. Tags darauf suchte der alte Dores Jäbche erneut auf. Das Emaille-Schild musste noch von Jäbchens Hauswand abgenommen und am Haus auf dem *Neije Wäch* aufgehängt werden. Also holte Jäbche eine Stehleiter aus seinem Schuppen, die der alte Dores erklomm, während Jäbche die Leiter hielt. Mit einer Zange waren die Nägel an den Ecken des Schildes leicht zu entfernen, und schnell hielt der alte Dores das Schild in der Hand. Das machte ordentlich was her. Der Reichsadler in der Mitte stand auf einem mit den Worten *Blut und Boden* stilisierten Sockel. Darunter ein von Eichenlaub bekränztes Hakenkreuz, verziert mit Schwert und Ähre. *Reichsnährbund. Der Ortsbauernführer*, war in großen Lettern in Frakturschrift zu lesen.

Zuhause montierte der alte Dores das Schild gut sichtbar direkt über den Eingang zum Weinkeller. Jeder, der hier eintrat, musste darunter den Kopf einziehen, um unter der niedrigen Schwelle der Kellertür einzutauchen. Sogar jeder, der die Treppe hinauf zur Haustür wollte, kam nicht umhin, mindestens einen Blick auf das in Augenhöhe befestigte neue Schild zu werfen.

21

Jakob war ein scheues, ein ängstliches Kind. Aus der Obhut der Familie seines Onkels Pitter, in die er nach dem Tod seiner Mutter gegeben worden war, wurde er von heute auf morgen entlassen. Besser gesagt, der Kleine wurde gefeuert. Eben war er fünf Jahre alt geworden, ein Geburtstag, der weder in seinem Elternhaus auf dem *Neije Wäch*, geschweige in seiner Pflegefamilie in der Zehnthausstraße jemand zur Kenntnis genommen hatte. Vielmehr veranstaltete Pitters Frau mit Unterstützung ihrer boshaften Tochter Paula wegen des Jungen jeden Abend einen solchen Zores, dass es ihm irgendwann langte. Pitter packte das Kind grob am Arm, stürzte mit ihm, Flüche schreiend, die seiner Frau galten, durch die Haustür nach draußen, stolperte mit dem Kind durch eine windige Novembernacht das *Lauxe-Phillips Gässje* hinauf auf den *Neije Wäch* und brachte es seinem Bruder, dem alten Dores, zurück. Dieser, überrascht, fuhr den Jungen verärgert an, dass er sich ja wohl nicht geschickt habe und undankbar sei. Bang sah der Junge den Vater aus großen blauen Augen an. Der schlug ihm, als wäre nichts dabei, ein paar Mal ärgerlich auf den Hinterkopf. *Eine hinter die Löffel geben* hieß diese Art der Züchtigung verharmlosend.

Nicht die neue Frau, die ins Haus gekommen war, die von Jakob scheu und schweigend betrachtet wurde, sondern Agathe war es, die sich des jammernden Jungen annahm, ihn an sich drückte und tröstete, ihn wusch, auszog und zu Franz, der schon lange aus der Familie seines Onkel Pitter geflohen war, auf der Mansarde ins Bett legte. Pitter und Dores machten sich in den Keller, um einen zu trinken. Doch Jakob, der vieles an Entbehrung gewohnt war, wollte sich heute Abend nicht beruhigen. Franz rückte nur widerwillig zur Seite, als Agathe den Jakob neben ihn legte. Sie blieb auf der Bettkante sitzen und streichelte ihm den Kopf. Jakob zitterte, und die Unruhe in ihm steigerte sich noch. Agathe zog eine zweite Decke herbei und kroch damit nah an Jakobs mageren Kinderkörper heran. Es zog durch die klapprigen Mansardenfenster, und als Agathe aufschaute, sah sie die ersten Schneeflocken dieses Winters. Sie hatten sich unter den Regen gemischt und auf die Fensterscheiben gelegt. Inspiriert sang sie leise dem Jakob ins Ohr.

»Schneeflöckchen, Weißröckchen,
wann kommst du geschneit?
Du wohnst in den Wolken,
dein Weg ist so weit.

Komm, setz dich ans Fenster,
du lieblicher Stern!
Malst Blumen und Blätter,
wir haben dich gern.«

Franz, der sich weggedreht hatte, wandte sich im Halbschlaf den Geschwistern zu. Dabei fiel sein Arm über Jakobs Schulter, wo er auch liegen blieb.

»Schneeflöckchen, du deckst uns
die Blümelein zu.
Dann schlafen sie sicher
In himmlischer Ruh.«

Der alte Dores wollte es sich mit seinem Bruder nicht verscherzen. Er zeigte zumindest vordergründig Verständnis für dessen Entscheidung, ihm den Jungen zurückzubringen. Immerhin hatte er für kurze Zeit den Franz und ganze zwei Jahre lang den Jakob in seiner Familie beherbergt, hatte den Kindern zu essen und etwas zum Anziehen gegeben und hatte nie etwas dafür verlangt. Mit Ausnahme der vereinbarten Weinlieferungen, die der alte Dores kein einziges Mal säumig blieb. Der tat verständnisvoll, bejahte Pitters plötzliche Entscheidung sogar und billigte die Rückgabe des kleinen Jakob. Dass er innerlich über den zusätzlichen Esser an seinem Tisch nicht begeistert war, ließ er sich nicht anmerken. Vielmehr schritt der alte Dores feierlich zu einer Wandnische seines Kellers und prüfte die darin gelagerten Weinflaschen. Eine zog er heraus, entstaubte sie vorsichtig mit der Handfläche. Stolz hielt er dem Pitter das Etikett vor die Nase. Der blickte seinem Bruder ins Gesicht und schmunzelte kennerhaft. Dabei bemerkte er, dass sich am Aussehen des Dores etwas verändert hatte. Irgendwie sah er anders aus als sonst. Woran das lag? Er hätte es nicht sagen können. Als sie den ersten Schluck gekostet und sich gegenseitig über die herausragende Qualität des Jahrgangs ausgelassen hatten, rückte der alte Dores mit der Sprache heraus. Er werde wohl bald wieder heiraten, sagte er. Zwischen ihm und der Gertrud, die ihm jetzt ja schon seit einigen Wochen den Haushalt führe, habe es inzwischen mächtig gefunkt.

»Olala!«, rief Pitter überrascht, »dat seijn jo Neijichkäte.«

Dores verriet, dass sie aus der Stadt komme, genauer gesagt aus Metternich, kurz vor Koblenz. Er versicherte dem Bruder, dass damit seine Abende künftig wohl wieder etwas schwungvoller verlaufen würden als in den letzten Jahren.

Pitter fragte unverhohlen, ob er das mit dem Schwung denn auch schon ausprobiert habe, und der alte Dores schmunzelte, dass er das wohl glauben könne, schließlich sei er nicht so blöd, die Katze im Sack zu kaufen.

»Besser é Kätzje em Arm, als die Katz em Sack!«, lachte Pitter. Und sein Bruder antwortete prompt: »Besser é Kätzje om Sack, als en Katz of em Arm.« Pitter überlegte einen Moment, bis er die Pointe begriff. Dann prustete er heraus und entschied, dass sie darauf jetzt ja wohl noch eine zweite Flasche trinken müssten. Das ließ der alte Dores sich nicht zweimal sagen und zog nach einer kurzen Begutachtung eine weitere Flasche aus dem Stapel in der Wandnische hervor. Er drehte den Korkenzieher langsam in den Stopfen, vorsichtig, damit dieser nicht zerbröselte, was passieren konnte, wenn er schon viele Jahre eine Flasche verschloss und porös geworden war. Der alte Dores wollte vermeiden, dass Korkteile in den Wein gerieten und den Geschmack verdarben. Während er also, meditativ fast, die Flasche entkorkte, fragte sein Bruder, der ihn dabei beobachtete, unvermittelt, was denn mit seinem Schnurres passiert sei. Unter der Nase des alten Dores, wo seit Jahrzehnten ein beachtlicher Schnurrbart gesessen hatte, der an Sonn- und Feiertagen aufgezwirbelt und mit Pomade gefestigt worden war, der sogar seinem Idol, Kaiser Wilhelm dem Zweiten, alle Ehre gemacht hätte, saß nur noch ein kurzer, quadratischer Schnäuzer direkt unter den Nasenlöchern. Der Korken ließ sich fast geräuschlos aus dem Flaschenhals ziehen. Pitter nannte die Form der Oberlippenbehaarung eine Rotzbremse, und der alte Dores antwortete in gespielt drohendem Ton, er solle das bloß den Hitler nicht hören lassen.

Ob der Hitler oder einer der Volksgenossen etwas von dem, was er sagte, zu hören bekam, das war dem Pitter ziemlich egal. Dabei war er kein Gegner der nationalsozialistischen Bewegung. Er war, genau wie sein Bruder, der Nazipartei gegenüber durchaus aufgeschlossen, aber, anders als sein Bruder, nicht Mitglied der Partei geworden. Als selbstständiger Malermeister mit einem eigenen Geschäft könne ihm eine Parteimitgliedschaft nur Vorteile verschaffen, hatte der alte Dores ihm geraten. Da schwimme man eben mal mit dem Strom und nehme mit, was zu kriegen sei. Doch der Pitter hatte ihm entgegengehalten, dass er das, was er dachte, auch weiterhin laut und deutlich zu sagen gedenke. Eine Parteimitgliedschaft würde dazu nicht passen. Pitter war für sein deutliches Auftreten im Dorf bekannt und durchaus nicht unbeliebt. Doch hielt manch einer, seit die Nationalsozialisten die Oberhand hatten, zunehmend Abstand zu ihm. Aus Angst oder zumindest aus Sorge, es könne für ihn ein Nachteil aus der Nähe zu Pitter entwachsen, oder Schlimmeres. Manche seiner Freunde warnten ihn, wenn er deutlich vernehmbar seine Meinung vertrat: »Mensch Pitter, net su lout! Dou weißt doch, dat die Wänn Uhre honn.« Von anderen hörte er: »Mach su weijder, dann landest de eines gooden Dachs en Dachau.« Doch Pitter ließ sich nicht beeindrucken. Selbstbewusst lachte er: »Wat soll mir dann schunn passere!« Und tatsächlich lavierte er sich durch all die Jahre bis zum Beginn des Krieges und darüber hinaus, ohne dass er nennenswert in Konflikt mit der staatlichen Gewalt geriet. Bis er im Frühsommer des Jahres 1940 seinen Freund, den Winzer Lauk in Cond aufsuchte, um ihn zum Geburtstag zu gratulieren. Pitter hatte den ganzen Tag gearbeitet, sich zu Hause schnell gewaschen und umgezogen und sich nach ein paar Brothappen, die er im Stehen zu sich nahm, zum Lauk aufgemacht. Der saß inzwischen mit nur noch einem einzigen Gast zusammen, der Conder Ortsfrauenschaftsleiterin, die in seiner Nachbarschaft wohnte. Diese konnte Pitter leiden wie Bauchweh, denn er hielt sie für schwatzhaft, dumm und dämlich. Seine Hoffnung, dass sie sich bald verabschieden und nach Hause machen würde, erfüllte sich nicht. Sie war erst wenige Minuten vor ihm gekommen, hatte sich aber, als er eintraf, bereits in Rage geredet, lamentierte über, wie sie sagte, das *Judenpack*, das entsorgt werden müsse, und die *Dreckspollacken*, die ja keine Menschen seien. Pitter sagte geradeaus, sie solle das Maul halten, sonst müsse er kotzen. Es wurde keine schöne Geburtstagsfeier an dem Abend. Lauk versuchte die Stimmung zu retten, indem er ordentlich Wein einschenkte und sich den Disputen immer wieder dadurch entzog, dass er sich ohne Hast in seinen Keller aufmachte, um Nachschub zu holen. Schließlich hatte er an seinem Geburtstag keine Lust auf politische Streitereien, zumal er wusste, dass sie – weiß Gott! – ihm durchaus zum Verhängnis werden konnten. Lauk war ohnehin ein eher ruhiger Vertreter. Es entsprach seiner Wesensart, immer auf Ausgleich bedacht zu sein, egal mit wem. Seine Taktik, den Gästen nur zu Genüge einschenken zu müssen, um sie friedlicher zu stimmen, ging nicht auf. Im Gegenteil. Erst als er am späten Abend eine Flasche Hefebrand auf den Tisch stellte und fleißig einschenkte, ohne selbst mitzutrinken, ließ die Hitzigkeit der Auseinandersetzung langsam nach. Weniger aus Einsicht, als aus Erschöpfung und Trunkenheit.

Pitter hatte die schräge Geburtstagsfeier schon fast wieder vergessen, als er von einem ihm unbekannten Mann mit Hut vom Gerüst heruntergebeten wurde, auf dem er arbeitete. Dieser sprach zunächst eine ganze Weile von der Bedeutung seines Berufs, des Anstreicherhandwerks. Davon, dass die Ergebnisse seiner Tätigkeit nicht nur der Optik der großartigen, deutschen Dörfer und Städte zugutekämen, sondern dass ein fachmännischer Farbauftrag auch der Festigkeit des Mauerputzes und damit der Gebäude in deutschen Landen diente. Pitter hatte kein gutes Gefühl bei dem, was der Mann da alles von sich gab, und entgegen seiner Art, wartete er ab und sagte nur das Nötigste. Er fragte ihn, ob er ein Gebäude habe, das einen Anstrich brauche, oder ob seine gute Stube tapeziert werden müsse.

Nein, nein, bekam er zur Antwort, derzeit sei bei ihm alles in Ordnung. Er wolle sich einfach nur mit ihm ein wenig unterhalten. Das kam dem Pitter jetzt sehr komisch vor und er ging intuitiv weiter in Deckung. Er hörte sich brav an, was der Mann, der sich bei ihm nicht vorgestellt hatte, erzählte und beantwortete, so kurz und knapp wie es ihm möglich war, dessen Fragen. Diese rankten sich plötzlich nicht mehr um seine Malerarbeit, sondern um den Kreisleiter der NSDAP, Paul Wipper, und andere Mitglieder der Partei. Dann, unvermittelt mit einem rhetorischen Schwenk, sprach er plötzlich über die Cochemer Juden und was er von diesen *Parasiten*, wie er sie nannte, denn halte.

Och, sagte Pitter, als er bemerkte, dass der Mann mit Hut eine Antwort erwartete, er kenne sie kaum und könne daher nur schwerlich Auskunft über sie geben.

Er habe aber doch sogar schon für einen gearbeitet, wusste der Mann, und nannte den Namen des Juden.

Oh, sagte Pitter und tat erstaunt, der sei ein Jude? Das hätte er nicht gewusst. Aber es sei gut, fügte er hinzu, dass er ihn darüber jetzt einmal aufkläre.

Nun, bekam er zur Antwort, die Zeiten, da Volksgenossen Juden zu Diensten waren, seien ja nun endgültig vorbei. Er fügte die Frage an, ob er denn nicht auch glaube, dass es Zeit sei, dass die *Parasiten* endlich vom Volkskörper abgeschüttelt würden.

Pitter versuchte ein kluges, ein weltmännisches Gesicht aufzusetzen. Dann entglitt ihm ganz unwillkürlich eine Geste. Dabei warf er den rechten Arm weit über den Kopf, wedelte mit der Hand und sagte laut und vernehmlich: »Pah-ha!«

Nachdem der Mann sich umgedreht hatte und grußlos einfach davongegangen war, näherte sich einer von Pitters Mitarbeitern. Was denn die Gestapo von ihm gewollt habe, fragte er erschrocken.

Ein halbes Jahr verging, in dem Pitter versuchte, möglichst unauffällig zu bleiben und sich in der Öffentlichkeit nicht hervorzutun. Das Aufeinandertreffen mit dem mutmaßlichen Gestapo-Mann war ihm buchstäblich in die Knochen gefahren. Er fühlte sich belauert, überwacht, ausgekundschaftet, was ihm furchtbar zuwiderlief. Zu Beginn des nächsten Jahres lag die Sache bereits über ein halbes Jahr zurück. Er hatte sie eigentlich schon vergessen, als er Mitte Januar eine schriftliche Vorladung im Briefkasten fand. Genau genommen fand er sie nicht, seine Frau hatte ihm den in Koblenz abgestempelten Brief vor seinen Platz auf den Küchentisch gelegt. Schon als er die Wohnung betrat und in das Gesicht seiner Frau sah, wurde ihm klar, dass etwas nicht stimmte.

Er las in dem amtlichen Schreiben, ihm werde vorgeworfen während einer Geburtstagsfeier im zurückliegenden Sommer gegen das Heimtückegesetz verstoßen zu haben, indem er gehässige, hetzerische und von niedriger Gesinnung zeugende Äußerungen über leitende Persönlichkeiten des Staates oder der NSDAP, über ihre Anordnungen, ihr Verhalten und die von ihnen geschaffenen Einrichtungen gemacht habe. Ein Prozess würde gegen ihn angestrengt werden. Im Falle einer Verurteilung drohe ihm Gefängnis von unbestimmter Dauer.

Der Vorladung folgte er am angegebenen Termin pünktlich und mit schlotternden Knien. Er wurde vernommen, ausgefragt, beleidigt, niedergemacht, beschimpft. Eine ähnliche Prozedur musste er wenige Tage später erneut über sich ergehen lassen. Doch nach dem zweiten Verhör ließ man ihn nicht wieder gehen, sondern sperrte ihn in eine Zelle, bei deren Betreten der Wärter ihm einen Knüppel ins Kreuz schlug. Die Zelle war kalt. Es roch stickig und feucht.

Vor lauter Erschöpfung hatte er ein paar Stunden geschlafen. Er erwachte vom tratschenden Geräusch des Regens, den er durch das glaslose, nur mit Gitterstäben versehene Fenster hörte. Irgendwann lärmte es an der Tür. Sie flog auf und jemand schob mit seinem Stiefel einen Blechteller herein. Darauf eine Scheibe Brot und etwas Margarine. Der Appetit war ihm vergangen. Wieder wurde die Zellentür aufgeschlagen. Jemand trat ein. Wieder spürte er den Knüppel im Kreuz und den Befehl: »Voran!« Die Vernehmung des Malermeisters wurde von einem jungen Mann in Uniform fortgeführt, den er für einen Polizisten hielt. Dieser hatte offenbar Vergnügen daran, den Pitter nach jeder Frage, die er nicht umgehend beantwortete, ins Gesicht zu schlagen. Nach geschätzt einer Stunde war der Spuk vorbei. Jemand warf ihm seinen Mantel hin und schickte ihn nach Hause. Was folgte, war die Mitteilung der Festsetzung der Hauptverhandlung gegen ihn vor dem Sondergericht in Koblenz am 19. März 1941 um 11:00 Uhr.

Im Gerichtssaal wurde ihm bestätigt, was er befürchtet hatte. Als Hauptzeugin trat die Ortsfrauenschaftsleiterin von Cond auf, die als erste gehört wurde. Sie musste ihn denunziert haben. Ebenso war sein Freund, der Winzer Lauk, als Zeuge anwesend. Die Ortsfrauenschaftsleiterin fuhr auf, als stecke der Teufel in ihr. Laut und unbeherrscht spieh, spuckte und geiferte sie ihre Anklage heraus, dass der Richter sie mehrmals zur Mäßigung ermahnen musste. Doch nach kurzer Beruhigung schnaubte und fauchte sie unbeherrscht weiter. Der Pitter habe den NSDAP-Kreisleiter Paul Wipper als einen Lump und einen Drückeberger bezeichnet, der sich selbst der Einberufung zur Wehrmacht entziehen wolle. Als Lumpenpack habe er auch andere Parteimitglieder bezeichnet. Insbesondere den Schwaab, weil er bereits 1933 der Partei beigetreten sei. Außerdem müsse der Angeklagte sich fragen lassen, warum er, statt immer nur gegen die Partei und ihre Mitglieder zu hetzen, selbst nicht auch Parteimitglied geworden sei, so wie die meisten, wenn sie etwas auf sich hielten. Dass er es nicht sei, beweise geradezu seine Gegnerschaft zum Nationalsozialismus.

Die Vorwürfe, die Pitter hier gemacht wurden, schienen richtig zu sein, gestand er sich ein. Ja, das könne er so oder so ähnlich schon gesagt haben, dachte er. Dachte er. Aber er sagte nicht, was er dachte. Diesmal nicht. Vielmehr bestritt er vehement den Kreisleiter in irgendeiner Form herabgewürdigt zu haben. Im Gegenteil! Wipper habe immer ein gutes Beispiel gegeben und habe sich, wie es sich landauf landab herumgesprochen habe, schließlich längst freiwillig zum Kriegsdienst gemeldet. Er sei nicht etwa ein Feigling, sondern gehe mit bestem Beispiel voran. Das sei seine Meinung. Etwas anders verhalte es sich jedoch mit dem Parteigenossen Schwaab. Dieser sei ein Schwarzbrenner, das könne er beweisen. Außerdem schulde dieser ihm noch eine ganze Stange Geld. Wenn er also gegen den Schwaab etwas geäußert habe, so könne dies durchaus sein. Aber nur, weil der Schwaab sich ihm gegenüber als Schuft verhalten und seine Rechnungen nicht beglichen habe, nicht aber, weil dieser sehr früh schon der Partei beigetreten sei. Und letztlich, dass er selbst der NSDAP noch nicht beigetreten sei, habe vornehmlich den einen Grund. Er habe es, anders als beispielsweise sein Bruder, der Ortsbauernführer, zu dem er das beste Verhältnis habe, eindeutig verpasst, zum richtigen Zeitpunkt der Partei beigetreten zu sein. Heute bedauere er das. Doch er wolle nicht als Nachzügler erscheinen, und habe sich daher zu einem späteren Zeitpunkt nicht zu einem Beitritt entschließen können.

Zuletzt wurde Lauk befragt, wie er den besagten Abend erlebt habe. Der Winzer zuckte mit den Schultern. Nun, er habe bereits den ganzen Tag Geburtstagsgäste empfangen gehabt, mit denen er habe anstoßen müssen. Das sei auch an ihm, einem erprobten Weintrinker bis zum Abend nicht spurlos vorübergegangen. Erst als er sich schon habe zu Bett begeben wollen, seien die Ortsfrauenschaftsleiterin und kurz darauf der Pitter zum Gratulieren gekommen. Er habe die beiden also bis tief in die Nacht hinein bewirtet, und da sie beide recht trinkfeste Persönlichkeiten seien, habe er immer wieder in den Keller gehen und

Nachschub heraufholen müssen. So sei er einen Großteil des Abends so gut wie gar nicht anwesend gewesen. Natürlich habe er wahrgenommen, dass unter seinen Gästen eine angeregte Diskussion stattgefunden habe, was aber deren Inhalt gewesen sei, das habe er sich beim besten Willen nicht merken können. Schließlich sei er froh gewesen, als die beiden genug gehabt, denn Schnaps hätte es zum Schluss auch noch gegeben, und, wenn er sich recht erinnere, gemeinsam untergehakt sein Haus verlassen hätten.

Die Beweisaufnahme wurde abgeschlossen. Der Staatsanwalt hatte das Wort. Und jetzt fuhr dem Pitter entsetzlich der Schrecken in die Glieder. Der Staatsanwalt forderte, ihn zu acht Monaten Gefängnis zu verurteilen. Acht Monate! Mit Grauen schoss ihm die Erinnerung an die zurückliegende *eine* Nacht hinter Gefängnismauern ins Bewusstsein, und er spürte blanke Panik in sich aufsteigen.

Doch er fand einen milden Richter. Dieser begründete, dem Angeklagten sei mehr zu glauben als der Ortsfrauenschaftsleiterin, auch wenn diese selbstverständlich der NSDAP angehöre und er nicht. In der Aussage des Lauk sähe er darin auch noch einmal eine Bestätigung.

Wochen später tapezierte Pitter dem Lauk das Wohn- und das Schlafzimmer, er strich die Zimmerdecken und lackierte die Fußleisten. Als Lauk seinen Freund bezahlen wollte, schob dieser dessen Hand mit dem Geld von sich.

»Eine Hand wäscht die andere!«, sagte er in feinstem Hochdeutsch und fügte an: »Awwer ech hätt weile nix jän en schöne Schoppe Wein.«

Weniger glimpflich endeten die schon seit Jahren anhaltenden Ermittlungen der Gestapo gegen einen anderen Conder. Der katholische Pfarrer der Pfarrei St. Remaclus, Jakob Ziegler, wollte sich partout nicht den Anordnungen der nationalsozialistischen Machthaber beugen.

Bereits bei seinem Dienstantritt in Cond, im Januar 1939, erging eine Anweisung der Gestapo Koblenz an den Cochemer Landrat, Zieglers Predigten überwachen zu lassen. Denn schon während Zieglers vorheriger Tätigkeit als Pfarrer der kleinen Gemeinde Langsur, am Grenzfluss Sauer zu Luxemburg, stand er im Fokus der Staatspolizei. Diese hatte für Ziegler ein sogenanntes *Schuldregister politischer Vergehen gegen das Dritte Reich* angelegt. In den Auseinandersetzungen zwischen Ziegler und den NS-Behörden ging es auch immer wieder um Geld oder Sachleistungen aus früheren Vereinbarungen zwischen Staat und Kirche, welche die Nationalsozialisten nicht mehr bereit waren zu bezahlen.

Auch durch äußere, sichtbare Verordnungen machten der Nazistaat und seine örtlichen Funktionsträger zunehmend deutlich, dass sie das Sagen hatten, nicht die Kirche. Infolge der Abschaffung von Bekenntnisschulen und der Einführung von Gemeinschaftsschulen mussten im April 1939 in der Conder Schule endgültig die Kreuze abgehängt werden. Darin erkannte Ziegler einen weiteren Schritt zur, wie er es nannte, Entchristlichung.

Am 1. September 1939 entfachte das Deutsche Reich mit dem Überfall auf Polen den Zweiten Weltkrieg.

Im April des Folgejahres erging die Weisung des Cochemer Bürgermeisters Aloys Elsen, dass künftig auf das Abhalten von christlichen Prozessionen verzichtet werden müsse. Angeblich seien sie aus verkehrspolitischen Gründen nicht mehr tragbar, war die offizielle Begründung. Zudem wurde erhöhte Gefahr durch mögliche Fliegerangriffe als Erklärung genannt, was im Frühjahr 1940 die Conder noch einigermaßen befremdet haben dürfte. Wenig später wurde auch die Freiheit, nach Bedarf die Kirchenglocken zu läuten, eingeschränkt. Eine Verordnung, an die Ziegler sich nicht immer hielt. Das polizeiliche Argument war die mögliche akustische Behinderung bei eventuellem Fliegeralarm. Tatsächlich hatten die Cochemer und Conder einen solchen noch nicht zu befürchten. Vielmehr wurden auch in den Moseldörfern die aufgeblasenen und euphorisch klingenden NS-Propagandalieder nachgegrölt, die aus den Volksempfängern und in Wochenschauen zu hören waren. Darin klang es unverhohlen *Bomben auf Polenland,* das bald in der abgewandelten Version mit *Bomben auf Engeland* auf die veränderte Kriegssituation angepasst wurde. Die Nachbarländer des Deutschen Reiches waren diejenigen gewesen – und wie wir heute wissen, muss es heißen *noch* diejenigen – deren Städte mit deutschen Bomben überschüttet wurden. Im Mai 1940 wurde der Westfeldzug mit der Bombardierung Rotterdams eröffnet. Der Bombenhagel dauerte nicht länger als 13 Minuten, war aber von solcher Heftigkeit, dass er 814 Zivilisten das Leben kostete und die Altstadt Rotterdams komplett zerstörte. Hochmütig hielt man sich selbst für unverwundbar, und im

Deutschen Reich wurde die Bombardierung der Hafenstadt zynisch *Rotterdam Blitz* genannt. In den Niederlanden führte das Desaster zur sofortigen Kapitulation.

Nein, nach neun Monaten Blitzkrieg dachte kaum jemand in Cochem oder Cond daran, dass der Bombenkrieg auf sie selbst zurückfallen könnte. Abgesehen von Bombenabwürfen in der näheren Umgebung am 26. und 27. Mai 1940 mussten noch Monate und Jahre vergehen, bis die Bedrohung durch Angriffe aus der Luft auch links und rechts der Mosel bittere Realität werden sollten.

Die immer weiterwachsende Zahl der Einschränkungen, welche die katholische Kirche hinzunehmen hatte, stieß bei dem aufmüpfigen Conder Pfarrer Jakob Ziegler zunehmend auf Unmut und sein Widerstandsgeist wurde angefacht. Seine Kritik am Regime und der Nazipartei konnte und wollte er nicht immer für sich behalten. Ob er aber auch tatsächlich die Conder Kirchenkanzel nutzte und in Gottesdiensten offen gegen die Machthaber agierte, wie es mitunter kolportiert wurde, bleibt fraglich. Genaue Überlieferungen sind hierzu nicht bekannt. Doch müssen seine Worte gegen den Nationalsozialismus so deutlich gewesen sein, dass er schon im Jahr seiner Einsetzung als Pfarrer von Cond, 1939, zwei Mal bei der Gestapo in Koblenz vorstellig werden musste. Doch Ziegler ließ sich nicht beeindrucken.

Schon während der Amtszeit von Zieglers Vorgänger, des inzwischen verstorbenen Pfarrers Bischof, hatte die Stadt Cochem die Streichung eines Zusatzgehalts für den Conder Geistlichen in Höhe von 197 Mark verfügt. Dieser städtische Zuschuss, ein Pfarrzusatzgehalt, wie es in der Conder Pfarrchronik genannt wird, ging auf eine Vereinbarung zwischen Zivilgemeinde und Kirche im Jahr 1837 zurück. Ebenso war die Lieferung von Sachleistungen, unter anderem Brennholz, seitens der Stadt eingestellt worden. Mehrfach versuchte Ziegler vergeblich, den Cochemer Bürgermeister Aloys Elsen umzustimmen. Er forderte ihn auf, die Zuwendungen künftig wieder zu leisten. Doch der Bürgermeister lehnte ab. Auch die Bischöfliche Behörde in Trier, an die Ziegler sich wendete, konnte nichts erreichen. Offenbar war diese aber auch nicht scharf darauf, sich wegen eines aufmüpfigen Pastors mehr als nötig mit der staatlichen Macht anzulegen. Schließlich galt der geschlossene Hausfrieden zwischen dem Heiligen Stuhl und dem nationalsozialistischen Deutschland, der bereits 1933 in einem Vertrag, dem Reichskonkordat, besiegelt worden war. Konfrontationen, die das Verhältnis zur staatlichen Macht unnötig belasteten, lagen nicht im Interesse der katholischen Kirche und ihrer Bistümer. Deshalb veranlasste die Verwaltungsbehörde des Bistums den Pastor Ziegler persönlich, die Stadt zu verklagen. Gleichzeitig erhielt er vom Generalvikariat die Erlaubnis, für seinen Unterhalt eine monatliche Kollekte abzuhalten. An Allerheiligen, dem 1. November 1939, wurde erstmals beim Kirchenvolk für den Pastor gesammelt. 186,81 Mark kamen zusammen.

Ziegler folgte der Order aus Trier und verklagte die Stadt Cochem. In erster Instanz konnte er den Rechtsstreit sogar für sich entscheiden. Doch die Stadt legte Berufung ein, und der folgende gerichtliche Prozess zog sich langwierig dahin.

Im Herbst 1940 musste Ziegler erneut bei der Koblenzer Staatspolizei vorstellig werden. Wie er später selbst in der Pfarrchronik notierte, war er von einem Conder Bürger, mit dem er ein Privatgespräch geführt hatte, dessen Namen er aber nicht nannte, angezeigt worden. Er betitelt ihn als den politischen Leiter von Cond. Was Rätsel aufgibt, denn eine solche eigenständige Funktion hat es nicht gegeben. Anfang Januar 1941 ergeht eine erneute Vorladung Zieglers zur Koblenzer Gestapo. Ein weiteres Mal ist er denunziert worden. Die Polizei suchte vergeblich nach Vorwänden, ihm etwas anlasten zu können. Nach Zieglers eigenen Aufzeichnungen warf man ihm sogenannte wirtschaftliche Vergehen vor. Von Devisenschmuggel, Geldhortung, Hamsterei und Übertretung von Sammlungsgesetzen sei die Rede gewesen. In Folge kommt es zu einer Hausdurchsuchung durch drei Polizeibeamte. Ihre Namen sind Hartung, Helfer und Schenk. Sie konfiszieren im Conder Pfarrhaus neben einigen Lebensmitteln, die sie tags darauf wieder zurückbringen, ein paar Zeitungsausschnitte und zwei Bücher.

Am Freitag, den 8. August 1941 wurde der Stadt Cochem mitgeteilt, dass der Prozess gegen den Conder Pfarrer für sie verloren gegangen sei. Was jetzt folgte, sah aus wie ein abgekartetes Spiel, denn noch am gleichen Nachmittag fuhr am Conder Moselufer ein Wagen der Gestapo vor dem Pfarrhaus vor. Der Pastor war nicht zu Hause. Als er gegen Abend zurückkehrte, wurde er aufgrund einer erneuten Denunziation durch Conder Bürger verhaftet. Bis zum Ende des Jahres wurde er in eine der Zellen im Keller des Dienstgebäudes der Koblenzer Staatspolizei *Im Vogelsang 1* eingekerkert.

Der sogenannte Schutzhaftbefehl gegen Ziegler, verbunden mit der Einlieferung in das Konzentrationslager Dachau, erging am 26. November 1941. Als Begründung wurde Volksverhetzung verbunden mit dem Besitz konfessioneller Schriften hetzerischen Inhalts genannt. Vermutlich bezog dieser sich auf die bei der Hausdurchsuchung sichergestellten Schriften. Möglicherweise waren im Pfarrhaus auch ältere Ausgaben der sogenannten *Katechismus-Wahrheiten* gefunden worden. Konservative, theologische Auslegungen der katholischen Kirchenlehre wie diese empfanden die Nazis als Provokation, als Dorn im Auge und als Stachel gegen die nationalsozialistische Ideologie.

Wahrscheinlich wurde Jakob Anton Ziegler, wie sein vollständiger Name lautete, am 12. Dezember 1941 in das Konzentrationslager Dachau in den sogenannten Priesterblock eingeliefert. Er erhielt die Häftlingsnummer 28875. Ungeachtet seiner persönlichen Leiden betätigte er sich nachweislich während seiner Lagerhaft als Seelsorger für seine Mitgefangenen. In den Morgenstunden des 12. Mai 1944 starb Ziegler im Alter von 50 Jahren an den Folgen von Krankheit, Unterernährung und den harten Bedingungen seiner KZ-Haft. Vier Tage später wurde sein Leichnam im Krematorium des Konzentrationslagers verbrannt und die Asche anonym verstreut.

Zieglers Klage gegen die Stadt Cochem war ohne Konsequenzen geblieben, da die gerichtliche Auseinandersetzung wegen Zieglers KZ-Haft verschoben wurde, was faktisch einer Einstellung des Verfahrens gleichkam.

Nach dem Zweiten Weltkrieg strengte Jakob Zieglers Bruder Hans ein Gerichtsverfahren an, in dem er eine Liste mit den Namen von Personen vorlegte, die er der Denunziation seines Bruders verdächtigte. Obwohl der Cochemer Bürgermeister Aloys Elsen die Verhaftung Zieglers veranlasst hatte, wurde er mit der Begründung, an Zieglers Schicksal schließlich nicht die alleinige Schuld zu tragen, nur zu einer geringen Strafe verurteilt. Alle anderen Beschuldigten gingen frei aus. So auch zwei Conder Frauen, die der Denunziation Zieglers verdächtigt wurden, jedoch einer Verurteilung entgehen konnten. Die eine hieß

Katharina Raab, die andere Therese Petry. Sie war in Cond Ortsfrauenschaftsleiterin gewesen.

Die Conder Gesellschaft dürfte in dieser Zeit ziemlich zerrissen, vielleicht sogar entzweit gewesen sein. Auf der einen Seite standen die Schwärmer mit ihren rassistischen Ideen für die Partei und den NS-Staat, die dem bäuerlichen Cond zu Beginn tatsächlich manche wirtschaftlichen Vorteile verschaffen konnte, anderseits jene, die an den alten Strukturen festhielten und sprichwörtlich die Kirche im Dorf lassen wollten, was auch hieß, die kirchlichen Machtstrukturen nicht anzutasten.

22

Mein Vater war sein Lebtag nicht gut auf seinen Vater zu sprechen gewesen. Deshalb winkte er auch gleich ab, als ich ihn nach dessen Funktion als Ortsbauernführer fragte. Als ich nachhakte, sagte er unwillig, dass mein Großvater alles verteilt habe, was es zu verteilen gegeben habe. Für ihn selbst und seine Familie sei oft nichts übriggeblieben. Für meinen Großvater sei es enorm wichtig gewesen, vor anderen gut dazustehen, als bedeutende und einflussreiche Persönlichkeit wahrgenommen zu werden. Dabei habe er mitunter sich selbst und seine Familie aus dem Blick verloren, worunter diese zu leiden gehabt hätte.

Seine zweite Frau, die Stiefmutter meines Vaters, die wegen ihres Geburtsnamens Ollig in der Familie fast ausschließlich *die Ollichs* genannt wurde, sei neben ihrem Mann affektiert aufgetreten und habe ihre Marotten und Verrücktheiten in völliger Selbstüberschätzung vor sich hergetragen. Seit der alte Dores zum Ortsbauernführer ernannt worden war, habe sie die Nase beim Gang durchs Dorf, zum Bäcker oder Metzger noch höher getragen als ohnehin schon. Die Einkaufstasche habe sie stets nur in der linken Hand getragen, damit der rechte Arm immer bereit gewesen sei, den Deutschen Gruß zu erbieten. Wenn in der Wirtschaft zum Tanz aufgespielt worden sei, habe sie sich beim Eintreten in den Saal vor den anderen Gästen wie vor einem Publikum verneigt. Wie eine Schönheitskönigin sei sie aufgetreten. Ja, für eine Schönheit habe sie sich gehalten, wozu es nicht den geringsten Anlass gegeben habe. In den Anfangsjahren habe der alte Dores sie vergöttert und es sei ihm gar nicht aufgefallen, wie verrückt sie eigentlich gewesen sei. Erst später habe er sich immer öfter wegen ihr in der Öffentlichkeit geschämt. Denn sie sei im Dorf nicht besonders geachtet gewesen und wegen ihres Auftretens habe man sie belächelt.

Jakob, mein Vater, und seine Geschwister hatten bei ihr nichts zu lachen. Er war ja erst sechs Jahre alt, als der alte Dores sie ins Haus brachte, sein Bruder Franz sieben. Ihre Mutter war schon drei Jahre tot, und die beiden Jüngsten haben diese Zeit, in der sie zwischen Verwandten, Bekannten und dem Elternhaus hin und hergeschoben worden waren, mehr schlecht als recht überstanden. Das, was der alte Dores sich erhofft hatte, nämlich eine Frau durch Heirat in die Familie zu bringen, die sich ums Haus und auch um die Kinder kümmerte, diese Hoffnung erfüllte sich nicht. Das Gegenteil war der Fall. Insbesondere die Kleinen, Jakob und sein Bruder Franz, hatten unter ihrer Fuchtel schwer zu leiden. Für die Kinder zu sorgen, sie gar ins Herz zu schließen, dessen war sie nicht willens und nicht fähig. Sie war vor allem auf sich selbst bezogen und fühlte sich, aus einfachen Verhältnissen aus Metternich bei Koblenz kommend, an der Seite des Winzers Dores als etwas ganz Besonderes. Das Verhältnis zu den Kindern war geprägt von Auseinandersetzung und Streit. Sie hatten ohne aufzumucken ihren Anweisungen zu folgen, widerspruchslos zu gehorchen. Funktionierten sie nicht, wie sie es sich vorstellte, setzte es Prügel. Ihr Agieren den Kindern gegenüber bestand aus täglichen Züchtigungen, nicht planmäßig und strukturiert, sondern beliebig, ungestüm, enthemmt und unberechenbar. Ihre Art und Weise mit den Kindern zu verfahren, lief sogar dem alten Dores zuwider. Obwohl er selbst es gewohnt war, seinen Ledergürtel von der Hose zu schnallen, um damit auf seinen Nachwuchs erzieherisch einzudreschen, gefielen ihm die planlosen Ausbrüche seiner zweiten Frau nicht und insgeheim musste er sich eingestehen, dass er ihr solches Verhalten auch nicht zugestand. Doch wagte er es kaum, sie darin zu kritisieren. Denn auch ihm gegenüber konnte sie äußerst heftig werden, ausfallend und schamlos. So ließ er, als er einsah, dass alles nichts half, sprichwörtlich Gottes Wasser über Gottes Land fließen und beugte sich gefügig dem Stil, oder besser, der Stillosigkeit seiner Frau. Das Unglück der Kinder nahm er notgedrungen in Kauf.

Schnell machten sich die Ältesten aus dem Haus. Agathe heiratete früh und zog zu ihrem Fritz nach Ratingen. Auch Dores und bald darauf Vinzent, die bereits im jungen Mannesalter waren, ließen sich nicht länger von der Alten drangsalieren und entzogen sich dem heimischen Haushalt, so gut sie konnten. Allein, ihnen stand der alte Dores entgegen, der die Arbeitskraft seiner Söhne brauchte, und dessen Wort für sie unumstößlich war. Vor ihm standen sie stramm, solange er lebte. Was er sagte, das hatten sie verinnerlicht, durch und durch, das war Gesetz. Keiner hätte es auch nur im Traum gewagt, sich gegen seinen Willen aufzulehnen. Gegenüber der Alten allerdings, wussten sie sich zu entziehen. Nur für Gerda und Betti, die gerade einmal elf und zwölf Jahre alt waren, als die neue Mutter ins Haus kam, begann eine schwere Zeit und für Franz und Jakob sowieso.

Hinzu kam, dass sie keine gute Hausfrau war, eine die nur das Nötigste erledigte. Fast alle anfallenden Haushaltsarbeiten hatte sie an die Mädchen delegiert. Nach der Schule hatten sie zu putzen, Wäsche zu waschen, zu trocknen, zu bügeln und was alles im Haushalt anfiel. Das Einzige, was sie regelmäßig selbst tat, war ausgerechnet das, was sie am schlechtesten konnte, kochen. In seinen verliebten Jahren hatte der alte Dores das nicht wahrgenommen oder irgendwie verziehen. Je weiter sich aber die häuslichen Konflikte steigerten, umso weniger war er mit ihrer Kochkunst zufrieden und die Eheleute gerieten immer wieder deswegen aneinander. Einmal gab es drei Tage infolge Linsensuppe. Eigentlich kein Problem für ihn, da er Linsensuppe liebte, besonders wenn sie aufgewärmt und sämig auf den Tisch kam, dass sie am Löffel klebte. Schon am ersten Tag, als sie noch frisch war, wunderte er sich, wie es möglich sein konnte, eine Linsensuppe mit einer dermaßen üblen Geschmacksnote zu erzeugen. Am zweiten Tag war sie zum ersten Mal und am dritten Tag zum zweiten Mal ganz offensichtlich nur mit Wasser verlängert und leidlich aufgewärmt worden. Wellfleisch, das er gern dazu aß, fehlte ganz. Jetzt konnte er nicht mehr an sich halten, brüllte irgendetwas daher, wobei nicht klar war, ob sich sein Unmut gegen seine Frau, oder nicht doch eher gegen Gerda und Betti richtete. Erst nahm er seinen Teller, öffnete das Fenster und kippte die Suppe auf den *Neije Wäch*. Er nahm den Topf mit der übrigen Suppe vom Herd und warf ihn samt Deckel hinterher. Jeder hatte erwartet, dass seine Frau vor Wut außer sich geriete, dass sie vor Tollheit jetzt die ganze Küche auseinandernehmen würde. Aber sie tat nichts. Sie blieb einfach mit geneigtem Kopf am Tisch sitzen und die Kinder hörten, dass sie ein winselnd abwesendes Summen von sich gab. Gerda rannte auf die Straße, um den Schaden zu beheben, hoffte, dass noch niemand vorbeigekommen und gesehen hatte, was passiert war.

Alle wunderten sich über die ausbleibende Wutreaktion der Frau. Am meisten aber der alte Dores, was ihn ermutigte, das gleiche bei nächster Gelegenheit zu wiederholen. Offenbar hatte er etwas getan, was geeignet war, seine unberechenbare Frau zur Räson zu bringen. Gut eine Woche später landete das nächste Mittagessen nach einem Flug durchs Fenster auf dem Schotterboden des *Neije Wächs*. Diesmal ließ Gerda es liegen.

23

Herbst 1957.

Er hat ein Brüderchen bekommen. Er ist jetzt der Große, der schon viel kann. Er ist anderthalb Jahre älter als der Neuankömmling, mit dessen plötzlichem Auftauchen er nicht gerechnet hat. Für ein paar Tage ist der Junge wieder im Schneiderhaus in der *Daljaas* zu Hause gewesen. Als er heimgeholt wird, ist dieses kleine schreiende Bündel da, über das er sich wundert, aber nicht begreift, was es damit auf sich hat. Ein Brüderchen sei das, wird ihm erzählt. Er versucht das Wort nachzuplappern, Brüderchen. Was herauskommt klingt wie *Bübel*. Kaum auf der Welt, schon hat das Brüderchen seinen ersten Spitznamen. Bübel finden auch die Eltern lustig. Erst imitieren sie den Jungen, nennen den Neuen auch Bübel, Bübel, Bübelchen, was weicher und kindlicher klingt, als sein Taufname Winfried. Der Junge wird jetzt öfter in ein Viereck aus hölzernen Gittern gesetzt, das in der Küche aufgeschlagen wird. Der Junge fühlt sich darin nicht eingesperrt, eher behütet und sicher, wie auf eigenem Terrain. Er wird hier hineingesetzt, damit die Mutter sich besser auf den Bübel konzentrieren und sich um ihn kümmern kann. Sie braucht Zeit und Ruhe, um den Bübel zu stillen. Überhaupt, der bekommt jetzt nicht nur die weiche, gut gefüllte Brust der Mutter gereicht, sondern auch einen großen Teil der Aufmerksamkeit, die früher ihm allein galt. Das schmerzt nicht, aber er spürt es. Klara kommt jetzt häufiger auf den *Neije Wäch*, um Johanna zu unterstützen. Jetzt, da der alte Dores nur noch im Bett liegt und keine Gefahr mehr besteht, ihm im Hausflur zu begegnen, traut sie sich hierher, und auch seine Alte und ihre Schreierei haben Pause. Seit Wochen ist die Ollichs, inzwischen zum soundsovielten Mal, in der Nervenklinik in Andernach, die von manch einem despektierlich Irrenhaus, oder von manchen Condern eher noch *Dollehous* oder *Jeckijeanstalt* oder *Bekloppteanstalt* genannt wird. Niemand vermisst sie, jeder ist froh, sie weit weg und verwahrt zu wissen.

Der Laufstall des Jungen ist mit einer Decke und Kissen ausgelegt. Er thront in der Mitte des Gittervierecks, hält eine Rassel in der Hand, mit der er ohne Unterlass auf eine Spielzeugtrommel schlägt.

Der Tod seines Großvaters, nur wenige Wochen nach der Geburt des Bübels, geht an dem Jungen fast ganz vorbei. Niemand sagt zu ihm, dein Opa ist gestorben. Wie auch? Er würde es nicht verstehen. Zudem hat er den alten Mann, der ihm einmal hustend die Wange getätschelt hat, kaum gekannt. Jetzt liegt der alte Dores aufgebahrt ein Stockwerk über ihm. Was der Junge wahrnimmt, ist die große Geschäftigkeit im Haus und um ihn herum. Gerda ist von der Saar gekommen. Ihr Gesicht ist dem Jungen nicht mehr ganz unbekannt. Vier, fünf Mal in seinem kurzen bisherigen Leben hat er die Tante schon gesehen und eine Weile um sich gehabt. Er lächelt, als er sie sieht. Aber seine Patin hat kein Auge für ihn. Zu sehr ist sie innerlich aufgewühlt, um sich auf das Kind einzulassen. Der Tod des Vaters. Was bricht da mit einem Mal alles für sie zusammen! Am nächsten Tag treffen die Ratinger ein: Agathe, Betti und Franz. Für den Jungen sind das Fremde. In seinem Laufstall hört er immer wieder die Haustür aufgehen und zufallen. Unbekannte Stimmen vernimmt er von draußen aus dem Hausflur. Es sind viele. Männer- und Frauenstimmen. Er hört die Besucher einen nach dem anderen die Holztreppe ins erste Stockwerk hinaufstampfen. Die Treppe ächzt bei jedem Fußtritt, jeder Stufe, mal lauter, mal etwas leiser, aber immer im gleichen Ton. Er hört auch Personen die Treppe heruntersteigen, und dass die Hinaufsteigenden den Heruntersteigenden auf dem Treppenabsatz begegnen. Er hört sie gedämpfte Worte schnell miteinander wechseln. Der Junge ahnt nicht, dass das halbe Dorf im Haus unterwegs ist, um zu kondolieren und sich vom alten Dores zu verabschieden.

Mit einem Mal ist Oma Klara bei ihm, hebt den Jungen aus dem Laufstall, drückt ihn an sich und sagt: »Komm, Albertche, mir zwei jiehn jetzt emol runner en die *Daljaas*. Do es mieh Roh. Und dat Bübelche, dat holle ma och met.«

Seit der Bübel da ist, muss der Junge den Platz im Kinderwagen mit ihm teilen. Das ist sehr unbequem und die schönste Ausfahrt wird zur Qual. Er darf sich nicht mehr räkeln und strecken, wie er das früher tat. Vor allem nicht strampeln, er könnte dabei dem Bübel weh tun. Manchmal tut er es trotzdem. Er sei jetzt schon groß, wird ihm gesagt, und er müsse auf seinen kleinen Bruder achten.

Auch verlaufen die Ausflüge in die *Daljaas* jetzt oft anders, als er es gewohnt ist. Die Fahrtroute zum Schneiderhaus hat sich verändert. Besonders an den Sonntagen, wenn der Vater an den Spaziergängen teilnimmt, hört er: Wir gehen noch zum Opa. Kurz nachdem die Familie vom *Neije Wäch* in die *Daljaas* eingebogen ist, geht es nicht mehr, so wie früher, schnurstracks die steile Straße hinunter, sondern es wird ein Umweg genommen, der zum Friedhof führt.

Zum Opa gehen, bedeutet, dass die Eltern den Kinderwagen über den ungepflasterten Friedhofsweg zu einem Grab direkt unterhalb der Friedhofsmauer bugsieren. Dort wird dem Jungen gesagt: »Hier liegt der Opa.« Es wird nicht so gesagt, wie andere Dinge gesagt werden, wie zum Beispiel beim Füttern: »Mündchen auf!« oder beim Wechseln der Windel: »Na, da hat der Junge ja kräftig A-a gemacht.« *Hier liegt der Opa,* wird geradezu weihevoll ausgesprochen, sakral fast. Plötzlich gibt es einen Platz auf dem Friedhof, der Opa genannt wird.

Der Vater wird an diesem Ort immer ganz still, und die Mutter läuft um das kleine gerahmte Gärtchen mit dem schwarzen, viereckigen Stein darauf. Sie zupft an den Blumen, blickt unruhig zu ihrem Mann und fragt mit auffordernder Stimme: »Jihn ma weijder?« Dann zieht der Vater eine Streichholzschachtel aus der Hosentasche und entzündet direkt am Opa eine Kerze, die in einer kleinen roten Laterne steckt, direkt auf seinem Bauch.

Bald gehört der Weidenkorb auf Rädern, nur noch dem Bübel. Seinem großen Bruder, der schon wacker läuft, macht es dennoch Mühe, den *Neije Wäch* entlang und die *Daljaas* hinunter bis zum Schneiderhaus an der Mosel zu laufen, zu Oma, Tante Berta und Onkel Hannes.

Besonders wenn er dann den halben Nachmittag auf der Uferstraße getobt und mit den Kindern gespielt hat, zieht sich der Rückweg durch die steile *Daljaas* hinauf endlos lang. Da kommt es ihm manchmal schon wie eine Erleichterung vor, wenn die Mutter den weiteren Weg von der *Daljaas* durch die Zehnthausstraße wählt, weil sie beim Metzger oder Bäcker noch einzukaufen hat. Die Zehnthausstraße verläuft schnurstracks, ohne spürbare Steigung bis zur Skagerrak-Brücke quer durchs Dorf. Von dort ist es nur noch ein kleiner Anstieg bis zum Zuhause auf dem *Neije Wäch*. Doch der Junge beschwert sich nicht, beißt vielmehr die Zähne zusammen und läuft, was er laufen kann. Dass er doch der Große sei, bekommt er von der Mutter zu hören und schon gut alleine laufen könne. Ein gezielter Zuspruch, von dem sie weiß, dass er ihn stolz macht und dem er nicht widerspricht.

In der *Daljaas*, wird der Junge später einmal denken, steht die Wiege meiner Herkunft. Beide Familien, aus denen er stammt, hatten hier über Generationen ihr Zuhause. Das wacklige Winzerhaus im oberen Teil der Straße, aus dem der alte Dores kam und das Schneiderhaus am unteren Ende, an der Ecke zur Uferstraße. Wenn die Mutter mit ihm an der einen Hand, an der anderen das Gefährt steuernd, in dem der Bübel sitzt, in die *Daljaas* einbiegt und hinunterläuft, grüßen die meisten Bewohner der Straße freundlich.

Ziemlich oben wohnt einer mit Frau und Tochter, der gegenüber seinem Wohnhaus einen Stall mit unzähligen Hühnern besitzt. Der Mann ist schlank und hager, im Gegensatz zu seiner Frau, die klein und rund daherkommt, und den Jungen an eine Badeente erinnert. Oft steht er vor seiner Haustür und spricht ein paar Sätze mit der Mutter, die mit ihren Kindern fast täglich vorbeikommt. Er albert mit den Kindern herum, schenkt ihnen ab und zu ein Ei, das wie bei einem Zauberer nach einigen Verrenkungen plötzlich unvermittelt in seiner Hand liegt. Die Kinder staunen und freuen sich. So erhält der Mann den Ehrentitel *Onkel Eier*.

Fast jedes Haus in der *Daljaas* besitzt einen besonderen Charakter und wegen seiner Bewohner eine zusätzliche persönliche Note. Manche Häuser erscheinen verschlossen, abweisend, manchmal sogar unbewohnt. Andere dagegen verströmen Offenheit, wohlgesonnene Lebendigkeit. Das Haus des Anstreichers, direkt oberhalb von Onkel Eier, wirkt durch seine rötliche Klinkerfassade, die sich von allen anderen Häusern abhebt. Sie ist untypisch für das Dorf. Das Haus hat einen Balkon. Auf diesem steht manchmal unbeweglich eine alte Frau, die sogar der Vater des Jungen Tante nennt, wenn er an Sonntagen mit der Familie hier vorbeispaziert. Tante Maria. Immer ist sie in schwarze Tücher gehüllt und hat ihr maskenhaftes Gesicht dem Friedhof zugewandt, den sie oben vom Balkon aus sicher sehen kann. Die Eltern des Jungen bleiben bei ihr stehen und wechseln ein paar Sätze mit ihr. Später erst wird er erfahren, dass sie zur angeheirateten Verwandtschaft gehörte, und die Schwägerin seines Großvaters, des alten Dores war. Unnahbar verharrt sie auf ihrem Balkon und wendet sich nur dem Vater zu, in dessen Stimme etwas Seltsames zutage tritt, wenn er mit Tante Maria spricht, etwas, das er sonst von ihm nicht kennt. Später wird der Junge glauben, dass er im Ton seines Vaters eine gefügige Unterwürfigkeit gehört hat. Er wird sich nicht erinnern, dass die Frau ihn, den Jungen, jemals freundlich angesprochen hätte. Er wird sie als unbewegliche, schwarze Statue in Erinnerung behalten. Dabei ist sie immerhin seine Großtante gewesen.

Anders als Onkel Eier, der im Haus gleich unterhalb von Tante Maria wohnt, dem heitere Fältchen um den Mund und die Augen zu tanzen beginnen, wenn er Johanna mit den Kindern in die *Daljaas* einbiegen sieht. Ganz anders. Anders auch als Tante Deda, die weiter unten in der *Daljaas* den Jungen und seinen kleinen Bruder herb und herzlich begrüßt, bevor sie mit der Mutter einen Plausch beginnt. Oft trägt Tante Deda einen Weidenstrauß als Bindematerial um die Hüfte gebunden. Damit bricht sie zum Aufbinden der Reben in den Weinberg auf. Ein anderes Mal sehen sie Deda, wie sie im Hof bei ihrem Haus hantiert. Sie scheint immer zu arbeiten, und wenn jemand vorbeikommt, hebt sie den Kopf und lächelt. Tante Deda hat harte Hände mit knochigen Gelenken, und ihre Haut fühlt sich spröde und rissig an, wenn sie mit dem Handrücken über die Wange des Jungen fährt. Ihr auffallend herbes, faltiges Gesicht schreckt ihn nicht, denn sie hat freundliche Augen und ein fast zahnloses Lächeln.

In einem düsteren Haus aus Bruchsteinen, mit einem leeren gepflasterten Hof davor, in dem nie jemand zu arbeiten scheint, wohnt eine Frau namens Tante Miez. Sie wird nur kurz gegrüßt, und sie grüßt meist distanziert zurück. Der Junge weiß nicht, warum sie Tante Miez heißt. Sicher, weil sie ein wenig die Gesichtszüge einer Miezekatze hat, denkt er sich. Sie ist eine große, schlanke Frau und blickt sehr ernst in die Welt. Das wird mit ihrem Katzengesicht zu tun haben. Schließlich sieht man auch eine Katze nie lächeln. Im Hof steht manchmal ein kleiner, dicklicher, runder Mann mit einer Schirmmütze. Der heißt Onkel Willi. Im Gegensatz zu Tante Miez redet er und grinst pausbäckig. Der Junge spürt, dass die Mutter sich auf kein Gespräch mit ihm einlassen will. Immer reagiert sie nur kurz auf ihn und sieht zu, dass sie mit ihren Kindern weiterkommt. Der Junge spürt, dass Onkel Willi ihnen hinterherstiert und schalkhaft in sich hineingrinst.

Im schönsten Haus der ganzen *Daljaas* wohnt der Moselfischer. Der Junge liebt das Anwesen, weil es als einziges zur Straße hin von einer Mauer begrenzt wird, hinter der sich ein bunt blühender Garten verbirgt. Seltsame Gerätschaften gibt es dort zu sehen. Netze, die zum Trocknen vor der Hauswand aufgehängt wurden, Fischreusen, Stangen, Paddel und Ruder aus Holz. Gern bleibt er vor dem Gartentor stehen und schaut durch die Gitterstäbe. Manchmal sieht er eine Frau oder einen Mann auf der Bank vor dem Haus sitzen und mit einem der Netze hantieren. Der Fischerfamilie gehört der Nachen und das Fischerboot, die unterhalb der *Daljaas* auf der Mosel liegen. Mit diesen unternehmen sie ihre Fischfangzüge auf dem Fluss. Die Oma des Jungen liebt den Moselfisch, auf den sie öfter Appetit verspürt, als sie ihn sich leisten kann. Sie legt ihn sauer ein oder brät ihn in der Pfanne. Zum Verspeisen lädt sie ihre Tochter Johanna hinzu. Der Junge erhält nichts von dem säuerlichen Mahl oder dem duftenden, wenn der Fisch in der Pfanne gebraten wird. Immer hört er, wegen des Grätenreichtums der Moselfische sei das zu gefährlich. Er vermutet aber, dass Oma und Mutter ihn allein essen wollen. Sein Vater Jakob isst auch nie mit, wenn es bei Oma Fisch gibt. Der Vater esse alles, lautet die Familienlegende, außer Fisch. Ja, er kann den Geruch nicht einmal ertragen, den die Zubereitung von Fischen hinterlässt. Deshalb gibt es ihn immer nur bei der Oma. Nie zu Hause auf dem *Neije Wäch*.

Zwischen *Neije Wäch* und Uferstraße misst die *Daljaas* nur ganze 140 Meter. Auf dieser Distanz beträgt ihr Gefälle 13 Meter. In ihrem steilen, schnurgeraden Verlauf biegen vier Straßen im rechten Winkel ab. Die Zehnthausstraße, in der sich Geschäfte befinden, die Bäckerei mit Lebensmittelabteilung, zwei Metzgereien und ein Haushaltswarengeschäft. Beim Zehnthaus überspannt ein gewaltiger Steinbogen die Straße. Der Raum darin dient seit Generationen als Schulklasse für Conder Schülerinnen und Schüler. Sicher stellt der Bogen eine architektonische Besonderheit dar und weist darauf hin, dass hier im Verbund mit dem mittelalterlichen Zehnthaus und der direkt angrenzenden Kirchenanlage die Keimzelle des Dorfes liegt.

Nur zwei Häuserreihen oberhalb der Zehnthausstraße biegt eine schmale Gasse von der *Daljaas* zur Kirche hin ab. Das Eckhaus oberhalb der Gasse ist das von Onkel Eier. Auf der Ecke unterhalb der Gasse stand einst das längst abgerissene Haus, aus dem der alte Dores stammte. Die Gasse wird Kirchweg genannt. Schon nach wenigen Metern endet sie vor einer Art Einfriedung des Kirchengeländes. Vom Friedhofsweg war bereits die Rede. Der biegt nach Süden, moselaufwärts, gegenüber dem Kirchweg ab.

Die Kaasstraße beginnt erst im unteren Verlauf der *Daljaas*, kurz hinter dem Gasthaus *Gute Quelle* und noch kurz bevor diese in die Uferstraße mündet. Für den Jungen birgt die Kaasstraße lange Zeit Geheimnisse. Nie schwenkt die Mutter mit den Kindern in sie hinein. Daher beginnt hier eine Art Niemandsland, obwohl sie besonders in ihrem vorderen, von der *Daljaas* aus einsehbaren Verlauf, stattliche Häuser aufweist. Gleich im vorderen Eckhaus wohnt ein Junge, der nur wenig älter ist als er, den er aber nur selten zu Gesicht bekommt. Später werden die beiden sich befreunden und einen langen, gemeinsamen Schul- und Ausbildungsweg absolvieren. Im jugendlichen Alter werden sie weit voneinander abrücken, um sich in der zweiten Lebenshälfte erneut zu begegnen und sich zu verstehen. Doch bis das geschieht, wird noch viel Wasser die Mosel hinunterfließen. Später erst, als kleiner *Straßenbesen*, der selbstständig das Dorf erkundet, wird der Junge die Bewohner der Kaasstraße kennenlernen.

24

Korpsbefehl Nr. 4 des Stellv.Gen.Kdo. VII.A.K. (Wehrkreiskommando VII) vom 20.4.1945 (BA-MA RH 53-7/292): »... Feind aus Raum Nürnberg drängt gegen Widerstand eigener Kräfte (17.SS-Panzergrenadier-Division, Kampfgruppe von Hobe, 352.Grenadierdivision) weiter nach Süden vor und konnte am 20.4. Neumarkt erreichen ... Division 467 bringt beschleunigt die mit Teilen in der Nacht vom 20. auf den 21. April im Kraftwagentransport in Marsch gesetzte Gebirgsartillerie-Ersatz- und Ausbildungsabteilung 79 (im Original »19«) mit Schwerpunktgruppe im Raum Kehlheim-Neustadt so in Stellung, dass sie einen gegen die Donau in diesem Abschnitt vorgehenden Gegner frühzeitig bekämpfen und Angriffe des Gegners über den Fluss möglichst schon in der Bereitstellung zerschlagen kann ...« (Quelle: Rudibert Ettelt, Geschichte der Stadt Kehlheim, Band II von 1933 bis 1945, hrsg. von der Stadt Kehlheim, 2005, S. 344)

Die Federzeichnung kenne ich von Kindheit an. Der aus Cond stammende Maler und spätere Bildhauer Werner Franzen, ein Bekannter und weitläufiger Verwandter meines Vaters, hatte sie für ihn angefertigt. Sie hing in einem schlichten Rahmen an unterschiedlichen Plätzen unserer Wohnung. Irgendwann erhielt sie einen neuen, einen breiten Holzrahmen, wie es einem Original gebührt und fand ihren vorläufig endgültigen Platz an einer Wand im Esszimmer. Sie zeigt eine gebirgige Landschaft mit einem Chalet auf einer Anhöhe. Nicht spektakulär, eher langweilig sogar. Das Haus im alpenländischen Stil hatte die Größe eines Hotels, mich erinnerte es an eine Jugendherberge. Lange Zeit wusste ich nicht, was es mit der Abbildung auf sich hatte und welchen Bezug es in unserer Familie dazu gab. Auf Nachfrage erfuhr ich, dass die Zeichnung die Schwarzenkopfhütte in den Schlierseer Bergen darstellte. Der Name der Berghütte war mir nicht ganz unbekannt. Mein Vater hatte ihn ab und zu erwähnt. Er hatte gesagt: In der Schwarzenkopfhütte haben wir die ersten Monate gelegen. Als Kind hatte ich dazu Fragen, die ich aber für mich behielt. Vor allem wunderte ich mich darüber, dass ein so stattliches Gebäude, wie das abgebildete, *Hütte* genannt wurde. Auch im Jugendlichen- und Erwachsenenalter habe ich es mit den kargen Auskünften meines Vaters gut sein lassen. So auch mit seiner Antwort, da habe er *gelegen*.

Irgendwann kam doch noch die Nachfrage. Aber wieso gelegen und dann gleich monatelang?

Gelegen ist gut gesagt! Ich ahnte, das hatte etwas mit Vaters Soldatenzeit zu tun und erfuhr, dass er und seine damaligen Kameraden in der Berghütte eine soldatische Grundausbildung in einer Kompanie der Gebirgsjäger absolviert hatten. Er sprach von dieser Zeit überraschend unemotional, was mich bis heute irritiert. Mir fällt dazu das Wort *versteinert* ein. Er verriet auch keine Details, sprach nie über konkrete Erlebnisse, eben nur, dass er dort *gelegen* habe. Etwas, das ihn stark geprägt haben muss, scheint sich in der Schwarzenkopfhütte abgespielt zu haben. Warum sonst hätte er so sehr an dem Bild gehangen? Der erste Urlaub, den meine Eltern sich leisten konnten, es wird in den frühen siebziger Jahren gewesen sein, ging nach Schliersee, und dort bei einem Ausflug zur Schwarzenkopfhütte.

Seine Militärausbildung muss vom Winter 1944/1945 bis zum Frühjahr gedauert haben. Die Schwarzenkopfhütte liegt 1336 Meter hoch und es dürfte dort die meiste Zeit ungemütlich kalt und arg verschneit gewesen sein. Aber vielleicht gefiel das dem gerade einmal Siebzehnjährigen ja auch, der zum ersten Mal weit weg war von zu Hause und den Zugriffen eines rücksichtslosen Vaters und einer selbstbezogenen, krankhaft manischen Stiefmutter entronnen. Sein Leben lang begeisterte er sich für die Berge und er versäumte kein Skispringen und keinen Abfahrtslauf, wenn auch nur vor dem Fernseher.

Vater hatte einer Kinderkompanie von pubertierenden Gleichaltrigen angehört. Mitte November 1944 erst war er siebzehn geworden. Dann wurde er eingezogen. Gehörte zu den Kindern, die auf den letzten Riss für Führer und Vaterland noch verheizt werden sollten. Er überlebte, anders als viele seiner gleichaltrigen Kameraden, die mit ihm auf der Schwarzenkopfhütte *gelegen* hatten.

Wenn Vater, was selten genug vorkam, ein paar Sätze über seine Zeit in den Schlierseer Bergen verlor, dann klang darin nichts Unangenehmes, etwa über Drill und Schikanen, denen die jungen Kerle mit Sicherheit ausgesetzt gewesen waren. Seine knappen Erzählungen hatten eher den Charme von Pfadfindererlebnissen. Vaters Zeit auf der

Schwarzenkopfhütte, die sah aus meiner Sicht lange Zeit wie Urlaub aus, gewürzt mit Skifahrten und kleinen Abenteuern. Wirklich Konkretes habe ich dazu nie erfahren. Also ersetzte ich das, was ich nicht wusste, durch meine Fantasie. Aus meiner Vorstellungswelt wurde ich rüde herausgerissen, während ich mich Ende der 1990er Jahre für die als *Wehrmachtsausstellung* bekanntgewordene öffentliche Konfrontation mit den Verbrechen der Wehrmacht engagierte. Ich erfuhr von entsetzlichen Massakern an Unschuldigen, die neben der SS vor allem Einheiten der Gebirgsjäger auf dem Balkan und in Griechenland verübt hatten. Ausgerechnet Gebirgsjäger, die Pfadfindertruppe meiner Vorstellung, hatte sich durch brutales und besonders perfides Vorgehen hervorgetan.

Fieberhaft begann ich, mich mit Fakten und Jahreszahlen der Wehrmachtsverbrechen durch die Truppe zu beschäftigen, die das Edelweiß auf der Feldmütze trug. Mit Dankbarkeit wurde mir schnell bewusst, dass Vater schon seines Alters wegen nicht daran teilgenommen haben konnte. Doch die Vorstellung, er sei nur zwei oder drei Jahre älter gewesen, konnte ich nur schwer ertragen. Hätte er dann vielleicht mit der 1. Gebirgsjäger-Division am 15. August 1943 in den griechischen Ort Kommeno vorrücken und an der Ermordung von 317 Zivilisten, vorwiegend Frauen und Kindern, darunter einige Säuglinge, teilnehmen müssen? Oder wäre er zu anderen, der insgesamt 315 Aktionen der sogenannten *Edelweißler* gedrängt worden, bei denen Orte auf dem Balkan dem Erdboden gleichgemacht wurden, in Montenegro, Albanien und Griechenland? Aussagen von Teilnehmern über dieses Massenmorden bringen schreckliche Einzelheiten zutage. Diese lassen darauf schließen, dass die Gebirgsjägertruppe nicht zum Morden gedrängt werden musste. Einige schienen durchaus aus eigenem Antrieb vorgegangen zu sein. Berichtet wird, neben anderen furchtbaren Grausamkeiten, dass Kindern mit Benzin getränkte Wattebäusche in den Mund gestopft und angezündet worden seien.

Von seinem einzigen Kriegserlebnis, seinem einzigen Einsatz mit der Waffe, sprach mein Vater erst sehr spät mit mir. Erst als wir all die Meinungsverschiedenheiten und gegenseitigen Verletzungen, die wir uns über viele, viele Jahre gegenseitig zugemutet hatten, seit ich als Jugendlicher gegen ihn aufbegehrt hatte, beiseitelegen konnten, erst als über die Jahrzehnte an die Stelle von schier unlösbar scheinenden Konflikten gegenseitiges Verständnis und Anerkennung gewachsen war, und wir uns wieder als das erkannten, was wir waren, ein liebender Vater und sein liebender Sohn, vertraute er mir sein Jugendtrauma an.

Ich habe dich selten mit Tränen in den Augen gesehen. Wann überhaupt einmal? Aber gestern als du sagtest, der Rückzug war das Schlimmste, da schimmerten sie wässrig, und dir schien es egal zu sein, dass ich es sah.

Der Rückzug, irgendwo in Franken, Oberfranken, Rothenburg ob der Tauber, Bamberg, Altmühltal. Er folgte bald auf euren Vormarsch. Die Amis waren schon in Berlin gewesen und drangen jetzt von da in südwestliche Richtung vor, euch entgegen.

Am 13. März 1945 wart ihr in Garmisch-Partenkirchen in Marsch gesetzt, wart fortgeschickt worden für das Vaterland. In Marsch gesetzt und fortgeschickt, ohne Zögern, euren Tod in Kauf nehmend. Was zählte der Tod einer Kompanie Siebzehnjähriger angesichts des Massenmordens, das im Gange war!

Es war die Zeit, da die Kinder und Jugendlichen unseres Volkes, letzte Reserve, dem übermächtigen Feind vor die Gewehrläufe geschickt wurden, um die längst unabwendbare Niederlage für ein paar Stunden oder Tage hinauszuzögern. Wie viele von euch wussten, dass ein Verbrecherland euch schickte, nicht ein Vaterland? Sie blendeten euch, denn sie nannten es Vaterland, für das sie euch schickten, euch, die Kinderkompanie, in grauer Gebirgsjägeruniform. Zum Schlachten schickten sie euch Kinder des Jahrgangs 1927.

Du hast nicht zu den Stolzen gehört, die es hatten nicht abwarten können, endlich eine Wehrmachtsuniform zu tragen, schon gar nicht zu denen, die den Versprechungen der SS-Anwerber in der Cochemer Berufsschule auf den Leim gegangen sind. Du gehörtest zu den Stillen, den Zurückhaltenden, Unauffälligen. Kein Schwärmen vom Endsieg, keine Jungenbegeisterung über V-Waffen. Die Reden, die du von Erwachsenen über die Juden gehört hattest, haben dich durcheinandergebracht, verwirrt. Hast du dich an die Cochemer Juden erinnern können, daran, wo sie wohnten, an ihr spurloses Verschwinden?

Es fiel dir manchmal schwer, zu entscheiden, was gut war und was böse. Darum warst du still, leise, gehörtest nicht zu denen, die heißblütig prahlten vom Führer und Parolen verbreiteten wie persönliche Meinungen. Aber in der Berufsschule hast du im rechten Moment Nein gesagt. Nein, zur SS wollest du auf gar keinen Fall. Dein Nein sprach aus dir mit einer Sicherheit, die verblüffte. Nein, und die SS-Anwerber ließen von dir ab. Da waren andere, Gleichaltrige, die wollten gern zur SS, die waren begeistert, die waren stolz und drängten sich.

Was eigentlich hat dir die Sicherheit für dein Nein gegeben? Du warst eben erst siebzehn Jahre alt geworden und wirst kaum eine Erinnerung an eine Zeit ohne den Führer Adolf Hitler, ohne Hakenkreuzbeflaggung an Festtagen, ohne einen im Dienst der Partei stehenden Vater gehabt haben. Hattest du Informationen, die andere nicht hatten, oder hat dich einzig dein Gefühl geleitet? Wusstest du von SS-Einsätzen in Frankreich? Hattest du womöglich mit dem Franzosen Serge, der als sogenannter Fremdarbeiter im Winzerbetrieb deines Vaters, meines Großvaters, arbeitete und mit bei euch im Haus wohnte, gesprochen? Hattest du vom Morden der SS in Russland gehört? Hatte jemand mit dir über die Konzentrationslager gesprochen und über das, was darin geschah? Wusstest du, dass dort Soldaten der SS die Herren über Leben und Tod anderer waren?

Der Anblick der KZ-Häftlinge, die in der Zeit von März bis September 1944 vom Bahnhof in Cochem über die Brücke nach Cond und durch das ganze Dorf hindurch in die Konzentrationslager in unseren Nachbarorten nach Bruttig und Treis getrieben wurden, entsetzte und schockierte dich. Das hast du mir erzählt. War dir bewusst, dass es maßgeblich SS war, die hier in der Nachbarschaft deines Dorfes *Menschen durch Arbeit vernichtete*? Hattest du von den Folterungen und Exekutionen gehört, die in den Lagern auf Anordnung von SS und Gestapo stattgefunden hatten? Hattest du die *Herrenmenschen* in ihren Uniformen mit Totenköpfen auf der Mütze und dem rechten Kragenspiegel erkannt? Was hat dich abgestoßen an der Vorstellung, Hitlers Eliteeinheiten anzugehören? Warum hast du anders reagiert, als viele deiner Gleichaltrigen? Du hast dem damaligen Idealbild eines deutschen Mannes, des arischen Jünglings entsprochen. Du warst groß, strohblond mit strahlenden, blauen Augen. Ein bisschen dünn vielleicht. Aber dein Nein genügte den Werbern, dich gehen zu lassen.

Du hast dich freiwillig zu den Gebirgsjägern gemeldet. Das erkanntest du als Möglichkeit, einer SS-Mitgliedschaft zu entgehen. Statt eines Totenkopfes trugst du jetzt ein Edelweiß auf der Uniform. Das wird dir besser gefallen haben.

Bald waren viele der Kindersoldaten deiner Kompanie, die den vorrückenden Amerikanern entgegengeschickt worden waren, versprengt, vermisst, getötet. Andere waren in panischer Angst vor den Angreifern davongelaufen oder hatten sich schreiend oder weinend in Gräben verkrochen. Du hattest Glück, hattest nicht ganz vorn an der Front mittöten müssen, gehörtest zum Nachschub, hattest Aufgaben im rückwärtigen Gelände. Alles ging schnell und dauerte nicht lange. Dann kam der Befehl, den du später noch so oft als Witz kolportiert hast: Vorwärts, wir marschieren zurück!

Auf dem Rückzug erst traf dich mit Wucht die Bitterkeit dieses Krieges. Eine Einheit der SS hatte euren ersten und einzigen Kampfeinsatz überwacht, hatte auch deine Kameraden von der Schwarzenkopfhütte, die den Anforderungen der Front nicht gewachsen waren, abgefangen und festgenommen. An den Rändern der Straße eures Rückzugs waren sie an Bäumen, an Straßenlaternen und was immer sich dazu anbot, von der SS erhängt worden.

Irgendwo in Süddeutschland waren die Übriggebliebenen aus Jakobs Kompanie nach ein paar völlig unnötigen Scharmützeln von den Amerikanern zusammengetrieben und entwaffnet worden. In alle Winde wurde die Kinderarmee der Gebirgsjäger in den folgenden Tagen zerstreut, nur um erneut wieder mit anderen, unbekannten deutschen Gefangenen zusammengeführt zu werden. Zuletzt an einem Provinzbahnhof ohne Ortsschild oder Aufschrift. In einen viel zu kleinen landwirtschaftlichen Pferch wurden sie in direkter Nähe zum Bahnhofsgebäude gedrängt, der durch eine Postenkette der Amerikaner bewacht wurde. Stehend und ohne Verpflegung verbrachten sie darin eine halbe Ewigkeit. Es war Anfang April 1945 und die Temperaturen hatten sich auf ein erträgliches, der Jahreszeit angemessenes Mittelmaß eingependelt. Das Schlimmste war die Enge, Mann an Mann an Mann.

Stehen war die einzig mögliche Körperhaltung. Vor Erschöpfung in die Knie und zwischen die Leiber der anderen zu sacken, kraftlos zwischen Beine und unter Schuhsohlen zu geraten, war Jakobs schlimmste Vorstellung. Niemand würde dann noch in der Lage sein, ihm wieder hochzuhelfen, und unweigerlich würde er am Boden zertreten werden. Allein schon diese Vorstellung löste bei ihm eine Atemnot aus und während er stand, eingeschlafen war und träumte, er geriete unter die Füße der anderen, begann er, panisch nach Luft zu schnappen. Einer der Soldaten, die neben ihm standen, mindestens doppelt so alt wie er, rammte ihm so zart wie möglich und so fest wie nötig ein paarmal einen Ellenbogen in die Seite, schrie, er solle aufwachen und mit dieser Schnappatmung aufhören.

»Ruhig weiteratmen, ruhig weiteratmen«, wiederholte der Mann immer wieder, als Jakob aus Schlaf und Traum erwacht, noch immer nach Luft rang. Es gelang ihm, seine Handfläche auf Jakobs Oberschenkel zu legen und sie beruhigend auf und ab zu streifen: »Ruhig, ganz ruhig weiteratmen.« Dann spürte Jakob, wie der ältere Soldat seine Hand suchte und fand und ihm etwas in die Handfläche drückte. Ein kleines Teil, dass sich schroff und ein wenig kantig anfühlte. Mit Mühe gelang es Jakob, die Hand hoch zu schaffen, um nachzusehen, ob tatsächlich in seine Faust gehüllt war, worauf er hoffte. Mit einem Bissen hätte er das kleine Stück Brot leicht im Mund zerkauen und hinunterschlucken können. Es fiel ihm schwer, genau das nicht zu tun. Er biss ein winziges Stück davon ab und kaute darauf herum, als sei es wer weiß was für eine üppige Speise. Als er fein säuberlich alles zerkleinert, durchspeichelt und geschluckt hatte, nahm er einen zweiten Bissen und verarbeitete ihn in gleicher Weise in seinem Mund. Das Brot war halb aufgegessen. Den Rest vergrub er zur Aufbewahrung in der Brusttasche seiner Uniformjacke. Er sah auf, bemerkte jetzt selbst erleichtert, dass er wieder normal atmete, und suchte unter den vielen unmittelbar Umstehenden denjenigen, der ihm geholfen hatte. Doch er konnte ihn unter all denen, die selbst um Raum und Luft rangen, nicht ausmachen. Erst als er laut in die Menge rief: »Dankeschön, danke!« blickte ihn ein Gesicht mit einem großen Schnauzbart und erstaunlich funkelnden Augen an. Der Soldat stand schon nicht mehr direkt neben ihm. Irgendwie schien sich die Menschenmasse trotz des wahrnehmbaren Stillstandes bewegt zu haben. Und tatsächlich kam ganz allmählich Dynamik in den Pulk. Irgendwo war ein Gatter geöffnet worden, durch das die Soldaten in kleinen Gruppen herauszutreten hatten, um sich vor einer amerikanischen Kommission zu entkleiden, sich nackt zu drehen, zu bücken, Arme hoch über den Kopf. Ein Ami im weißen Kittel und mit Gummihandschuhen betastete sie schnell. Manchen steckte er, wozu auch immer, einen Finger in den Arsch. Das war's. Klamotten unter den Arm und ab. Der Pferch nebenan, neu errichtet mit schweren Pfosten und Stacheldraht. Das Beste daran, er war dreimal so groß wie der, aus dem sie kamen. Kein Problem mehr, sich einfach auf den Boden zu legen, auszustrecken und der Müdigkeit nachzugeben. Jakob dachte an das Brot in seiner Jackentasche, verkniff es sich aber, ein Stück abzubeißen. Umso fürstlicher würde das Frühstück am nächsten Morgen ausfallen! Plötzlich war das Leben schön!

Das Frühstück fiel tatsächlich aus, jedenfalls in der Form, wie Jakob es sich vorgestellt hatte. Noch im Dunkeln wurde er geweckt. Es war kalt geworden und nass. Regen hatte eingesetzt, der von Minute zu Minute zunahm. Erst rollte Jakob sich auf dem Boden zusammen, Arme vor der Brust verschränkt, Rücken rund, Kopf eingezogen, dem Regen möglichst wenig Körperfläche bietend. Doch schnell schüttete es wie aus Kübeln und auch seine eingerollte Haltung konnte ihn nicht mehr schützen. Er stand auf, dachte an sein Brot, griff hastig in die Brusttasche. Er fand darin nichts Festes mehr. Eingedrungene Nässe hatte das Brot in eine matschige Masse verwandelt, die an den Taschenwänden klebte. Jakob rettete, was noch zu retten war, kratzte das Brot von den Taschenwänden und aus den Ecken, bis nichts mehr zu holen war. Alles durchkaute er lang und so genüsslich es eben ging, bis es fast wie von selbst den Weg in den Magen fand.

Wer will schon an Schlechtwetter denken, wenn so wie gestern, die Frühlingssonne wärmte und jeder das Gesicht ins Licht streckte! Aber schnell hatte sich das Wetter gedreht, und der Aprilmorgen, der gestern frühlingshaft begonnen hatte, war am Abend schon vergessen. Erst hatten alle geglaubt, es gebe nur ein paar Tropfen. Der Wind würde die Wolken schon wieder davonschieben. Vielleicht hatten sie das alle aber auch nur glauben wollen, weil die verdrängte Furcht vor Nässe und Kälte in ihnen schlummerte.

Jetzt steckten ihre Soldatenstiefel tief im Acker, dem Stück Land, das die Amerikaner für ihre Zwecke bestimmt, über das sie mit den Bauern aus Winzenheim und Bretzenheim, denen es gehörte, erst gar nicht lange verhandelt, sondern umgehend requiriert und darauf in wenigen Tagen ein Kriegsgefangenenlager errichtet hatten.

Jakob hatte es nicht lange ausgehalten, im Schlamm liegend dem Regen standzuhalten. Als der Morgen dämmerte war es ihm schon wie eine halbe Ewigkeit vorgekommen, dass er sich aufrechtstehend einredete, in dieser Haltung weniger durchnässt zu werden, als auf der Erde liegend. Eine herrenlose Zeitschrift, groß und mit vielen Seiten hatte er an einem der vorherigen Tage irgendwo aufgehoben und im Innern seiner Uniformjacke verstaut. Was darin geschrieben stand, interessierte ihn nicht. Eine Ahnung hatte ihn geleitet: Wer weiß, wozu sie noch gut sein konnte! Jetzt wusste er es.

Die Feldmütze auf seinem Kopf taugte durchaus dazu, kleineren Regenschauern oder auch längerem Nieselregen standzuhalten, das hatte er oft genug erfahren. Ihr Material stieß Nässe förmlich von sich ab und sie bot guten Schutz. Erst wenn ein hohes Quantum an Feuchtigkeit oder niederprasselndem Wasser erreicht war, gab das Material seinen Widerstand auf und füllte sich zusehends wie ein Schwamm. Jakob nahm sie vom Kopf und wrang sie aus, schüttelte und schlug sie ein paarmal in die offene Hand, damit sie ihre Fasson wiederbekommen sollte. In Eile versuchte er, mit dem Zeigefinger, den er mehrfach flach über den Schädel zog, die Feuchtigkeit aus den Haaren zu streifen. Dann, Mütze wieder auf und schnell die Zeitschrift aus der Jackentasche. In der Mitte auseinandergefaltet und wie ein Dach über die Feldmütze gebreitet. Das Papier der neuen Kopfbedeckung hatte eine glatte, geschlossene Oberflächenstruktur, und da die Zeitschrift aus vielen Papierseiten bestand, bot sie dem Kopf lange Schutz vor dem schräg einfallenden Regen. Dem stellte Jakob sich derart entgegen, dass die Nässe vor allem seinem Gesicht lange Zeit nichts anhaben konnte. So stand er den ganzen Vormittag. Es wollte und wollte nicht aufhellen. Im Gegenteil. Um die Mittagszeit hätte man glauben können, es dämmere bereits zum Dunkelwerden. So stand Jakob den ganzen Tag dem Regen trotzend, dünn, hager, ausgemergelt und hungrig unter dem Zeitungsdach. Dabei fühlte er sich fast noch jenen gegenüber privilegiert, die ohne Kopfbedeckung, manche sogar ohne eine Jacke im Regen standen. Andere hatten sich in Erdlöchern oder hinter kleinen Erdwällen verkrochen und über sich eine Art Zeltplane oder einen Mantel ausgebreitet, unter denen sie zu zweit oder zu dritt Schutz suchten. Nicht selten saßen sie aber mit dem Hosenboden in einer riesigen Pfütze oder einem Gemisch aus Wasser und aufgeweichter Erde. Manche, die wie er herumstanden, hatten ihre Hose ausgezogen, mit den Knien schlotternd froren sie wie die Schneider, versuchten aber, die zusammengeknäulte Hose irgendwie von Nässe zu verschonen, um sie nach dem Regen als trockenes Kleidungsstück auf dem Leib tragen zu können. Allen gemein war der Hunger. Von Minute zu Minute fraß er sich tiefer in die leeren Mägen der Kriegsgefangenen. Allgegenwärtig war die Frage, wann es Essen gebe. Jede Bewegung in der Menschenmenge, jedes laute Geräusch, jeder Schrei und jedes Stöhnen, die von irgendwoher drangen, wurde als Signal empfunden, dass irgendwo Essen ausgeteilt würde. Es muss schon später Nachmittag gewesen sein, als nicht nur der Regen erstmals ein wenig dünner wurde, sondern ganz in Jakobs Nähe eine Art Tumult entstand. Dort hatte eine Gruppe Kriegsgefangener unter der Aufsicht amerikanischer GIs Kübel herbeigeschleppt und eine provisorische Ausgabestelle für Essen errichtet. Intuitiv legte Jakob die Hand auf die Büchse aus Weißblech, die mit einem Lederriemen an seinen Gürtel gebunden war. Daneben baumelte ein brotloser Brotbeutel, in dem manchmal der Löffel, das Taschenmesser, die kleine Rolle Zwirn mit Nadel, die ihm noch in der Schwarzenkopfhütte ausgehändigt worden waren, und ein Bleistiftstummel aneinanderstießen und klapperten.

Das ausgeteilte Essen war glücklicherweise heiß. Zu Jakobs Überraschung schmeckte dieser undefinierbare zähe, braune Schleim besser, als er aussah. Eine Art Linsengeschmack ließ sich erahnen, und Jakobs Stimmung erhellte sich geradezu, als es nach dem ersten Blechnapf noch einen Nachschlag gab. Was Jakob nicht ahnen konnte, dieses Essen sollte vorläufig die schmackhafteste und üppigste Mahlzeit sein, die er in seiner noch Wochen andauernden Gefangenschaft erhalten würde. Vom Wetter, sowie der Qualität und Menge des Essens schien alles abzuhängen. Die erbärmliche Existenz, der Augenblick, geprägt von Schmutz und Schlamm und Langeweile, von quälenden Parasiten und frechem Ungeziefer stand seiner jugendlichen Lust entgegen, unter allen Umständen am Leben zu bleiben.

Bald nannten die deutschen Kriegsgefangenen ihr Lager Bretzenheim nur noch das *Feld des Jammers.* Eine Bezeichnung, die sich fortsetzen und als Mahnung fortbestehen sollte, bis in unsere Zeit.

Bretzenheim-Winzenheim, wie es korrekt heißen muss, war eines der größten von insgesamt 23 sogenannter Rheinwiesenlager, die sich 1945 und teilweise darüber hinaus entlang des Rheins erstreckten. Am 10. Juli, rund drei Monate nach seiner Errichtung durch die amerikanische Armee, übernahmen die französischen Streitkräfte die Führung des Lagers, das zu dem Zeitpunkt mit 17.200 Menschen belegt war. Schon nach wenigen Tagen wurde Jakob vor eine französische Kommission geführt. Nach einer kurzen Befragung mit Hilfe eines Dolmetschers, wurde er als politisch unbelastet und für einen möglichen Reparationseinsatz in Frankreich als zu dünn erachtet und entlassen. Jakob schlug den direkten Weg über den Hunsrück an die Mosel ein. Er lief den ganzen Nachmittag, und da die Sommernacht warm war und er es so kannte, schlief er im Freien in der Nähe einer Feldscheune. Beizeiten weckte ihn der Hunger. In einem winzigen Hunsrückdorf, dessen Namen er sich nicht merkte, sprach ihn eine Frau an, die ihn mit in die Küche nahm. Sie stellte Milch und Rahm und Brot auf den Tisch, sagte, er solle essen. Er erklärte, dass er aus der Gefangenschaft komme und auf dem Weg nach Cochem sei, nach Cochem-Cond. Die Frau, die sich am Tisch ihm gegenübergesetzt hatte, lächelte, nickte unaufhörlich mit dem Kopf und sah amüsiert zu, wie Jakob alles vertilgte. Er schlang die Speisen nicht in sich hinein, wonach ihm durchaus zumute gewesen wäre. Er aß und trank bewusst langsam, kaute fleißig, um seinen Magen zu schonen und blickte zu der belustigten Frau, die vom Alter her sicher seine Mutter hätte sein können. Sie trug ein Kopftuch. Die Finger hatte sie ineinander verschränkt. Ihre Hände waren spröde und rissig und, wie Jakob bemerkte, an den Gelenken geschwollen. Als er sich verabschieden wollte, lief sie in ein Nebenzimmer, rief, er solle noch einen Moment warten. Gleich darauf war sie wieder am Küchentisch, schob einen Stuhl neben den von Jakob, und setzte sich neben ihn. Wortlos stellte sie einen Bilderrahmen, in dem die Portraits zweier junger Männer zu sehen waren, vor sie beide auf den Tisch.

»Ihre Söhne?«, fragte Jakob.

Sie schüttelte lange den Kopf, während ihr Blick in den Fotografien zu versinken schien. Nein, sie habe keine eigenen Kinder. Die beiden seien ihre Neffen gewesen und beide seien sie in Russland geblieben.

Geblieben, wiederholte Jakob, was im Dialekt wie *jebliwwe* klang.

»Dä Kriesch hat se jefress!«

25

Kaum jemand nannte Gregor Eller bei seinem richtigen Vornamen. Die meisten nannten ihn Tunn. So war das im Dorf meiner Kinderzeit. Neben dem Taufnamen wurde manch einem ein weiterer Name hinzugedichtet und mit diesem vorzugsweise oder ausschließlich gerufen. Fast alle hatten einen Spitznamen. Die Jungen und die Männer allemal, die Mädchen und Frauen seltener. Nicht jeder, der mit einem zugespitzten Namen gerufen wurde, war davon begeistert. Andere, die es gelassener sahen, annektierten ihn – wohl oder übel – und lebten fortan gut damit. Mancher nannte sich sogar selbst mit seinem Spitznamen und setzte ihn unter seine private Post. Dann war beispielsweise zu lesen: *Es freut sich auf euer Kommen, der Schambralles*. Oder: *Alles fest im Griff, euer Angelhaken*.

Es gab Spitznamen, die sich schlicht aus einer Verkürzung oder Umgestaltung des Vornamens ableiteten. Aus Eduard wurde Ede aus Klaus wurde Klös, aus Helmut Helli, aus Heinz Hinzel, aus Alfons Funsel, aus Erich Ehr, aus Karl Kalla und aus Eberhard Haddi. Jupp, Juppi, Juppes und Sepp alles Varianten von Josef, waren ohnehin gebräuchlich und verbreitet. Bei anderen wurde der Nachname zum Rufnamen verballhornt und sie wurden Unki, Lämmi, Baxi, Pfronzen, Holzfuß oder Mongo genannt. Die zugespitzten Familiennamen ließen sich gleichzeitig auch für die übrigen Familienmitglieder verwenden. Dann war von den Unkis, den Lämmis, Baxis, Pfronzens, Holzfußens oder den Mongos die Rede. Die Modifikation des Familiennamens war für viele der Betroffenen nicht unbedingt ein Problem. Schwieriger wurde es, wenn das Äußerliche eines Menschen oder ein Gebrechen Anlässe für Zuspitzungen bildeten, wenn der Spitzname zum Spottnamen wurde. Wer ließ sich schon gern Dicker rufen, Dick oder Schwer, nur weil er etwas rundlicher war als andere? Die Großen und Schlanken werden sich, wenn Long oder Länglich ihr zugedachter Name war, damit leichter abgefunden haben. Anders als ein junges Mädchen, das wegen seiner hohen, schlanken Figur etwa als Bohnenstange oder *Wingertspohl* bezeichnet wurde. Auch jemand, der mit dem bräsig klingenden Fantasienamen Waatz gerufen wurde, weil er forsch, tölpelhaft, laut und besserwisserisch zugleich auftrat, dürfte sich nicht geschmeichelt gefühlt haben.

Im Sommer, nachdem ich acht Jahre alt geworden war, wurde ich auf dem *Neije Wäch* von einem heranrasenden Auto erfasst und durch die Luft geschleudert. Sein Fahrer kam aus unserem Nachbarort Valwig. Schwer verletzt wurde ich mit Blaulicht und Alarm in das Koblenzer Krankenhaus Kemperhof gefahren. Tagelang schwebte ich zwischen Leben und Tod. Meine Mutter wirkte noch immer bekümmert und nachdenklich, wenn sie mir später davon erzählte. Die Heilung von meinen unterschiedlichen Blessuren, die ich erlitten hatte, verlief nicht ohne Komplikationen. Am Ende der Sommerferien war deshalb für mich nicht daran zu denken, wieder in die Schule zu gehen. Im Gegenteil. Ich wurde, nachdem ich schon zwei oder drei Wochen wieder zu Hause gewesen war, gegen Ende der Schulferien erneut ins Krankenhaus eingeliefert. Der Gips, der mein zerschmettertes rechtes Bein von der Leiste bis zu den Zehen vollständig ummantelte, machte mir zusehends unerträgliche Probleme. Wenn ich heute an diesen Unfall und seine Folgen zurückdenke, kommt mir als erstes dieser Gips in den Sinn. Beziehungsweise mein Bein, das sich darin befand. An manchen Stellen juckte, an anderen schmerzte es. Eine große Wunde im Oberschenkel, deren Narben ich manchmal heute noch herzeige, war zudem noch nicht endgültig verheilt. Meine Mutter lieh mir in ihrer Verzweiflung, mir nicht wirklich helfen zu können, ein flaches Stäbchen aus ihrem Hüfthalter, das ich zwischen Gips und Haut einführte, um den quälenden Juckreiz zu stillen. Tatsächlich schrubbte ich mir damit die bereits angegriffene und deswegen auch juckende Haut auf. Was mir zunächst ein wenig Linderung verschaffte, wurde zum schmerzhaften Desaster. Der Zustand der angegriffenen Haut unter dem Gips verschlimmerte sich und damit meine Leiden. Unser Hausarzt Doktor Schmidt, der gar kein Doktor war, sich aber gern so nennen ließ, war ein großgewachsener, kräftiger Mann, ein Hüne, mit einer erhabenen, sonoren Stimme. Seine Heilkunst bestand vor allem in seinem selbstsicheren, allwissenden Auftritt.

»Ah, ich sehe schon, wo es fehlt«, lautete seine Begrüßungsformel, die er immer schon ausgesprochen hatte, bevor der Patient zu Wort gekommen war. Im Fall meines schmerzenden Beines war er auch bei seinem dritten Hausbesuch in unserer Wohnung nicht bereit, seine bisherige erfolglose Therapie zu korrigieren. Diese bestand aus beruhigenden Worten, die er mit beeindruckendem Vibrato in der Stimme aussprach, ein paar fröhlichen Witzen, über die keiner Lust hatte zu lachen und der Verabreichung eines leichten Schmerzmittels.

Es war schon spät am Abend, Doktor Schmidt längst schon wieder über alle Berge. Da wollte mein Vater, der sich bis dahin unterstützend, mitleidend und in seiner Hilflosigkeit gegenüber meiner Krankheit zurückhaltend verhalten hatte, das schmerzliche Gejammer seines Sohnes nicht weiter hinnehmen. Ihm platzte sprichwörtlich der Kragen. Jetzt müsse etwas passieren, erregte er sich gegenüber seiner Frau, so ginge es nicht weiter. Er eilte hinüber ins Nachbarhaus, in dem sein Bruder Dores wohnte. Er müsse ihn und mich jetzt sofort auf den Klosterberg fahren, forderte er ihn auf. Damals stand der Klosterberg gleichbedeutend mit dem Cochemer Marienkrankenhaus, das sich dort befand. Der Bau grenzte auf der einen Seite an die Gebäude eines inzwischen zur Schule umfunktionierten ehemaligen Kapuzinerklosters, in dem ich später mehrere Schulklassen besuchte und auf der anderen an den Cochemer Friedhof.

Dores war kein Mann, der sich von seinem zwölf Jahre jüngeren Bruder gern sagen ließ, was er zu tun und zu lassen hatte. In diesem Fall aber schwang er sich ohne Nachfrage aus dem Sessel, griff nach der Jacke, in deren Brusttasche sein Führerschein steckte und lief hinunter auf den Hof zu seinem parkenden Volkswagen.

Die Nonnen im Marienkrankenhaus nahmen uns genervt und unfreundlich auf. Ich hatte Angst vor diesen eingehüllten Gespenstern, ihren linkisch abweisenden Gesichtern, die für mich wie eine Verkörperung von Zwietracht und Gemeinheit erschienen. Zum Glück schoss über einen langen Gang der fröhliche Nachtpfleger Kautschke heran. Ein kleiner, tatkräftig wirkender Mann mit einem verschmitzten Lächeln. Zur Begrüßung ließ er zwischen seinen zusammengepressten Lippen einen Teil seiner Atemluft rhythmisch entweichen. Das so erzeugte Geräusch amüsierte mich, und sogar mein Vater musste über das clowneske Auftreten des Pflegers lachen, das uns Hoffnung versprach. Kautschke legte mich auf einen Tisch, und ohne lange zu fackeln, schnitt er mit einer Art Schleifhexe den Gips erst außen, dann innen entlang. Noch während er arbeitete und obwohl er mehrfach mit der rotierenden Scheibe mein Bein ankratzte, spürte ich sofort wohltuende Erleichterung, je mehr die harte Schale aufbrach. Mein Bein ließ sich fortan mit der Heilung viel Zeit. Aber es heilte.

Unendlich feindselig erschien mir die Rigidität der Nonnen, ihre menschliche Kälte, die sie aus ihrem Schleiergedöns heraus verbreiteten. Der immer gut gelaunte Kautschke kam nur selten in das Kinderzimmer, in dem ich lag. Er war die Seele des Hauses, keine Frage. Meine Mutter besuchte mich täglich und verwöhnte mich mit süßem, rotem Traubensaft. Mein Krankenbett, das ich nicht verlassen durfte, stand unter einem Fenster, durch das ich auf Bahngleise und fahrende Züge blicken konnte, die in den Kaiser-Wilhelm-Tunnel hinein- oder aus ihm herausfuhren. Der Tunnel verlief tief unter mir durch den Berg, auf dem etwas abseitig das Marienkrankenhaus stand, und manchmal glaubte ich, die rumpelnden Züge aus dem Erdinnern wie ein kleines Beben zu spüren. Das Kinderzimmer, das ich mit einem gelbsüchtigen, sprachlosen Jungen teilen musste, der Alois hieß, gewann für mich an Attraktivität, als ein Mädchen eingeliefert wurde, auf deren Bett ich einen direkten Blick hatte. Sie war schlank und sehr blond. Sie war ein Jahr jünger als ich, und ihr schien augenscheinlich nichts zu fehlen. Ich betrachtete sie gern und viel. Aber auch sie war kaum dazu zu bewegen, sich mit mir zu unterhalten. Dennoch bot ihre Anwesenheit mir ungeahnte Abwechslung, denn auch sie durfte das Bett nicht verlassen – warum auch immer. Deshalb konnte ich überhaupt nicht anders, als auch dann zu ihr hin zu sehen, wenn sie gewaschen oder zum Pinkeln auf die Bettpfanne gehoben wurde. Was ich dabei zu sehen bekam, bewegte mich, den Achtjährigen, der bis dahin allenfalls seinen jüngeren Bruder nackt gesehen hatte, außerordentlich. Es war nicht nur mein Blick auf den Körper des Mädchens, der mich aus der Fassung brachte. Ich konnte mir aus meiner Position in aller Ruhe ihre Beine und ihren Bauch, ihren Popo und manchmal ihren kleinen hellen Schlitz betrachten. Ich hatte so etwas noch nie gesehen und es erregte mich, dass ich meinerseits aufpassen musste, dass niemand bemerkte, dass mein kleiner Kinderschwanz unerwartet und auf bis dahin nie empfundene Weise größer und härter wurde. Doch noch bevor ich mir über meine bis dahin unbekannten Erkundungen und Gefühle Klarheit verschafft hatte, wurde der Zauber vom Vater des Mädchens beendet. Ich sehe ihn heute noch am Bett seiner Tochter im Kinderzimmer stehen und gegenüber eines der Gespenster fordern, dass seine Tochter in ein anderes Zimmer verlegt werden müsse, ein Frauenzimmer. Kurz darauf wurde sie abschiedslos in ihrem Bett hinausgefahren.

Als ich nach einer Anzahl versäumter Wochen erstmals den Klassenraum meiner Volksschule wieder betrat, wurde mir zur Begrüßung von den Kindern ein Willkommenslied gesungen. Dieses, von der Klassenlehrerin ganz offensichtlich eingeübte und vielleicht gut gemeinte Spektakel, war mir höchst unangenehm. Während ich von meinem Platz aufstehen musste, als hätten mich sonst nicht alle gesehen und erkannt, sangen die Jungen und Mädchen im Sitzen aus allen Richtungen auf mich ein. Mit einer Reihe von Strophen geißelten sie mich unablässig. Das Lied handelte von Glück und Segen und der Freude mich wiederzusehen. Skeptisch und mit wachsendem Unwohlsein fühlte ich mich als das Opfer der Handlung. Die anderen waren die Starken, nicht ich, und sie droschen mit ihrem Gesang jubilierend auf mich ein. Die Lehrerin dirigierte dazu, als ginge es um den Auftakt zu einer Oper. In der Großen Pause setzte sich der Begrüßungsspuk auf andere Weise fort. Manche aus der Klasse umringten mich wie ein Weltwunder und begannen damit, weil sie wussten, dass mein rechtes Bein zertrümmert gewesen war, mir erst zaghaft, dann immer lauter und schließlich überschwänglich Humpel zuzurufen. Ich fühlte mich furchtbar gedemütigt und wäre am liebsten nach Hause gegangen. Schule war mir ohnehin verhasst. Selbst manche, die ich für meine Freunde gehalten hatte, beteiligten sich an dem Spiel und schienen Genugtuung dabei zu empfinden. Das Beste war, dass ich überhaupt nicht humpelte, sondern das aufrechte, gleichmäßige Gehen schnell wieder gelernt hatte. Es musste einen anderen Grund geben, dass manche mich Humpel nennen wollten. Vielleicht, weil sie sich dadurch selbst größer und stärker fühlten? Ich beschloss, bei aller Herabwürdigung, die ich empfand, mich weder provozieren zu lassen, noch dem Zuruf *Humpel!* zu folgen. Es dauerte zwar, bis auch die Letzten begriffen hatten, dass es zwecklos war, mich so zu nennen, aber letztlich setzte ich mich durch und der

Humpel versank nach und nach in der Klamottenkiste. Seitdem habe ich von anderen nie wieder einen Spitznamen erhalten, aber ich selbst legte mir als Erwachsener, überwiegend in meiner Korrespondenz mit Freunden, mit Vorliebe abweichende Namen zu.

Manche im Dorf waren mit Spitznamen bedacht worden, die weder vom originalen Vor- oder Nachnamen hergeleitet, noch auf erkennbare Umstände zurückgeführt werden konnten. Auch wenn sie zweifellos einen mehr oder weniger konkreten Ursprung hatten, ließen sich manche Bezeichnungen nach längerem, gedankenlosem Gebrauch oft nicht mehr auf ihren Anlass zurückführen. Derart zugespitzte Namen fallen mir ein, wenn ich an meine Kinderzeit denke: Cäs, Ameis, Zwiwwel, Zizibä, Gauka, Cuba, Männ, Bomba, Minga, Samba, Waaz. Manche Namen waren besonders durch den Dialekt geprägt, so stand der Spitzname Zwiwwel beispielsweise für Zwiebel. Der zum Spitznamen gehörende Artikel wurde in der Anrede gewöhnlich der Bedeutung des Spitznamens, nicht dem Geschlecht des Angeredeten angepasst. Sprach man also von jemandem, der Ameis oder Zwiwwel oder Rübe genannt wurde, hieß es die Ameis und die Zwiwwel, die Rübe, nicht der.

Kurios wurde es, wenn manche mit ganz bürgerlich klingenden Namen wie Reiner, Hermann oder Paul angesprochen wurden, obwohl sie tatsächlich Willi, Wolfgang und Heinrich hießen, was aber kaum einer wusste. Die Richtigkeit der Namen zog auch lange niemand in Zweifel. Warum auch? Was zum Austausch der Vornamen geführt hatte, bleibt rätselhaft. Erst als wir dennoch erfuhren, dass die Taufnamen der Genannten andere waren, machten wir uns manchmal einen Spaß daraus zu rufen: »Der Reiner heißt Willi, der Hermann heißt Wolfgang, der Paul heißt Heinrich!«

Ein Freund meines Vaters wurde Bub genannt, auch als Erwachsener und sogar noch als alter Mann. Seine Mutter hatte ihn schon so gerufen, ihren Bub. Bald war er der Bub für alle, weil alle gehört hatten, wie seine Mutter ihn rief.

Wie schauerlich war es, dass wir Kinder zu den Bekannten und Freunden unserer Eltern *Onkel* und *Tante* zu sagen hatten. Dementsprechend nannte ich tatsächlich den Freund meines Vaters – man glaubt es kaum! – *Onkel Bub*.

Einer wurde Arzlay genannt, wie die Weinbergslage, in deren Nachbarschaft er wohnte, ein anderer, der in Cond ein Unterhaltungslokal bewirtschaftete, hieß *der Fürst*, warum auch immer, und wieder ein anderer, der eine Dorfkneipe betrieb, hatte den Titel Vatermaria erhalten und seine Kneipe gleich mit ihm. Einer im Dorf hieß Salz. Er war der Sohn vom Zucker.

Wenn ich heute meinem Freund Gregor eine E-Mail schreibe oder er mir eine schreibt, das Briefeschreiben auf Papier ist leider auch in unserer Korrespondenz völlig aus der Mode gekommen, dann finden wir großen Spaß daran, unsere Namen in der Anrede zu verballhornen oder zu veredeln. Aus Gregor wird dann leicht schon einmal Gregorius oder Gregorium oder, da er ja gewissermaßen bürgerlich Gregor Eller heißt, wird aus Vor- und Nachnamen in der Synthese auch schonmal Gregoreller. Manche, die zu Gregor Tunn sagen, verballhornen sogar seinen Spitznamen, nennen ihn Tunnellerich oder kurz Tunnell, was wie Tunnel klingt. Gregor macht es mit meinem Namen so ähnlich. Dass sich der Name Tunn auf Cunn reimt, also auf die Dialektaussprache unseres Dorfnamens Cond, ist Zufall. Oder auch nicht.

Hier muss ich einen Einschub machen. Da es mir nicht möglich erscheint, an dieser Stelle weiterzuerzählen, ohne vorher einen Text, einen Nonsenstext, zu zitieren, der auf den Reim *Tunn* und *Cunn* aufgebaut ist, mit meinem Freund Gregor aber nichts zu tun hat. Mein Vater hat ihn in meinen frühen Kindertagen voller Vergnügen bereits mündlich an mich überliefert. Nonsenstexte und -sprüche sowie Wortschöpfungen waren sein Lebtag Vaters Leidenschaft. Aus einem Hammer machte er einen Hamrin, aus einem Zollstock einen Dollbock. Als er einmal beim Anstreichen in meiner Wohnung einen Lappen nicht fand, fragte er: »Wo ist der Lappen, der Lappus, der Lappus Lazuli?« Noch öfter suchte er an dem Tag nach dem Lappen, fragte fortan: »Wo ist denn schon wieder der Lazuli?«

War von einem Brett die Rede, zitierte er gern den folgenden deftigen Dialog:

»›Vadder, dat Brett es jeriss!‹

›Sej still, dummer Jung, deine Oasch es och jeress!‹«

Nicht, dass eine solch derbe Aussage meinem Vater direkt zuzuschreiben gewesen wäre. Er war kein ordinärer Mensch und hätte sich so eher nicht ausgedrückt. Vielmehr zitierte er. In diesem Fall brachte er einen Schreiner aus Cochem zu Gehör, dem dieser Wortwechsel mit seinem Sohn angehängt wurde.

Heute meine ich, den Reim *Tunn* auf *Cunn* zum ersten Mal gehört zu haben, als mein Bruder und ich sonntagmorgens ins elterliche Ehebett durften, um darin mit Vater herumzutoben oder uns seine Geschichten anzuhören, während Mutter in der Küche den Kohleofen anfeuerte und den Frühstückstisch deckte.

Dä Tunn von Cunn, dä räst noh Bunn,
un kotz vier Bunn bejähnt dem Tunn von Cunn
die Nunn von Bunn.
Do frächt dä Tunn von Cunn
die Nunn von Bunn:
»Wie weit es noch noh Bunn?«
Do säht die Nunn von Bunn zom Tunn von Cunn:
»Bes Bunn es noch en Stunn.«

»Ech sein dä Tunn von Cunn un well noh Bunn«,
säht dä Tunn zor Nunn.
»Ech sejn die Nunn von Bunn un honn jewunn
en Räs von Bunn noh Cunn.«
Do säht dä Tunn von Cunn zour Nunn von Bunn:
»Bes dou dä wirklich och en Nunn?«
Do schennt die Nunn von Bunn den Tunn von Cunn:
»Nou jieh mir awwer ous der Sunn!«

En Bunn es jetzt dä Tunn von Cunn,
denkt on die Nunn von Bunn.
Die Nunn von Bunn denkt on dä Tunn,
doch hot se Cunn noch net jefunn.
Die Nunn von Bunn wähnt sech en Cunn
un frächt. »Wonnt heij dä Tunn von Cunn?«

»Dä wonnt net heij, dä wonnt en Cunn
un es bestemmt en Bunn jetzt schunn.«

Ende des Einschubs.

Früher beneidete ich meinen Freund Gregor wegen einer Freiheit, die mir bis zu meinem vierzehnten Lebensjahr nicht vergönnt war. Ich empfand den fast ein Jahr Älteren als unabhängig und selbstbestimmt. Er kam und ging, wann und wohin er wollte. Wenn er nicht unterwegs war, wohnte er direkt unter dem Dach seines elterlichen Hauses, auf einem großen, halbwegs ausgebauten Speicher mit einem kleinen Giebelfenster. Ein Raum, bestehend aus dunklem Dachgebälk, geheimnisvollen Nischen und Winkeln, angefüllt mit vielen kuriosen und altertümlichen Gegenständen. Ein Paradies der Freiheit, ein subversiver Ort der Möglichkeiten und das Gegenteil der kaum Zimmer zu nennenden Bude, die ich mir zu Hause mit meinem Bruder teilen musste. Zu den Gegenständen auf Gregors Mansarde gehörte eine Fahne. Nicht irgendeine, mein Freund behauptete, es sei die Conder Fahne. Sie bestand aus einer groben Holzstange, an der ein quadratischer Lappen in den Farben rot und grau mit der Jahreszahl 1949 aufgezogen war. In der Mitte des quadratischen Lappens war ein weiterer Lappen aufgenäht, der einen Milchtopf symbolisieren sollte. Dieser galt als Wahrzeichen für die Conder, im Dialekt: *Cunner Melchdebbe*. Hauptsächlich von den Cochemern wurden die Conder *Cunner Melchdeppe* genannt, und schon in der Conder Volksschule hatte man uns beigebracht, dass die Cochemer die *Schmandelecker* seien und auch so genannt werden dürften, weil sie von allem nur das Beste begehrten. Bei der Milch war das der Schmand.

Jene symbolträchtige Fahne hatte auf Gregors Speicher ihren festen Platz, und niemand wusste, wie sie den Weg dorthin gefunden hatte. Auch Gregor nicht. Doch genau wegen dieser Fahne kamen wir kürzlich ins Gespräch. Er hatte sie auf einer Fotografie entdeckt, die aus der Zeit einige Jahre vor seiner und meiner Geburt stammen musste. Zehn ausgelassen feiernde junge Männer in schlichten Kostümen sind darauf zu sehen, und man denkt sofort an Fastnacht. Vielleicht wurde die Aufnahme am ersten Karneval gemacht, der nach dem Zweiten Weltkrieg in Cochem und Cond wieder gefeiert werden durfte. An zwei langen Stangen, die die Abgebildeten bei sich tragen, baumeln Milchtöpfe. An einer dritten die besagte Fahne.

»Jo Dunnerkeijl, bester Gregor«, brach es aus mir hervor. »Dat es jo e Bild, wie verreckt!«

Ich sagte das weniger wegen der Fahne, die mich nicht so sehr interessierte wie ihn. Aber die bekannten Gesichter der mit der Fahne abgebildeten jungen Männer waren uns beiden von Kindheit an vertraut. Schnell zählten wir durch: Vier von den zehn lebten noch. Sie dürften inzwischen das neunzigste Lebensjahr ansteuern. Soldaten in Hitlers Krieg waren sie wohl alle nicht mehr. Gesegnet mit der *Gnade der späten Geburt* dürften sie haarscharf am Soldatentum des Zweiten Weltkriegs vorbeigeschrammt sein. Mein Onkel Albert zum Beispiel steht auf dem Foto ganz vorn in der Mitte. Fast so, als hätten sich die anderen um ihn herum gruppiert. Er steckt als einziger in einem Anzug, der ihm zwar etwas labberig umhängt, ihm jedoch vergleichsweise etwas Elegantes verleiht. Das verstärkt den Eindruck, dass er sich im Mittelpunkt des Geschehens befindet. Die meisten anderen tragen karierte Hemden, haben ein gemustertes Tuch um den Hals gebunden und lächerliche Kopfbedeckungen aufsitzen. Mein Onkel Albert, der deutlich kleiner ist als die meisten, verschränkt die Beine, als wäre er im Begriff, eine Pirouette zu drehen.

Ich sagte zu Gregor, dass mein Onkel Albert hier noch ein freier Mann gewesen sei.

Gregor lachte und fragte, ob er das später nicht mehr war.

Früher war er ein prima Kerl, sagte ich. Als er alt wurde, hat er mich kaum noch wahrgenommen, bis schließlich unser Kontakt ganz auseinander ging. Ich hatte oft das Gefühl gehabt, dass er bei allem, was er tat, nach den Augen seiner gutaussehenden Frau geschielt hat, ob er Wohlgefallen bei ihr fand. Die Frau aber schien das gar nicht zu wollen. Ein merkwürdiges Verhalten, das mich oft irritierte und manchmal nervte.

Auf dem Foto aber wirkt er beschwingt und im Vergleich zu seinen Kumpels im Cowboyhemdenlook fast ein wenig feminin. Seine Haltung, das Gesicht, seine Lippen sehen aus wie geschminkt. Jetzt, an Karneval, waren sie das ja vielleicht auch.

Wie er so dasteht, sagte ich zu Gregor, wie in einer dynamischen Drehung begriffen, erinnert er mich ein wenig an Charlie Chaplin, nicht in dessen Rolle als Tramp, sondern in der Satire *Der große Diktator*. Es gibt da eine Stelle im Film, da bekommt der Darsteller Chaplin nach einem Kampf mit zwei Polizisten einen versehentlichen Schlag mit der Bratpfanne auf den Kopf, der eigentlich einem der Polizisten gegolten hätte, und in einem Zustand zwischen Ohnmacht und Körperbeherrschung vollführt er einen grandiosen, einen taumelnden Tanz über das Trottoir, so wie mein Onkel auf dem Foto.

Ganz links im Bild ist mein Freund Männ zu sehen, den ich nur ironisch Freund nenne. Auf dem Bild kommt er sympathisch rüber, und ich war fast geneigt, wie er da offen in die Kamera lacht, ihm seine gewalttätigen Drohungen, die er viele Jahre nachdem die Aufnahme entstanden war, bei manchen Gelegenheiten gegen mich ausgesprochen hatte, zu verzeihen. Irgendetwas an mir muss ihn eine Zeit lang provoziert haben, mein Verhalten, meine Reden, mein Aussehen in der zweiten Hälfte der 1970er Jahre. Er hatte den Grund seiner Abneigung gegen mich nie genannt, hatte ihn vielleicht auch nicht benennen können, aber es kam zu mehreren unangenehmen Begegnungen, bei denen er ohne erkennbaren Grund seine Verwünschungen gegen mich ausspie. Allein wegen seines kräftigen Körperbaus, seiner Körpergröße, die meine um mindestens einen halben Kopf überragte und seiner grobschlächtigen Gesichtszüge war er in der Lage, Eindruck auf mich zu machen. Was mir aber wirklich Angst vor ihm einflößte, war, dass ich ihm einen sehr schlichten Charakter zuschrieb, der für Argumente und Einsichten nicht geschaffen war, für Toleranz schon gar nicht und dass er daher vielleicht bereit war, zuzuschlagen.

Innerlich versöhnte ich mich mit ihm, als ich von seinem gewaltsamen Tod erfuhr, Gewalt, die er gegen sich selbst gerichtet hatte. Seine Nachbarn fanden ihn in seiner Gartenlaube mit einem Strick um den Hals, der ihn erdrosselt hatte.

Männ kannte ich von frühester Kindheit an. Er wohnte in nächster Nachbarschaft. Ein Foto mit gezacktem Rand zeigt ihn beim Spiel mit dem vielleicht dreijährigen Bübel vor unserem Haus auf dem *Neije Wäch*. Im Hintergrund drängt sich Cousin Kalle mit aufs Bild, und auch ich dürfte, wenn auch nicht mit abgelichtet, nicht weit weg gewesen sein.

Das Foto wurde an Karneval, vielleicht im Jahr 1960, aufgenommen, vielleicht im gleichen Jahr, als das Foto mit der Cunner Fahne entstand, wer weiß. Schon wieder Karneval! Der Bübel trägt ein Kostüm. Ich hatte genau das gleiche, nur in etwas größerer Ausführung. Unsere Mutter hatte uns gesagt, dass wir mit den Kostümen kleine Holländer darstellen würden. Ich habe das damals und auch später nie verstanden, bis mir irgendwann auffiel, dass auf einer Käseverpackung abgebildete Männer genau solche Kostüme trugen. Vor allem die flache Kopfbedeckung, eine eng anliegende Kappe, hatte Ähnlichkeit mit der, die zu unserem Holländerkostüm gehörte. Der Bübel und ich waren übrigens nicht nur an Karneval identisch gekleidet. Ein Spleen unserer Mutter, uns auflaufen zu lassen, als wären wir Zwillinge.

Männ lebte mit einer Frau in einem Bruchsteinhaus. Wir glaubten lange, dass sie seine Ehefrau sei. Bis uns einmal erzählt wurde, dass das freundliche Julchen seine ältere Schwester war. Das Bruchsteinhaus stand unserem zwar gegenüber, jedoch wegen der Hanglage des Dorfes deutlich tiefer. Auf dem *Neije Wäch* spielten wir Fußball. Kam schon mal ein Auto auf der buckligen Straße angerumpelt, traten wir zur Seite, nahmen den Ball vom Spielfeld und schauten dem Fahrzeug hinterher, bis sich der aufgewirbelte Staub gelegt hatte, oder bei regnerischem Wetter die Pfützen wieder zusammengelaufen waren, und der Ball wurde wieder ins Feld geworfen. Nach jedem zweiten Anstoß landete unser Leder aus Plastik allerdings nicht zwischen den ausgelegten Hölzern, welche Fußballtore markierten, sondern tief unterhalb des *Neije Wäch* im Hof von Männ und seiner Schwester. Während eines Spiels mussten wir also laufend bei einem der beiden vorstellig werden, um unseren Ball zurückzuerbitten. Dabei stöhnte Julchen, manchmal lachte sie auch, und Männ knurrte meistens unwillig. Aber immer durften wir durch ihren Hausflur laufen, um im Hof unseren Ball zu suchen.

Erst mit dem Ausbau und der Verbreiterung des *Neije Wäch* auf das vorgeschriebene Normmaß einer Fahrstraße mit Asphalt und Mittelstreifen und deutlich abgespeckten Bürgersteigen, die es bis heute nicht erlauben, zu zweit bequem nebeneinander darauf zu laufen, wurde es vor dem Haus gefährlich. Tempo 50 und schneller waren jetzt für Fahrzeuge kein Problem mehr. Unser Spielplatz vor dem Haus musste dem Fortschritt weichen, der Fußballplatz wurde auf den Acker weit außerhalb des Dorfes verlegt. Als achtjähriger Junge wurde ich zu einem der ersten Opfer der Modernisierung und der Schaffung autogerechter Dorfstraßen.

Aber weiter! Zwei auf dem Foto hießen Bomber und Häns. Natürlich waren das ihre Spitznamen. Rund zweieinhalb Jahrzehnte nachdem mutmaßlich das Foto entstand, war ich gewissermaßen für kurze Zeit ihr Kollege. In meiner Jugend ließ ich mich für ein paar Monate als Arbeiter bei einer Conder Baufirma anstellen. Sie gehörte einem Mann aus meiner Großelterngeneration, den alle auf der Baustelle den Uba nannten, was in unserem Platt die Bezeichnung für Opa ist.

Bomber war der Leiter der Baustelle, auf der ich eingesetzt war. Er hatte die Aufsicht, er war der Polier. Wegen seines klugen Verstandes und seiner großen Fachkenntnisse hat er souverän mit den Architekten, die alle paar Tage auf der Baustelle aufliefen, und dem Uba diskutiert und verhandelt. Häns dagegen hatte vergleichsweise wenig zu melden, war aber, obwohl seine offizielle Stellung die eines Hilfsarbeiters war, einer der begabtesten und gefragtesten Handwerker des Unternehmens. Das gefiel mir. Das fand ich im klassenkämpferischen Sinne, dessen Gedanken mich damals beflügelten und denen ich anhing, beispielhaft. Häns, der in seiner Funktion nicht zu den Obersten unseres Bautrupps gehörte, machte allen anderen etwas vor, wenn es irgendwo klemmte. Er war der Mann für Arbeiten, an denen andere scheiterten. Er diskutierte nie, griff stattdessen zu einem Werkzeug und begann intuitiv, das Richtige zu tun. Mit Bomber und Häns habe ich mich prima verstanden. Bomber hat oft seine schützende Hand über mich gehalten, wenn der Uba unerwartet auf der Baustelle erschien, mich ausschimpfte und sich darüber beklagte, dass ich für ihn nichts wert sei. Immerhin erhielt ich vom großzügigen Uba vier Mark fünfzig Stundenlohn, was auch damals schon kaum mehr als ein Almosen war. Damit war nicht nur meine Leistung fürs Zementsackschleppen und Sandberge-von-hier-nach-da-bewegen abgegolten. Er hatte sich damit auch das Recht erkauft, mich jederzeit beschimpfen und wie ein Untertan behandeln zu dürfen. Weil ich ihm nicht schnell genug arbeitete, bezeichnete er mich regelmäßig als faulen Sack oder faulen Hund. Seinen Umgang mit Menschen hatte er mutmaßlich bei der Organisation Todt gelernt, Hitlers militärisch gegliederter Bauorganisation, in der hunderttausende Zwangsarbeiter hatten schuften müssen. Gregor wusste, dass der Uba dieser angehört hatte.

Bomber, so bildete ich mir ein, schützte mich vor allem deswegen, weil ich den Namen seines früheren Kumpels und Freundes, meines Onkels Albert geerbt hatte, oder auch, weil er mich und unsere Familie gut kannte. Aber die kannte der Uba ja auch, und gar nicht so schlecht. Nicht nur, weil man im gleichen Dorf wohnte und sowieso jeden kannte, auch war mein Vater in jungen Jahren, wohl in der Nachkriegszeit, mit dem Uba zusammen in den Conder Wald zur Treibjagd gegangen. Mein Vater als Treiber und der Uba als Jäger. Jakob hielt große Stücke auf Uba. Er hatte mir auch den Job als Hilfsarbeiter in dessen Baufirma besorgt. Doch nach meiner eigenen Erfahrung mit dem Uba war es mir unverständlich, wie mein Vater ihn so hochhalten konnte. Irgendwann verriet er es mir. Nach ihren Treibjagden habe der Uba immer dafür gesorgt, dass er eine ordentliche Portion Fleisch vom erlegten Wild bekam. Ein unschätzbarer Wert in dieser schlechten Zeit kurz nach dem Krieg.

Gut fünf Jahre nach meiner kurzen Karriere als Bauhilfsarbeiter war ich in einer Koblenzer Klinik auf der Intensivstation beschäftigt. An einem Montag kam ich morgens um sechs Uhr zum Frühdienst und durfte noch vor dem Übergabegespräch mit meiner *liebsten* Beschäftigung die Arbeit beginnen. Am Abend zuvor war ein Herzinfarkt eingeliefert worden, wie das im vermeintlichen Fachjargon hieß, und der Kranke hatte die Nacht nicht überlebt. Meine Aufgabe war es, den verstorbenen Herzinfarkt in eine Blechkarre mit abnehmbarem Deckel zu bugsieren. Ein Geschoss auf Rädern, das von mir und meinen Kollegen Silberpfeil genannt wurde! Diesen galt es beladen durch die winterliche Dunkelheit über den Klinikhof in ein Nebengebäude zu karren, in dessen Keller sich das Pathologische Institut befand. Da musste ich mit dem Silberpfeil hinein. Das heißt, genau genommen in einen untertemperierten Raum im Keller des Instituts, in dem sich all die toten Kollegen aufhielten, die keinen Platz mehr in einer der Tiefkühlschubladen gefunden hatten, die sich dort in der Wand befanden. Manchmal wurde eben mehr gestorben als zu anderen Zeiten und als die Leichenkammer des Krankenhauses an Platz bot.

Jetzt kam der schwierigste Teil meiner Aufgabe. Ich musste den Toten aus dem Silberpfeil befreien und umlagern. Zunächst hob ich den Blechdeckel ab und stellte ihn zur Seite. Dann ging es darum, den Leichnam auf eine Bahre zu zerren, die ich parallel zum Silberpfeil in Stellung gebracht hatte. Dass ich trotz des großen Betriebs in der Leichenhalle noch ein unbelegtes Tiefkühlfach gefunden hatte, kam mir dabei zugute. Denn während der Umgang mit den herumstehenden Totenbahren eine ziemlich wacklige Angelegenheit war, liefen die neueren, langgestreckten Zinkschüsseln aus den Fächern der Wand auf festen Schienen. Ganz anders unser antiker Silberpfeil, der sich auf schlotternden Rollen ohne Bremse bewegte, ganz wie er wollte.

Da war es bei früheren Gelegenheiten schon passiert, dass der Verstorbene in seiner Starrheit und Sturheit, die zum Verrücktwerden war, sich einfach weigerte, seinen toten Körper von einem auf das andere Gefährt herüberziehen zu lassen. Stattdessen nahm der Silberpfeil genau in dem Moment Fahrt auf, als der von da nach hier Gezerrte genau zwischen den beiden Bahren zu liegen kam. Es ist ein seltsam anmutender Vergleich, aber er lag in diesem Moment zwischen den Schüsseln wie mancher in einem Doppelbett auf der Besucherritze. Das Resultat konnte niederschmetternd sein.

Aber das passierte nicht an diesem Morgen. Bevor ich den in der Nacht an Herzversagen Verstorbenen in das Kühlfach schob, blickte ich auf sein Namensschild, das an seinem rechten dicken Zeh baumelte und las. Ich legte sein Gesicht frei, schob das Leinen, das ihn bedeckte, zur Seite. Im Tod hatte er sich verändert. Aber je länger ich ihn anblickte, umso deutlicher wurde mir sein Gesicht. An mir zogen Erinnerungen von damals vorbei, als er mein unerträglicher Chef war und mich entweder böse vor sich hinstarrend ignorierte oder als Sack oder Hund beschimpfte. Jetzt hatte ich dafür nur noch Rührung und ein kleines Lächeln übrig. Bevor ich seinen Leichnam in den Kühlschrank schob, legte ich ihm meine rechte Handfläche auf die kalte Stirn, sagte: »Tschö Uba, mach et good!«

26

Sommer 1960.

Dass die Ollichs entlassen werden würde, hört der Junge die Mutter zum Vater sagen. Wie schon die letzten Male bestünde die Alte darauf, von Johanna, und nur von ihr, abgeholt und nach Hause begleitet zu werden. Dem Jungen ist sofort klar, dass von der Frau die Rede ist, die oben im ersten Stockwerk über ihnen haust, die so oft herumlärmt und poltert, als sei sie nicht mehr ganz bei Trost. Aus Gesprächen der Mutter mit dem Vater oder der Tante Hilde weiß er, dass seine Mutter sie manchmal die Ollichs nennt. Spricht seine Mutter jedoch mit ihm, dem Jungen, sagt sie *die Oma*. Manchmal präzisiert sie und sagt, *oben die Oma*. Das Wort *Oma* klingt dann ganz anders, als wenn seine richtige Oma gemeint ist, die in der *Daljaas*.

Seine Mutter Johanna, die es vielen Menschen recht zu machen versucht, wenn es sein muss auch der alten Ollichs, steht eines Morgens noch früher als sonst auf, setzt sich beizeiten in den Zug nach Koblenz, steigt dort um in einen Zug zum Andernacher Bahnhof, fährt mit dem Bus zur Nervenklinik und lässt sich die Ollichs übergeben, um mit ihr die Heimreise anzutreten. Der Junge und der Bübel genießen derweil das Vergnügen, sich den Tag über von Klara, ihrer richtigen Oma, umsorgen zu lassen.

Abends hört der Junge, wie die Mutter seinem Vater berichtet, dass die Ollichs sich zum Glück friedlich verhalten habe und im Zug sogar eingeschlafen sei, dass aber die beiden schweren Koffer sie, Johanna, allein hätte schleppen müssen.

Der Junge nimmt die Ollichs nur selten wahr. Wenn sie durch Medikamente gut eingestellt ist, hört man sie fast nie, außer wenn sie die Treppe herunterkommt, um aufs Klo zu gehen, oder zwischen ihrer Wohnung und der Kammer unter der Treppe, in der sie ihre Vorräte aufbewahrt, durchs Haus schleicht. Selten bewegt sie sich über ihre Wohnungstür hinaus, und da sie dort auch einen Kackstuhl stehen hat, der von weiß Gott wem geleert wird, ist von ihr oft tagelang nichts zu hören und zu sehen. Sofern sie regelmäßig ihre Medizin einnimmt! Das scheint sie zuverlässig zu tun. Vielleicht sind es aber auch Johanna oder die Tante Hilde, die darauf achten, dass sie ihre Tabletten schluckt. Tante Hilde wohnt mit Onkel Vinzent, Liesel und Kalle gleich neben der Ollichs im ersten Stock. Ihre Wohnung ist eng, und ein kleines Wohnzimmer hat die Familie nur im Dachgeschoss, gleich neben dem Speicher, weil die Ollichs das größte Zimmer in Beschlag nimmt.

Der Junge ist jetzt in einem Alter, in dem er seine Umgebung Stück für Stück erkundet. Dazu gehört das Haus, der kleine Hof mit Garten dahinter, in dem ein Pflaumenbaum steht, Küchenkräuter und Blumen wachsen. Zum kleinen Hof wird Höfchen gesagt, *Heffje*. Gleich dahinter beginnen die Weinberge, deren Rebstöcke sich bis auf die Bergkuppe hinaufziehen. Hier und auch im großen Hof neben dem Haus trifft er seinen ein Jahr älteren Cousin Kalle, und der kleine Bübel ist auch schon auf eigenen Beinen unterwegs. Den großen Hof hat ihr gemeinsamer Großvater, der alte Dores, beim Hausbau als zentralen Platz seines Anwesens angelegt, ebenso das Gebäude dahinter, mit Ställen und dem Kelterhaus. Onkel Dores hat das Nebengebäude geerbt und zum Wohnhaus umgebaut. Nur das Kelterhaus ist erhalten geblieben. So teilen sich drei von sieben Sprösslingen des alten Dores den Besitz. Auch seine Weinberge sind unter den dreien aufgeteilt worden.

Das Anwesen ist ein prima Spielplatz, der den Kindern gute Möglichkeiten bietet, vor allem die geheimnisvollen Ecken und Winkel zum Versteckspiel, die es überall gibt. Der Bübel bringt bei einem der Kinderspiele eines Tages einen ganzen Holzschuppen zum Einsturz. Was an sich nicht schlimm wäre, denn das Holz lässt sich wieder aufschichten und der Schuppen, der nicht viel mehr als eine Überdachung auf Holzstempeln ist, lässt sich von geschickter Männerhand schnell richten. Das Drama besteht darin, dass der Bübel nach dem Einsturz verschwunden, nicht mehr zu sehen ist. Der Junge schreit nach der Mutter: »Der Bübel ist weg!« Sie läuft erschrocken herbei, erkennt was geschehen ist. Vom Bübel ist nicht nur nichts mehr zu sehen, auch gibt er keinen Mucks von sich, was Johannas Schrecken augenblicklich ins Maßlose wachsen lässt. Was geht Johanna alles durch den Kopf, während sie panisch die Holzscheite auseinanderrafft, sie zur Seite wirft und mit beiden Händen nach ihrem Kleinen zwischen den Scheiten gräbt. Der ältere Bruder steht daneben, hat nicht ganz kapiert, was mit dem Bübel geschehen ist und dem Holz. Kalle ist vor Schreck sofort geflüchtet und hat sich unterm Rock seiner Mutter verkrochen, die ihn fragt, was denn geschehen sei.

Der Junge steht unbeweglich, den angstvollen Blick auf die im Holz schaufelnde Mutter gerichtet, das plötzliche Rappeln der zusammenstürzenden Holzscheite immer noch in den Ohren. Vor allem aber ist es die Panik der Mutter, die sich auf ihn überträgt und ängstigt. Tante Hilde kommt die Haustreppe heruntergelaufen und ruft irgendwas. Im Heffje erfasst sie die Situation sofort. Zusammen mit der Schwägerin wird der Bübel geborgen. Dem fehlt nichts, und er wehrt sich gegen Johanna, die ihn erleichtert an sich drücken will. Der Bübel aber will jetzt laufen, befreit sich aus dem Griff der Mutter, rennt vergnügt im Heffje herum und kreischt vor Lebensfreude.

Der Junge ist beim Spiel allein, pirscht durch seine Gedanken, den Garten und über den kleinen Hof hinterm Haus. Der Holzschuppen ist wieder aufgerichtet, mit einem dünnen Maschendraht gesichert, kindergerecht zusammengenagelt und verschraubt, das Holz neu aufgestapelt. Was immer ihn in die Speisekammer der Ollichs unter der Flurtreppe treibt, er weiß es nicht genau. Will sich halt mal umsehen, schauen, was es noch zu entdecken gibt, was er noch nicht kennt. Die Kammertür ist mit einem Schieberiegel verschlossen, den er leicht zur Seite bewegen kann. Die Tür knarrt ein wenig, nicht viel. Er kennt das Geräusch, wenn die Ollichs da hineingeht. Drinnen ist es dunkel, und wenn er die Tür hinter sich anlehnt, wird es sogar schwarz. Angst hat er keine. Er atmet den Duft. Es riecht nach Geräuchertem. Ein Fleischstück, durchzogen von einer Kordel hängt in dem hohen Räumchen am Haken. Gläser und Dosen mit Eingemachtem füllen die schmalen Regale. Auch den Duft von Bohnerwachs und Reinigungsmitteln schnuppert er. Er zuckt zusammen, als er mit dem Fuß gegen einen Blecheimer stößt. Durch den Türspalt dringt ein langer schmaler Lichtstreifen, den er durch Bewegen der Tür breiter oder schmaler werden lassen kann. Er fühlt sich wohl, allein in dem unbekannten, engen Raum, geschützt, unentdeckt und doch ganz nah bei der Küchentür, hinter der er seine Mutter vermutet.

Wo ist nur so plötzlich die Ollichs hergekommen und hat kreischend die Kammertür aufgerissen? Ihr schreiendes Maul, aus dem sie Stimmen auf ihn herabschleudert, Beschimpfungen, in denen sie ihn als Dieb brandmarkt! Sie fasst ihn nicht an. Baut sich aber groß mit ihrer mächtigen Körperfülle vor ihm auf, schreit, tobt, schlägt mit flachen Händen und Fäusten an die Wand, tritt mit einem Fuß vor die Kammertür, die fliegt zu und durch den heftigen Aufprall sofort wieder auf. Der Junge will das nicht aushalten. Aber wie soll er hier entkommen? Sie steht, sie tobt im einzig möglichen Fluchtweg. Warum kommt keine Mutter? Tante Hilde? Niemand! Er ist ihr, die sich immer mehr steigert ins Gekreische und Getobe, ausgeliefert. Wie soll er sich helfen?

»Hall dat Moul, sonst kimmst de widder ent Jeckigehaus!«, schreit er ihr in seiner Ausweglosigkeit entgegen. Und sofort ist Ruhe. Sie grummelt nur noch vor sich hin, der Kopf sinkt ihr auf die Brust. Ihr massiger Körper wendet sich von ihm ab, und sie schleicht wortlos die Treppe hinauf in ihre Wohnung.

Draußen vor dem Haus war der Milchmann vorgefahren, der Milchwalter. Nur wenige Minuten waren Hilde und Johanna nicht im Haus. Jetzt treten sie durch die Haustür in den Flur, tragen gefüllte Milchtöpfe bei sich und unterhalten sich unaufgeregt.

»Komm renn en die Küch, Albert!«, ruft Johanna. Der Junge gehorcht aufs Wort. Hilde steigt die Treppe hinauf zu ihrer Wohnung. Die Schwägerinnen haben beide von dem Theater der Ollichs nichts mitbekommen. Dem Jungen ist das recht. Er wäre auch kaum in der Lage zu erzählen, was vorgefallen ist. Bald kommt es ihm vor, als hätte er die Begegnung mit der Ollichs nur geträumt, als wäre gar nichts passiert. Ja, die Vorstellung gefällt ihm, schon bald denkt er nicht mehr daran, und am Abend, als der Vater von der Arbeit nach Hause kommt, hat er sie schon vergessen.

Doch der Vater ist heute ganz anders als sonst. Er ist aufgewühlt, nicht müde und erschöpft von der Arbeit. Der Junge nimmt das sofort wahr. Eine Haarsträhne hängt ihm ins Gesicht. Seine Lippen hält er zusammengepresst, unwillkürlich, nicht bewusst, die Augen böse aufgerissen. Johanna fragt, was mit ihm los sei.

»Loos mech!« Er schiebt sie von sich, während er vor Wut zitternd auf den Jungen zugeht, der weiß nicht, wie ihm geschieht. Was ist nur los mit dem Mann, dessen Freundlichkeit gegenüber seiner Frau, seinen Kindern allenfalls durch seine von der langen Arbeit mitgebrachten Erschöpfung getrübt werden kann. Jetzt scheint der Teufel in ihn gefahren zu sein. Er wendet sich dem Jungen zu, packt diesen hart am dünnen Kinderarm, dass es dem Jungen schmerzt und er aufheult.

»Was hast du zu der Oma gesagt?«, fragt er mit vor Ernst und Bitterkeit bebender Stimme. Der Junge schweigt. Der Vater packt fester zu: »Was hast du gesagt?«

Der Junge kann nicht, will ihm nicht antworten. Er weiß es auch nicht. Was hat er denn gesagt? Nichts. Hat er denn mit ihr geredet, sie etwa mit ihm? Er schaut den Vater hilflos an, als dieser seine Hand auf die Wange des Kindes herabsausen lässt. Und dann ist der Vater nicht mehr zu halten.

Er legt sich den Jungen parat. Mit dem Gesicht zum Boden. Den entblößten Hintern des Jungen über sein Knie gebeugt, legt er ihn sich zurecht. Gleich die ersten Schläge mit der flachen Hand sitzen und schmerzen, dass der Junge aufschreit und vor Verzweiflung weint. Die Schläge, unaufhörlich, schmerzen dem Kind und dem Vater. Doch der schlägt weiter zu, wie vom Wahn ergriffen, und er selbst spürt jeden Schlag, wie einen Riemen, der auf sein eigenes Gesäß herniederprasselt, der klatscht und sofort rote Striemen hinterlässt bei sich steigerndem Schmerz, rote Striemen bis die Haut aufplatzt und kleine Bluttropfen hervorquellen. Mit einem Mal spürt der Vater, dass es die Stiefmutter ist, die hinter im thront und ihre Schläge auf ihn niederprasseln lässt, heute schon wieder, wo die Wunden der letzten Züchtigung noch nicht wieder verheilt sind. Trotzdem weiter, weiter Prügel auf den Hintern des Jungen und Prügel auf sich selbst, seine Hand, die Hand, der Riemen der Stiefmutter, endloses Hinabsausen des Riemens, des Stocks der Ollichs, kaum, dass er damals nach dem Tod seiner Mutter und der Zeit bei seinem Onkel Pitter zurück ins Haus auf den *Neije Wäch* gebracht worden war, fünfjährig damals, in einem Alter, wie auch schon bald sein Sohn sein wird. Noch nicht in der Schule. Der Abend, als Agathe ihm *Schneeglöckchen, Weißröckchen* vorgesungen hat und Schneeflocken wie von Zauberhand von außen das Zimmerfenster streiften und ihnen zuwinkten, als Agathe ihn vorsorglich beschützte, ihn in den Schlaf summte, wohl wissend, was ihm noch alles blühen würde. Beschützen wollte die große Schwester ihn, wohlwissend, dass ihr das nicht gelingen würde. Denn sie hatte die Ollichs schon kennengelernt und wusste, es wird nur eine Frage von Tagen, vielleicht sogar von Stunden sein, bis sie sich erstmals des Körpers ihres jüngsten Stiefkindes bemächtigte, ihm die Hosen herunterziehen und prügeln würde, grundlos, selbstsüchtig, aus purer Bosheit, aus Tollheit und Hass auf sich selbst, die Familie verachtend, in die sie hineingeheiratet hat, prügeln aus persönlichem, purem Vergnügen, täglich, über Jahre, so lange, bis auch Jakob groß geworden war, so alt und so groß, dass sie ihm nichts mehr anhaben konnte. Und der Alte! Der alte Dores, der blöde und tatenlos dabeistand und sich nicht traute seiner Frau Einhalt zu gebieten, während sie sich in ihren Wahnvorstellungen dazu auserwählt sah, ihre Stiefkinder zu drangsalieren, zu verletzen an Körper und Seele, täglich, erbarmungslos in ihrem verrückten, gefährlichen Wahn, in ihrer Unzulänglichkeit, an der Seite ihres immer noch wichtigtuerischen, aber zunehmend schwächer werdenden Ehemanns, der sich bald nur noch in die vier Wände seines Weinkellers zu retten wusste.

An die Prügel, die er von seinem Vater erhalten hat, wird der Junge sich später nicht mehr erinnern. Was er sich jedoch merkt, was er auch Jahrzehnte später nicht vergessen haben wird, ist die Schmach, die am Morgen nach seiner Peinigung folgt.

Natürlich hat das ganze Haus den Zores mitgehört, der sich am Abend im Parterre abgespielt hat. Die Ollichs wird ihre Genugtuung gehabt und es genossen haben, als sie vernahm, dass Jakob pariert hat und dabei war, das Kind zu verdreschen. Schläge und Getöse werden ihre Wohnung leicht erreicht haben, und der anhaltende Radau wird sie an ihre eigenen Prügelorgien erinnert haben.

Am Morgen des Folgetages liegt der Junge auf dem Küchenboden und beschäftigt sich lustlos mit irgendwelchen Spielsachen. Hinter dem Küchenfenster, hinten im Höfchen, hat er Tante Hilde mit der Wäsche hantieren sehen. Als auch seine Mutter die Schwägerin wahrnimmt, öffnet sie das Fenster, und die beiden reden miteinander. Er hört von Tante Hilde: »Wat is dann gestern Omend bei eich los gewääs?« Zum ersten Mal fällt ihm auf, dass ihre Sprache, ihr Dialekt, anders klingt, als der, den er sonst in der Familie hört. Später einmal wird er erfahren, dass sie aus einem Ort an der Mittelmosel stammt, und dass in jedem Dorf an der Mosel der Dialekt durch einen besonderen Klang gefärbt ist. Johanna schlägt die Augen nieder. »Och, dä Jakob ...« Sorgenvoll bricht sie den Satz ab.

»Dä hät ja gebrellt, dä Jung!«, sagt Hilde bekümmert und ein wenig vorwitzig.

Erneut versucht Johanna es mit einem Satz: »Dä Jakob, dä hot jo …« Und weil es mit der Sprache momentan nicht so recht hinhauen will, entschließt sie sich, ihrer Schwägerin kurzerhand das Resultat der gestrigen Züchtigung zu präsentieren: den geschundenen Kinderarsch des Jungen. Soll sie sich ihren eigenen Reim drauf machen.

Johanna kommt auf ihn zu. Der Junge ahnt, worauf das jetzt hinauslaufen wird. Versucht sich zu wehren, quengelt und biegt sich auf ihrem Arm. Seine Mutter blickt streng: Keine Widerworte! Er gibt nach, überlässt sich dem Schicksal. Ungefragt wird ihm die Hose heruntergezogen und sein Hintern über die Fensterbank nach draußen gestreckt, der erschrocken kopfschüttelnden Tante entgegen.

Sie fragt: »Etwa wejen der Ollichs?« und zeigt mit dem Finger zu deren Wohnung hinauf.

»Jo secher«, antwortet Johanna und atmet tief.

Nie wieder muss der Junge erfahren, dass sein Vater sich dermaßen vergisst, wie an jenem Abend. Sein Bruder, der Bübel, wird nie eine solche Erfahrung machen müssen. Gegen seine Jungen wird er nie wieder die Hand erheben, und wenn doch, dann gerät der angedeutete Schlag allenfalls zu einem hinweisenden oder ermahnenden Schubs.

Seiner Frau, die später einmal von ihm einfordern wird, sich auch an dem zu beteiligen, was sie Erziehung nennt, wird er zur Antwort geben, er habe in seiner Kindheit so viel Erziehung bekommen, dass sie gleich für mehrere Generationen ausreiche.

27

Für den alten Dores war der Krieg erst vorbei, als sein Jüngster zu Hause eintraf, als die *Franzmänner* ihn endlich haben laufen lassen. Auf Umwegen hatte er erfahren, dass Jakob im Kriegsgefangenenlager Bretzenheim festgehalten wurde. Aber wie lange nur? Das wusste er nicht. Es war nicht die Sehnsucht nach seinem immer noch erst Siebzehnjährigen, keine Freude, zu hören, dass er überlebt hatte, vielmehr war es die eigene Not, die ihn hoffen ließ, dass er bald zurückkehren möge, dass er endlich kommen und mit anpacken würde im Betrieb, der besonders in den letzten Kriegsjahren gelitten und abgewirtschaftet hatte. Die meisten Kriegsjahrgänge des Weins taugten nicht viel, weder Qualität noch Menge waren akzeptabel gewesen. Die Trauben hatten mal gerade um die sechzig, höchstens fünfundsechzig Grad Oechsle gebracht, und manche Weinfässer mussten nach dem Herbst mit Wasser gefüllt werden, um zu verhindern, dass sie austrockneten, rissig und undicht wurden.

Die einzige Kuh im Stall hatte noch einmal gekalbt, nachdem sie vom Stier eines Vagabunden, wie der alte Dores den Mann verächtlich genannt hatte, besprungen worden war. Aber das Kalb war teuer in der Aufzucht gewesen. Der Mann, der nach eigenen Angaben aus einem Eifeldorf kam, war mit dem gefährlich schnaubenden Tier von Ort zu Ort und auch nach Cond gezogen, um seine Dienste, oder besser die seines Stiers anzubieten. Die Nazis hatten ihn gewähren lassen, da er dafür sorgte, dass er, wie sie glaubten, mit dem Stier frisches Blut in die Kuhställe der Bauern bringen würde. Mit einem geringen Preis, ein paar Flaschen aus einem schlechten Jahrgang und einem kleinen Essen zum Abend war der Mann zufrieden gewesen. Sein munterer Stier hingegen hatte im Hof getobt, als die Kuh aus dem Stall geführt worden war, und es war ein Glück, dass der Besitzer sein Tier in Ketten gelegt an zwei Eisenpflöcken, die er zuvor tief in den Boden gerammt hatte, gebunden und das Tier geschickt mit einer Schnur an einem blutigen Nasenring dirigiert hatte. Die Kuh war regelrecht unter dem tobenden Vieh zusammengebrochen, und der alte Dores hatte alle Not gehabt, sie in den nächsten Tagen wieder auf die Beine zu stellen. Als der gängige bäuerliche Behelf, die Kuh mit Stroh abzureiben, um ihre

Lebensgeister wieder zu wecken, zu keinem Ergebnis geführt, und er das Gefühl bekommen hatte, das Tier lasse es sich gut gehen, während er übers Reiben ans Schwitzen gekommen war, versuchte er es nach *seiner* Methode mit Tritten. Ein Umgang, den auch die Kuh besser kannte. Schnell hatte sie sich in ihrer Not wieder auf die Beine gestemmt. Na also!

Das Kuhkalb war dünn und mager, aber es überlebte. Seine Mutter, die sich nach der Geburt hingelegt hatte, stand dieses Mal nicht wieder auf, da half kein Reiben und auch kein Treten mehr. Der alte Dores begann, das Kalb mit der Flasche großzuziehen und ärgerte sich schwarz darüber, dass er die Milch dazu bei einem Bauern im Dorf kaufen musste. Irgendwann ließ dieser Gnade vor Recht ergehen und willigte ein, das Kalb in seinen Stall zu stellen, damit es von seinen Kühen mitversorgt würde. Das Geld, das der alte Dores dafür zahlen sollte, brachte er nie auf. Aber Jakob, inzwischen aus der Gefangenschaft zurückgekehrt, bot dem Bauern an, ihm als Gegenleistung samstags ein paar Stunden im Stall oder auch auf dem Feld zu helfen.

Der Bauer winkte ab, empfand Mitleid mit dem Jüngsten des alten Dores, diesem Bübchen, das die Schule noch nicht ganz beendet hatte, aber schon aus einem Krieg zurückgekehrt war. Seine großen blauen Augen blickten unsicher aus seinem schmalen, glatten, noch bartlosen Gesicht mit dünnen, geschwungenen Lippen. Wie sollte auf einen solchen Kopf ausgerechnet eine Wehrmachtsmütze passen? Jakobs große Ohren standen weit zu beiden Seiten ab. Sie waren auch der einzige Garant dafür, dass die Militärmütze, die er immer noch trug, auf der das Hakenkreuz entfernt worden war, obenauf blieb und ihm nicht ins Gesicht rutschte.

»Dat es jo goot jemeint«, sagte der Bauer. »Awwa seh lewer zo, dat ihr daheim selwa mol widder of die Bein kummt.«

Jakob bedankte sich. Tage später trug er dem Bauern zwei Flaschen Wein hin, die er im Keller seines Vaters stibitzt hatte.

Für den alten Dores stand es außer Frage, dass Jakob ab sofort in seinem Betrieb mitzuarbeiten hatte. Schließlich war er selbst in die Jahre gekommen und nicht alles fluppte mehr so wie früher. Deshalb fackelte er nicht lange, scherte sich einen Dreck um Jakobs Willen, fragte seinen Jungen nicht nach Neigungen oder Ideen für seine Zukunft. Er setzte voraus, dass er gehorchen würde, zu mehr war er nicht imstande. Jakob fügte sich. Seinem Vater zu widersprechen, darin hatte er keine Übung, das konnte er sich nicht vorstellen.

28

Der Bübel und ich hatten das Indianer-Alter erreicht. Ich mehr noch als er. Welcher Indianer hieß schon Bübel? Deshalb nannte ich meinen Bruder Winfried fortan Winni, ein Name, der einigen bekannten Indianernamen durchaus ähnelte. Jedenfalls glaubten wir das.

Wo und wann immer sich die Gelegenheit bot, verwandelte ich mich von einem Jungen in einen Indianer, einen edlen, einen gerecht kämpfenden, Abenteuer bestehenden, erhaben den Kopf in den Wind wendenden Ureinwohner Amerikas, oder das, was ich mir darunter vorstellte. Der Vater unterstützte unser Spiel, wenn wir mit ihm im Wald oder auf den Schieferfelsen der Brauselay hoch über der Mosel unterwegs waren. Wir kletterten in kleinen, harmlosen Steinbrüchen herum, und unser Vater fotografierte uns dabei aus einem Winkel, dass es später auf dem Foto aussehen sollte, als hingen wir mutig in einer gefährlichen Felswand. Wie es Indianer in unserer Vorstellung auch taten. Wir rannten, versteckten uns hinter Bäumen und Büschen, warfen uns flach auf die Erde, schossen mit eben gefundenen Stöcken unsichtbare Kugeln auf imaginäre Feinde und sprachen ungelenke Sätze, die unseren indianischen Akzent unterstreichen sollten, ähnlich, wie wir es in Filmen gesehen und gehört hatten: »Häuptling Osceola mit dir rauchen Pfeife des Friedens« oder »Pfeile von Falkenauge immer treffen böse Bleichgesichter.« Den Vater nannten wir im Spiel Intschutschuna. Er hörte das nicht gern, was ihm anzumerken war, aber uns zuliebe ertrug er es. Die Fotos, die er von uns geschossen hatte, erwarteten wir mit Spannung. Erst nach einer guten Woche konnten wir sie im Fotoladen abholen. Alle waren enttäuschend. Nichts von den bestandenen Abenteuern war darauf zu sehen. Nur zwei Jungen mit Mecki-Frisuren in identisch gestreiften Sommerhemdchen und kurzen Lederhosen, der Winni und ich, wie wir uns ungelenk und kunstlos an einer Schieferwand abrackerten, um heldenhaft zu wirken. Aber bald erzählte Vater von einer Geschichte, die das Potenzial zu einem wirklichen Abenteuer hatte.

Nur wenige Tage nachdem Jakob aus dem Krieg zurückgekommen war, hielt der alte Dores seinen Jüngsten an, ihm beim Transport einer Holztruhe vom Speicher hinunter in den Hof behilflich zu sein. Zu zweit bugsierten sie den schweren Kasten an den seitlich angebrachten Metallgriffen durch das enge, gewundene Treppenhaus. Auf Jakobs Frage, was sich denn darin befände und was er damit vorhabe, winkte der alte Dores mürrisch ab, grummelte: »Froch net su vill, pack leever ohn.« Im Hof befahl der Alte seinem Sohn, die Truhe auf den Leiterwagen zu hieven. Dann solle er Flaschenkisten mit Stroh auffüllen, dass es so aussähe, als lägen Weinflaschen darin. Diese solle er zur Tarnung um die Truhe herum bauen. Jakob fragte sich, was das ganze sollte, hätte zu gern einen Blick in die Truhe geworfen, die der Alte vorsorglich verschlossen hatte. Auf Befehl schirrte Jakob einen Ochsen an, ein uraltes Tier, das sein Vater sich bei einem Freund und Winzerkollegen namens August, ausgeliehen und angeschleppt hatte. August führte in einer Gasse unten im Dorf seinen Winzerbetrieb und hatte den in die Tage gekommenen Ochsen nutzlos im Stall stehen. Jakob spannte ihn vor den Wagen und ab ging es, vorbei am Brückenkopf, die sehr gerade und steil verlaufende Bergstraße hinauf und weiter oben durch etliche Kehren auf den Conder Berg. Während der alte Dores sich ein Lederkissen unter den Hintern geschoben und sich auf den Leiterwagen gesetzt hatte, lief Jakob neben dem Ochsen her, der die ganze Chose zu ziehen hatte. Jakobs Hand lag beruhigend auf dem Hals des Tieres. Den Weg musste er ihm nicht weisen, es kannte ihn. An manchen beschwerlichen Passagen sprach er leise mit dem Ochsen, der schnaubte und schwer atmete: »Sejn jo gleich do, sejn jo gleich do, e bessje noch, gleich sejn ma do.«

Der Acker, den der alte Dores bewirtschaftete, schloss sich direkt an den Waldsaum an, wo das Gelände flach und eben wurde. Hier führte Jakob das Zugtier in einen Feldweg und ließ es anhalten. Der alte Dores kletterte von seinem Gefährt, wies Jakob an, voranzumachen und die Truhe mit ihm zusammen über das freie Feld zum Waldrand zu schaffen. Dort hoben sie ein Loch aus, tief wie ein Grab. Bevor sie die Truhe darin versenkten, raffte Jakob seinen Mut zusammen und sagte zu seinem Vater, er wolle jetzt doch wissen, was in der Kiste drin sei. Der alte Dores strich sich über das unrasierte Kinn, blickte Jakob in die Augen, sagte mit leichter Drohgebärde: »Awwa hall blus die Klapp!« Er nahm einen Schlüssel aus der Tasche seiner Arbeitsjacke, öffnete das Vorhängeschloss und den Deckel der Truhe.

»Ah!«, sagte Jakob nur, als er erkannte, was sich alles darin befand. Er griff nach zwei, drei Gegenständen, die er abschätzig betrachtete, während er sie durch die Hände gleiten ließ.

»No, dann fott domet«, sagte er. Der alte Dores spürte den leisen Spott, den fast stillen Vorwurf, den er in Jakobs Stimme wahrnehmen konnte. Aber seinen Zorn hielt er zurück. Jakob warf alles in die Truhe zurück und verpasste dem Kistendeckel einen unwilligen Stoß. Jetzt reagierte der alte Dores mit einem ärgerlichen Blick, eilte sich, das Ding wieder zu verschließen, befahl: »Fott, pack oon!«

Nach ein wenig Hin- und Hergeschiebe und Geruckel fiel der Kasten polternd ins Loch. Den Schlüssel drückte der alte Dores seinem Sohn mit einer wichtigtuerischen Geste in die Hand, als ginge es um ein Vermächtnis: »Heij, pass good droff off!«

Natürlich waren Winni und ich darauf versessen, mehr vom Geheimnis unseres Großvaters zu erfahren. Aber unser Vater verneinte, als wir fragten, ob ein Schatz in der Kiste gewesen sei, den es sich lohne wieder auszugraben. Er winkte ab, nein, nur wertloses Zeug habe darin gelegen, alles andere als ein Schatz. Nichts Besonderes. Ihm war anzumerken, dass er es wegen unserer drängenden Fragen bereits bereute, uns die Geschichte erzählt zu haben. Wir wollten ihm nicht glauben, fragten, wer denn schon einen solchen Aufwand betreibe, um wertloses Zeug loszuwerden. Aber er beharrte auf seinem Wort, dass nichts Brauchbares darin gewesen sei. Außerdem habe ja auch er nur einen kurzen Blick in die Truhe geworfen, bevor er sie mit unserem Großvater zusammen versenkt habe.

Und der Schlüssel, fragten wir, wo ist der Schlüssel geblieben? Immerhin überlegte er jetzt kurz und er schien selbst überrascht zu sein, als ihm einfiel: »Ech glaaf, dä hängt noch daheim om Schlesselbrett.« Jetzt waren wir nicht mehr zu halten, und tatsächlich offerierte er uns wenig später einen winzigen, etwas angerosteten Schlüssel, durch dessen Öse ein kurzer, dünner Draht geflochten war. Ob wir ihn behalten dürften, fragten wir. Und als er ohne lange zu überlegen *ja* sagte, wir könnten ihn behalten, waren wir fast etwas ernüchtert. Vielleicht nur um vorläufig seine Ruhe vor uns zu haben, erklärte er sich bereit, bei einem nächsten Spaziergang über den Berg mit uns nach der Stelle zu suchen, wo die Truhe lag. Ich bin mir bis heute nicht ganz sicher, ob er einfach das Spiel mit uns weiter betrieb, um uns den Spaß nicht zu verderben, obwohl er wusste, dass es enttäuschend enden würde, oder ob er tatsächlich eine Chance sah, nach fast zwanzig Jahren erkennbare Reste im Kistengrab zu finden.

Am Samstag darauf bestiegen wir mit Schaufeln und einer Kreuzhacke bepackt den Conder Berg. Auf dem schmalen Streifen zwischen Acker und Waldrand liefen wir einige Male aufmerksam auf und ab. Plötzlich blieb der Vater stehen, schaute sich prüfend um und zeigte auf einen Platz, von dem er sagte, dass er der richtige sein könne. Winni und ich spuckten in die Hände und begannen unser Werk. Unser Vater stand ein paar Meter Abseits und dirigierte: »E' bissjen weijter rechts.« Oder: »Nä, doch eher e' bissje weijter zom Waldrand hin.«

Die Erde war trocken, hart und von Wurzelwerk durchzogen. Wir ackerten und rackerten wie besessen. Bald waren Winni und ich am Ende unserer Kräfte. Das Loch war kaum fußtief, und kräftige Wurzeln durchzogen wie ein Netz die harte Erde. Unser Vater tröstete uns, wir könnten es ja ein anderes Mal erneut versuchen. Aber es blieb bei dem einen Versuch. Winni und ich gaben widerstandslos klein bei und waren insgeheim sogar etwas erleichtert, die Plackerei ohne großen Gesichtsverlust beenden zu dürfen.

Lange Zeit später, sehr lange Zeit später, ich war längst erwachsen und wohnte nicht mehr in Cond, fragte ich meinen Vater noch einmal nach dem Inhalt der Kiste. Er wunderte sich, dass ich nicht selbst darauf gekommen war.

»Dä janze Nazikrom von deinem Grußvatter wor do dren«, erklärte er und rümpfte dabei verächtlich die Nase. Hakenkreuzfahnen, Armbinden, das Hausschild des Ortsbauernführers, Abzeichen, Anstecker, Ehrennadeln mit Hakenkreuzen, eine Uniformjacke und eine Mütze, gleich zwei Exemplare *Mein Kampf,* die durften nicht fehlen, ein Ordner mit Dokumenten, Urkunden, einige Fotografien, ein gerahmtes Porträt des Führers, und obendrauf auf dem ganzen Plunder lag diagonal, fein säuberlich in ein geöltes Betttuch gewickelt, ein Karabiner mit kurzem Lauf. In einer Flaschenhülse aus Stroh steckte eine Flasche Wein, deren Etikett den Jahrgang 1933 auswies.

Der alte Dores hatte seinen Sohn am Haken, an dem er wie ein Fisch zappelte und von dem er sich viele Jahre nicht befreien konnte. Über die Nachkriegszeit erzählte Vater ebenso wenig wie über die Kriegszeit. Trotzdem drangen im Laufe der Jahre manche Begebenheiten ans Licht und wurden in der Familie erzählt. *Hamstern*, das war ein Stichwort, das Jakob ab und zu fallen ließ. Ich hatte lange nur eine ungefähre Vorstellung von dem, was Hamstern in der Nachkriegszeit bedeutete, und mein Vater war nicht gerade groß darin, Dinge zu erklären, nach denen ich ihn fragte. Er war zum Beispiel wirklich firm darin, nicht nur seine Weinberge zu bestellen, sondern auch den Garten in *Kaas* und das größere, gleich danebenliegende Grundstück, das er vom Bäckermeister Ambach gepachtet hatte, zu hegen und zu pflegen.

Ambach war wohl kein Gartenmensch, daher konnte er mit dem Grundstück nichts anfangen. Außer mit dem Zwetschgenbaum, der in der Mitte stand. Die süßen, blauen Früchte, die daran wuchsen, beanspruchte er als Pachtzins. Jahrelang wurden im Spätsommer diese Zwetschgen, in Cond sagte man *Quetsche*, von meiner Oma Klara entkernt und aufgeschnitten. Sie wohnte inzwischen in einem der verschachtelten Gebäude, die allesamt zum Anwesen der Bäckerei gehörten, und sie hatte nichts dagegen, hier und da in dem beanspruchten Familienbetrieb auszuhelfen. Das Schneiderhaus hatte sich für sie, ihren Bruder und ihre Schwägerin zunehmend als zu klein erwiesen. Konflikte waren unausweichlich geworden, und als Klaras ältester Bruder Alois, aus dem fernen Ürdingen, wo er schon ewig wohnte und Karriere bei der Sparkasse gemacht hatte, ein Machtwort gesprochen und seinen Bruder Hannes zum alleinigen Erben des Hauses bestimmt hatte, hatte Klara sich schleunigst daran gemacht, eine neue Bleibe zu suchen.

Sorgsam platzierte Bäcker Ambach die von meiner Oma aufgefächerten Früchte auf dem Zwetschgenkuchen. Dabei entstand selbst bei runden Kuchen ein schönes, gleichmäßiges Muster, das mich an schiefergedeckte Dächer erinnerte, die auf den Häusern entlang der Mosel überall vorherrschen. Vater nahm es mit dem Zwetschgenbaum in seinem Garten sehr genau, und er hatte uns verboten, von diesen Zwetschgen zu essen. Natürlich konnte Vater seine Augen nicht überall haben. Dann verhielten wir uns wie Eva am Apfelbaum im Garten

Eden. Und wir hatten Glück, dass nicht ein Gott über die Zwetschgen wachte, wie es bei Evas Äpfeln der Fall war.

War Vater auch noch so begnadet, mit allem umzugehen, was in Garten und Weinberg wuchs, den Pflanzen durch einen gekonnten Schnitt eine Richtung zu geben, immer im rechten Moment nach ihnen zu sehen, sie zu binden, zu mulchen und mit Wasser zu versorgen, die Erde zur rechten Zeit aufzulockern und mit Dünger zu versehen und natürlich zum richtigen Zeitpunkt die Ernte einzuholen, so wenig war er in der Lage, zu erklären, warum er das Eine oder das Andere tat und warum er es *so* tat, wie er es tat.

Auf meine Bitte, mir zu erklären, wie der Traubenstock an der Hausfassade zu schneiden sei, nahm er einen Rebenzweig in die Hand, zeigte mit der Schere an eine für mich beliebig erscheinende Stelle und sagte: »Heij moß de oofschneide, heij, sehs de, und och heij!« Auf meine Frage, woran ich denn die Stelle erkenne, an der die Rebe zu schneiden sei, sagte er regelmäßig: »Dat seht ma doch!« Mehr gab es dazu nicht zu erklären. »Dat seht ma doch!«

Mit meinem Vater kann ich mich bis heute keineswegs in eine Reihe stellen, wenn es um Garten- und schon gar nicht um Weinbau geht. Aber manches habe ich mir im Laufe der Jahre doch aneignen können. Ich schneide die Apfel-, Pflaumen- und Pfirsichbäume in meinem Garten und natürlich die Reben, die das Haus umranken. Wenn ich mal gefragt werde, nach welchem Prinzip ich denn arbeite und wie die Äste und Reben zu schneiden seien, wundere ich mich, dass mein Gegenüber es nicht selbst erkennt. Ich werde dann schnell ungeduldig über dessen Unbedarftheit und dann rutscht es mir manchmal unbeherrscht heraus: »Das sieht man doch!«

Was also bei den Hamstertouren meines Vaters nach dem Zweiten Weltkrieg genau passierte, habe ich kaum erfahren. Nur so viel: Er, der junge Kerl, packte so viele Weinflaschen wie er tragen konnte, in einen Rucksack und marschierte in die vorderen, der Mosel nah gelegenen Dörfer der Eifel. Von Greimersburg war manchmal die Rede, von Landkern oder den Dörfern auf der rechten Seite des tief in die Eifelhöhen einschneidenden Enderttals, Dohr, Faid, Gevenich und Büchel. Hier versuchte er, den Wein bei den Bauern gegen Essbares einzutauschen, was ihm scheinbar auch meistens gelang. Vielen Bauern auf dem Land ging es vergleichsweise gut. Die Siegermächte hatten ein Erfassungs- und Bezugssystem von Lebensmitteln etabliert. Die Beschaffung von rationierten Gütern außerhalb dieses Verteilungssystems war verboten. Umso besser florierte der Schwarzmarkt, besonders in den stark zerstörten deutschen Großstädten, in denen die Bevölkerung noch mehr an Hunger litt als in ländlichen Regionen. Die Bauern hielten ihre Erzeugnisse vor den Erfassungsämtern so gut es ging zurück. Der Weinbau an der Mosel war durch Kriegseinwirkungen in vielen Betrieben nahezu ruiniert. Zudem war Wein für die meisten Menschen durch den Krieg zu einem Luxusgut geworden. Doch hatten die Eifelbauern mitunter Speck, Rauchfleisch oder Würste schon zum Tausch parat liegen, wenn die Moselaner mit Wein kamen, den sie entweder gegen andere benötigte Waren wiederum eintauschten oder zu besonderen Gelegenheiten selbst genossen.

Seine Wege in die Eifel legte Jakob bevorzugt in der Dämmerung auf schmalen Waldpfaden und über Feldwege zurück, um nicht von einer Streife der französischen Besatzer erwischt zu werden. Das gelang ihm auch meistens. Bis auf eine Begebenheit, die einzige, die er später gut gelaunt ein- oder zweimal zum Besten gab.

Er war unterwegs nach Landkern und verließ unweit vom Ortsrand entfernt den schützenden Wald, als ihm zwei Gestalten entgegenkamen. Sich in die Büsche zu schlagen und sich zu verstecken, dazu war es zu spät. Längst hatten sie ihn mit ihren Ferngläsern entdeckt. Aber er blieb einfach stehen und wartete ab. Im Näherkommen legte einer der beiden Uniformierten seine Flinte auf ihn an. Um jedem Missverständnis entgegenzutreten, hob er langsam die Arme über den Kopf, wie er es aus der Zeit seiner Kriegsgefangenschaft kannte. Die Männer sprachen ihn auf Französisch an. Er verstand kein Wort. Dann begannen sie zu lachen, machten sich locker, der eine sicherte die Flinte und hängte sie sich über die Schulter. Jakob wartete keine Anweisungen ab, nahm den Rucksack vom Rücken, löste das Band, das ihn verschloss und entnahm die beste Flasche Wein, die er dabeihatte. Er entkorkte sie vor den Augen der beiden Männer, die geduldig abwarteten. Ein Probierglas hatte er auch dabei, schenkte ein und übergab es einem der beiden, den er für den Ranghöheren hielt. Der steckte erst die Nase über das Weinglas und schlürfte daran. Er machte eine abwägende Geste, sagte etwas zu seinem Kollegen und ließ auch diesen probieren. Der leerte das Glas in einem Zug, sodass Jakob neu einschenken musste. Das ging ein paarmal hin und her. Dann war die Flasche leer, und Jakob öffnete eine neue. Eigentlich muss die Geschichte nicht weitererzählt werden, da ihr Ende absehbar ist. Das Ergebnis waren zwei besoffene, die Marseillaise vor sich hin trällernde Franzosen, und ein um vier Flaschen Wein erleichterter Jakob. Klar, eine solche Geschichte behält niemand für sich, doch weitere Informationen übers Hamstern herauszurücken, dazu ließ mein Vater sich nicht erweichen.

Gern hätte Jakob eine Lehre gemacht. Am liebsten zum Küfer, Gartenbauer oder Winzer. Hauptsache, aus sich und dem Leben, das jetzt groß und weit und ohne Krieg vor ihm stand, etwas machen! Aber sein Vater versagte ihm, sich auf eine Stelle zu bewerben. Sein Platz sei im häuslichen Betrieb, da gebe es nichts zu diskutieren, basta!

Jakob widerstand seinem Vater nicht, widersprach mit keinem Wort. Fügte sich kleinlaut und ängstlich. Doch nicht mutlos. Dann würde er eben seine Ideen, seine Kraft in den Betrieb stecken. Doch so sehr Jakob sich über Wochen, Monate und Jahre bemühte, das väterliche Unternehmen wollte nicht wieder auf die Beine kommen und zu altem Vorkriegsruhm gelangen.

Serge, der französische Zwangsarbeiter, den der alte Dores sich in seiner Eigenschaft als Ortsbauernführer zu Kriegszeiten selbst zugewiesen hatte, blieb auch über das Kriegsende hinaus freiwillig bei seinem Conder Herren. Er arbeitete viel und mit großer Gelassenheit, wenn man es so will für Kost und Logis. Rein formal hatte der alte Dores bis zum Ende des Krieges das Sagen über den ins Deutsche Reich verschleppten Franzosen. Aber er hatte es nur formal. Serge wäre wohl auch dann noch ein freier Mann gewesen, wenn man ihn in Ketten gelegt hätte, frei im Denken und sogar im Handeln. Er ließ nie einen Zweifel daran aufkommen, dass er auch als Zwangsarbeiter das tat, was ihm gemäß erschien. Er konnte sich anpassen, aber beherrschen ließ er sich nicht. Schnell hatte der alte Dores das gespürt, und nach gar nicht so langer Zeit der Anwesenheit des Franzosen im Conder Winzerbetrieb war er einer der wenigen Menschen in Dores' Umgebung gewesen, der ihm wegen seiner Tatkraft, seiner unverrückbaren Haltung und Klarheit Respekt abgenötigt hatte. So ließ der alte Dores ihn gewähren, sorgte dafür, dass es ihm gut ging, dass er bequem untergebracht war und vor allem, immer genügend zu essen hatte. Serge arbeitete viel, war stark, hatte eine gute Auffassungsgabe und organisierte sich selbst. Niemand wäre auf den Gedanken gekommen, ihm Anweisungen zu erteilen. Wer seine Hilfe benötigte, bat ihn darum. Morgens stand er als erster im Hof, und abends verdrückte er sich, wenn die Arbeit getan war.

Im Frühjahr 1947, als der bitterkalte Jahrhundertwinter endlich an Kraft nachgelassen hatte und zum ersten Mal seit Monaten eine wärmende Sonne über dem Moseltal stand, trat Serge mit gepacktem Bündel in den Hof und nahm Abschied vom Haus des alten Dores. Für diesen war es ein bitterer Abschied, denn er wusste, was mit dem Frühjahr alles an Arbeit auf seinen Winzerbetrieb zukommen würde. Serge zum Bleiben zu überreden oder ihn darum zu bitten, seine Entscheidung noch einmal zu überlegen, wäre ihm nicht in den Sinn gekommen. Dazu kannte er den Serge inzwischen zu gut. Wenn der sagte, dass er gehe, dann gab es daran nichts zu ändern. Der alte Dores bot ihm an, er dürfe jederzeit wiederkommen, auch nur zu Besuch, wenn er das wolle. Bevor Serge auf den *Neije Wäch* trat und sich mit zügigen Schritten in Richtung *Daljaas* davonmachte, geschah etwas völlig Unerwartetes. Jakob, der sich im Haus befand und alles durch die Fensterscheibe beobachtete, traute seinen Augen nicht: Der alte Dores, einen halben Kopf kleiner als sein ehemaliger Zwangsarbeiter, reichte diesem die Hand, zog mit der anderen den Hut und verneigte sich. Serge antwortete mit einem kurzen Kopfnicken. Er verharrte noch ein paar Sekunden, bevor er sich endgültig in Bewegung setzte. Der alte Dores und auch Jakob hörten nie wieder etwas von ihm.

Nur der Fährmann, der seinen Fährbetrieb jetzt, da die Mosel kein Eis mehr führte, wieder aufgenommen hatte, erzählte später dem Jakob, dass er wohl der letzte Conder gewesen sei, der mit dem Franzosen noch ein paar Worte gewechselt hatte. Er habe ihn mit der Pont übergesetzt, der flachen Wagenfähre, mit der seit Kriegsende Menschen, Vieh und Wagen sicher über den Fluss gebracht werden konnten und die aus der dreißig Kilometer moselabwärts gelegenen Ortschaft Lehmen ausgeliehen worden war, da die Stadt Cochem kein eigenes geeignetes

Wasserfahrzeug besaß, das den wachsenden Personen- und Güterverkehr über den Fluss hätte aufnehmen können. Die zerbombte Skagerrak-Brücke befand sich mitten im Wiederaufbau und war unpassierbar.

Noch bevor er die Pont am Cochemer Fährkopf habe festmachen können, sei der Franzose mit einem gewaltigen Satz an Land gesprungen, habe mit starkem französischem Akzent gerufen »Merci und Dankeschön Monsieur Fährmann!« und sei im Nullkommanichts moselaufwärts in Richtung Sehl verschwunden gewesen.

29

Auf diesem Foto erkenne ich ihn, den Jakob, meinen Vater, da lacht er wieder und hat etwas zugenommen. Anders als auf früheren Fotos aus den Vierzigern, die ich mir angesehen habe. Eines, auf dem er verlassen und mager in einer Militäruniform steckt. Wie ein missbrauchtes Kind, mit Augen voller Fragen, denke ich beim Anschauen. Auf diesem späteren Foto aber hängt ihm eine alberne Plüschfigur um den Hals, und an das Revers seiner Anzugjacke sind zwei Fähnchen geheftet, rechteckig herabhängende, am unteren Rand ausgezackte Wimpel, wie sie in den 1950er Jahren bis in die frühen 70er auf der Kirmes verkauft wurden. Wer ein solches Fähnchen trug, demonstrierte, ich war dabei. Wobei auch immer! Das Beste auf dem Foto und wahrscheinlich der Grund für Jakobs ausgelassene Fröhlichkeit ist eine schöne Frau, die er im Arm hält. Mein Blick fällt auf das üppige, quer verlaufende Muster ihres Kleides. Ein Stoff wie eine Gardine. Er liegt eng an, und wegen der Pose der Frau werden Po und vor allem ihr Busen trefflich abgebildet. Sie strahlt aus ihren dunklen, großen Augen. Es scheint ihr zu gefallen, dass er sie nah an sich zieht, ihren Körper entschlossen umfasst, dass seine zupackende Hand sich unter ihrer Achsel weit vorgeschoben hat. Ihre Hände dagegen scheinen nicht so recht zu wissen, wohin und verharren in der Luft, wenig entschlossen, wie kleine, ungefährliche Krallen. Johanna, meine Mutter.

Das Foto ist im Gasthaus *Rebstock* aufgenommen worden, wo bis in die 1970er Jahre fast sämtliche Conder Feste gefeiert wurden. Ich erkenne den Ort genau, denn ich erinnere mich gut an den markanten Garderobenhaken und den Holzrahmen der Eingangstür, die auf dem Foto im Hintergrund eindeutig zu sehen sind und auch zwei Jahrzehnte später noch dieselben waren. Längst ist der Conder *Rebstock* Geschichte, seine damaligen Besitzer, die einst wie mit dem Haus verwachsen schienen, leben nicht mehr. Manchmal fällt es schwer zu glauben, dass ein solches Haus und seine Bewohner, die so oft der Mittelpunkt unserer Welt gewesen waren, langsam schon dem Vergessen anheimfallen.

Aber die Zeit, in der das Foto aufgenommen wurde, war im Aufblühen begriffen und von dem Abend an gehörte Johanna zu Jakob, und Jakob gehörte zu ihr. In den zurückliegenden Jahren waren Angst und Elend des Krieges zunehmend von ihnen abgerückt, hatten sich in die dunklen Kammern ihres Bewusstseins verzogen. Außer in den Nächten, wenn Johanna im Bett neben ihrer Mutter Klara aufschreckte, weil sie glaubte, Sirenen und die Geräusche von herannahenden Fliegermotoren zu hören und sich mit dem Gedanken, dass jetzt Jakob an ihrer Seite war, schnell wieder beruhigte. Und bei Jakob, wenn ihn im nächtlichen Schlaf und manchmal auch tagsüber die toten, erstickten Gesichter seiner Kameraden bedrängten.

Der Rückzug war das Schlimmste.

Jakob, der sein Lebtag mehr ein Fabulierer als ein Erzähler war, sprach nie darüber, dass der alte Dores ihn nicht nur viele Jahre für geringen Lohn und ohne jede Altersabsicherung in seinem Betrieb gehalten, sondern auch eine Frau für ihn ausgesucht hatte. Nach einem milden Frühling und einem heißen, trockenen Sommer war die Weinqualität im Jahr 1952 gut. An Menge hätte es gerne noch etwas mehr sein dürfen. Aber der alte Dores und sein Sohn waren mit der Lese insgesamt zufrieden. Jetzt war der Neue im Fass, und im Keller hatte die Gärung begonnen.

»Ä brutschelt schunn«, wird Jakob gesagt haben. Das war auch in späteren Jahren oft sein Ausdruck, mit dem er den Most lobte, wenn dieser sich schon im Fass bewegte, gärte, verwandelte, eben *brutschelte.*

Er mag es selbst ein wenig wie ein alljährliches Wunder wahrgenommen haben, dass aus der braunen Brühe, die er aus der Kelter gequetscht und in Holzfässer gelagert hatte, in den kommenden Tagen und Wochen fast ganz wie von selbst Wein entstand, der, nachdem er filtriert und entschlackt worden war, blank und frei von Partikeln im Glas glänzte. Aber ganz so weit war es noch nicht gewesen, als er nach der Lese die Kelter gesäubert, die Spindel geölt, die Hydraulik überprüft und die Metallteile mit Speziallack ausgebessert hatte. Die klobigen Presshölzer der Kelter und die von Metallverschlägen zusammengehaltenen Holzstaken des Kelterrings hatten während der vergangenen Tage zum Trocknen auf dem Hof gelegen. Daneben die hölzernen Trichter der Traubenmühle und der Rimmelmaschine. In Letzterer war von einer mit langen Noppen besetzten Walze der durch den Keltervorgang fest zusammengepresste Traubenkuchen, der Trester, für einen neuen Keltervorgang aufgelockert worden. Die Lederriemen der Hotten hatte er mit einer Speckschwarte eingerieben und geschmeidig gemacht, hatte die Hotten als erstes auf dem Dachboden der Scheune verstaut, die Traubenbüttchen gleich daneben. Das hohe Tresterfass stand randvoll und seinen herbstlichen Duft verbreitend in der vorderen Hofecke nah beim *Neije Wäch*. Bereit für die Abholung durch den Schnapsbrenner.

Beim Abladen der großen Holzbütte vom hohen Leiterwagen, in der die Trauben bei der Lese gesammelt und nach Hause gebracht worden waren, hatte sogar der alte Dores mit Hand angelegt. Die beiden hatten das Monster unter Flüchen und Kommandoschreien des alten Dores an seinen angestammten Platz im Keller bugsiert. Vater und Sohn dachten in solchen kraftraubenden Momenten an den Serge. Während sich der alte Dores einen starken, klaglosen Arbeiter wie ihn zurückwünschte, dachte Jakob, wie gut, Serge, dass du dich beizeiten vom Hof gemacht hast. Das Büttenmonster würde schon bald zum Einweichen und Spülen ausgetrunkener und mit Etiketten behafteter Weinflaschen taugen. Tagelang würden sie von Jakob mit Bürsten von innen und außen im eiskalten Wasser traktiert werden, bis sie wieder wie neu waren, und er würde sich womöglich, wie auch in den vergangenen Jahren, bei der Arbeit eine Erkältung einhandeln.

Während Jakob schließlich den Hof kehrte, um auch noch die letzten Spuren der Traubenlese zu beseitigen, bemerkte er, wie der alte Dores unschlüssig um ihn herumschlich. Ein solches Verhalten war seltsam und untypisch für ihn. Normalerweise hätte er ihm den Rest an Arbeit überlassen, hätte vielleicht noch einmal einen kurzen Blick in den Keller und nach dem gärenden Most geworfen und wäre ohne lange Rede ins Haus gegangen, zumal es kühl und schon fast dunkel geworden war. Heute aber schien er noch etwas zu wollen. Aber was?

»Vadder, es noch ebbes?«, fragte Jakob.

»Ebbes, ebbes!«, bekam er erregt zurück, und gleich darauf befahl der alte Dores: »Morje Omend jiest de um acht Uhr en die *Gute Quelle*. Do kimmt dann och däm August seijn Lissje hin.«

»Wat hon ech dann met dem August seijnem Lissje?«

»Dat wär en goot Partie fir dech. Ech hon schunn met dem August jeschwätzt. Also, seij ordentlich und freundlich zu dem Mädche.«

»Vadder, ech well mech awwer net met dem Lissje träfe. Dat es nämlich iwwerhaupt net meijne Fall.«

»Ob dat deijne Fall es oder net: dou jihs morje dohin!«

»Awwer ...!«

»Basta, dou jihs dohin! Un blamér mech blus net!«

Der alte Dores drehte sich auf dem Absatz um, stieg die Treppe hinauf und verschwand durch die Haustür ohne ein weiteres Wort. Kurz darauf kam Jakob zu Ohren, womit er schon gerechnet hatte. Kaum dass sein Vater offenbar die Wohnung betreten hatte, hörte er die Alte schreien, dass man hätte meinen können, die Fensterscheiben drohten zu zerspringen. Was sie schon wieder hatte! Seit der Herbst spürbar und die Tage kürzer geworden waren, nahmen ihre Tobsuchtsanfälle wieder zu. Besonders in den Abendstunden war ihr nicht beizukommen. Bis sie sich verausgabt hatte, schnaufend und erschöpft aufs Bett fallen ließ und einschlief.

Jakob betrat die Wohnung seines Vaters nur noch, um etwas zu essen. Wenn denn etwas gekocht und für ihn übriggeblieben war! Und wenn er sich an den Abenden nicht mit Johanna traf, die ihn oft genug zu sich und Klara und Albert in die *Daljaas* einlud, wo für ihn immer etwas auf dem Tisch stand, verkrümelte er sich in sein Zimmer auf der Mansarde seines Elternhauses. Dort hauste er jetzt ganz allein. Sein Bruder Franz, dessen Bett noch wie eh und je seinem gegenüber stand, hatte sich als letzter seiner Geschwister davongemacht. Agathe war zuerst gegangen, schon lange vor dem Krieg, nach Ratingen, zu ihrem Fritz. Und sie hatte mit Jakob auf ihrem Schoß geweint, den kleinen Blondschopf gestreichelt und geküsst, bevor sie die Koffer anhob und entschieden und ohne zurückzuschauen zum Cochemer Bahnhof marschiert war. Jakob hatte gelitten unter dem Verlust seiner großen Schwester, die für ihn in den zurückliegenden Jahren die Mutter ersetzt hatte, so gut sie konnte. Nachdem Agathe in Ratingen Fuß gefasst hatte, ließ sie ihre Schwester Betti nachkommen, der sie eine Anstellung in einem Düsseldorfer Haushalt besorgt hatte. Auch Franz hatte es, als er aus der Kriegsgefangenschaft gekommen war, gleich zu seinen Schwestern in die Stadt gezogen. In seinem Conder Zuhause war er vorläufig nur noch einmal aufgetaucht, um seine Siebensachen zu holen, die schnell und leicht in einer mittelgroßen Militärtasche verstaut waren. Als die

Ollichs Franz' Vorhaben begriffen hatte, begann sie zu toben, schrie ihn an, wie undankbar er sei und was ihm denn eigentlich einfalle. Franz hatte sich durch die Reaktion der Ollichs in seiner Entscheidung bestätigt gefühlt und sich im Laufschritt davon gemacht, so schnell er konnte. Er hatte sich nicht die Zeit genommen, die Haustür hinter sich zu schließen, hatte sie zuknallen hören, als er schon mit großen Sätzen die Treppe hinuntergesprungen und durch das offenstehende Hoftor auf den *Neije Wäch* gelaufen war.

Auch Gerda war bereits gegangen, nach Köllerbach zu ihrem Bergmann Jupp ins Saarland. Nur Dores und Vinzent waren im Dunstkreis ihres Vaters geblieben und wurden von ihm heranzitiert, wenn er Personal für seinen Betrieb brauchte, beim Umgraben im Weinberg, beim Spritzen der Reben gegen Peronospora und Mehltau, beim Heben und Wuchten der schweren Holzbütten und Fässer und natürlich beim Abfüllen des Weins in Flaschen. Das Abfüllen, das in anderen Winzerbetrieben wie ein kleines Fest zelebriert wurde, geriet beim alten Dores regelmäßig zu einer familiären Tragödie. Zum Abfüllen wurden mindestens vier bis fünf Leute gebraucht, von denen jedem eine spezielle Aufgabe zukam. Die leeren, frisch gespülten, blitzblanken Weinflaschen, die es zu füllen galt, standen kopfüber auf hölzerne Flaschenböcke aufgesteckt zumeist im Nebenkeller oder, je nach Witterung, auch auf dem Hof. Zwei Mann hatten dafür zu sorgen, dass sie zügig herbeigetragen wurden, wenn die Abfüllung lief. Im Wechsel kam jeweils einem der beiden Flaschenträger die Aufgabe zu, dem Abfüller, der für sich das Zentrum der Veranstaltung bildete, die Flaschen anzureichen. Der Abfüller saß auf einem niedrigen Schemel vor einem wuchtigen Würfel aus Metall. In diesem durchlief der Wein eine Reihe von Filterschichten und floss dann blank und frei von Partikeln unter leichtem Druck durch zwei dünne Röhren in die vom Abfüller auf diese aufgesteckten Flaschen. Ein guter Abfüller bediente die Anlage geschickt und verlor beim Wechsel der Flaschen kaum einen Tropfen der wertvollen Flüssigkeit. Im Wechsel steckte er die Flaschen auf, entnahm die vollen, um sie in dem eigens dafür aufgestellten Metallkasten abzustellen. Aus diesem entnahm der Stopfer, der als nächster in der Reihe stand, die gefüllten Flaschen. Der Stopfer bediente die Stopfenmaschine. Das war im Keller des alten Dores ein gewaltiges Monster, ganz aus Metall. Sie stand auf drei gusseisernen Beinen, hatte eine Art Schüssel zur Aufnahme einer Flasche. Darüber befand sich ein Führungsloch, in das der Korken eingesteckt wurde und ein gewaltiger, von einer Eisenkugel gegengelagerter Hebel. Mit diesem wurde der Korken mittels eines Bolzens in die Flasche gedrückt. Die verkorkten Flaschen legte der Stopfer in bereitgestellte Flaschenkisten, die wiederum von einem Einräumer zu im Keller befindlichen Wandnischen oder zu bereitgestellten Lagerboxen geschleppt und darin exakt gelagert wurden. Diese Aufgabe erledigte der alte Dores selbst, denn er war sicher, dass keiner der Söhne an seine Vorstellungen von Kellerordnung und Organisation heranreichen würde.

Der Vorgang des Abfüllens wurde im Keller des alten Dores laufend von dessen Geschrei oder Flüchen überschallt. Kaum einer seiner Söhne fand mit seiner Arbeit Gefallen vor ihm. Gnade ließ er allenfalls gegenüber seinem Ältesten, dem Dores, walten. Vielleicht weil dieser ihm nicht nur äußerlich, sondern auch charakterlich sehr ähnlich war. Legte der alte Dores eine Schimpfpause ein, dann war es garantiert der junge Dores, der die Rolle übernahm und seine Brüder anschnauzte. Damit versuchte er auch deutlich zu machen, dass mit den Schimpfereien des Vaters nicht er, sondern nur die Brüder gemeint sein konnten. Dores Aufgabe war die Bedienung der Abfüllanlage. An diesem zentralen Platz fühlte er sich, wenn sein Vater es nicht tat, berechtigt, seinen Unmut an die Brüder Vinzent und Jakob weiter zu geben. Er tat das nicht in einer Lautstärke wie sein Vater, vielmehr raunte er seinen Brüdern Gemeinheiten zu, weil sie ihm, der von der Fließgeschwindigkeit des Weins in die aufgesteckten Flaschen abhängig war, entweder zu schnell oder zu langsam arbeiteten. Vinzent und Jakob ertrugen den alten Dores und seinen Sohn schweigsam, raunzten allenfalls den ältesten Bruder an, er solle sich nicht so aufführen, nicht so wichtigmachen, worauf Dores meist mit einer herablassenden Grimasse antwortete. Ging wirklich einmal etwas daneben, dass dem Abfüller Dores zum Beispiel eine Flasche überlief, oder ihm die leeren Flaschen nicht wie er es wünschte, angereicht oder vom Stopfer abgenommen wurden, maulte er, denn Schuld waren selbstverständlich die anderen. Ging eine Flasche versehentlich zu Bruch, sahen der alten Dores und sein Ältester darin Grund genug, in ein Horn zu blasen, herumzuschnauzen und den vermeintlich Schuldigen zu beschimpfen. Solange es sich dabei um eine leere Flasche handelte, stieß ihre Empörung noch an Grenzen, wehe aber, wenn sie bereits gefüllt war, wenn dem Stopfer unter der Wucht des Verkorkens etwa eine Flasche zerbrach …!

Als hätte er gewusst, wann die letzte Flasche gefüllt und verkorkt war, erschien zuverlässig nach jeder Abfüllaktion August, der Vertraute und Freund des alten Dores, im Kellertürrahmen, ebenso wie der alte Dores bei August erschien, wenn der abgefüllt hatte. Lachend, wichtigtuerisch, meist mit einem zügellosen Spruch auf den Lippen, forderte August, den neu Abgefüllten probieren zu dürfen. Da spurte der alte Dores plötzlich, schwenkte Probiergläser unter dem Strahl des Wasserschlauchs, reichte eines seinem Kumpel, zog eine eben erst verkorkte Flasche auf und schenkte ihm und sich selbst ein. Frech schlich der junge Dores sich in die Runde. Auch ihm wurde eingeschenkt und nach und nach die Flasche bei angeregtem Geschwätz geleert, während Jakob und Vinzent sich mühten, den Keller in Ordnung zu bringen.

Unwillig erschien Jakob zum verabredeten Zeitpunkt im Gasthaus *Zur Guten Quelle*. Das befand sich in der *Daljaas*, unweit vom Schneiderhaus entfernt. Er hatte sich nicht getraut, seinem Vater den Wunsch auszuschlagen, sich mit Lissje zu treffen. Es war ja auch kein Wunsch gewesen, womit der alte Dores ihn konfrontiert hatte, sondern ein Befehl. Jetzt saßen sich die beiden jungen Leute gegenüber, blickten verlegen in ihre Gläser, Jakob ins Weinglas und Lissje in eine Limonade, die Jakob ihr spendiert hatte. Sie kannten sich, wie alle Leute im Dorf sich kennen, hatten sich gegenseitig, außer dass ihre Väter gut miteinander konnten, nie besondere Aufmerksamkeit geschenkt. Wenn ihre Augen sich in kurzen Sequenzen von den Getränken lösten und ihre Blicke sich kreuzten, schoss ihnen die Röte ins Gesicht. Lissje war nicht hässlich. Aber ihr großes flächiges Gesicht mit dem breiten Mund, den schmalen Augen machten ihr Aussehen für Jakob auch nicht besonders attraktiv. Kein Vergleich mit Johannas Ausstrahlung! Ihre glänzenden Kohlenaugen in dem ebenmäßig, immer freundlichen Gesicht, ihr überaus weiblicher Körper und ihr schwarzes, leicht gewelltes, halblanges Haar!

Jakob spürte Lissjes warme Hand auf seiner. Das kam plötzlich und unvermittelt. Er schaute sie an. Irritation lag in seinem Gesichtsausdruck. Sie lächelte ein freundliches Lächeln und ihre kurzen Zähne kamen zum Vorschein.

Erstaunt entfuhr ihm, halb fragend, halb ausrufend: »Lissje!« Sie umfasste seine Hand jetzt mit beiden Händen. Die Röte von vorhin war ganz aus ihrem Gesicht gewichen. Ruhig und fest schaute sie ihn an.

»Mir zwei, Jakob«, sagte sie, »mir zwei seijn net firenanner jemacht, obwohl dou en feine Kerl bes. Awwer dat mir net zosomme passe, dat weist dou, un dat weiß ech. Trinke mir also unser Gläser leer un jiehn heim.«

Sie machte eine kleine Pause, blickte einen Moment versonnen in den Gastraum und erklärte, die Väter müssten sich ihre Träume eben aus dem Kopf schlagen. Auch wenn die Vorstellung, aus ihren beiden kleinen Weingütern ein großes wachsen zu lassen, durchaus ihren Reiz habe.

»Awwer Schluss domet!« Sie ließ seine Hand los, er zog seine sofort zurück. Mit einem kräftigen Schluck leerte sie ihr Limonadenglas. Jakob stand auf, ging zur Theke, um die Getränke zu bezahlen. Dabei fühlte er sich plötzlich ganz beschwingt, erleichtert, wie befreit. Ein Glücksgefühl, das ihn unvermittelt an den letzten Tag seiner Kriegsgefangenschaft erinnerte, als ein französischer Uniformierter hinter einem provisorischen Schreibtisch einen runden Stempel auf seine Entlassungspapiere hatte sausen lassen und *Vous pouvez rentrer chez vous!* gesagt hatte: Du kannst nach Hause gehen! Das war sieben Jahre her, am 11. Juni 1945, ein Datum, das er sein Lebtag nicht vergessen hat.

Fast bedauerte Jakob es ein wenig, jetzt nicht doch mit Lissje noch ein wenig da sitzen zu dürfen und ihr beim Reden zuzuhören. Aber die hatte schon ihre Jacke übergezogen, die Handtasche umgehängt und war zur Tür gegangen. Kurz drehte sie sich noch um, rief »Danke für die Limo!« und verschwand durch die Wirtschaftstür. Als Jakob schnell bezahlt hatte und keine halbe Minute später hinaus in die *Daljaas* trat, um noch einmal Ausschau nach ihr zu halten, war sie bereits verschwunden. Er schaute die dunkle Straße hinauf und hinunter, und als ihm das Schneiderhaus schattenhaft in den Blick geriet, war ihm, als winke jemand aus einem schwach erleuchteten Fenster im ersten Stock. Im Näherkommen erkannte er Johanna.

30

Das offizielle Hochzeitsfoto, das drei Jahre später entstand, gelang nicht sonderlich gut. Scheinbar war ein professioneller Fotograf am Werk, und rein fototechnisch mag es auf der Höhe der Zeit gewesen sein. Aber das Paar blickt aufgebaut und ausstaffiert dem Fotografen entgegen, dass ich mich an ein missglücktes Exponat in einem Wachsfigurenkabinett erinnert fühle. Schon als Kind saß ich verwundert vor diesem Foto und habe darauf alles andere als mein glückliches Elternpaar erkannt. Natürlich, rein formal wusste ich, dass sie es waren. Das sah ich auch. Dennoch irritierte mich das Foto, so oft ich es betrachtete. Während bei meinem Vater eine Mundhaltung auszumachen ist, die mit etwas Fantasie als Lächeln gedeutet werden könnte, ohne die Ernsthaftigkeit des Moments damit preiszugeben, schaut Johanna geradezu verzweifelt mit einem Schlafzimmerblick, der zu sagen scheint, *bring mich hier weg, oder ich falle augenblicklich in Ohnmacht*. Dabei hege ich nicht den geringsten Zweifel, dass die beiden ein glückliches Brautpaar waren. Doch das Hochzeitsbild zeigt eben genau das nicht. Mein Vater steht um eine Schulterbreite hinter der Braut. Der linke Arm hängt an ihm herab, fast ein wenig zu lässig, bezogen auf das Gesamtensemble. In der Hand hält er einen Zylinder und weiße Handschuhe. Mein Vater und weiße Handschuhe! Diesen Unfug muss der Fotograf sich ausgedacht haben. Wahrscheinlich hat er die Accessoires einem jeden Bräutigam vor seiner Kamera in die Hand gedrückt. Als Kind war ich wegen des Zylinders in meines Vaters Hand ein wenig stolz. Als ich ihn fragte, ob er mir den Zylinder einmal zeigen könne und warum er ihn nicht ab und zu trage, lachte er. Ich war enttäuscht, als er gestand, dass er ihn für die Hochzeit geliehen hatte. Vielleicht war auch der schwarze Anzug geliehen, in dem er steckte, denn der schien ihm eine Spur zu groß zu sein.

Jetzt zu meiner Mutter oder besser, zu der abgebildeten Dame an der Seite meines Vaters, die – man glaubt es kaum! – einmal meine Mutter werden würde. Sie ist ganz in Weiß. Trotzdem strahlt sie nicht. Ein ausladendes Kleid mit viel Schleiergedöns drumherum, sehr lang und vermutlich mit einer Schleppe hinten dran. Der schöne, geschwungene Ausschnitt läuft zur Brust hin vorsichtig zusammen und bildet dort die Form eines V. Über der Spitze des V steckt, wenn ich es auf dem Schwarzweißfoto richtig erkenne, ein kleines Sträußchen. Übrigens trägt mein Vater ein ebensolches am Revers seines Anzugs. Immer dachte ich, meine Mutter habe zur Hochzeit eine besonders lockige Kurzhaarfrisur getragen. Aber jetzt, bei richtigem Hinsehen zum soundsovielten Mal, erkenne ich, dass es sich bei dem, was da auf ihrem Kopf zu sehen ist, um einen Kranz handelt, nicht um die Frisur, vermutlich einen grünen Kranz, der obenauf sitzt, an dem ein zarter Schleier befestigt zu sein scheint, der sich, das kann man gut erkennen, um ihre Schultern schmiegt. Es ist nicht leicht, über den Brautstrauß ein paar Worte zu verlieren. Als Sohn dieser beiden abgebildeten Menschen habe ich auch Hemmungen, zugeben zu müssen, dass der Strauß ganz der Gesamtstimmung der Fotografie entspricht. Meine Mutter hält ihn vor ihrem Bauch, und die fünf Nelken, vielleicht waren es auch sieben, und nur fünf sind zu sehen, drohen in dem grünen Gewucher drumherum unterzugehen. Erschwerend hängt der ganze Salat schlapp und durstig in ihren Händen.

Mit der Hochzeit veränderte sich vieles im Leben der beiden Glücklichen, deren Hochzeitsfoto leider so missraten ist. Vielleicht ist es ein Ausdruck von gutem Gelingen, wenn am Anfang eines Unternehmens ein kleines Missgeschick steht, wie im Falle meiner Eltern das schräge Hochzeitsfoto für ihr gemeinsames Leben.

Monate vor der Hochzeit hatte Jakob eine Stelle bei der Conder Firma Ronmes in der Wein- und Sektherstellung angetreten, bei der er bis zur Rente bleiben sollte. Hier entwickelte er sich, geschickt wie er nicht nur in der Weinerzeugung, sondern auch in technischen Dingen war, zu einer Art *Mädchen für alles*. Bald schon gab es bestimmte Abläufe, die ohne Jakobs Sachverstand und Einsatzbereitschaft in der Belegschaft nur schwer umgesetzt werden konnten. Wurde an einem Tag Wein in der für damalige Verhältnisse riesigen Abfüllhalle vollautomatisch in Flaschen gefüllt, konnte es am nächsten Tag Sekt sein, der in die Flasche gegeben und verkorkt werden musste. Dazu wurde die Abfüllanlage umgerüstet. Die Abfüllung von Sekt setzte andere Bedingungen voraus als die von Wein. Und wenn beim Verkorken einer Sektflasche der Stopfen mal nicht ganz genau über dem Flaschenhals mit hohem

Druck abgesenkt wurde, kam es zu einem Knall, mit dem die Scherben der zerborstenen Flasche durch die Gegend schossen und das kohlensäurehaltige Getränk überschäumte. Das war der Moment, in dem die ganze Abfüllanlage mit Druck auf den roten Notknopf angehalten und nachjustiert werden musste, damit nicht weitere Flaschen zur Explosion gebracht wurden. Besonders heikel wurde es, wenn kleine Piccolo-Fläschchen, die Jakob gern Piccolöchen nannte, gefüllt wurden. Sie liefen mit deutlich höherer Geschwindigkeit über das Band, da ihr Volumen nur 0,2 Liter betrug. Besondere Aufmerksamkeit war geboten. Denn erfuhr ein Piccolöchen die zerstörende Kraft eines unpräzis auftreffenden Verschlusses, krachten wegen der hohen Füllgeschwindigkeit auch die drei, vier, fünf folgenden Flaschen. Ein Tohuwabohu und sektspritzendes Spektakel!

Jakobs Talent, den Betrieb der Abfüllanlage gut zu beherrschen, ihre Tücken einschätzen und Schwachstellen erkennen zu können, machte ihn nahezu unersetzbar. Zumal sich bald auch herausstellte, dass er in der Lage war, die Anlage von Wein auf Sektabfüllung umzurüsten und umgekehrt. Die Monteure der Herstellerfirma der Anlage wurden nur noch gerufen, wenn rein gar nichts mehr ging.

Familienfreundlich war Jakobs Engagement für seine Firma nicht. Zumal er, zumindest in den 1950er und der ersten Hälfte der 1960er Jahre, nur eine lächerliche Entlohnung erhielt. Die Umbauten der Abfüllanlage fielen in die Stunden nach Feierabend. Nicht selten verließ er die Firma erst um zehn Uhr abends oder, wenn es gar nicht gut lief, gegen Mitternacht. Stoßzeiten gab es vor Feiertagen, Weihnachten, Ostern. Dann fiel den Besitzern von Weinhandlungen oder Lieferanten für den Einzelhandel ein, dass zum Beispiel noch 8.000 oder 10.000 Flaschen Erdbeersekt – der war eine Zeitlang groß in Mode – benötigt wurden, und das möglichst bald.

Schaffe, schaffe – doch *Häusle baue* war nicht drin. Doch das musste es auch gar nicht. Das väterliche Erbe wurde nach dem Tod des alten Dores 1958 an dessen Kinder aufgeteilt. Den Winzerbetrieb erbten Dores, Vinzent und Jakob, wenn auch nicht zu gleichen Teilen. Der schlaue Dores hatte sich nicht nur die Filetstücke von Grund und Boden heraussuchen, sondern auch die Zahl der zu verteilenden Weinstöcke zu seinen Gunsten verschieben können. Alle drei betrieben von da an den

Weinbau nebenberuflich und mit gegenseitiger Unterstützung, wenn auch mitunter mit viel Geschrei und Uneinigkeit, genau wie sie es von ihrem Vater gewohnt waren. Einige der vererbten Weinberge gehörten gar nicht der Familie, sondern waren Eigentum der Kirche und nur gepachtet. Immerhin hatten Jakob und Johanna die Hälfte des Hauses geerbt, die andere Hälfte stand Vinzent zu. Dores hatte sich das Funktionsgebäude mit Ställen, Kelterhaus und Aufbauten, sowie den Hof und die das Haus umgebenden Weinberge und Gärten gesichert. Das ehemalige Nebengebäude ließ er in den Folgejahren zu einem Einfamilienhaus ausbauen. Die streit- und herrschsüchtige, ungeliebte Stiefmutter, die Ollichs, hatte lebenslanges Wohnrecht im Haus. Keiner der drei Brüder tat mehr als nötig für sie. Eher waren es die Ehefrauen, die sich ab und zu ihrer erbarmten. Ihr Tod und Begräbnis gingen geräuschlos vonstatten.

31

Ende der 1950er, Anfang der 1960er Jahre.

Einmal in der Woche unternimmt die Familie einen Sonntagsnachmittagsspaziergang. Dazu werden der Junge und sein Bruder herausgeputzt. Trotz ihres Altersunterschieds von eineinhalb Jahren ist Johanna bemüht, sie in gleichaussehende Kleidung zu stecken wie Zwillinge. Das hat der Junge längst begriffen, und er hasst es, genau wie sein kleiner Bruder herumlaufen zu müssen. Auch die Frisuren werden beim Friseur-Pitterchen möglichst identisch modelliert. Anfangs, als sie noch klein sind, unter dem Geschrei der Brüder, die das Haareschneiden wie eine Körperverletzung empfinden, wie eine öffentliche Züchtigung. Sie werden festgehalten, bis Pitterchen fertig ist und mit Schere, Kamm und elektrischem Rasierer, der bei Gebrauch schmerzhaft an den Haaren zerrt, von einem der Jungen ablässt, um sich in gleicher Weise dem anderen zu nähern, wie ein Scharfrichter. Bis hoch über die Ohren und über den Hinterkopf wird alles abrasiert, was nach Haaren aussieht. Über der Stirn wird es seltsam. Hier bleiben die Haare länger, werden aber zum Gesicht hin nicht etwa waagerecht geschnitten, was sich wie bei einer Ponyfrisur anbieten würde, sondern von rechts oben, knapp unter dem Haaransatz schief über die Stirn nach links unten bis kurz über die Augenbraue. Was soll mit einem solchen Gefratzel nur bezweckt werden? Zeitgeschmack oder Unvermögen des Friseur-Pitterchens? Die Kinder werden nicht gefragt. Sie haben es zu ertragen, weil die Mutter es so will. Da wird nicht lange gut zugeredet, gar getröstet, da wird nicht gefackelt, sondern befohlen, dass es zum Friseur geht. Basta!

Als gut Zweijähriger trägt der Junge eine blaue, selbstgestrickte kurze Hose mit Trägerchen. Genauso sein fast einjähriger Bruder. Wenige Jahre später besteht die Sonntags-Ausgehuniform aus grauen, kurzen Stoffhöschen mit Trägern, weißem Hemd und dunkler Fliege. Wieder später, die gleichen Lederhosen und gleiche, grüne, quer gestreifte Shirts. Im Winter dicke, von Mutter und Großmutter im Duo gestrickte graubraune Pullover, die bereits bei ihrer Fertigstellung zu eng sind. Eine Tortur, die Köpfe der Jungen durch die zu eng geratene Halsöffnung der Strickerei zu bugsieren. Die Mutter hilft beim Anziehen. Sie schafft es bis zur Nase, dann hängt das Ding eine Zeitlang quer übers Gesicht, geht nicht weiter. Ein beherztes Zugreifen der Mutter und zack! Ein quälendes Gejackel hin und her und abends das gleiche zurück.

Gegen den Sonntagsnachmittagsspaziergang hat der Junge nichts einzuwenden. Selten genug hat die Familie Gelegenheit, etwas gemeinsam zu unternehmen. Der Vater ist mitunter für ihn tagelang so gut wie unsichtbar. Morgens in aller Frühe verlässt er das Haus. Mittags eine Dreiviertelstunde Mittagessen, Zeitung lesen, Ruhehabenwollen und eine Zigarre rauchen. Dann aber wieder ab! Abends sind der Junge und sein Bruder oft schon im Bett, wenn er nach Hause kommt. Besonders in den Wintermonaten wird es oft spät in der Firma. Im Sommer arbeitet er manchmal bis zum Dunkelwerden im Garten und in seinen Weinbergen.

Es gibt im Wesentlichen drei verschiedene Wegvarianten, die je nach Laune oder Jahreszeit beim Sonntagsnachmittagsspaziergang bevorzugt werden. Die kleine Runde geht links- oder rechtsherum ums Dorf. Zum Beispiel den *Neije Wäch* entlang, *Daljaas* hinunter, Uferstraße bis zur Brücke und über den *Neije Wäch* wieder zurück – oder umgekehrt. Sie wird, weil sie die kürzeste ist, bevorzugt an ungemütlichen Wintertagen oder bei Schmuddelwetter gegangen. Manchmal aber auch an warmen Sommertagen, wenn es unterwegs auf der Sonnenterrasse des *Rebstocks* für die Mutter und die Jungen ein Eis und für den Vater ein Bier gibt.

Eine größere Variante reicht bis zur Brauselay. Dass wir heute mal wieder bis zum *Nikeläsje* gingen, sagt der Vater dann. Dabei hat er immer auch einen seiner Weinberge, der sich dort befindet, zur Begutachtung im Sinn. Genau wie bei der Spazierrunde in die entgegengesetzte Richtung. Die Bergstraße hinauf, über die Stadionstraße, um den Rundweg, an der Mosel entlang zurück. Dabei geht es in halber Höhe gleich an zwei Weinbergen der Gemarkung im Kern vorbei und auf der Rücktour, weiter unten im Tal, noch einmal am unteren Ende der gleichen Weinberge.

Das alles ist für den Jungen leicht zu ertragen, und außer dass er bei kleinen Ausreißern immer wieder zurückgepfiffen wird und gesagt bekommt, er solle gefälligst bei der Herde bleiben, hat er nichts auszusetzen. Schlimm aber, ja, richtig schlimm wird es, wenn die Eltern auf den Spaziergängen Bekannten oder Freunden begegnen. Und das passiert fast immer. Dann wird stehen geblieben und sich lang und breit über Dinge unterhalten, die den Jungen nicht die Bohne interessieren. Seinen Bruder ebenso wenig. Doch der verfügt über mehr Geduld. Die Anwesenheit der Kinder kann in solchen Situationen schnell schon mal vergessen werden. Erwartet wird, dass sie brav, abwartend bei der Herde bleiben. Dabei sind die Menschen, wegen derer der Spaziergang so jäh unterbrochen wird, nicht immer freundlich zu dem Jungen und seinem Bruder. Manchmal finden die Kinder überhaupt keine Beachtung, und im wahrsten Sinne des Wortes wird über ihre Köpfe hinweggeredet. Hauptsächlich sind es die Frauen, bemerkt der Junge, die am liebsten stundenlang irgendein überflüssiges Gequassel abhalten, das nicht einmal die Männer interessiert. Denn die stehen meistens auch brummbärig dabei und haben sich nicht viel zu sagen, oder das, was zu sagen ist, ist schnell gesagt. Aber sie legen ihr Sonntagslächeln auf, und der Junge glaubt, dass sie sich insgeheim nach ihrer Arbeit sehnen. In solchen Situationen jedenfalls. Mancher Sonntagsnachmittagsspaziergang gerät zu einer Tortur, wenn die Eltern gleich auf mehrere Bekannte hintereinander treffen. Da wird mitunter mehr gestanden als gegangen. Die Echternacher Springprozession wirkt dagegen wie ein Sprint. Der Sonntagsnachmittagsspaziergang entwickelt sich zu einer Plage, je älter der Junge wird. Einmal wird er von einem Erwachsenen bei einem sonntäglichen Spaziergangs-Stopp sogar angesprochen. Er ginge doch demnächst zur Schule, wusste die Frau. Ob er sich denn auch freue? Das hatte gerade noch gefehlt! Wie sollte er sich auf etwas freuen, das völlig im Ungewissen und ja, tatsächlich außerhalb seiner Vorstellung lag. In die Schule gehen! Gefühle von Furcht, Zweifel und Übelkeit überkamen ihn schon bei dem Gedanken. Aber er macht, wie er es gelernt hat, gute Miene zu kindlicher Verzweiflung. Brav nickt er und gibt ordentlich Antwort, ja, natürlich freue er sich. Aber damit ist das Interesse an ihm auch schon wieder beendet, und das Sonntagsgeplapper wird über seinen Kopf hinweg weitergeführt.

Seine schlechten Gefühle hinsichtlich seiner Einschulung haben ihn nicht getäuscht. Schon in den ersten Wochen erfährt er, was für ein kleines, unbedeutendes Licht er im großen Getriebe der Volksschule ist. Auch wie dort die Ordnung aufrechterhalten wird, mit Rohrstock auf Kinderhände. Und was gerecht ist und ungerecht, auch das lernt er schnell, dass manche Kinderhände ihn immer und immer wieder zu spüren bekommen und andere nie, dass manche Kinder vor der Klasse beschämt werden und andere von der Lehrerin Privatunterricht im Flötenspiel erhalten und in der Adventszeit jeden Morgen vor der Klasse flöten *Wir sagen euch an, den lieben Advent*, als Engelchen verkleidet und mit aufgeschnallten Flügeln.

Vom ersten Tag an teilt der Junge die Schulbank mit Gregor. Wenige Wochen nach der Einschulung heißt es, dass ein Fotograf komme, die Klasse zu fotografieren. Die Lehrerin, die von den Kindern in Anlehnung ihres Nachnamens heimlich Micki genannt wird, ordnet an, dass an dem Tag der Aufnahme alle gut gekleidet in der Schule zu erscheinen hätten. Gut gekleidet – was denn sonst? Offenbar genügt ihr das alltägliche Erscheinungsbild mancher ihrer Schülerinnen und Schüler nicht. Trotzdem wird der Junge von seiner Mutter in den engen, graubraunen Pullover gezwängt. Dass es genau dieser Selbstgestrickte war, verrät später die Fotografie. Gregor und der Junge sitzen in der vorletzten Reihe weit hinten im Bild. Auf Anordnung der Micki haben alle Kinder die Arme vor sich auf ihren Schreibpulten verschränkt und schauen eher gehorsam als munter in Richtung Kamera. Die Micki selbst hat sich hinter den Kindern vor dem Klassenschrank mit dem Rheinischen Lesebuch vor der Brust aufgebaut. Auf ihrem Kopf die zu einem Dutt aufgetürmten Haare, eine Frisur, die von den Kindern längst als Vogelnest enttarnt worden ist. Die Micki mit dem Vogelnest auf dem Kopf! Ein sanfter Kinderspott, der gegen die Verschlagenheit der jungen Lehrerin nicht bestehen kann, für die im Schulalltag das gezielte Zufügen von Schmerzen an ihre Sechs- und Siebenjährigen zur Normalität gehört. Tröstlich erscheint dem Jungen das einzige Bild im Raum. Es hängt an der Wand gegenüber der Tafel. Zu sehen ist ein Kind, ein Mädchen. Es steht vor einem Tisch, den es nur knapp überragt, und scheint, versunken in sein Tun, eine Suppe zu löffeln. Später wird der Junge sich an die blaugrüne Farbe des Bildes erinnern, an das wallende Kleid des Mädchens, das an manchen Stellen von der tief herabhängenden Tischdecke kaum zu unterscheiden ist. Er wird denken, dass es vielleicht Pablo Picasso gemalt habe.

Die Schule wird in vielen Köpfen als Selbstläufer gedacht. Der Junge empfindet den Tag seiner Einschulung als eine Art Übergabe durch das Elternhaus. In ihren Fittichen soll der sprichwörtliche Ernst des Lebens für alle Sechsjährigen beginnen. Die dort vorherrschenden Bildungs- und Erziehungsmethoden werden von vielen Eltern nicht infrage gestellt. Im Gegenteil. Sie sind in vielen Fällen nur die Fortsetzung der Methoden, die auch in den Elternhäusern herrschen, vielleicht sogar die noch besseren. Wird ein Knirps in der Volksschule durch körperliche Züchtigung vor den Mitschülern zur Rechenschaft gezogen, wird er, wenn er Pech hat und man zu Hause davon erfährt, noch einmal in die Mangel genommen. Deshalb gewöhnt der Junge es sich beizeiten an, daheim nur das Nötigste aus der Schule zu erzählen. Hat er mit der gestrengen Lehrerin Scherereien bekommen, bleibt das ganz unter dem Teppich. Nicht Verständnis und Unterstützung hat er zu erwarten, eher zusätzliche Strafe oder Beschimpfungen. Strafe dafür, dass er in der Schule bestraft wurde.

»Wenn du Wichse bekommen hast, hattest du sie sicher auch verdient.«

»Es ist noch kein Schlag daneben gegangen!«, amüsieren sich manche Erwachsene.

Die Volksschullehrerin verfügt über ein umfangreiches Repertoire an Sanktionen. Dazu gehören: in der Ecke stehen während des Unterrichts, Nachsitzen nach Schulende, schriftliche Strafaufgaben machen müssen, Schläge mit der flachen Hand ins Gesicht, Hiebe auf den Kopf oder in den Nacken, an den Ohren ziehen, Schläge mit dem Rohrstock auf die ausgestreckten Handflächen oder Fingerspitzen. Dazu gibt es perfide Auswüchse, die der Lehrerin vielleicht besondere Lust bereiten. Ein Klassenkamerad, der auch in Wintermonaten oft mit kurzer Lederhose erscheint, vielleicht in Ermangelung einer langen, wird mit dem Stock vorzugsweise auf die nackten Beine geschlagen. Er ist ein stolzer Junge. Er verzieht bei der Entgegennahme der Hiebe keine Miene und blickt der Lehrerin aufrecht und herausfordernd ins Gesicht. Doch er hat keine Chance. Nach dem ersten Schuljahr bleibt er zum ersten Mal sitzen. Und als die meisten anderen das dritte und vierte Volksschuljahr erreichen, dümpelt er noch immer in einer der ersten Klassen.

Die Kinder des ersten und zweiten Schuljahres drücken die Schulbank in einem gemeinsamen Klassenraum im Parterre der Schule im Conder Bergweg. Das dritte und vierte Schuljahr sitzt im Klassenraum darüber. Dort wird der Unterricht von einer Lehrerin gehalten, die in phonetischer Anlehnung an die Micki und der Einfachheit halber Löcki genannt wird. Löcki ist freundlicher, nachsichtiger und kann herzhaft lachen. Zwar gibt es auch bei ihr gelegentlich einen Klapps auf den Hinterkopf. Doch der wird eher als Zuwendung empfunden. Die Löcki schimpft und schreit gelegentlich, aber sie ist nicht gefährlich, eher schonmal beleidigt oder gekränkt, und sie beruhigt sich auch schnell wieder. Der Junge empfindet es als Segen, sie nach den ersten beiden Schuljahren zur Klassenlehrerin zu bekommen. Den Unterricht lässt er erstmals entspannt und leicht an sich vorüberziehen, dem strengen Sumpf der ersten Schuljahre fühlt er sich entwachsen.

Schon zu Beginn des dritten Schuljahrs haben er und Gregor ein Projekt im Auge, das ihnen wichtig ist. Nach ihrer Erstkommunion, die bald ansteht, wollen sie Messdiener werden. Nicht, dass sie besonders gläubig wären oder sich der Kirche näher fühlten als andere. Sie sehen im Messdienersein erstmals die Möglichkeit, eine besondere, eine herausragende Rolle spielen zu können, sich endlich aus kindlichen Zwängen zu erheben und wahrgenommen zu werden. In beträchtlicher Verkleidung auf der Altarbühne zusammen mit dem Pastor die Handlungen vorzunehmen, denen das halbe Dorf im Publikum folgt, das hat schon etwas! Das entspricht ihrem Drang nach Darstellung, nach Vorführung und Bedeutung. Also lernen sie unter der Anleitung der Küsterin Caroline geduldig die lateinischen Gebete, von deren Inhalt auch sie keine Ahnung hat, von denen sie aber weiß, wie sie klingen müssen. Und der Klang ist während kirchlicher Verrichtungen fast Ein und Alles. Man denke nur an das Glockengeläut vor und während jeder Messe, an das Schellen und Bimmeln mit Glöckchen und Klingeln, die Gesänge, die wuchtigen Vibrationen der Orgel, das Anschwellen der menschlichen Stimmen beim *Te Deum*. Ein Schallen, welches das in die Jahrhunderte gekommene, wackelig gewordene, alte Conder Kirchenschiff wie die Herzen mancher Gläubigen in Vibration zu versetzen vermag.

32

Die Nachkriegszeit war vorbei, die 1950er Jahre einigermaßen überstanden. Für Jakob hatte sich das Leben manifestiert, in der Arbeit, die ihm immer noch viel Anstrengung und zu wenig Geld einbrachte und im Privaten mit der Gründung seiner Familie. Der alte Dores war Geschichte geworden. Nahezu lautlos, ohne viel familiäre Aufmerksamkeit war ihm nach sechs Jahren seine zweite Ehefrau, die Stiefmutter seiner Kinder, ins Grab gefolgt. Die anfänglichen Erbstreitigkeiten unter den Geschwistern hatten zu keinen nachhaltigen Zerwürfnissen geführt, waren überstanden und einigermaßen beigelegt. Gras begann über früheren Zwist und familiäre Unebenheiten zu wachsen. Die Wirtschaftsgebäude des Winzerhofes des alten Dores mit Scheune, Stallungen und Kelterhaus waren längst zum Wohnhaus überbaut worden. Nur das Kelterhaus blieb noch eine Weile an Ort und Stelle. Der Hof, als ehemaliges Zentrum des Gebäudeensembles, wurde mit Asphalt belegt, die Bruchsteinmauern, die ihn zum *Neije Wäch* hin begrenzten und den Komplex einfriedeten, wurden geschliffen. Die Fläche musste als Parkplatz für Dores' erstes Auto herhalten. Auch das Wohnhaus veränderte sich. Das Höfchen hinterm Haus und der zu den Weinbergen hin sorgsam angelegte Garten mussten mehreren kleinen Erweiterungsbauten weichen, die ganz nach Bedarf, einer nach dem anderen, von Jakob und seinem Bruder Vinzent in gemeinschaftlicher Arbeit errichtet wurden. So entstand über die Jahre auf der Hausrückseite ein unansehnliches Durcheinander. Aber nicht nur die Gebäude der Familien auf dem *Neije Wäch*, das ganze Dorf geriet in einen Aufruhr aus Erneuerung, Neugestaltung und Ausbau.

Uns Dorfkinder beschäftigte das alles sehr, denn die ständigen Umwälzungen eröffneten ungeahnte Möglichkeiten zu neuen abenteuerlichen Spielen. Erst einmal aber mussten wir eine Niederlage einstecken. Die Zehnthausstraße, zu der wir Dorfstraße sagten, in der wir unsere Treffpunkte und Spielplätze hatten, wurde asphaltiert. Die großen Pflastersteine mussten weichen oder wurden unter dem Asphalt lebendig begraben. Dabei hatten sie nicht nur der alten Straße ein unwiederbringliches Bild verliehen, sondern waren auch eine Art Spielbrett für unsere

Klickerspiele mit Glasmurmeln gewesen, die in den Ritzen der Steine hervorragend rollten. Geschickte Kinder ließen ihre Klicker durch sie hindurchlaufen oder hoben sie über den Rücken der Pflastersteine bis zur Kuhle, der *Klickerkaul*, der *Boa*, die dadurch entstanden war, dass wir einen der Pflastersteine ausgehoben hatten. Auf der neuen asphaltierten Straßendecke rollten die Klicker sonst wohin. Schlimmstenfalls in einen Kanal, zu dem das Straßengefälle führte.

Eine der größten Veränderungen vollzog sich direkt vor unserem Haus. Der *Neije Wäch*, der bis dahin für den Verkehr eine Art Sackgasse war und auf die *Daljaas* mündete, wurde zur *Valwiger Straße* ausgebaut. Der Durchstich von der *Daljaas* bis zur Einmündung in die vorhandene Moselstraße wurde mitten durch die Weinberge geführt und zerstörte tausende Reben in der Gemarkung, die mein Vater *die Grof* nannte. Riesige Weinbergsflächen wurden mit Kettenfahrzeugen eingeebnet, abgetragen und die Erde wurde ausgeschachtet. Rohre aus Beton wurden verlegt, mit einem Durchmesser so groß, dass wir hindurchrobben konnten. Neue Rinnen und Drainagen, Aufschüttungen und Einebnungen veränderten fast täglich das Bild der Landschaft am Rande des Dorfes. Sandberge wurden aufgetürmt, und kaum, dass wir uns trauten, von hohen Mauern hineinzuspringen, war der Sand auch schon wieder abgetragen und verbaut worden. Dass es einen schönen Spazierweg entlang der neuen Straße geben werde, auf der auch Fahrräder fahren könnten, wurde den Zweiflern der Baumaßnahme erzählt. Diesen kann man sich noch heute anschauen, mehr als ein halbes Jahrhundert später. Entlang der großspurig ausgebauten Fahrbahn wurde eine breite Fläche ebenfalls mit Asphalt belegt, von der Straße lediglich durch einen hellen Streifen getrennt. Kein Gras, kein Strauch, kein Baum, keine Distanz. Alles andere also als ein geschützter Weg für Fußgänger. Im Gegenteil! Die tatsächliche, mehr noch die optische Breite der Straße, animierte Autofahrer *sportlich* zu fahren, wie man das nannte. Damit eine flotte Fahrt aus Richtung Valwig kommend am Dorfeingang nicht gedrosselt werden musste, folgte der Ausbau des *Neije Wächs* unverzüglich bis hinunter zum Brückenkopf.

Aus den Fenstern des Eckzimmers, in dem sich schon längst kein Schlafzimmer mehr, sondern inzwischen die Küche befand, ließ sich das Fuhrwerken der Arbeiter mit Schaufeln, Kreuzhacken und schwerem Gerät gut beobachten. LKW fuhren vor, wurden mit Grund beladen, andere kamen und brachten Sand, Schotter, Kies, Zement und Randsteine. Seine schöne Schlichtheit, die den *Neije Wäch* einmal ausmachte, verschwand innerhalb von wenigen Tagen vor meinen Augen.

Es bedurfte auch nur weniger Hiebe mit der Baggerschaufel, ein kurzes Hin- und Herschieben der Raupe und der Gartenstreifen, unser alter Hausgarten war Geschichte. Niemand hatte sich die Mühe gemacht, den Gartenzaun, der den Flecken begrenzte, abzubauen. Die Baugeräte erledigten das in einem Zug. Ich sah den einst von meinem Großvater sorgsam errichteten und von meinem Vater immer wieder reparierten Zaun aus Holzpfosten und Maschendraht in einem Stück mit der Baggerschaufel hochfahren und auf einer Ladefläche zusammen mit dem Aushub verschwinden.

Der Straßenausbau endete mit dem Aufbringen der Teerdecke. Tagelang fuhr eine Dampfwalze rauchend die Valwiger Straße auf und ab und glättete die Fahrbahn, und ich genoss den Duft von heißem Teer.

Wie es zu erwarten war, nahm der Autoverkehr schnell zu. Aus dem vergleichsweise beschaulichen Weg war eine moderne Durchgangsstraße geworden, deren Fahrbahn kaum einen Meter weit vor den Fassaden der Häuser vorbeiführte. Verkehrslärm und der Geruch von Abgasen entwickelten sich zu einem Dauerzustand. Aber auch die Gefahr beim Begehen der Straße! Eine neue Zeit im Kosmos unseres Dorfes war angebrochen, deren erstes Opfer ich selbst war.

Der Verkehrsunfall hatte sich nur 140 Meter weit von unserem Haus entfernt abgespielt. Meine Mutter erinnerte sich, wie sie alarmiert wurde, zur Unfallstelle gelaufen ist und auf dem Weg dahin immer wieder in Panik nach ihrer Mutter, nach Klara, geschrien hat.

Einer unserer liebsten Spielplätze war die wilde Uferböschung, die vom Dorfrand zum Fluss hinunterführte und die wir *Remmel* nannten. Je nach Wetter und Jahreszeit war der Remmel mal mehr, mal weniger überschwemmt und wurde wegen dieser Unberechenbarkeit der Natur zu weiten Teilen sich selbst überlassen. Hier existierten neben den Ausflüssen der dörflichen Kanalisation – die wir für kleine Bäche hielten – und der gepflasterten Rampe, die zum Fährkopf führte, über weite Strecken Biotope in all ihrer Vielfalt. Vögel und Nattern sowie unzähliges Kleingetier hatten hier eine Wohnstatt. Auch Ratten, die besonders auf die Leckereien in den Kanalausflüssen scharf waren. Mein Freund Gregor, in dessen Familienbesitz sich ein Luftgewehr befand, erzählte mir in der Schule von seinen Rattenjagden. Mit seinem älteren Bruder legte er sich am Remmel auf die Lauer, das Luftgewehr im Anschlag, bis sich in einem der Abflüsse etwas bewegte und dann paff! – Volle Granate auf die Ratte!

»Mir woren Ratte scheeße!«, war eine Zeit lang seine etwas großspurige Antwort, wenn ich ihn fragte, was er gestern so gemacht habe. Ich schwankte zwischen Bewunderung und Abscheu. Wer besaß schon ein Gewehr, aus dem vorn richtig etwas rauskam? Andererseits hatte ich keine Lust, auf Ratten zu schießen. Mehr noch, ich wollte diese Viecher nicht einmal sehen. Dazu hatte vielleicht ein Erlebnis geführt. Ich war allein im Remmel unterwegs. Aus Langeweile begann ich mit den Händen in einem Abfluss zu baggern, in dem zwar allerhand herumschwamm, den ich dennoch nicht von einem kleinen Bach unterschied. Mit der Hand im sandigen Untergrund wühlend bekam ich etwas zu fassen, das ich herauszog. Ich erschrak augenblicklich. Ich hatte eine tote Ratte aus dem Schlamm gezogen. Vor lauter Schreck ließ ich sie nicht fallen, sondern lief noch einige Schritte bis zum Wasser und warf sie in hohem Bogen in die Mosel. Dann begann es mich furchtbar zu durchschütteln. Ich wusch mir die Hände im Fluss. Aber den Ekel vor Ratten, tot oder lebendig, das widerliche Gefühl des Kadavers in meiner Hand, bin ich nie wieder losgeworden.

Ich fragte Gregor, was sie mit den toten Tieren machten, wenn sie sie erlegt hätten. Die ließen sie einfach liegen, sagte er. Und wenn sie noch zappelten, erhielten sie einen Fangschuss.

Das Großherzogtum Luxemburg, die Französische Republik und die Bundesrepublik Deutschland hatten schon 1956 ein Abkommen über die Schiffbarmachung der Mosel unterzeichnet. Was das in der Konsequenz bedeutete, davon hatten die meisten Menschen an der Mosel in allen drei Ländern keine Ahnung, und wir Kinder schon gar nicht. Es wurde erzählt, dass in den Mosellauf zwischen Koblenz und der französischen Stadt Neuves-Maisons, die nur wenige Kilometer von Nancy entfernt liegt, 28 Stauwerke mit Schleusen gebaut würden. Ein gewichtiger Grund sei es, die künftigen Moselhochwasser besser regulieren zu können. Ein Argument, das vielen immer wieder vom Hochwasser betroffenen Anwohnern gefallen haben dürfte, was aber, sieht man von kleinen Korrekturmöglichkeiten bei noch gering erhöhtem Wasserstand ab, Unsinn und gelogen war. Die Moselhochwasser kamen und gingen wie immer. Knapp 30 Jahre nach der Fertigstellung der Kanalisierung des Flusses kam es in den Jahren 1992 und 1993 sogar zu solch extremen Hochwasserereignissen, dass sich kein Moselaner erinnern konnte, jemals ein solches erlebt zu haben. In den Dörfern und Städten entlang des Flusses standen Häuser bis in die oberen Stockwerke unter Wasser. Was lose herumlag, wurde davongeschwemmt, ganze Einrichtungen zerstört und vom Wasser fortgetragen, Heizöltanks liefen aus oder wurden abgetrieben und Wasser und Böden verseucht. Unmengen von Unrat trieben tagelang den Fluss hinunter, und wenn sie nicht über den Rhein bis in die Nordsee gelangten, blieben sie irgendwo liegen oder versanken in den Fluten. Die Zerstörungen waren gigantisch und die 28 Stauwerke der Mosel regulierten nichts. Denn sie waren, wie vieles andere auch, unter der Wasseroberfläche einfach verschwunden.

Uns Dorfkindern entging es natürlich nicht, als am Moselufer Bau- und Kettenfahrzeuge ähnlich wie Bagger auffuhren. Der ganze Remmel, der wie die Kirche zum Dorf gehörte und einer unserer besten Spielplätze war, wurde mit einem Handstreich vernichtet. Es dauerte nur wenige Tage, bis er nicht mehr als das zu erkennen war, was wir kannten. Kein Strauch, kein Baum, kaum ein Gras war stehen geblieben. Auch über die Mosel rückten auf Schiffen gewaltige Baugeräte heran, wie wir sie nie gesehen hatten. Wir versuchten, zu den Arbeitern Kontakt zu bekommen, ähnlich wie bei denen, die den *Neije Wäch* gebaut hatten. Aber die Arbeiter an der Mosel blieben uns fremd, waren nicht an uns interessiert und schickten uns weg, wenn wir fragten, was es denn am Remmel zu bauen gäbe. Eines Morgens war ein gewaltiges Getöse zu hören, ein mächtiges Stampfen schepperte durch das Dorf. Die Ursache war schnell gefunden. Von den Kettenfahrzeugen, die Baggern glichen, jedoch größer waren und andere Ausleger hatten, viel länger und ohne Schaufeln, wurden entlang der Uferlinie gewaltige Eisenplatten in die Erde gerammt. Eine neben die andere. Es kam uns vor, als wolle man die Mosel von ihrem Ufer trennen. Und tatsächlich sah es später auch so aus. Da, wo früher lange Wellen die Steine am flachen Ufer leckten, schwappten sie später gegen Stahl und Beton. Der Fluss wurde aufgestaut, und für alle Zeit versanken die steinernen Kribben mit ihrer jahrhundertealten Aufgabe, den Flusslauf zu korrigieren und Anglern ausgezeichnete Fischplätze zu bieten, im gestiegenen Wasser.

33

Herbst 1965.

Der Junge weicht zurück, nimmt den Finger vom Klingelknopf, auf den er getippt und mit dem er das Dingdong drinnen im Haus ausgelöst hat. Da schlägt umgehend die Haustür nach innen auf, und der Riese steht vor ihm. Er greift nach dem Jungen. Der erstarrt vor Schreck. Aber nur den Bruchteil einer Sekunde lang. Er duckt sich weg, vollzieht eine halbe Drehung und beginnt zu rennen. Sein Herz pocht. Doch das Pochen treibt ihn an, macht ihn schneller. Im Nacken fühlt er eine seltsam knisternde Kälte, die sich über den Rücken hinunterschiebt. Seine Beine bewegen sich spielend und mit Leichtigkeit, obwohl er sonst kein guter Läufer ist. Hinter sich hört er die Schritte des Riesen, sein Schnaufen und verwünschende Wortfetzen. Dabei hatten er und die anderen Kinder ihm doch nur einen kleinen Streich spielen wollen. Einen Schabernack. Klingelmännchen! Mit dem kurzen Antippen des Klingelknopfes wurde aus einem Kinderscherz mit einem Mal bitterer Ernst. Die anderen sind ihm schon voraus. Er sieht sie rennen, hört sie schreien: »Dä Riese kimmt!« Es ist ein früher Abend im Spätherbst. Die Straßenlampen leuchten. Sonst gibt es nur das Licht, das hier und da aus den Fenstern schimmert.

Das Ziel ihrer Flucht haben sie vorher vereinbart: der verwilderte Garten mit dem verlassenen Haus am Moselufer. Dort im Keller, in den sie durch eine Fensterluke einsteigen, ist ihr Treffpunkt, ihr Hauptquartier. Der Junge scheint den nahen keuchenden Atem des Riesen zu spüren. So dicht ist er hinter ihm. Er biegt in die Kirchstraße ein. Dort muss er die Bruchsteinmauer überwinden, die zum wilden Garten führt. Den Fuß in das Mauerloch schieben, sich hochstemmen, den Stamm des Pflaumenbaums auf der anderen Mauerseite ergreifen und sich hochziehen. Wenn er das noch schafft, hat er Vorsprung gewonnen, ein Etappenziel erreicht. Er schwingt sich hoch, greift nach dem Baumstamm. Plötzlich spürt er einen festen Griff um sein linkes Bein. Der Riese hat starke Hände, er weiß, wie man Menschen einfängt, kennt sich aus. Gregor hat erzählt, dass der Riese im Krieg ein Elitesoldat gewesen sei. Bei der SS sei er gewesen. Der Junge weiß nicht, was das zu bedeuten hat. Auch Gregor hat es nicht genau gewusst und etwas von Erschießen und Vergasen von Menschen gefaselt.

Jetzt hat der Riese ihn am Bein, zieht und zerrt. Panisch umklammert der Junge den Pflaumenbaum. Strampelt planlos mit den Beinen. Ein Tritt, stumpfes, knatschendes Geräusch. Ein Aufjaulen hinter ihm, getragen von Schmerz. Der harte Griff lockert sich. Er hört wütende Verwünschungen. Er nutzt die Gunst des Augenblicks. Zieht seinen Kinderkörper über die Mauer, rennt zum Einstiegsfenster und brüllt hinein: »Dä Riese kimmt!«

Als erster kriecht sein Bruder Winni hervor, gefolgt von Gregor, der nach hinten befiehlt: »Nix wie weg hier!« Ihm folgen weitere drei, vier Dorfkinder. Sie schlagen sich durch den Garten. Einer hat eine Taschenlampe dabei. Sie kennen einen Geheimweg, über den sie das Gelände verlassen, laufen in die Dorfstraße zum Feuerwehrplatz, wo sie außer Atem versuchen, wieder zu sich zu kommen, sich schnell und wortlos verabschieden und in sämtliche Richtungen verteilen, einzeln oder zu zweit davonmachen, so tun, als wäre nichts gewesen.

Wieder stehen sich der Junge und der Riese an einer Haustür gegenüber. Diesmal war ein Schellen zu hören gewesen, kein Dingdong, diesmal ist es das Zuhause des Jungen, seine Haustür, die seiner Eltern. Aber der Riese läuft nicht davon. Er blickt böse drein, steht vor ihm, wie eine angeschlagene Gewalt. Seine Nase ist geschwollen und schief, und um die Nasenlöcher herum erkennt der Junge verkrustetes Blut.

»Jieh mol affmache«, hatte die Mutter gesagt. »Wer mach dat noch seijn, su spät om Omend?«

Der Riese verschafft sich Zutritt, schiebt den Jungen einfach beiseite, durchschreitet den Hausflur, tritt durch die offenstehende Zimmertür in die Küche. Seine Mutter, die den Riesen kennt, weil er in der Nachbarschaft des Schneiderhauses in der *Daljaas* wohnt, fragt verwundert, was los sei, und was denn um Himmels Willen mit seiner Nase passiert sei. Da fährt der Riese wütend mit der Hand dem Jungen, der ihm in die Küche gefolgt war, ins Genick, schüttelt ihn, verkündet, dieses Bürschlein sei das gewesen!

»Wie dann dat?«

Der Riese wird laut, schreit und führt sich wer weiß wie auf. Das Geschrei des Mannes schüchtert die Mutter ein. Hilflos versucht sie, sich bei ihm zu entschuldigen. Unbeeindruckt redet er von dem, was vorgefallen war, nennt es eine »Attacke dieser *Saupänz*, dieser Kinderbande« gegen ihn und seine Frau. Dass nun Arrest und Prügel an der Reihe wären. Die Mutter fragt den Jungen und seinen Bruder, ob das wahr sei, ob sie beim Riesen geklingelt hätten. Winni schweigt. Der Junge verneint tapfer, sie hätten damit nichts zu tun. Da fängt der Riese wieder an zu toben. Schlägt die Faust auf den Küchentisch. Wieder fragt die Mutter ihre Kinder, diesmal mit gereiztem, mit drohendem Blick. Der Riese wird immer ungehaltener, fasst mit den Fingern vorsichtig an seine verletzte Nase und schreit, dass der Junge schuld daran sei, dass er das getan habe mit mehreren Fußtritten, dass da jetzt Prügel an der Reihe sei. Die irritierte Mutter tut, was er verlangt, verteilt Ohrfeigen an den Jungen und seinen Bruder, der von der Eckbank gleich unter den Tisch sinkt. Die Mutter gerät außer sich, angetrieben vom Riesen, der nicht aufhört herumzuschreien, die Kinder zu beschuldigen und die Mutter in ihrem Tun anzutreiben. Tatsächlich weiß sie sich nicht anders zu helfen, und versucht, dem Drängen des Riesen gerecht zu werden, indem sie tut, was sie oft tut, wenn sie anders nicht weiterweiß, sie greift nach dem Kochlöffel, den sie als Stock benutzt, um damit ein Geständnis aus dem Jungen herauszupressen. Er gesteht nichts. Doch er wird weichgeklopft. Der Riese hat seine Freude, seine Genugtuung. Durch das ganze Spektakel hindurch hört der Junge, dass die Haustür von außen geöffnet wird. Mit Erleichterung erkennt er die Schritte des Vaters im Hausflur. Dann steht der Vater in der Küche und blickt verstört und fragend in die aufgebrachte Runde.

»Wat es dann heij loss?«, fragt er.

Seine Frau mit dem Kochlöffel in der zitternden Hand blickt hilfesuchend zu ihrem Mann. Verzweiflung steht ihr im Gesicht geschrieben und vollkommene Überforderung. Die Kinder jammern und heulen. Mit einer Grimasse drückt sich der Riese wortlos durch die Zimmertür am Vater vorbei, raunzt noch etwas, das niemand versteht und macht sich durch den Hausflur wortlos davon. Mit einem verzweifelten Rums schlägt die Haustür ins Schloss.

34

Es war der sonnenverwöhnte, unter dem Schiefer der Brauselay gelegene Weinberg, den Jakob seinen Besten nannte. Aber die Reben waren in die Jahre gekommen. Zwar war die Qualität der Trauben überdurchschnittlich gut, aber die Erntemenge ließ von Jahr zu Jahr nach. In dem Stückchen steiniger Erde hatte schon seine Mutter Magdalena als junge Frau gearbeitet, hatte anfangs in einem Leiterwagen ihre kleinen Kinder, Agathe und Dores, dorthin mitgenommen. Damals war der erste Weltkrieg schon fast in das dritte Jahr gekommen, und zu Hause nahm Magdalenas kränkliches Mädchen, die winzige Barbara, schon wieder Abschied von ihrem jungen Leben.

Jakob entschloss sich, die alten Reben auszuhauen und neue zu pflanzen. Das würde erst einmal ins Geld gehen, und ein oder zwei lange Jahre würde der junge Weinberg keine Frucht hervorbringen. Aber Jakob trug sich schon längere Zeit mit dem Gedanken, hatte alles mit seiner Frau besprochen, gespart und sich das nötige Kleingeld zur Seite gelegt. Sein Vorhaben wurde zu einer Plackerei, aber Jakob war jung und daran gewöhnt, viel und hart zu arbeiten. Das Schwierigste war, die alten, tief wurzelnden Reben aus dem Erdreich zu ziehen. Dazu hatte er sich in der Firma eine motorisierte Seilwinde ausgeliehen, die zwar auch keine große Kraft besaß, mit der es aber samt der Unterstützung seiner Brüder Dores und Vinzent an drei Samstagen gelang, die Reben zu entfernen. Dann kam die Arbeit, auf die er sich schon lange freute. Er vermaß das Stück Land, zog dünne Seile in exakten Abständen und bestimmte so, wo die Reihen und Zeilen der künftigen Rebstöcke zu verlaufen hatten. Er markierte die Pflanzlöcher, hob jedes einzelne tief aus, was wegen des steinigen Bodens besondere Mühe machte. Aber er wusste, wie wichtig es war, jeder Rebe ein, wie er es nannte, gutes Zuhause zu schaffen. Jede gesetzte Rebe wurde reichlich gewässert und gedüngt. Die Erde drumherum trampelte Jakob fest und deckte sie mit etwas Stroh ab, damit der Boden um den Setzling nicht austrocknete. Das benötigte Wasser schaffte er mit Eimern aus der Mosel heran.

Täglich lief er, wenn der Arbeitstag in der Firma beendet war, zum Weinberg, um nach den Reben zu schauen, ohne zu Hause, wo er auf seinem Weg vorbeimusste, bei Frau und Kindern anzuhalten. Vor der

Pflanzung hatte er die Setzlinge ein paar Tage ins Wasser gestellt, damit sie sich vollsaugen konnten. Den meisten genügte das auch, und sie wuchsen problemlos an. Die wenigen Mickrigen begoss er täglich. Sicherheitshalber, damit sie nicht eingingen. Im Mai trieben fast alle Reben aus, und es war ihm eine Freude, trotz des weiten Weges zur Brauselay, täglich nach ihnen zu sehen. Der Sonntagsspaziergang ging in diesem Frühjahr ausnahmslos zum *Nikeläsje.*

Im zweiten Standjahr blühten die Reben erstmalig und kündeten von der ersten Ernte, die es im Herbst geben würde.

Im Sommer bekam Jakob unerwarteten Besuch. Das Sonntagshochamt in der Kirche war gehalten, an dem Jakob wie gewohnt nicht teilgenommen hatte. Er ging nicht zur Kirche. Seine Frau selten, und wenn, dann zur Frühmesse. Er war im Begriff, seine Jacke überzuziehen, weil er zum Frühschoppen in den *Rebstock* wollte, an dem er wie gewohnt regelmäßig teilnahm, weil er dort seine Skatbrüder traf. Es klingelte an der Haustür und als er öffnete, stand der Pastor da und fragte, ob er hereinkommen dürfe.

»Ja sicher«, sagte Jakob und fragte sich, ob der Pastor ihn jetzt fragen wollte, warum er ihn nie in der Kirche sehe. Die Antwort darauf wäre ihm nicht schwergefallen, denn er hätte ihm freundlich geantwortet, dass er sein persönliches Hochamt immer dann halte, wenn er im Garten oder mehr noch, wenn er weit über dem Dorf in einem seiner Weinberge stünde. Mit Gott, hätte er gesagt, brauche er ihm sowieso nicht zu kommen. Der habe ihn bereits verlassen, als er mit siebzehn Jahren gegen die anrückende Übermacht der Amerikaner geschickt worden war.

Das alles hätte er mit Selbstverständlichkeit und Klarheit dem Pastor gesagt. Doch der hatte etwas anderes im Sinn. Er begann vom Weinbau und den Conder Weinbergen zu reden, besonders von denen, die nicht den Winzern gehörten, die sie bebauten, sondern der Kirche, von der sie die Weinberge gepachtet hatten.

Der Pastor wechselte das Thema und begann davon zu reden, was ihn, wie jeder wusste, am meisten umtrieb. Der Neubau der Conder Kirche. Er selbst, der ein Architekturstudium begonnen hatte, bevor er sich dem Studium der Theologie widmete, hatte die Pläne für den

Kirchenneubau selbst geschaffen. Sein ganzes Tun der vergangenen Jahre hatte er auf die Verwirklichung seines Planes konzentriert. Jetzt war es soweit. Der Kirchenneubau konnte beginnen. Als Standort war das steil ansteigende Weinbergsgelände am Brückenkopf der Skagerrak-Brücke ausgemacht worden. Jakob, der jetzt zu begreifen glaubte, was der Pastor von ihm wollen könnte, sagte vorsorglich, dass er auf der geplanten Fläche keine Weinberge besitze, die er verkaufen könne.

Es ginge, konterte der Pastor, auch nicht um die Weinberge, die er besitze, sondern um jene, genau gesagt um einen, den er zwar bebaue, aber eben nicht besitze, weil er sich im Besitz der Kirche befände. Noch genauer, es ginge um den Weinberg unter der Brauselay.

Irritiert erschrak Jakob. Mit einem Mal spürte er ein Ziehen in seinem Bauch. Das üble Gefühl kannte er aus früheren Momenten. Situationen, in denen er unerwartet bedrängt wurde, wenn er mit einem Mal merkte, dass ihm kein Ausweg blieb und etwas zu verderben begann.

»Nein, nein«, lächelte der Pastor, und schlackerte mit seiner langen, knochigen Hand, die sonst den Segen erteilte, durch die Luft. Er wisse, dass er keinen Weinberg auf dem Baugrundstück besitze. Aber jemand anderes habe einen umfangreichen Besitz auf dem Kirchenbaugelände. Der wolle allerdings nicht verkaufen, sondern tauschen, und jetzt komme er zum Punkt. Der andere wolle den Weinberg unter der Brauselay haben, der von ihm, Jakob, bewirtschaftet wird. Der sei zwar viel kleiner, als die Flächen, die er dafür hergebe, aber das sei für ihn in Ordnung. Und für die heilige katholische Kirche, wie der Pastor sich jetzt ausdrückte, sei das allemal der bessere Weg. Ein Kirchenbau, wie er geplant sei, ginge ja, wie er sich vorstellen könne, in die Millionen, und da werde jeder Pfennig gebraucht, weshalb ein Tausch genau das Richtige sei.

Jakob war blass geworden wie eine Kirchenwand. Und als der Pastor zu einem Monolog anhob, in dem er für die Bereitschaft der Gläubigen zu großzügigen Spenden warb, wurde ihm übel. Er erhob sich wortlos aus dem Sessel, ließ den Pastor predigen und ging aufs Klo. Dort blieb er so lange sitzen, bis das wilde Rumoren in seinem Gedärm etwas Ruhe gegeben, sein Kopf die Fähigkeit wiedererlangt hatte, einigermaßen klar zu denken und der Pastor sich davongemacht hatte.

35

1966.

Es ist Januar und morgens um viertel vor sechs noch stockdunkel. Der Junge wird beizeiten von der Mutter geweckt. Manchmal begegnet er zu dieser Zeit noch kurz dem Vater in der Küche, der seine Frühstücksbrote in der Jackentasche verstaut und sich zur Arbeit aufmacht. Von Unterhaltungen kann zu dieser frühen Tageszeit keine Rede sein.

»Morjen.«

»Morjen.«

»Komm mach voran, et es Zeijt.«

»Jo, ich mach jo.«

»Mol e bessje schneller!«

»Jo!«

Jeder tut was er muss, ohne dem anderen viel Aufmerksamkeit zu schenken. Die Mutter treibt ihn lustlos an. Alles wäre zu dieser frühen Stunde noch schwerer für ihn, wenn er nicht sein Amt vor Augen hätte, das er gleich antreten muss und das er liebt. Einen heißen Kakao, ein halbes Marmeladenbrot. Dann verlässt er das Haus. Draußen ist es rutschig. Er bemerkt das direkt schon auf der Treppe. Nicht gefährlich glatt. Aber auch auf dem Asphalt der Straße hat es an manchen Stellen gefroren. Bald muss er die Straße verlassen und die hohe Betontreppe, die bei den Straßenausbauarbeiten neu entstanden ist, hinuntergehen. An der Stelle wird er die letzte Lampe der Straßenbeleuchtung hinter sich lassen. Der Trampelpfad, der zwischen Hinterhausgärten und Rebstöcken zur alten Kirche führt, ist komplett unbeleuchtet. Die Dunkelheit verstärkt sich, je weiter er geht. Dann muss er an einem Heiligenhäuschen vorbei, in dem manchmal eine Kerze in einem Totenlämpchen flackert. Er weiß, dass hier niemand begraben liegt, aber es gruselt ihn an dieser Wegstelle besonders. Deshalb ist es ihm lieber, wenn das Lichtlein nicht brennt. Es erzeugt ohnehin mehr schummerig changierende Schatten als Licht. Und fährt der Wind in das Lämpchen, geraten mit einem Mal Schattengestalten um das Heiligenhäuschen in Bewegung wie Gespenster. Dann beginnt er zu rennen. Als er an diesem Morgen zum Laufen ansetzt und die Flucht vor seiner Angst antreten will, ist es endgültig um ihn geschehen. Die Geister greifen nach ihm und er spürt mit Entsetzen, wie sie ihm mit einem heftigen Schlag ins Genick fassen, sich an ihm halten und versuchen, sich festzuklammern. In Panik greift er hinter seinen Kopf und es schüttelt ihn, als er tatsächlich ein Wesen, von dem er glaubt, dass es direkt aus dem Totenreich in seinen Nacken gekommen sein muss, zu fassen bekommt. Angeekelt und völlig außer sich greift er mit beiden Händen zu und schreit. Auch das Gespenst keift und schreit, während es sich wehrt. Es lässt sich nicht abschütteln. Es beißt und krallt sich fest, bis er es verzweifelt mit aller Gewalt von sich reißen und über den Kopf hinweg von sich schleudern kann. Jetzt heult es auf, wehklagend, jammernd und huscht eilends in einen der Hausgärten hinein, wo es schnell zwischen flackernden Schatten verschwindet, dass man meinen könnte, es sei eine Katze gewesen.

Jetzt rennt er los. Kaum eine Aussicht auf Beleuchtung seines Weges. Am Ende des Pfades muss er eine weitere hohe, dunkle Treppe von oben nach unten bewältigen. Er kennt das Treppenbauwerk so gut, dass er tagsüber zwei Stufen auf einmal nimmt – hinunter ebenso wie hinauf! Einmal ist das schiefgegangen, und er hat sich böse das linke Knie aufgeschlagen. Doch das ist fast vergessen. Die Treppe endet auf dem unbeleuchteten Kirchenvorplatz. Niemand ist zu sehen. Er schiebt die Tür zum Kirchturm auf. Mit einem Satz ist er am Lichtschalter und die funzligen Lampen, die an langen Schnüren von der Decke hängen, leuchten auf. Gerettet! Er ahnt nicht, dass sich direkt unter den mit teils schönen, teils bis zur Unkenntlichkeit abgewetzten Reliefs versehenen Basaltplatten, auf denen er steht, die Gebeine längst vergessener Menschen aus Cond befinden: Ober- und Unterschenkelknochen, Rippen, Schlüsselbeine, Hand- und Fußknochen, Schädelknochen, alles, was menschliche Körper an Knochen zu bieten haben. Später erst, wenn die neue Kirche gebaut und das Kirchenschiff der alten Conder Kirche abgerissen sein wird, wenn der Kirchturm als einziges übrig gebliebene Bauwerk saniert werden wird und die Bodenplatten gehoben werden, wird der Knochenfund ans Licht kommen. Dann werden die Conder erfahren, dass sie immer, wenn sie durch den Kirchturm ihre Kirche betraten, über die in Vergessenheit geratenen Knochen ihrer Vorfahren liefen, über ein unterirdisches, nur durch Bodenplatten abgedecktes Beinhaus.

In das Kirchenschiff, das von hier aus durch eine weitere Tür betreten werden kann, traut der Junge sich nicht hinein. Es gibt darin zu viele uneinsichtige Ecken und endlos hohe Schatten. Heilige und Halbtote, die von Altären und Kreuzen hinunterstieren.

Wo nur bleibt Caroline, die Küsterin? Sie hat einen weiten Weg hierher. Aber meist kommt sie um viertel vor sieben angehetzt und hängt sich sofort an das Glockenseil, um noch pünktlich vor der Messe die Glocke zum Läuten zu bringen. Der Junge blickt auf seine Armbanduhr. Es ist schon zehn vor, bald fünf vor sieben. Der Pastor kommt immer auf den letzten Drücker, das ist nichts Besonderes. Aber wo bleibt Caroline? Sie erscheint nicht. Also hängt *er* sich an das Glockenseil. Er hat noch nie geläutet, immer nur Caroline, und sonntags hat er den Männern dabei zugesehen, wenn sie unter Lachen und Zurufen alle drei Glocken gleichzeitig läuteten und ein klingendes Spektakel erzeugten. Der Junge will es versuchen und hängt sich an eines der Seile. Es dauert, bis ein erster Glockenschlag erklingt. Nach einer viel zu langen Pause hört er den nächsten. Dann wieder nichts. Er strengt sich an, so gut er kann und zieht am Seil. Jetzt sind zwei Schläge kurz hintereinander zu hören. Es klingt merkwürdig unregelmäßig. Was nur macht er falsch? Läuten hatte er sich anders vorgestellt, leichter. Aber er spürt, wie gut es ihm tut, sich am Glockenseil abzumühen und die Gespenster dieses Morgens damit zu vertreiben.

»Was tust du da, und wer ist gestorben?« Caroline steht in der Tür, wie immer außer Atem.

»Gestorben? Wieso gestorben?«

»Du hast doch geklempt!«

Der Junge weiß wohl, dass immer dann geklempt wird, wenn jemand im Dorf verstorben ist. Aber hatte er geklempt? War das seine Absicht gewesen? Er schaut verdutzt und erschreckt sich, dass noch ein unerwarteter Glockenschlag erklingt, obwohl er nicht mehr am Seil zieht. Caroline tätschelt seinen Hinterkopf. Das sollen Schläge sein. Aber Caroline traut sich nicht wirklich zuzuschlagen. Sie ist ein sanftes Wesen und so bleibt es beim Tätscheln und schimpfen: »Ich hauen dir ein henner die Läuskoul!« Der Spruch war ihm allzu bekannt. Daher wusste er, dass das Getätschel eigentlich hätten Schläge sein sollen. Auf dem Weg durch das Kirchenschiff zur Sakristei erklärt Caroline dem inzwischen völlig durcheinandergeratenen Jungen, der es mit seinem Versuch zu läuten doch nur gut gemeint hatte, dass beim sogenannten Halbzugläuten die Glocke so schwach bewegt wird, dass der Klöppel ruhig hängen bleibt, und nur eine Wandung gegen ihn schlägt. Genau das habe er unfreiwillig gemacht.

»Jetzt zieh dich um«, befiehlt sie. »Der Pastor kommt!«

Schnell huscht der Junge unter sein Messdienerröckel. Die Klamotte fühlt sich klamm an. Wie alles hier in dieser modrigen Sakristei. Caroline zieht und zupft am Röckel des Jungen herum, das aus zwei Teilen, einem Talar und einem Chor-Rock besteht, und legt ihm zum Abschluss den farbigen Kragen um den Hals. Die Schritte des Pastors sind vernehmbar, die Gläubigen sitzen schon in ihren Bänken. Es ist bereits fünf nach sieben. Der Pastor sagt kein guten Morgen. Er sagt nie guten Morgen. Er brabbelt: »Gelobt sei Jesus Christus«, wedelt mit seiner langen Hand umher und der Junge weiß, dass es ein Kreuzzeichen bedeuten soll. Wie er es gelernt hat, geht er vor dem Pastor, der schon ein paar Schritte weiter ist und sich mit seinem Messgewand, das Caroline ihm zurechtgelegt hat, abzumühen beginnt, in die Knie, bekreuzigt sich und antwortet: »In Ewigkeit Amen.«

Was denn mit dem Glockengeläut heute Morgen los gewesen sei, raunzt er Caroline an. Die antwortet, dass das Glockenseil sich irgendwie seltsam verfangen habe. Eine blödsinnige Ausrede, aber der Pastor fragt nicht weiter, sondern schiebt den Jungen den Gang entlang vor sich her, der zur Tür zum Altarraum führt und sagt, als sei nicht er selbst der Zuspätgekommene: »Jetzt wird's aber auch Zeit, voran!«

Der Junge läutet beim Betreten des Altarraums die Eingangsglocke, eine Bimmel, die direkt neben der Türschwelle an der Wand hängt. Die wenigen Gläubigen erheben sich von ihren Bänken und der Organist bringt die Orgelpfeifen zum Klingen. Gemeinsam mit dem Pastor fällt der Junge vor dem Altar nieder. Auf den Knien kauernd erklingt ihr gemeinsames Gebet erst noch gleichlaut: »Confiteor Deo omnipotenti, beatae Mariae, semper virgini.« An dieser Stelle wird der Junge leiser und seine Worte sind nur noch Klang, wie er es von Caroline gelernt hat. Wichtig ist wieder die Stelle mit *mea culpa, mea culpa, mea maxima culpa* und da er diese gut kann, sagt er sie so laut und deutlich, dass er im Stillen hofft, dem Pastor damit zu imponieren. Aber der scheint ihn bis zum Schluss des *Confiteor* überhaupt nicht wahrzunehmen. Er erhebt sich, geht die Stufen zum Altar hinauf, dreht sich um hundertachtzig Grad und ruft, während er diesmal mit *beiden* knochigen Händen in der Luft herumfuchtelt, der Gemeinde zu: »Herr erbarme dich!« Die Antwort der Gläubigen ist ein müdes: »Christus erbarme dich!« worauf er erneut ruft: »Herr erbarme dich!« Jetzt darf die Gemeinde sich wieder setzen, und durch das Kirchenschiff ächzen die alten hölzernen Kirchenbänke ebenso wie manch ein menschlicher Seufzer der Erleichterung.

In der zweiten Stunde steht heute Religion auf dem Stundenplan, wie immer mittwochs. Die Religionsstunde wird vom Pastor abgehalten. Der kommt nicht nur zur Messe zu spät in die Sakristei, sondern auch zu spät in die Schule. Alle in der Klasse wissen das, auch die Lehrerin, und sie überbrückt die ersten Minuten der Unterrichtsstunde mit Belehrungen und Maßregelungen, wie sie ihr gerade in den Kopf kommen. Bis der Pastor das Klassenzimmer betritt und die Lehrerin begrüßt, die sich ein wenig vor ihm verneigt. Er lächelt, fasst ihr an die Schulter und beginnt eine Unterhaltung mit ihr. Der Junge erkennt, dass die Lehrerin der Autorität des Pastors nicht gewachsen ist. So macht sie keine Anstalten, der Hand auf ihrer Schulter zu entweichen, sondern lächelt und nickt zu allem, was der Pastor sagt.

Irgendwann beginnt der Religionsunterricht. Der Pastor trägt außerhalb der Messe immer einen schwarzen Anzug und oben am Hals einen, wie der Junge findet, lächerlichen Stehkragen, der den Hals des Pastors mit dem Kopf obendrauf wie aufgeschraubt aussehen lässt. Caroline hat erzählt, dass der Kragen *Kollar* genannt würde und übersetzt Halsband heiße. Halsbänder kennt er nur für Hunde und er stellt sich vor, dass der Pastor an die Leine gelegt wurde, von Jesus vielleicht. Trifft der Junge den Pastor im Schwimmbad, zeigt er sich weniger zugeknöpft. Niemand trägt dort besonders viel Textiles am Körper, aber der Pastor trägt praktisch überhaupt nichts. Genau gesagt, trägt er einen irgendwie geschwungenen Lappen, der an gefährlich dünnen Riemen hängt, die um seine Hüften liegen. Der Lappen zieht sich zwischen den Beinen hindurch und verbreitert sich vorn zu einem Säckchen, in dem vermutlich sein Pimmel verstaut ist. Das ganze Dorf redet darüber, aber das scheint ihn nicht zu stören.

Er hat einen Stuhl hinter dem Pult hervorgezogen und ihn vor die Klasse gestellt. Auf dem sitzt er und predigt. Der Junge versucht, den Lehren des Pastors zu folgen, denn er glaubt, dass Religion wichtig sei. Aber das ist ihm noch nie gelungen, das gelingt ihm auch heute nicht. Schnell driftet er gedanklich ab und landet bei den Geschehnissen des frühen Morgens. Sein Sitznachbar Gregor ist neugierig und will alles genau wissen. Besonders der Gespensterüberfall interessiert ihn. Doch er will nicht glauben, was sein Freund ihm da erzählt. Als der Junge beteuert, dass er es genau so erlebt habe, hört er die Stimme des Pastors, die sich verändert hat und plötzlich drohend klingt. Er hört ihn seinen Namen rufen. Der Pastor schwingt seine rechte knochige Hand auf, wie beim Segnen, und mit dem ausgestreckten Zeigefinger deutet er: Herkommen! Der Junge schiebt sich aus seiner Sitzreihe und tritt wie befohlen vor den Pastor. Auge in Auge. Hinter ihm die Klasse, die still abwartet, was passieren wird. Der Pastor holt mit der linken Hand weit aus. Der Junge will sich nach der anderen Seite in Deckung drehen und die Falle schnappt zu. Er fällt geradezu mit dem Kopf in die Rechte des Pastors, die angesaust kommt und sein Gesicht mit aller Wucht erreicht. Er taumelt, und fast wäre er schon wieder in die Knie gegangen.

Kyrie eleison, Herr erbarme dich!

36

Unsere Volksschule besaß drei Klassenräume. Im Parterre wurden die Kinder des ersten und zweiten Schuljahres in einem Klassenraum gemeinsam unterrichtet, in dem Raum darüber im ersten Stock die des dritten und vierten Schuljahres. Aber nicht alle. Der dritte Klassenraum befand sich auf der mittleren Ebene in einem Nebenflügel des Gebäudes. Er war speziellen Kindern einer besonderen Menschensorte vorbehalten, einer, die ich nicht kannte und während meiner vier Grundschuljahre auch nicht kennenlernte. Ich wusste, dass die Kinder darin vom ersten bis zum vierten Schuljahr zusammensaßen. Ihr einziger Lehrer hieß Klump und schien mir ein Sonderling zu sein. Wir kannten ihre Namen nicht und hielten uns von ihnen fern. Auch in den Pausen auf dem Schulhof gab es keinen Kontakt zu ihnen. An den Nachmittagen bei unseren Spielen und Treffen im Dorf, im Wald oder an der Mosel waren sie nicht dabei. Wo sie wohnten, wusste ich nicht, auch nicht, wer ihre Eltern waren. Ihre Namen blieben mir unbekannt. Nur ihre Gesichter waren mir geläufig. Unser Schulhof war in zwei Abschnitte geteilt. Einen für Jungen, einen für Mädchen. Dazwischen gab es, allerdings ohne klare Abgrenzung, eine Hofabteilung, in der sich die Kindersorte aus dem dritten Klassenraum aufhielt, eine Art unsichtbares Schulhofghetto, ein Reservat, das wir bereit waren zu respektieren, zumal unter den Älteren manche großen Jungs waren, mit denen wir uns lieber nicht anlegen wollten. Manchmal traf man am Nachmittag einen von ihnen in der Stadt Cochem oder im Schwimmbad. Man besah sich oder übersah sich, aber man grüßte sich nicht.

Mein Bruder, der zwei Jahre nach mir eingeschult wurde, hat es als Kind einmal auf den Punkt gebracht. Als er gefragt wurde, welche anderen Kinder mit ihm zusammen denn die Conder Schule besuchten, sagte er nach kurzer Überlegung: »Deutsche und Evangelische.«

In der katholisch geprägten Stadt Cochem mit ihren Vororten gab es in den 1960er Jahren nur wenige evangelische Familien. Aus sämtlichen Stadtteilen saßen die wenigen evangelischen Volksschulkinder in nur einer Klasse der Schule in Cond. Trotz der Zusammenlegung war ihre Zahl sehr überschaubar. Vieles änderte sich, als wir die Volksschule verließen und unseren Schulort von Cond nach Cochem wechselten. Zwar nannten wir sie nach wie vor *die Evangelischen* oder sagten, dass jemand ein Evangelischer sei, weil wir wussten, dass er in der entsprechenden Schulklasse gewesen war, aber wir begannen zu begreifen, dass die *Evangelischen* Kinder waren wie wir. Die Karten wurden neu gemischt. Viele Evangelische besuchten die Realschule oder das Gymnasium hinter der Burg. Manche Katholiken auch. Die meisten landeten, wie ich, auf der Hauptschule in dem uralten Gemäuer des ehemaligen Kapuzinerklosters auf dem Kapuzinerberg über der Stadt Cochem, der täglich über die hohe, holprige Klostertreppe erklommen werden musste. Im Vergleich zu der vor wenigen Jahren neu errichteten Conder Volksschule, deren baulichen Komfort wir gewohnt waren, war es ein radikaler Abstieg. Der Geruch nach Bohnerwachs war in den Gebäuden allgegenwärtig. Über den Jungenschulhof waberte je nach Witterung der Geruch des halboffenen Pissoirs. Die Sitten auf dem Schulhof waren erschreckend rau. Eines der ersten Schulhofspiele, die ich neu hinzulernen musste, hieß Eierklopfen. Ein perfides, oft schmerzhaft endendes Spiel. Es bestand darin, sich einem anderen, möglichst schwächeren Schüler zu nähern, dabei gute Absichten vorzutäuschen und dessen Arglosigkeit auszunutzen, indem man ihm unerwartet und blitzschnell die geballte Faust zwischen die Beine sausen ließ. War der andere genau getroffen, war er mit einem Schlag erledigt. Wenn nicht, führten solche Angriffe mitunter zu Prügeleien, die das einzige Ziel hatten, die Hoden des anderen mit der Faust möglichst hart zu treffen. Eierklopfen war bei Strafe verboten. Ebenso das Betreten des Mädchenschulhofs für Jungs. Egal, ob dabei Mädchen attackiert wurden oder nicht. *Warum darf ich nicht auf den Mädchenschulhof laufen?* war gewöhnlich der Titel der zu leistenden Strafarbeit für die Übertretung der Schulhofgrenze. Auch unsere Hoffnung, mit dem Vorrücken in die höheren Schuljahre und dem Wechsel nach Cochem von unseren Lehrern nicht mehr gezüchtigt zu werden, erwies sich gleich in den ersten Tagen als trügerisch. Rektor Rüssel, den ich als Chef der Schule nur auf dem Schulhof, nie aber als Lehrer kennengelernt habe, war ein introvertierter, kleiner, etwas krumm gehender, ungefährlicher Wicht im grauen Anzug, der mich physiognomisch an eine Mischung aus dem Schauspieler Willy Reichert und Adolf Hitler erinnerte. Er verteilte beim

Überqueren des Schulhofs zu seiner Privatwohnung wahllos Schläge an die Schüler mit der Hand, als würde er nach Fliegen haschen, wie aus einer alten Gewohnheit heraus, Schläge, die ebenso ungefährlich wie grundlos waren. Aber seine Lehrertruppe hatte es in sich. Für die Mädchen war Rosi zuständig, das heißt, sie unterrichtete eine reine Mädchenklasse. Rosi Rost war bei den Mädchen nicht unbeliebt. Mir hingegen war sie vom ersten Tag an verhasst. Sie war von stattlicher Figur und aus der Sicht eines Zehnjährigen nicht mehr jung.

Sie war für mich der Inbegriff einer Nazifrau. Wie ich je darauf kam, kann ich nicht sagen, zumal ich in meinem jungen Alter noch nichts über die deutsche Nazi-Vergangenheit gelernt hatte. Später erzählte mir jemand, der es wissen konnte, da er mit Rosi verwandt war, dass sie in einem Nachbarort tatsächlich die Nazi-Funktion einer NS-Frauenschaftsführerin innegehabt haben soll.

Als die Rede einmal auf Rosi kam, erzählte meine Mutter, dass sie im letzten Schuljahr, das sie in Cochem absolvierte, selbst auch bei ihr zur Schule gegangen sei. Vielleicht hatte sie mir mit ihren Erzählungen meinen Nazi-Eindruck über Rosi suggeriert.

Ich geriet mit Rosi hauptsächlich in ihrer Funktion als Wächterin und Verteidigerin des Mädchenschulhofs in Kontakt und in Konflikt. Allein in die Nähe der Grenze zum Mädchenschulhof zu geraten, konnte gefährlich werden. Jungs standen unter dem Generalverdacht sozusagen, Mädchen zu jeder Zeit übel mitspielen, jede Gelegenheit für Ruppigkeiten und Gemeinheiten unzimperlich nutzen zu wollen.

Rosi war stark. Sie zitierte einen Jungen herbei, schaute ihm mit erhobenem Kopf und dem Blick einer Scharfrichterin zwei Atemzüge lang in die Augen. Ihre Hände setzten sich blitzschnell in Bewegung. Sie scheuerte ihm dermaßen eine von links, von rechts und wieder von links, dass dem Jungen für Sekunden Hören und Sehen vergingen.

Rosis Schläge mit der flachen Hand ins Gesicht waren zu Recht gefürchtet. Diese Demütigung, die ich einige Male erleben musste, war eine doppelte. Denn während der beigebrachten schmerzhaften Bestrafung war sie umringt von neugierigen Mädchen, auch solchen, denen ich gern gefallen hätte. Ich sehe Rosi noch nach der Vollstreckung erhobenen Hauptes und mit vorgestrecktem Busen davonstolzieren, als hätte sie erzieherische Höchstleistungen vollbracht. Ich habe sie gehasst, und beim Nachdenken über sie bin ich noch heute angewidert von ihrem Auftreten und ihrer Ungerechtigkeit.

Natürlich war Gerechtigkeit kein Kriterium für unsere Lehrer. Durchsetzungsvermögen zu beweisen, gegenüber Schülern keine Schwäche zuzulassen, zeigen, wer das Sagen und wer zu gehorchen hat, darum ging es. Zumindest Kindern gegenüber noch die Haltung eines *Herrenmenschen* fortsetzen zu dürfen, daran war manchen gelegen. Die eigene Bedrängnis und Erfahrung der Niederlage in Gewalt zu verwandeln, galt vielen als einziges probates Mittel.

Sieht man von dem Conder Pastor mit den segensreichen Händen einmal ab, wurden in der Schule auf dem Klosterberg die Conder Kinder zum ersten Mal auch mit männlichen Lehrkräften konfrontiert. Zunächst steigerte das mein Interesse und meine Aufmerksamkeit am Unterricht. Aber schnell musste ich erkennen, dass wir mit Lehrer Pusch einen reinen Sadisten vor uns hatten. Die ersten Tage mit ihm verliefen fast sanft, bis er uns sein wahres Gesicht zeigte. Er strafte mit dem Rohrstock in einer Art und Weise, die wir bisher nicht kennengelernt hatten. Ein Schüler, der gezüchtigt werden sollte, musste sich über das Lehrerpult beugen und erhielt von ihm Schläge mit dem Rohrstock auf den Hintern. Eine schmerzhafte, und da die Schläge vor der versammelten Klasse verabreicht wurden, eine furchtbar herabwürdigende Tortur. Mitunter wurden mehrere Schüler nacheinander von Lehrer Pusch misshandelt. Er prügelte auf den ersten ein, während andere darauf warteten, als nächste an die Reihe zu kommen. Er schreckte auch nicht davor zurück, Mädchen in gleicher Weise Stockschläge auf ihr Gesäß zu verabreichen, was allerdings seltener geschah. Immer ähnlich war seine Wut, die sich in ihm entfaltete und die eine besonders verzerrte Mimik in seinem Gesicht hervorbrachte, wenn er begann loszuschlagen. Seine normalerweise streng zurückgekämmten Kopfhaare fielen ihm dann in langen Strähnen über die Stirn und wenn er sie sich nach der Züchtigung wieder zurückstreifte, legte sich ein Ausdruck auf sein Gesicht, der an Befriedigung und zynischem Lächeln kaum zu überbieten war.

Als mit Beginn der 68er-Bewegung auch die Prügelstrafe in die Diskussion geriet und Rufe nach deren Abschaffung laut wurden, war dies sofort auch Thema an unserer Schule. Wir interpretierten zu unseren

Gunsten, dass die Prügelstrafe jetzt abgeschafft sei. Lehrer Pusch vernahm unsere Euphorie und stellte klar, dass dem nicht so sei, was er uns jetzt beweisen wolle. Er ließ den Rohrstock in seiner Hand auf und ab wippen, während er durch die Klasse schlendernd den Blick über uns schweifen und sich viel Zeit dabei ließ, einen von uns beliebig und völlig grundlos auszusuchen. Er entschied sich für einen Klassenkameraden, der ohnehin häufig Opfer seiner Prügelorgien war. Während Pusch erklärte, dass es mit der Abschaffung der Prügelstrafe nichts, aber auch gar nichts auf sich habe, was er uns jetzt unter Beweis stelle, musste der Junge über das Pult gebeugt Puschs Zorn erwarten, der sich mit entsetzlich spürbarem Genuss und äußerster Genugtuung entlud.

Schläge, die in den ersten Volksschuljahren wie selbstverständlich und rechtens auch durch die Hände Geistlicher gegen uns ausgeführt wurden, fanden in einer letzten Prügelei gegen Ende der Hauptschulzeit mit einem Geistlichen, einem Pastor, ihr Ende. Das war in einer Vertretungsstunde, als uns der Pastor Prinz aus einem Dörfchen am Rande der Eifel zum Religionsvertretungsunterricht präsentiert wurde. Prinz war ein kleiner, dicklicher Mann mit Glatze und einem strengen Gesichtsausdruck. Als er unseren Klassenraum betrat, zog er den Mantel aus und hängte ihn an den Kartenständer, der neben der Tafel stand. Uns inzwischen Vierzehnjährigen gelang es nicht, den Mann ernst zu nehmen. Was er redete, verstanden wir nicht, entsprang seiner ureigenen, uns unbegreiflichen Sprache und wir bezweifelten, dass er selbst genau wusste, was er da von sich gab. Schnell packte den kleinen Pastor die Wut, weil niemand Lust hatte, ihm zuzuhören. Er begann zu toben, bekam einen Zeigestock zu fassen, der zu dem Kartenständer gehörte und versuchte damit, nach unserem Mitschüler Peter zu schlagen. Peter war ein Sportsmann, einer unserer klassenbesten Fußballer. Er stand von seinem Stuhl auf und rannte dem auf ihn zielenden Pastor davon. Der ihm hinterher! Peter bewegte sich unter dem Beifall von uns anderen wie ein Akrobat kreuz und quer durch die ganze Klasse. Ihn zu erreichen, hatte der kleine Pastor keine Chance. Immer wieder schlug er mit dem Stock ins Leere. Wir waren außer uns vor Genugtuung. Dann blieb Peter hinter dem mit Pastor Prinz' beflaggten Kartenständer stehen und wartete Faxen schneidend, dass der Pastor sich näherte. Der kleine Prinz schlug ein letztes Mal mit aller Kraft zu.

Peter konnte leicht entweichen. Aber Pastor Prinz traf seinen Mantel und teilte ihn unter der Wucht seines Schlages wie Sankt Martin in zwei Hälften, die nur noch an einem Fetzen zusammenhingen.

Wir, Peters Mitschüler, tobten vor Begeisterung und Peter war ein Held. Er hatte uns endgültig von der Tyrannei des schlagenden Lehrerstocks befreit. Niemand mehr versuchte es fortan, uns mit körperlicher Gewalt zu strafen. Erst drei Jahre später, als wir längst schon kein Klassenverband mehr waren und in alle Winde verstreut in unseren Lehrberufen oder an weiterführenden Schulen unterwegs waren, wurde die Prügelstrafe an deutschen Schulen per Gesetz abgeschafft.

Den zerstörten Mantel hatte Pastor Prinz sorgfältig über den Arm gelegt, als er den Klassenraum wortlos und gebückt verließ. Vielleicht hat er draußen auf dem Flur noch ein bisschen geweint, habe ich manchmal gedacht und dabei fast ein wenig Bedauern über seine bittere Niederlage im Schatten unseres endgültigen Triumphs empfunden.

37

In den 1960ern.

Das ganze Dorf ist sein Zuhause, zunehmend, je älter er wird. Kaum einer, den er nicht kennt, nur wenige, deren Namen er nicht weiß. Seine Mutter hat ihm gesagt, dass Kinder die Erwachsenen auf der Straße zu grüßen haben.

»Tach!«, sagt er für gewöhnlich und schaut dem oder der Begrüßten frei und freundlich ins Gesicht. Nicht alle wissen mit seiner kindlichen Offenheit umzugehen, nicht alle grüßen zurück, sondern schauen ihn an, als wollten sie sagen, was willst denn du kleiner Panz! Passiert das mehrfach bei der gleichen Person, dann stellt er dieser gegenüber das Grüßen ein. Prompt folgt in den nächsten Tagen die Beschwerde bei seiner Mutter, ihr Panz hätte auf der Straße nicht gegrüßt. Die Mutter, unumwunden, gibt den Rüffel an ihren Jungen weiter und er muss überhaupt nicht erst den Versuch einer Erklärung unternehmen. Erwachsene sind von Kindern auf der Straße zu grüßen und zwar als erste. Basta!

Gute Bekannte, auch das lernt er, Gleichaltrige und in der dörflichen Hierarchie Ebenbürtige werden in Cond mit einer spezifischen Formel, einem exklusiven Laut gegrüßt, einem Laut, der nur in Cond, allenfalls gelegentlich in Cochem oder in Sehl zu hören ist, und der vom Begrüßten in gleicher Form, wenn auch mit einer kleinen Melodievariante, beantwortet wird.

Später, viel später in seinem Leben, wird der Junge, der dann freilich längst kein Junge mehr sein wird, versuchen, den Conder Begrüßungslaut zu beschreiben.

Mein Conder Gruß

Mein Gruß an euch ist kein Wort,
keine Floskel, kein Satz, keine Phrase.
Mein Gruß ist ein Laut,
ein Urlaut fast,
ein Klang aus meinem Dorf.

In meinem Dorf
und nirgends sonst,
grüßen sich so die Menschen,
in meinem Dorf,
an meinem Fluss,
in meiner Sprache.

Ein O, wie bei *offen*,
Orchidee und *Onkel* wie bei
Oktobertag.

Aber nicht so kurz, wie bei *offen*
ist mein Gruß.
Er hat Zeit und zieht sich
und vibriert und klingt.
Er ist ganz Melodie,
eine Symphonie von daheim,
eine Hymne!

Rund wie ein Fassreifen,
ein Ring aus Zigarettenqualm,
ein Kreis aus Kreide auf dem Feuerwehrplatz,
ein Ton aus entspanntem, rundem Mund.

Wir singen uns an
in unserem Dorf – zur Begrüßung.
Wir singen: »Da kommst du – hier komme ich«,
in einem runden, klingenden Laut
wie bei *Orgel*.
Aber das *O* in all seinen Schwingungen!

Ein Trinklied oder Flamenco,
ein Jazz oder ein Totengesang,
in meinem Gruß erklingen sie,
entstehen aus meinem *O*.

Und alle Trübnis, alles Licht,
alle Jugend, alles Alter
und jeder geschlürfte 76er,
jede eingerissene Gartenmauer,
jede asphaltierte Gasse
und jedes altbekannte Gesicht,
jede Aluminiumhaustür,
jeder verbundsteingepflasterte Platz,
wilder Wein an der Hausfassade,
jeder Balken unter Putz,
jeder übriggebliebene Wackerstein,
die Eidechse am Stationsweg,
jeder Kirschbaum, jede Weide,
jede Erinnerung an das Lachen
der Bäckerstochter
und jedes Hochwasser,
jedes Oechsle Grad im Herbst,
jedes freie und belegte Fremdenzimmer
und all der Lärm in den Sommernächten
und schmuddelige Wintertage,
jede gestutzte, gespritzte, gebundene Rebe
und der Brummschädel nach weinseliger Nacht,
jedes Fest und jeder Alltag
summen mit in meinem Gruß.

Rund wie ein Fassreifen,
ein Ring aus Zigarettenqualm,
ein Kreis aus Kreide auf dem Feuerwehrplatz,
ein Ton aus entspanntem, rundem Mund.

O, das ist mein Gruß!

Der Junge betritt die Metzgerei in der Dorfmitte gegenüber der früheren öffentlichen Wasserpumpe, die auf dem kleinen Dorfplatz stand. Hier gab es auch einmal einen *Backes*, der an ausgewählten Wochentagen zum Brotbacken befeuert wurde. Der Pumpenplatz war über Jahrhunderte ein Ort der Arbeit und der Begegnung. Der Metzger gegenüber, mit Vornamen Ferdinand, wird wegen der direkten Nachbarschaft seiner Metzgerei im Dorf Pumpe-Ferd genannt, sein Bruder Michael Pumpe-Mechel. Der Junge hat einen Einkaufszettel dabei, den seine Mutter geschrieben hat. Obwohl er schon gut lesen kann, soll er den Zettel der Metzgersfrau abgeben. So hat die Mutter es ihm aufgetragen. Aber das ist ihm peinlich, und er versucht die Schrift der Mutter zu entziffern und selbst vorzulesen. Eine Weile hört die Metzgersfrau ihm geduldig zu, die selbst Kinder in seinem Alter hat. Als er aber mit Wortgebilden wie *Bauchscheiben, Schwartenmagen* oder *Schweineschulterbraten* doch nicht zurechtkommt, hilft sie und übernimmt den Zettel. Ihr Mann, der Metzger, ist dem Jungen nicht geheuer, macht ihm mitunter sogar Angst. Er sieht wild aus und der Junge beobachtet, wie er mit einem Beil auf das Fleisch einschlägt, das er zuvor auf einen groben Holzklotz gelegt hat. Meistens schaut der Mann düster drein, lächelt selten. Der Junge weiß, wo sich hinter der Metzgerei und dem Wohnhaus die Wurstküche befindet, deren Tür zur Straße hin mitunter offensteht. Davor treibt er sich manchmal herum. Fasziniert und seltsam erregt nimmt er die Gerüche wahr, die von dort heraus auf die Straße dringen, folgt dem schweren Dunst, der aus Kesseln durch die gekippten Fenster steigt, und betrachtet riesige Fleischteile, die an Haken hängen. Taucht der Metzger auf, verschwindet er schnell. Die Situation ist ihm nicht geheuer und er ist sich sicher, dass es dem Metzger nicht gefällt, wenn er unerlaubt mit Blicken, aber wie magisch angezogen, in dessen Fleischwerkstatt spioniert. Er will es auf keinen Fall riskieren, mit dem Metzger aneinanderzugeraten.

Seine Frau im Laden macht alle Bedenken zunichte und reicht dem Jungen nach seinem Einkauf eine Scheibe Wurst über die Theke, die er genussvoll in seinem Mund verschwinden lässt. Für die Mutter schreibt sie noch eine kleine Information auf den Zettel: Brühwurst gibt es erst morgen wieder.

Viel seltener wird er in die andere Conder Metzgerei geschickt, obwohl die näher beim Haus auf dem *Neije Wäch* ist. Er liebt es, dort hin zu gehen. Auf der Hauswand steht in riesengroßen Stucklettern *Metzgerei Zimmer.* Sie befindet sich in einem sehr schmalen mehrstöckigen Haus, das wie viele Häuser im Dorf im Hang steht. Vorn grenzt es an die tiefergelegene Dorfstraße und hinten an den höher gelegenen *Neije Wäch*.

Der Junge betritt das Haus durch den Eingang auf dem *Neije Wäch*, der eigentlich ein Privateingang ist. Er ist stolz, dass er dennoch die Erlaubnis hat, das Haus von dort zu betreten und nicht den Umweg über die Dorfstraße nehmen zu müssen. Hinter der Eingangstür im Hausinnern befindet er sich auf der dritten Etage. Darüber ist noch eine vierte mit einem Balkon und darüber das Dach. Doch er muss nach unten. Eine sehr enge und steile Steintreppe führt hinunter über zwei Etagen, auf denen sich jeweils nur ein einziger Raum befindet. Erst am Ende der Treppe gelangt er in den kleinen Verkaufsraum im Parterre, dessen Schaufenster und Eingangstür auf die Dorfstraße gehen. Metzger und Metzgersfrau freuen sich, ihn zu sehen. Erst bekommt er eine Scheibe Fleischwurst, dann wird gefragt, was er haben möchte, und er freut sich darauf, nach seinem Einkauf das seltsame Haus wieder über die geheimnisvolle Steintreppe verlassen zu dürfen.

Am oberen Ende der Fährgasse befindet sich die Schusterwerkstatt von Amsels Frenz. Diese ist von der Dorfstraße durch ein kleines Gewölbe zu erreichen, in dem eine steile Treppe aus Schieferplatten mit einem Eisengeländer zum Festhalten führt. Das Gewölbe zieht sich unter einem Haus hindurch, so als stiege man in einen Keller hinab, an dessen Eingang die Kellertür fehlt. Am unteren Ende der Treppe geht es geradeaus weiter in die eigentliche, etwas breitere Fährgasse, rechts in der Wand ist der Eingang zur Schusterwerkstatt. Der Junge klopft kurz an die Holztür, öffnet und steht mit einem Schritt in dem winzigen Raum. Gemächlich hebt der Schuster den Blick vom Schuh auf dem Dreifuß und legt die Ahle aus der Hand. In der Schusterwerkstatt scheint die Zeit stillzustehen. Jede Bewegung geht entspannt vonstatten. Nichts hat Eile. Der Schuster lächelt, nimmt die Brille ab, fragt: »Na, wat homma dann?«

»Die Ledderbox es kabott.«

»Zeich mol her.«

Der Junge reicht ihm die kurze Lederhose. Der Schuster betrachtet den Riss vorn im Schritt der Hose, schüttelt den Kopf, schaut fragend: »Wie host de datt dann hinjekrecht?«

»Beim Bocksprenge iwwer en Eisepohl«, sagt der Junge verschämt.

»Jungejung«, staunt der Schuster, »do kannst de awwer fruh sein, datt deij Pitterche noch dron es.«

Wann er die Lederhose denn wieder abholen könne, fragt der Junge. Der Schuster antwortet, dass er ein weiches Lederteil hinter den Riss nähen würde, das beim Tragen der Hose nicht zu spüren sei. Den Riss könne er zwar nicht mehr ganz verschwinden lassen, doch würde er nach der Reparatur kaum noch zu sehen sein, weil er eine feine Naht setze. Er mahnt aber auch mit erhobenem Zeigefinger: »Dat machst de awwer net nochemol!« Und fragt bekräftigend: »Host de mech verstann?«

Der Junge antwortet betreten: »Jo!«

Der Schuster schmunzelt amüsiert: »Morje Meddach kannst de se widder oofholle.«

»Es good. Tschö dann, bes morje.«

»Tschö!«

Der Junge läuft durch die Fährgasse über rohes Pflaster hinunter zum Moselufer. Auf halbem Weg bleibt er stehen, blickt zurück und erkennt hinter dem Fenster der Schusterwerkstatt schemenhaft den Schuster. Er hat die Brille wieder aufgesetzt und lässt in schnellen Zügen den Schusterhammer auf und ab sausen.

Der Laden von Boaze Maria ist der einzige im Dorf, den der Junge und andere Kinder auch ohne Geld in der Tasche betreten. Boaze Maria verkauft Strickwaren, Saisonartikel und Süßigkeiten. An den Strickwaren sind die Kinder nicht interessiert. Zu den Saisonartikeln gehören vor Karneval Schreckschusspistolen und die dazugehörige Munition, sehr begehrt, besonders bei den Jungs, die an den närrischen Tagen Cowboy oder Indianer werden wollen. Die Süßigkeiten lassen sie sich das ganze Jahr hindurch immer mal wieder zeigen und den jeweiligen Preis dazu nennen, vorausplanend für bessere Tage, wenn sie wieder einmal ein paar Groschen besitzen. Röllchen Lakritze fünf Pfennig, zehn Fruchtbonbons zwanzig Pfennig, Kaugummi zehn Pfennig, Weingummis lose im Tütchen werden abgewogen. Bald weiß der Junge auswendig, was die von ihm begehrten Leckereien kosten. Trotzdem geht er in den Laden zu Boaze Maria und vergewissert sich für den Fall, dass er irgendwann einmal in Besitz von Geld sein wird. Manchmal wirkt Boaze Maria genervt, wenn sie aus ihrer Küche kommt und den Laden betritt, weil die Glocke der Ladentür geläutet hat. Sie hinkt, scheint mit dem rechten Bein bei jedem Schritt ein wenig einzuknicken. Dass er sie dennoch beansprucht, macht dem Jungen manchmal ein schlechtes Gewissen. Aber Maria ist nie böse oder abweisend. Lange glaubt der Junge, dass es Marias Bestimmung sei, sich geduldig den Dorfkindern hinzugeben.

Ganz anders geht es im bedeutendsten Laden des Dorfes zu, der Bäckerei Ambach. Hier hat man schon früh erkannt, dass ein gut zusammengestelltes Zusatzsortiment in Ergänzung zu den in der eigenen Backstube handgemachten Backwaren die wirtschaftliche Zukunft des Familienunternehmens sicherstellen kann. Zwar sind die Backwaren der Bäckerei ganz wie früher das Herz des Ladens, doch beschränkt sich die Ausgabe von Brot, Brötchen, Kuchen und süßen Teilchen nur noch auf eine der beiden hinteren Theken. In der anderen werden Wurst und Käse und Sauerkraut feilgeboten. Der Laden ist mit modernen Regalen eingerichtet, die alles herzeigen, was an Lebensmitteln im Alltag gebraucht wird. Von Mehl, Zucker, Nudeln, Reis, Gewürzen, Essig, Öl und so weiter bis hin zu einem beachtlich ausgestatteten Süßigkeitenregal, das kaum Kinderwünsche offenlässt. Im Gegensatz zu Boaze Maria kommt hier auch Schokolade vielfältig ins Spiel, von der ordinären Tafel, aus der sich Rippchen brechen lassen, bis hin zu Schokoriegeln mit Nüssen, Waffeln, Cremes oder Flocken aus der Kokosnuss. Eine Lieblingssüßigkeit des Jungen, auch die gibt es bei Boaze Maria nicht, wird *Mohrenkopf* genannt, *Muhrekopp*. So einer besteht aus einem mit schwarzer Schokolade überzogenen halbfesten süßen Schaum auf einer Waffel. Mit Fantasie hat er tatsächlich die Form eines Kopfes. Später wird der *Mohrenkopf* in *Negerkuss* umbenannt werden, noch später in Schokokuss und noch später in Schaumkuss. Zur Kinderzeit des Jungen stört es niemanden, dass mit den beiden erst genannten Wortschöpfungen Menschen mit dunkler Hautfarbe rassistisch diskriminiert, verspottet und der Lächerlichkeit preisgegeben werden, obwohl, oder weil, kaum jemand einen farbigen Menschen persönlich kennt. Auch der Junge erinnert sich nicht, jemals einem Schwarzen begegnet zu sein. Er weiß nicht, dass die Wortschöpfungen *Mohrenkopf* aus dem Geist einer unmenschlichen und aggressiven Kolonialpolitik des großkotzigen Deutschen Kaiserreiches in Ost-, West- und Südafrika herrührt. Das Reich seiner Vorfahren, das 1918 untergehen musste, nachdem es nach den vielen kleinen Kriegen, Scharmützeln und Gemeinheiten, die es in Afrika bis hin zum Völkermord an den Herero und Nama angerichtet hatte, den bis dahin furchtbarsten Krieg in Europa in Gang gesetzt und verloren hatte!

In Ambachs Laden gibt es kein langes Verweilen. Hier muss gekauft werden. Daher wird der Junge auch aufgefordert, sich etwas auszusuchen oder zu gehen, wenn er zu lange vor den Regalen herumtrippelt. Hat er kein Geld dabei, gehorcht er und geht. Hat er aber welches, zeigt er es stolz her und erlaubt sich, weiter auszusuchen.

Er hat zwei Groschen und kauft ein: eine Lakritzschnecke, eine Ahoi-Brause, zwei Leckmuscheln. Das macht zusammen 18 Pfennig. Von seinem Geld bleiben ihm zwei Pfennig für spätere Einkäufe. Aber da muss er aufstocken, denn für zwei Pfennig ist außer Himbeerbonbons bei Boaze Maria kaum etwas zu bekommen. Vor der Bäckerei zeigt er anderen Kindern stolz seine Erwerbungen her. Einer attackiert ihn und versucht, ihm das Lakritzeröllchen zu entreißen, das er dabei ist aufzufädeln und in seinen Mund zu balancieren. Aber der Junge tritt aus und trifft den Angreifer, der neidisch und höhnisch lachend von ihm ablässt.

Leila ist nicht oft im Dorf zu sehen, gehört eher zu den Mädchen, die sich zu Hause herumdrücken, Hausarbeiten verrichten oder ewig für die Schule lernen müssen. Leila ist schlank, hat glänzende braune Haare und ist etwas jünger als er. Ihre Eltern sind Geschäftsleute. Trotzdem hat Leila nie Geld. Sie fragt den Jungen, ob er ihr eine der beiden Leckmuscheln abgeben wolle. Er blickt verdutzt drein. Wie kann sie das annehmen? Er schüttelt den Kopf. Klare Absage.

Schade, sagt Leila, er hätte ihr die Süßigkeit auch nicht umsonst geben müssen.

Was sie ihm denn dafür gäbe?

Das könne sie hier auf der Straße nicht sagen.

Wie, nicht sagen?

Wenn er mit ihr hinunter an die Mosel ginge, wo niemand zuhören könne, würde sie es ihm sagen.

Der Junge ist irritiert, aber neugierig und da er gerade nichts Besseres vorhat, sagt er, in Ordnung, gehen wir hinunter an die Mosel. Ohne weitere Erklärungen machen sie sich auf den Weg, gehen wortlos nebeneinander her die Ronmesstaße hinunter. Der Junge umklammert die Leckmuscheln mit der Faust in seiner Hosentasche. An der Mosel will Leila noch ein Stück laufen, Richtung Kaas, wo die Gärten sind und das Flussufer wilder ist als hier.

Gut, kein Problem, aber der Junge wundert sich, warum sie einen solchen Aufwand betreibt, nur um ihm zu sagen, was sie bereit ist, ihm für eine blöde Leckmuschel herzugeben.

Irgendwo im hohen Bewuchs des Flussufers sagt Leila, so, hier können wir bleiben.

»Ja, wat dann jetzt?«, fragt der Junge inzwischen ungeduldig. »Wat willst de mir für en Leckmuschel jenn?«

Leila lächelt, und fragt, ob er sich das denn nicht denken könne?

»Nä«, sagt der Junge verdutzt und lässt die beiden Leckmuscheln in der Hosentasche klimpern.

»Du darfst mir für eine Leckmuschel unter den Rock fassen.«

»Unna de Rock?«

»Ja, unter meinen Rock. Das ist doch nicht schwer zu begreifen. Ich bin schließlich eine Frau«, erklärt sie, »und sehe da unten ganz anders aus als du.«

»Hm, jo, janz annerst.«

»Und wenn du mir die andere Leckmuschel auch noch gibst, ziehe ich sogar meine Unterhose herunter, und du darfst mit deiner Hand so lange zwischen meine Beine, bis ich bis dreißig gezählt habe.«

»Un wat soll ich do?«, fragt er.

Sie lacht laut auf: »Das ist schön, du wirst sehen, für dich und für mich!« Keck lüpft sie ein wenig ihren karierten Faltenrock, als wäre das Geschäft schon so gut wie gemacht.

Er weiß ihr nichts mehr zu antworten. Verdattert zieht er eine Leckmuschel aus der Hosentasche: »Heij, die schenke ech dir. Dat Röckche kannst de widder …« Er macht eine Geste, die bedeuten soll, den Rock wieder zu richten. Enttäuscht betrachtet Leila die Leckmuschel in ihrer Hand. Einmal, zweimal schiebt sie langsam ihre Zunge über die Süßigkeit und blickt ihn aus großen Augen an: »Danke!«

Verlegen und überwältigt zugleich, pfeift der Junge ein paar Töne in die Luft, versucht, seine Verwirrung mit Lässigkeit zu überspielen, schiebt die Hände in die Taschen und macht sich auf, zurück in Richtung Dorf. Erst hört er Leila noch hinter sich herlaufen, hört ihren Atem, das Knacken von Gestrüpp, an dem sie entlangstreift, ihre Schritte im feuchten Uferboden. Als er nichts mehr hört und sich umdreht, ist sie nicht mehr zu sehen und von diesem Moment an scheint ihm etwas zu fehlen.

Er schleicht, tigert am Wasser entlang bis zur Skagerrak-Brücke am anderen Ende des Dorfes und darüber hinaus, weiter, immer weiter moselabwärts, vorbei an der Kellerei, in der sein Vater arbeitet, die schmale Uferstraße entlang bis hinunter zu den Gärten, die im Dorf *Acker* genannt werden und zum Sportplatz, auf dem im Sommer Schulsport abgehalten wird und an den Wochenenden Fußballspiele stattfinden, wo sonntagnachmittags der Schuster Amsels Frenz, Schatzmeister des Sportvereins, Eintrittskarten für die Spiele der ersten Mannschaft verkauft. Er geht, läuft einfach immer weiter mit nur einem Gedanken im Kopf, und der heißt Leila, Leila und ihre Geheimnisse, die ihn jetzt mächtig beunruhigen, in ihm plötzlich ein Sehnen hervorrufen, ein unbekanntes Bedürfnis, eine Gier und Ungeduld. Oder ist es sogar schon Verlangen? Er geht, geht weiter, immer in der Nähe des Flusses. Sein Dorf und dessen letzte zivilisatorischen Ausläufer liegen längst hinter ihm. Bald umgibt ihn nur noch Natur und der Fluss rückt immer näher an seinen Weg heran. Sein Kopf, seine Gedanken, sein Fühlen sind voll von Leila und dem übermächtig gewordenen Wunsch, zu wissen, was er ganz oben an ihren Beinen ertasten, erfühlen würde, an was alles er mit seinen Fingern stupsen, was er berühren und auskosten könnte, würde sie für ihn den Rock heben. Und gewiss könnte Leila auch gern eine zweite Leckmuschel von ihm haben. Unbedingt! Der Junge zählt bis dreißig. Das kommt ihm lang vor, aber gleichzeitig auch kurz. Vielleicht würde sie für eine dritte Leckmuschel bis sechzig zählen oder gar bis einhundert. Seine schönste Fantasie wird plötzlich von einem anderen Gefühl, einem Gedanken unterbrochen. Ihn durchfährt der Ärger darüber, dass er ihr wie gelähmt gegenübergestanden hatte. Wie ein Trottel muss er ihr vorgekommen sein, wie ein kleiner Junge, der noch von nichts was weiß, der keine Ahnung hat von den großen Dingen des Lebens, der sich mit den Geheimnissen unter Röcken und in Hosen und die Mädchen betreffend noch nicht auskennt. Was, wenn sie jetzt nie wieder etwas von ihm will, ihn künftig vielleicht nicht einmal mehr beachtet? Wenn sie ihm keine Gelegenheit mehr gibt, seinen Fehler, sein dämliches Verhalten wiedergutzumachen? Auf diese Fragen kennt er die Antwort nicht. Aber er wird sich vorbereiten für eine nächste Begegnung. Die Taschen würde er sich vollstopfen mit Leckmuscheln und irgendwo würde er auch das Geld dafür herbekommen. Und dann müsste er mit Leila wieder an die Mosel, weit oben, hinter den Gärten in Kaas, wo Gräser und Gestrüpp höher reichen als ihre Köpfe.

Der Junge war stehen geblieben, und sein Blick hat sich auf dem schnell fließenden Wasser verloren. Er schreckt auf, als jemand ruft: »Heij dou elo, Jungche! Wellst de noch met iwwersetze?«

Nie zuvor war er so weit die Mosel hinuntergelaufen. Er bemerkt die Fähre, die sich in seiner Nähe ans Land geschoben hat. Über den Fluss sieht er nach Klotten. Den Nachbarort hinter Cochem kennt er von Wanderungen mit seinem Vater. Allerdings hatten sie immer den Weg über den Pinnerberg und die Klottener Flur auf der anderen Flussseite genommen. Es ist der Fährmann, der gerufen hat.

»Nein!«, winkt der Junge ab, er wolle nicht mit übersetzen.

»Dann beeil dich!«, ruft der Fährmann. »Et jeft bal dunkel. Seh zu, dat de heim kimmst!«

Eine Idee, an Geld zu kommen, ist dem Jungen schon oft durch den Kopf gegangen. Aber er hat sie nie ausprobiert, sich nie wirklich getraut. Er weiß, diese Idee umzusetzen, ist absolut illegal, steht außerhalb jeder dörflichen Ordnung und nachbarschaftlichen Vereinbarung, ist Unrecht und verwerflich. Es ist blanker Diebstahl, dessen Sündhaftigkeit außer Frage steht, ebenso wie die Strafen, die er zu erwarten hat, wenn sein Verbrechen aufgedeckt und er überführt werden sollte. Aber sind ihm Leilas Verlockungen das denn nicht wert? Er spürt, dass er die Frage nicht beantworten kann. Er findet kein Ja oder Nein, das eindeutig wäre. Das *eine* kommt ihm so richtig und so falsch vor wie das *andere*. Wie blöd wäre es aber, Leila würde ihr Angebot erneuern, würde ihm in den nächsten Tagen noch einmal verheißen, was ihm nicht aus dem Kopf geht, und er würde nichts zu bieten haben!

Die Frage ist entschieden. Jetzt muss er nur noch abwarten, bis die Nachbarin Frau Paul ihre Milchkanne wieder auf die Mauer stellt und das abgezählte Geld hineinlegt, damit der Milchwalter es herausnehmen und die mit Milch gefüllte Kanne wieder zurückstellen kann. Immerhin kostet ein Liter Milch 52 Pfennig. Eine Leckmuschel kostet 4 Pfennig. Er könnte sich einen Vorrat von exakt 13 Leckmuscheln anlegen.

Vielleicht, denkt er, würde Leila ihn ja zusätzlich auch küssen.

Die Sache ist schnell aufgeflogen.

Er hat nur ein paar Tage abgewartet, und die Kanne hat an Ort und Stelle gestanden, auf der Mauer neben dem Gartentor. Es nieselt ein wenig, was ihm zugutekommt, denn bei Schmuddelwetter ist niemand gern auf der Straße. Auch ist die Stelle, an der Frau Paul ihre Milchkanne deponiert hat, so gut wie nicht einsehbar, außer vom südlichen Fenster der Küche im Eckzimmer. Er muss also sichergehen, dass sich niemand in der Küche aufhält, die Straße muss frei sein und dann muss es passieren. Tatsächlich liegt das Geld abgezählt in der Kanne und flugs ist es in seiner Tasche verschwunden. Der Junge geht erst gar nicht wieder nach Hause, sondern gleich hinunter in die Dorfstraße zu Ambachs Laden.

Dort liegen nur noch elf Leckmuscheln im Regal. Die kassiert er sofort ein und bringt sie zur Ablage auf der Bezahltheke. Es bleiben ihm 8 Pfennig, die er noch anderweitig verjubeln kann, dazu der Rest vom letzten Einkauf in Höhe von 2 Pfennig. Das reicht exakt für einen *Mohrenkopf*, den er sich zur Feier des Tages zusätzlich gönnt.

Feier des Tages. Von wegen! Die Feier währt kürzer als gedacht. Schon am nächsten Mittag stellt ihn seine Mutter nach der Schule mit drängenden Fragen zur Rede, die er natürlich nicht wahrheitsgemäß beantworten kann. Was er denn mit der stattlichen Anzahl von elf Leckmuscheln habe anfangen wollen? Dazu noch einen *Mohrenkopf*! Und vor allem, woher das ganze Geld komme. Er lügt das Blaue vom Himmel herunter. Die Mutter lässt sich nicht für dumm verkaufen und versucht unter Zuhilfenahme eines Kochlöffels, mit dem sie auf ihn einschlägt, der Wahrheit näherzukommen. Aber diesmal hat sie keine Chance, etwas aus dem Jungen herauszuprügeln. Er wird, er kann nicht reden, ohne sich damit noch mehr in Schwierigkeiten zu bringen. Unmöglich die Vorstellung, ihr von Leila und ihrem Geheimnis zu erzählen. Unmöglich! Vor allem, um die Frage nach dem geplanten Gebrauch der 11 Leckmuscheln in den Hintergrund zu drängen, sie vielleicht sogar vergessen zu machen, gesteht er die weniger drängende unausgesprochene Anschuldigung nach der Herkunft des Geldes.

Es habe einfach so auf der Mauer gelegen, log er. Ja, und es könne sein, dass eine Milchkanne danebengestanden hätte, aber das könne er nicht einmal genau sagen. Er habe da auf keinen Fall einen Zusammenhang gesehen, sondern einfach nur das scheinbar herrenlos herumliegende Geld.

Die Mutter ist mit dem Ergebnis ihrer peinlichen Befragung nicht zufrieden. Aber was will sie machen. Immerhin erfährt der Junge im Laufe der ungleichen Auseinandersetzung mit ihr, dass Frau Ambach sich über seinen Großeinkauf gewundert und es gleich seiner Mutter erzählt hat. Und Frau Paul hat sämtliche Nachbarinnen aufgescheucht und befragt, ob sie vielleicht etwas von dem Diebstahl mitbekommen hätten. Da war es für die Mutter des Jungen nicht schwer, eins und eins zusammenzuzählen. Schmerzlich ist ihr klar geworden, dass nur ihr Junge der Dieb gewesen sein konnte.

Als alles Schimpfen und Schlagen zu keinem Ergebnis führen, droht die Mutter mit drei Wochen Hausarrest, wenn er nicht die ganze Wahrheit preisgebe.

Hausarrest, denkt der Junge, das hat es ja noch nie gegeben! Wie kommt sie nur darauf? Die Drohung gefällt ihm, was er sich aber nicht anmerken lässt! Denn er ist sicher, spätestens nach zwei, drei Tagen ginge der Mutter selbst seine permanente Anwesenheit so auf die Nerven, dass sie ihn zum Spielen hinaus auf die Straße schickte. Doch wird die Stimmung zwischen ihnen lange beschädigt bleiben. Um sich dessen gewiss zu sein, kennt er sie nur zu gut. Neben ihm hat auch sie gelitten, und der Kochlöffel nach seinem zweckfremden Einsatz ganz bestimmt auch.

Das Schlimmste ist, er muss die elf Leckmuscheln rausrücken, was immer seine Mutter damit auch vorhat. Ohne Leckmuscheln allerdings würden er und Leila nicht wieder zusammenkommen.

38

Wenige Tage vor Weihnachten starb Johannas Bruder Albert 92-jährig. Die Beerdigung fand nach Weihnachten im engen Familienkreis statt, Ehefrau, Kinder, Enkel, Neffen, Schwägerin, manche in Begleitung ihrer Ehepartner. Johanna war nicht dabei. Ihre inzwischen eingeschränkte Beweglichkeit, das Laufen nur noch in der Wohnung am Rollator, machte ihr eine Teilnahme unmöglich. Doch sie schien das nicht einmal zu bedauern, sondern ergeben hinzunehmen. Zuletzt waren die Geschwister sich bei Alberts 85. Geburtstag begegnet.

Jetzt, im Februar, stand Johannas 90. Geburtstag bevor. Sie wollte kein großes Fest, am liebsten auch keinen Besuch außer von Kindern und Enkeln. Aber ungeachtet ihres Wunsches kamen viele Verwandte und Freunde aus Cochem und Cond und von weiter her angereist, um zu gratulieren. Stühle wurden herbeigeschafft und es musste zusammengerückt werden. Am Nachmittag gesellten sich sogar der Stadtbürgermeister und der Bürgermeister der Verbandsgemeinde hinzu und überreichten große Blumensträuße. Es wurde gemütlich eng im Raum, und Johanna fühlte sich im Kreis ihrer Gratulanten sichtlich wohl.

Eine Woche später saß ich wieder alleine bei ihr. Auf dem Tisch stand die Bilderkiste mit alten Fotos, deren Betrachtung uns schnell ins Gespräch brachte. Bisher hatte ich den Eindruck, dass meine Mutter den Tod ihres Bruders ohne große Trauer hingenommen hatte. Aber da hatte ich mich wohl getäuscht. Durch den Tod ihres Bruders, sagte sie, sei Vieles von Früher bei ihr wieder hochgekommen, in Bewegung geraten und ihr ins Bewusstsein gerückt. Vor allem stünde ihr Vater wie lebendig vor ihr. Nach all den vielen Jahren und Jahrzehnten! Dabei fühle sie einen tiefen, lange vergessen geglaubten Schmerz. Ich fragte nach, an was sie denn da konkret denke. Aber sie winkte gequält ab, darüber könne sie nicht mehr reden. Trotzdem fragte ich nach der letzten Begegnung mit ihrem Vater, damals in Remse in Sachsen. Sie schüttelte abwehrend den Kopf, begann dann aber doch eine Version der Geschichte zu erzählen, die ich in dieser Form bis dahin nicht kannte. In Frankreich sei mein Großvater Heinrich im Herbst 1944 in US-amerikanische Kriegsgefangenschaft geraten. Aber er sei aus dem Gefangenenlager in Frankreich getürmt und habe sich tatsächlich zunächst bis nach Bitburg durchgeschlagen, da er nicht sicher gewesen sei, ob seine Familie dort noch lebte. Aus der völlig zerstörten Stadt in der Eifel sei er weiter nach Cochem, um Frau und Kinder zu suchen, wo er auf zwei seiner Schwägerinnen, Schwestern von Klara, in einer Mühle der Endert getroffen sei. Von dort habe er sich weiter nach Sachsen durchgeschlagen und die Familie schließlich in Remse gefunden, wo er genau eine Nacht geblieben und am frühen nächsten Morgen mit dem Zug nach Dresden abgefahren sei. Ich brachte wieder die Überlegung ins Gespräch, dass er womöglich desertiert sei. Schließlich hatte er sich durch halb Europa geschlagen, durch Frankreich und Deutschland, allein als Soldat, und das mitten im Krieg! Aber obwohl meine Mutter bei früheren Gesprächen diese Möglichkeit nicht ganz ausgeschlossen hatte, reagierte sie jetzt sehr emotional, abweisend. Gequält sagte sie, ich solle bitte still sein, sie könne die Vorstellung nicht ertragen, dass er womöglich doch noch gestellt und erschossen worden sei. Sichtbar kämpfte sie mit ihren Gefühlen.

Nach längerem Schweigen sagte sie, dass er ja außerdem auch dieses Papier bei sich gehabt habe.

Dieses Papier? fragte ich überrascht. Was denn für ein Papier?

Sie wisse auch nicht genau, was das für ein Schreiben gewesen sei und habe es natürlich auch selbst nicht gesehen und gelesen. Sie sei damals in Remse ein Mädchen von zwölf Jahren gewesen, das nach langer Zeit endlich seinen Vater wiedergesehen habe. Sie wisse das mit dem Papier von ihrer Mutter Klara. Immer sei auf dieses Papier verwiesen worden, wie auf eine Legitimation für sein Verhalten, seinen Eigensinn, seine Aufsässigkeit, wenn die seltene Rede auf den Verbleib ihres Vaters gekommen sei. Wer das Schreiben aber verfasst und was daringestanden habe, wisse sie nicht. Nur, dass er darin eigenmächtig ein Datum abgeändert hatte, das habe ihre Mutter Klara ihr erzählt.

»Wat dann fir e Datum?«

Meine Mutter schüttelte erregt den Kopf. Sie wisse es nicht.

»Irjend e Datum«, sagte sie unwillig. Sie wirkte plötzlich erschöpft, regelrecht verzweifelt.

»Komm«, sagte sie, fast bittend. »Loß uns iwwer wat anneres rede!«

Zeit ihres Lebens war meine Mutter eine schöne Frau und sie war es immer noch. Wenn ich ihr bei meinen Besuchen entgegenging, erkannte ich in der über Neunzigjährigen auch die Frau, die sie in früheren Jahrzehnten war. Nie sah ich nur die eine, wie sie jetzt am Tisch saß, schwerhörig und manchmal mit klapperndem Gebiss, die, wenn sie vom Stuhl aufstand, all ihre Kraft und Mühe aufbringen musste, um sich zu erheben, die nach den Griffen ihres immer bereitstehenden Rollators angelte und tief gebeugt quer durch ihre Wohnung zur Küche oder Toilette schlurfte. All die zurückliegenden Jahrzehnte trug sie in sich, in ihrem Körper, in ihrem Gesicht und ich erkannte sie, wenn sie sich erinnerte und sprach.

Manchmal schaute ich mir alte Fotografien an, auf denen sie abgebildet war und versuchte dabei zu vergessen, dass die Frau, die ich sah, meine Mutter war, was manchmal gelang. Dann spürte ich, wie anziehend sie in fast jedem Alter gewesen war.

Mit 42 Jahren nahm sie mich wie ein Kind an der Hand und bestieg mit mir am Cochemer Bahnhof einen Zug. Der gondelte mit uns nach Koblenz und machte unterwegs an jedem Abtritt Halt. Vom Koblenzer Hauptbahnhof fuhren wir nach Köln mit dem Schnellzug und von dort mit einem Nahverkehrszug zu einem schäbigen Haltepunkt aus Beton, Metall und Plexiglas, durch das ein schmutziger Himmel schimmerte. Wir waren in Leverkusen angekommen und schleppten zwei Koffer durch den Stadtteil Schlebusch zu einem zehnstöckigen Hochhaus. Darin hatte meine Mutter im zweiten Stockwerk ein Zimmer für mich gemietet, was ich bedauerte, denn lieber wäre ich in eine der oberen Etagen eingezogen, mit weitem Blick über die Großstadt. Obschon Leverkusen, nach allem was ich von dem Haltepunkt bis hierher zu sehen bekommen hatte, alles andere bot als das Gesicht einer Großstadt, wie ich sie mir vorgestellt hatte.

Meine Bilder von belebten Straßen und Plätzen, von schönen Häusern, in deren Parterre Kneipen und Cafés, wie ich sie aus Cochem kannte, zum Verweilen einladen und Läden mit großzügigen Schaufenstern auf sich aufmerksam machen, konnte ich vergessen. Ich war gerade neunzehn geworden, als meine Mutter mich aus der beschaulichen Flusslandschaft meiner Kindheit und Jugend hierher überführte, in eine Stadt, die diese Bezeichnung nicht verdiente und in der sich hinter Platten aus Plexiglas ein verrußter Himmel verbarg.

Im Zugabteil hatten wir zwei gegenüberliegende Fensterplätze besetzt. Wir redeten wenig und ich betrachtete erst die draußen vorbeibummelnde Gegend der Untermosel, später das schneller vorbeirauschende und immer breiter werdende Rheintal. In der Fensterscheibe, durch die ich blickte, spiegelte sich das Gesicht meiner Mutter und ich sah, dass sie mich unablässig beobachtete. Wendete ich mich ihr zu, lächelte sie mich mit ihren großen schwarzen Augen an, die feucht waren und glänzten.

Meine Mutter bewunderte das Zimmer sehr, in das ich einzog, wie praktisch es eingerichtet sei und wie gemütlich zugleich! Das winzige Bad mit Dusche, optimale Raumeinteilung, die Couch, tags zum Sitzen, nachts ausgeklappt zum Liegen, wie zweckmäßig, und dann der Balkon, der sich über die gesamte Breite vor der Zimmerfront erstreckte, mit Blick über eine kleine Lichtung in den Wald. Mir gefiel das Zimmer auch. Vor allem gefiel mir die Vorstellung, es ganz für mich allein zu haben, sobald meine Mutter sich verabschiedet hatte. Nicht, dass ich sie jetzt schnell hätte loswerden wollen, im Gegenteil! Mir war bang vor dem Moment des unausweichlichen Abschieds. Aber ein eigenes Zimmer hatte ich bis dahin nie besessen, geschweige ein Bad und einen Balkon ganz für mich allein. Das Durchgangszimmer, oder besser, der Flur mit direkter Anbindung zur von allen Hausbewohnern benutzten Toilette, in dem das Bett meines Bruders und meins aufgeschlagen waren, hatte weiß Gott die Bezeichnung Zimmer nicht verdient.

Sie gehe jetzt allein zurück zu der Haltestelle, sagte sie, nachdem wir eine Weile auf dem Bettsofa gesessen, angesichts des nahenden Abschieds befangen Belanglosigkeiten erzählt und die letzten mitgebrachten Kekse krümelig aus der Verpackung gezogen und geknabbert hatten.

»Jo«, sagte ich mit belegter Stimme und einem Blick auf die Armbanduhr, wenn sie den Nahverkehrszug nach Köln bekommen wolle, müsse sie jetzt los.

»Jo, dann, tschüs.«

»Tschüs.«

»Also dann …«

Draußen hatte es zu nieseln begonnen.

»Net schlemm«, sagte sie, sie habe ja den Knirps in der Tasche, und nein, ich müsse sie nicht mehr nach unten vors Haus begleiten, sie komme schon zurecht.

Vom Balkon aus konnte ich ihr, anders als ich gehofft hatte, nicht hinterherschauen. Meine Sicht ging von hier exakt in die entgegengesetzte Richtung ihres Weges. Zurück im Zimmer, das mir eben noch als großzügig und luftig erschienen war, wirkten die Wände mit einem Mal wie zusammengerückt, und ich spürte, wie eng es darin geworden war.

Durch das westliche Fenster des Eckzimmers spazierten meine Blicke über das Panorama der Stadt Cochem. Ganz links im Fensterbild die alles überragende Reichsburg, weiter unten das Tummelchen, ein historischer Grabhügel mit Resten der mittelalterlichen Stadtmauer darauf, das 400 Jahre alte Kapuzinerkloster direkt mir gegenüber und der hoch aufschießende Zwiebelturm der Martinskirche. Tief hinten auf einem Bergkegel über dem Tal der Endert, grau und fast unwirklich, die Silhouette der Ruine Winneburg. Ein großes, sich mit den Jahreszeiten wandelndes, mir schon mein Lebtag vertrautes Gemälde, das sich heute in warmen Oktoberfarben zeigte. Meine Mutter saß neben mir und auch sie schien die Aussicht und unser minutenlanges Schweigen zu genießen, bis sie unvermittelt die Stille unterbrach und sagte, dass die Oma ja auch schon fast dreißig Jahre tot sei.

Ja, die Oma. Oma Klara wurde in der Familie von allen *die Oma* genannt. Wir hatten nur eine Oma, eine zweite gab es nicht. Und darüber war ich froh. Wie hätte ich meine Zuneigung und Verbundenheit, die ich zu ihr empfand, mit einer zweiten Oma teilen können? Auch mein Vater, ihr Schwiegersohn, nannte sie nur Oma.

Anfang der 1960er Jahre hatte sie dem Schneiderhaus, das ihrem Bruder gehörte, den Rücken gekehrt und war in die Ronmesstraße gezogen, die wir auch Bäckerstraße nannten, die postalisch aber zur Zehnthausstraße gehörte, die wir wiederum Dorfstraße nannten. Beim Umzug in die neue Wohnung durfte ich dabei sein und zum ersten Mal fuhr ich in einem Auto. Ein ungeheures Erlebnis, dessen Stimmung ich bis heute spüren kann. Man hatte mich auf den Beifahrersitz des Umzugswagens klettern lassen, der Omas Möbel über die kurze Distanz zwischen den beiden Wohnungen transportierte. Von dem Sitz war ich nicht mehr runterzukriegen, auch nicht, während der Umzugswagen mit Möbeln beladen oder abgeladen wurde. In aufgeregter Erwartung blieb ich sitzen für die nächste Fahrt, die vielleicht zwei, höchstens drei Minuten dauerte, wenn überhaupt.

Abgesehen von den beiden letzten Jahren, in denen meine Mutter und mein Vater sie zu sich geholt hatten, verbrachte Oma von nun an ihr Leben in dieser Wohnung. Ich glaube, dass sie hier sehr zufrieden war, nicht zuletzt auch wegen des Anschlusses an die Familie der Bäckerei Ambach, die ihre Vermieter waren und deren Backstube unweit ihres Schlafzimmerfensters täglich mit ihren wundervollen frühmorgendlichen Backdüften einen guten kommenden Tag verhieß.

Ja, fast dreißig Jahre, antwortete ich meiner Mutter, und trotzdem komme es mir vor, als könne Oma jeden Moment wieder zur Tür hereinkommen.

»Oje oje!«, rief meine Mutter. »Nä, die kimmt net mieh.«

39

1967, 1968.

In Omas neuer Wohnung fühlen sich der Junge und sein Bruder wie daheim. Fast täglich gehen sie bei ihr ein und aus. Immer freut sich die Oma, ihre Enkel zu sehen, nie sind sie ihr zu viel, nie ist sie unfreundlich, ungehalten oder böse. Ein herrliches Refugium! Immer hat sie eine Süßigkeit im Wohnzimmerschrank. Oft sind die Jungen zum Mittagessen hier. Besonders an Samstagen, wenn die Mutter, die nach ihrer Schulzeit eine Lehre als Verkäuferin im damals angesehensten Geschäft auf dem Marktplatz in Cochem absolviert hat, in Ambachs Lebensmittelladen aushilft und für die Familie etwas hinzuverdient. Viel ist es nicht, was sie für ihre Arbeit bekommt, und manchmal erzählt sie, dass der Lohn eines Tages nicht einmal für den Wochenendeinkauf ausreicht, den sie nach Arbeitsende bei Ambachs tätigt.

An den Samstagen kommt auch der Vater zum Mittagessen zur Oma. Sie ist eine Spitzenköchin, und alle sind von ihren Speisen begeistert, egal was sie auf den Tisch stellt. Neuerdings backt sie sogar Pizza, ein Teiggericht, dass beliebig mit Leckereien, Käse, Tomaten, Schinken, Salami belegt werden kann und das die italienischen Gastarbeiter sozusagen mitgebracht haben. Irgendwo hat sie davon gelesen, und irgendwann stand zu unserer Begeisterung *der* Pizza auf dem Tisch. Ja, *der* Pizza! Für Oma musste der Artikel so lauten. Alle Beteuerungen der Enkel, dass es *die* Pizza heiße, widerstand sie beharrlich, sagte: »Ihr wesst och net alles besser!«

Glücklicherweise hat die Mutter viel von ihr gelernt und ihre meisterliche Intuition am Kochtopf und der Pfanne geerbt. Das Backen von Pizza allerdings blieb Omas Domäne. Es spricht sich meistens schon Tage vorher in der Familie herum, wenn Oma wieder ein Essen plant, bei dem *der* Pizza auf den Tisch kommen wird.

Der Junge und Winni lungern schon seit einer Stunde auf Omas Couch herum. Sie hören Omas Schallplatten, die zwar nicht ganz ihrem Musikgeschmack entsprechen, aber immerhin modern klingen. Mit klassischer Musik weiß Oma nicht viel anzufangen. Sie hört gern moderne Schlager und alte Schnulzen und dementsprechend ist ihre beachtliche Plattensammlung ausgestattet. An der Spitze ihrer Beliebtheitsskala steht Peter Alexander mit seinen Schmachtfetzen österreichischen Ursprungs. Gefolgt von Rudolf Schock und Anneliese Rothenberger. Obwohl die beiden doch eher dem klassischen Musikelement zuzuordnen sind, gehören sie zu Omas absoluten Favoriten.

Rose Marie, Rose Marie
sieben Jahre mein Herz nach dir schrie.
Rose Marie, Rose Marie
aber du hörtest es nie.
Jetzt bin ich alt, jetzt bin ich alt
Aber mein Herz ist noch immer nicht kalt.

Wenn diese Platte läuft, steht Oma gerührt im Raum, und ihre dunkelbraunen Augen füllen sich mit Tränen. Ihre Lippen beginnen vor Rührung zu beben, wenn sie leise und gebrochen versucht, die Melodie mitzusingen.

Die Brüder denken nicht daran, dass Oma sich, wenn sie die stimmige Einheit von Text und Melodie hört, vielleicht an ihren Großvater Heinrich erinnert fühlt.

Wie lange schon vermisst sie den Vermissten? Wie viele Jahre hatte sie gehofft, dass er vielleicht doch noch zurückkommen könnte! Sieben Jahre, oder mehr?

Auch können sie nicht wissen, dass die schönen Worte des Liedes von Herrmann Löns stammen, den die Nachwelt den Heidedichter nennt und dessen Liedgut sich die Nationalsozialisten, wie vieles andere auch, zu eigen gemacht hatten.

Aber jetzt wird's wieder modern. Karel Gott trägt seine goldene Stimme aus Prag via Plattenspieler in Omas kleines, helles Wohnzimmer, Nana Mouskouri bringt *weiße Rosen aus Athen* und natürlich Roy Black *ein Souvenir von dir*. Auch Freddy Quinn darf hier sein *Heimweh nach Sankt Pauli* beklagen, die Sängerin Alexandra einem jungen Mann nachtrauern, den sie *Zigeunerjunge* nennt, ebenso wie einem gefällten Baum: *Mein Freund der Baum ist tot*. Marlene Dietrich ist in Omas gut sortierter Plattensammlung nicht vertreten, geschweige ihr Lied, das sie gerade von Amerika, mit deutschem Text versehen, nach Westdeutschland gebracht hat. Manche Deutsche wollen seit dem Zweiten

Weltkrieg von der Dietrich nichts mehr wissen, sehen in ihr eine Verräterin, weil sie nicht Hitlers verbrecherischen Krieg, sondern die gegen Deutschland kämpfenden US-Truppen unterstützt hat.

Sag mir, wo die Blumen sind. Omas Enkel werden das Lied wenige Jahre später auf ihren Fahrten und in Zeltlagern zur Gitarre singen.

Heute hat Oma das Mittagessen warm gestellt. Der Vater ist noch nicht da. Die Brüder hören Schallplatten. Oma wirkt heute aufgeregter als sonst, unruhiger, sagt sogar, sie sollen die Musik etwas leiser drehen. Jemand klingelt unten an der Haustür. Das wird der Vater nicht sein, der kommt ohne zu klingeln hinten herum durchs Tor.

Wer klingelt? Oma geht nach unten um nachzusehen. Ihre Schwester Fina bringt Neuigkeiten, hat es aber eilig und kommt nicht mit hoch in die Wohnung auf einen Schnaps, einen *Uerdinger*, so wie sonst.

»Macht mol die Musik ous!«, sagt Oma, als sie in die Wohnung zurückkommt, geht zum Kühlschrank, nimmt die Flasche *Uerdinger* aus dem Türfach, schenkt sich ein und kippt ihn hinunter. Der Junge gehorcht sofort, schaltet den Plattenspieler aus und nimmt die Platte vom Plattenteller. Sein Bruder kauert sich auf dem Sofa zusammen, geht in Deckung. Die Oma wirkt betreten. Was ist passiert?

»Die Tante Lissabeth es dut«, sagt sie. Omas älteste Schwester war am Morgen gestorben. Tante Fina, auch eine Schwester von Oma, hat die Nachricht überbracht. Lissabeth hatte im Nachbarort Klotten gewohnt und die Brüder kennen sie von seltenen, gegenseitigen Besuchen. Die Oma atmet tief und nach einem hellen Stöhnen, *och, ohs Lissabeth!* erklärt sie, dass die Tante schon eine Weile krank gewesen sei. Die Brüder schauen betreten drein, wissen beide nicht, was sie noch sagen sollen, als im gleichen Moment die Tür zum Flur auffliegt und der Vater erscheint:

»Et es e Mädche!«, jubiliert er.

Sofort erhellt sich Omas Gesicht und strahlt fast so wie das des Vaters. Der Junge und sein Bruder blicken sich fragend an. Was ist denn jetzt schon wieder passiert?

»Ihr hott e Schwesterche jekricht!«

Der Junge versteht überhaupt nichts mehr. Wo kam jetzt plötzlich ein Schwesterchen her? Oder war das der Grund, warum die Mutter gestern auf einmal so schnell ins Krankenhaus musste? Vaters Strahlen scheint grenzenlos. Er umarmt sogar die Oma. Eine Geste vor Überschwang und abruptem Glück, wie die Jungen sie von ihrem Vater nicht kennen. Aber heute!

»Meese mir uns dann jetzt och freue?«, fragt der Junge seinen Bruder, was spöttisch und zänkisch klingt. Der zuckt die Schultern, sagt: »Mir honn wohl en Schwester jekricht. Die kann dann demnächst speele.«

»Un mir kummen freher zom Spille ent Dorf.«

Die Schwester wird am nächsten Tag im Krankenhaus besucht. Die Mutter strahlt, als sie ihre Jungen sieht. Sie darf aber noch nicht aufstehen. Vom Schwesterchen ist nichts zu sehen. Also warten die Jungen, bis eine Krankenschwester kommt und sie abholt. Sie werden von einer Nonne, die, als sie miteinander reden, streng einen Finger auf die Lippen legt, in einen Nebentrakt des Krankenhauses geführt, von dessen Flur aus sie durch eine Scheibe gucken dürfen. Die Nonne sagt, nicht länger als fünf Minuten. Hinter der Scheibe sind kleine Bettchen zu sehen und zwischen vielen entsprechend kleinen Kissen und Decken wiederum kleine Köpfchen von Neugeborenen. Manche zappeln, manche schreien, manche liegen ruhig. Das Bettchen ihrer Schwester wird ihnen gezeigt. Sie bewegt sich und die Brüder freuen sich über das Wunder, das ihrer Familie zuteilgeworden ist.

Die Neue ist schnell etabliert. Kein Gedanke mehr an gestern, wie es ohne sie war. Was in den ersten Stunden nach der Nachricht von ihrer Geburt unvorstellbar erschien, ist jetzt nicht mehr wegzudenken, die kleine Schwester.

Doch schon nach wenigen Wochen macht sie Ärger. Sie beginnt zu krampfen und läuft dabei erschreckend blau an. Ausgerechnet jetzt, da der Junge sich an sie gewöhnt und auch ein wenig in sie verliebt hat, tut sie, als wolle sie sich schon wieder verabschieden. Der Spuk geht ein paar Wochen lang und die Zukunft des Mädchens, das inzwischen schon die Finger ihrer Brüder umfassen und lächeln kann, scheint alles andere als sicher zu sein. Doch wie die Krämpfe kommen, so gehen sie auch wieder, und bald denkt wohl niemand mehr daran.

Über den Vater wird von dessen älteren Schwestern in der Familie eine Geschichte erzählt. Sie hatten auf den kleinen Jakob aufzupassen und mit ihm im Kinderwagen spazieren zu fahren. Einmal, als sie abgelenkt waren, setzte der Kinderwagen sich in Bewegung und rollte einen Abhang hinunter. Die Schräge endete abrupt an der Friedhofsmauer, auf die der Kinderwagen zurollte, und da keine der verantwortlichen Schwestern es mehr vermochte, den Wagen zu stoppen, knallte der gegen die Mauer und das kleine Kerlchen darin machte einen unfreiwilligen Satz über das Hindernis. Er landete auf dem Friedhof. Dort musste er zum Glück nicht gleich liegen bleiben, da ihm – Kinderglück! – nichts passiert war. Die Schwestern behaupteten sogar, dass der kleine Kerl lachte, als sie ihn zwischen den Gräbern fanden, als wolle er sagen: Bitte noch einmal, noch einmal!

Auch der Junge und sein Bruder müssen ihre Schwester im Kinderwagen durch die Gegend fahren, wozu sie anfangs viel, später aber nur noch wenig und irgendwann keine Lust mehr verspüren. Bald machen sie sich einen Spaß daraus, mit dem Kinderwagen Rennen zu fahren. Sie stecken eine Runde ab, um die es gilt, so schnell wie möglich mit dem Kinderwagen zu sausen. Wer nicht fährt, stoppt die Zeit des anderen. Die kleine Schwester im Wagen japst vor Vergnügen. Das geht eine Weile gut. Andere Jungen, Spielkameraden aus dem Dorf, betrachten die Rennen mit Interesse, schauen ihnen zu, geben Kommentare ab, feuern an und applaudieren. Bis einer fragt, ob er auch mal fahren dürfe. Sie haben im Prinzip nichts dagegen, halten aber die Hand auf und verlangen pro Rennen über eine Distanz von sieben Runden fünf Pfennig. Die meisten absolvieren ihre Runden schlechter, als die Brüder, manche schaffen es ganz gut. Nur wenige sind schneller. Aber der Ehrgeiz ist groß. Und es kommt, was kommen muss. Der Wagen gerät erst ins Schlingern, dann ins Schleudern, fliegt ungebremst aus der Kurve. Noch jauchzt die Schwester, dann sieht der Junge sie aus dem kippenden Wagen fallen, sie rollt ein Stück und kommt vor einer Wand zum Halten.

Die Schwester ist zu dem Zeitpunkt kein Baby mehr und der Kinderwagen ist ein moderner, offener Sportwagen. Nichts ist zu Bruch gegangen, dem Wagen nichts anzusehen, die kleine Schwerster jubiliert und strampelt. Sie ist bester Dinge. Doch dem Jungen und seinem Bruder steht der Schreck ins Gesicht geschrieben. Er weicht langsam, als sie feststellen, dass beide, Kinderwagen und Schwester, wohlauf und unbeschädigt geblieben sind.

Lange geht Leila ihm nicht aus dem Kopf. Ab und zu sieht er sie auf dem Schulweg, selten auf den Dorfstraßen, und wenn, dann nur kurz im Vorübergehen. Sie bleibt ihm fern. Es kommt zu keinem Gruß, selten zu einem Blick. Der ist dann kurz und kühl, verhalten und wie aus Versehen. Er nimmt sich vor, sie anzusprechen. Was kann schon passieren? Hundert Mal stellt er sich vor, wie er ihr mutig entgegengeht, *lass es uns noch einmal versuchen* sagt, und *ich werde nicht noch einmal vor dir weglaufen*. Er malt sich aus, wie er sie einlädt, wie damals zusammen den Fluss hinaufzugehen und sich im hohen Uferdickicht mit ihm zu verstecken. Er träumt, fantasiert, kostet die Vorstellung aus, sie würde einwilligen, sie würde ihr Angebot von damals aufrechterhalten und ihm antworten, *warum nicht*, und sie würde es ganz freiwillig tun, bedingungslos, ohne Leckmuscheln.

Er nimmt Gregor ins Vertrauen. Der sagt, mit Weibern wolle er nichts zu tun haben, die seien ihm zu läppisch. Setzt aber gleich nach, dass, wenn er wolle, er ihm etwas zeigen könne, was er sicher noch nie gesehen habe.

Noch nie gesehen!

»Wat soll dat dann seijn?« Er habe, sagt Gregor, im Nachttisch seines fünf Jahre älteren Bruders einen Stapel Hefte mit Bildern von nackigen Frauen entdeckt und um die Bedeutung seines Fundes noch einmal herauszuheben, sagt er, dass die aber *ganz* nackig seien, nicht nur ein bisschen. Die würden alles herzeigen.

»Alles?«

»Alles!«

Schon einen Tag später kann er sich davon überzeugen. Auf dem Schulweg betrachten die Freunde die Bilder, und mittags auf dem Nachhauseweg noch einmal sehr ausgiebig. Nur, alles, wie der Junge es dachte, gibt es auf den sehr freizügigen Bildern dann doch nicht zu sehen. Die meisten abgebildeten Frauen zeigen einen dicken Busen her, den die Jungen *Memmen* nennen, über den sie manchmal kichern und sich amüsieren, wenn die Brustwarzen ihrer Meinung nach zu groß sind oder der Busen zu tief herunterhängt. Zwischen den Beinen der

Frauen können sie jedoch kaum etwas erkennen. Vieles bleibt durch ihr haariges Gebüsch verdeckt und ist, wenn überhaupt, nur undeutlich zu sehen. Aber gerade das hätte den Jungen besonders interessiert.

Solch ein undurchdringliches Gestrüpp aus Haaren, denkt er, wird Leila wohl kaum haben.

Wenn in Cond der Begriff Tratschtante auf jemanden zutrifft, dann ist das die Fiedlers Ramona. Wer schon Ramona heißt! Da kann nicht viel Gutes herkommen, denken manche. Im Dorf wird sie die Rammo oder die Vorbeterin genannt, was im Dialekt klingt wie *Vierbäderin*. Manche, die die beiden Spitznamen zusammenfügen, sprechen von ihr als *dat Vierbädesch Rammo.*

Sie lässt keine Gelegenheit aus, in der Kirche unterwegs zu sein. Sicher, weil sie hier ihre Neugierde am besten befriedigen kann. Wo kommen schon so viele Menschen regelmäßig und in so kurzen Abständen zusammen, wie in den Frühmessen und Hochämtern? Aber die Rammo tritt vor allem bei Andachten oder Rosenkranzgebeten in Erscheinung, wenn sie sich als Vorbeterin in Szene setzen kann: *... der für uns das schwere Kreuz getragen hat. Heilige Maria, Mutter Gottes, bitte für uns Sünder ...* Sie fehlt bei keiner Beichte, keiner Kindstaufe, bei keiner Andacht, keiner Anbetung, und sie singt im Kirchenchor die Altstimme. Wenn der Junge den Spitznamen Rammo hört, denkt er unwillkürlich an den Begriff *Rammbock*, an jenes derbe mittelalterliche Gerät, von dem er nicht genau weiß, wie er es sich vorstellen muss. Doch allein der Klang des Wortes Rammbock verschafft ihm Befriedigung, wenn er dabei an die Rammo denkt.

Die war es denn auch, die weit über die Brüstung ihres Fensters im ersten Stock gelehnt, genau erkannt hat, was der Junge und sein Freund Gregor so interessiert betrachteten, als sie auf ihrem Weg in die Schule vor ihrem Haus vorbeimussten. Der Dorffunk der Erwachsenen gegen die vermeintlichen Ungezogenheiten ihrer Kinder funktioniert problemlos. Schon mittags nach der Schule weiß die Mutter des Jungen Bescheid und beginnt noch vor dem Mittagessen, ihn zu drangsalieren und zur Rede zu stellen. Was er und Gregor da für ein Heft gehabt hätten, will sie wissen, und ihr gnadenloser Blick verrät, dass es ihr sehr ernst ist. Der Junge fühlt sich überrumpelt. Dass die Mutter so schnell schon davon erfahren hat! Erst versucht er sich noch herauszureden, sie seien die Matheaufgaben noch einmal durchgegangen und bei dem Heft habe es sich um Gregors Matheheft gehandelt, in dem er auch farbige Bilder verstecken würde ... All so ein Quatsch!

Er spürt genau, die Mutter weiß Bescheid. Diese bescheuerte Rammo, diese Rammbock, hat es schon an sie weitergetragen! Das macht ihn wütend. Wenn ihm nur etwas einfiele, wie er es der einmal zeigen könnte! Er weiß, dass weiteres Leugnen die Sache nur verschlimmern wird, und er gibt alles zu. Dabei fällt es ihm nicht leicht, gegenüber der Mutter Wörter wie *nackige Frauen* in den Mund zu nehmen.

Als er sie dennoch über die Lippen bringt, passiert etwas völlig Unerwartetes. Die Mutter stöhnt auf wie aus Erleichterung und lächelt ein wenig. Dann nimmt sie ihren Ältesten in den Arm, streicht ihm übers Haar.

»Dou bes jo meine gruuße Jung«, sagt sie sanft. »Komm, setz dich, sonst jeft dat Esse kalt.«

40

Viel zu selten, denke ich, nehme ich mir heute die Zeit, durch das Dorf meiner Kindheit und Jugend zu laufen. Oft glich so ein Gang durch den Ort einer Inspektion. Intuitiv überprüfte ich, wie weit meine Erinnerung noch mit der Wirklichkeit übereinstimmte. Natürlich veränderte sich ein Dorf im Laufe von Jahrzehnten. Trotzdem blieb ich mitunter wie überrumpelt stehen, hilflos und verwundert, manches nicht wieder so vorzufinden, wie ich es kannte. Manches kleine bauliche Ensemble war Parkplätzen gewichen, mancher Vorgarten pflegeleichten Betonplatten. Teile der Dorfstraße erschienen mir zuletzt wie eine mit Abfall- und Müllcontainern belagerte Hinterhoflandschaft der funkelnden Hotels an der Moselpromenade. Und die Linden am Moselufer, einst Treffpunkt vieler Generationen von Conder Männern, Frauen und Kindern, waren lange schon Geschichte.

Irgendwann waren die mächtigen Bäume verschwunden, einfach nicht mehr da. Manch einer wird sie nur noch von alten Fotografien kennen. Mein Vater wusste von seiner Jugend zu erzählen, als sich an Sonntagnachmittagen das halbe Dorf unter den Linden traf, und dass dort Spiele und Wettbewerbe ausgetragen wurden. Er sprach von Spielen, die er *Dilldopp* und *Räf* nannte, und er erklärte mir, dass ein *Dilldopp* ein hölzerner Kreisel war, der mit einer Art Peitsche möglichst lange in kreisender Bewegung gehalten werden musste. Beim Spiel *Räf* wurden Metallreifen mit einem Stock um die Wette über eine vereinbarte Distanz entlang der Moseluferstraße getrieben.

Zuletzt fiel mir vor Ambachs ehemaligem Bäckerladen ein kleines Detail auf, das ich vergessen hatte. Vor den beiden Schaufenstern, die mit braunen, verwitterten Jalousien verrammelt waren, gab es zwei schmiedeeiserne Geländer. Sicher hatten sie nicht nur die Aufgabe, Betrachter der Auslagen vor der Scheibe auf Distanz zu halten, sondern auch die positive Außenwirkung der Ladenfassade zu verstärken. Beide Geländer zierte in der Mitte je eine dekorative Brezel, die der Schmied kunstfertig, wahrscheinlich in Ambachs Auftrag, hineingeformt hatte. Ich meinte mich zu erinnern, dass die Brezeln früher eine goldene Farbe hatten, im Gegensatz zum Rest der Geländer, die schwarz waren. Ich sah mich zusammen mit anderen Kindern vor dem

Laden herumlungern, wie wir uns gelangweilt an die Geländer hängten oder versuchten darauf zu klettern, wie Frau Ambach herauskam und uns verscheuchte.

Schnell hatte sich herumgesprochen, dass in Cochem ein neuer Lebensmittelladen eröffnet werden soll. Ein großer Laden, in dem man alles kaufen könne, hieß es. Gleich am Tag der Eröffnung war der Laden rappelvoll. Selbstbedienung, das gab es bisher kaum. Kundinnen und Kunden wurde ein Einkaufswagen zur Verfügung gestellt, mit dem es sich bequem durch die breiten Gänge des Geschäftes fahren ließ. In diesen wurden die Artikel, die links und rechts der Gänge in meterlangen Regalen präsentiert wurden, hineingelegt, um sie Stück für Stück an der Kasse abzulegen und zu bezahlen. Das Wort *Supermarkt* gab es noch nicht. Der Laden hieß *Kremenz* und kündigte mit seinem Auftauchen mitten in der Stadt schon früh vom Untergang der vielen kleinen Lebensmittelbetriebe, Bäckereien und Fachgeschäfte. Bei *Kremenz* gab es nach dem Einkauf eine kostenlose *Plastiktüte,* in die alles Gekaufte verstaut und nach Hause getragen werden konnte. Auf der Tüte stand in großer roter Schrift *Kremenz.* Die Kremenztüte wurde legendär, so dass die Bezeichnung *Plastiktüte* bald wieder verschwand und nur noch von der Kremenztüte gesprochen wurde, auch wenn etwas anderes darauf stand. Immer wieder gab es bei *Kremenz* Sonderangebote, Lockangebote. Man hätte glauben können, alle Artikel seien hier billiger als anderswo. Ein Trugschluss, welcher allerdings der Firma *Kremenz* bald eine Art Vormachtstellung in der Stadt sicherte. Bis Aldi auftauchte. Noch lange nicht in Cochem. Aber im 50 Kilometer entfernten Koblenz. Und dort war es, auch das sprach sich sehr schnell herum, wirklich viel billiger als anderswo.

Pech nur, dass meine Eltern keinen Führerschein und demzufolge auch kein Auto hatten, mit dem sie hätten hinfahren können. Aber es gab ja noch die Bahn. So kam es zu mehreren unglaublichen Familienausflügen an Samstagen, an denen mein Vater frei und wir keine Schule hatten. Die kleine Schwester wurde bei der Oma verstaut. Mutter, Vater, mein Bruder und ich marschierten mit großen, leeren Taschen behängt zum Cochemer Bahnhof. Familienkarte, die war nicht teuer! Zum Glück, jedoch sicher nicht zufällig, befand sich der Koblenzer Aldi nur ein paar hundert Meter vom Bahnhof entfernt. Es wurde gekauft, was das Zeug hielt, und das mit Blick auf unsere Einkaufstaschen im wahrsten Sinn des Wortes. Hauptsächlich Konserven, die waren zwar schwer, aber auch besonders preiswert. Geld gehörte in der Familie noch immer nicht zu den Dingen, die in Fülle vorhanden waren.

Meine Mutter vermietete die beiden Mansardenzimmer, die mein Vater passabel ausgebaut und mit Toilette und Dusche versehen hatte, an Gäste. In Cochem boomte schon in den 1960er Jahren der Fremdenverkehr und jeder, der ein Zimmer im Haus entbehren konnte, vermietete es an Fremde, wie wir die Gäste nannten. Das Wort *Gäste* hat sich nur allmählich und schwerlich in der Sprache der Moselaner etabliert. Über viele Jahre trug das Schild an unserem Haus die Aufschrift *Fremdenzimmer*. Später wurde es abgeändert in *Fremdenzimmer mit fließend Wasser*. Ja, nicht mit *fließendem*, wie es eigentlich hätte heißen müssen, sondern mit *fließend Wasser*. Freilich stand das in dieser Form nicht nur auf unserem Schild, sondern auf fast allen Fremdenzimmerschildern im Dorf, als hätte einer vom anderen abgeschrieben. So war es auch immer noch zu lesen, als schon längst keiner mehr ein Zimmer ohne Wasseranschluss gemietet hätte. Als das auffiel, wurde ein neues Schild angeschafft, keins, das mit der Hand beschrieben werden musste, sondern eins, das nicht mehr aus Holz, sondern aus Plastik und bereits bedruckt war: *Zimmer frei*.

Schon beizeiten waren mein Bruder und ich daran gewöhnt, dass in den Sommermonaten Gäste im Haus waren. Für uns hieß das zusammenzurücken, denn im Winter bewohnten *wir* die Gästezimmer. Zuerst kamen die Holländer und ich hatte lange die Vorstellung, dass Fremde, also Gäste, mit Holländern gleichzusetzen wären. Schließlich sprachen sie auch eine Sprache, die nicht immer leicht zu verstehen war. Aber die Holländer waren freundliche Menschen. Uns Kindern schenkten sie manchmal Süßigkeiten, sie sprachen aufmerksam mit uns, was wir von Erwachsenen nicht gewohnt waren, und nahmen uns im Auto mit ins Schwimmbad. Sie lachten viel, und mit ihrem ersten Auftauchen an Ostern eines jeden Jahres herrschte bis nach der Traubenlese im Oktober fröhliches holländisches Treiben und lustiges Sprachengewirr im Haus. Zum Frühstück kamen sie von der Mansarde herunter und gingen durch unsere Küche in unser Wohnzimmer, wo meine Mutter den

Frühstückstisch für sie gedeckt hatte. Holländer empfand ich als Bereicherung, nicht nur, weil sie vor ihrer Abreise für die Beherbergung in unserem Haus die Familienkasse auffüllten.

Wenn ich von Holländern spreche, sind damit alle Niederländer gemeint, die in ihrer lächelnden, offenen, unaufdringlichen Art in unserem Haus zu Gast waren. Aber es kamen natürlich auch Deutsche, von denen sich viele per se schon zugeknöpfter gaben als ihre niederländischen Nachbarn.

So gab es den Kölner Herrn Hemmersbach und seine Frau, die ein- oder zweimal im Jahr kamen. Er, ein kurzer, kräftiger, rotköpfiger Mann, nicht mehr der Jüngste und breitestes Kölsch sprechend, begann mit seinem Auftauchen die Familie zu dominieren und zu drangsalieren. An seine Frau, der er vielleicht ähnlich begegnet sein mag, habe ich bezeichnenderweise keine Erinnerung. Hemmersbachs kamen mit der Bahn. Da der Weg vom Cochemer Bahnhof bis zu unserem Haus weit und Hemmersbachs Koffer schwer waren, holte meine Mutter sie vom Bahnhof ab, zu Fuß, selbstverständlich. Kaum, dass er unser Haus betreten hatte, erwartete Hemmersbach, dass meine Mutter einen Kaffee für ihn kochte. Das wäre an sich nicht schlimm gewesen. Aber den trank er mit seiner Frau nicht auf dem gemieteten Zimmer, sondern in unserem Wohnzimmer, derweil meine Mutter als sein Dienstmädchen fungierte, weil er zum Kaffee gern Kekse aß, Zucker und Milch brauchte und ... noch einen Kaffee, aber heiß!

Er rauchte Zigarre und belehrte seine Mitmenschen, egal ob sie wollten oder nicht. Meine Mutter hatte keine Chance gegen ihn und blieb so freundlich es eben ging. Mein Vater entzog sich, das war klassisch, durch Arbeit. Auch er bot ihm nicht die Stirn. Er zeigte sich betont desinteressiert und blieb freundlich. Auch dann noch, wenn Hemmersbach es sich abends Zigarre qualmend, schwadronierend und belehrend wie selbstverständlich und ohne zu fragen, in unserem Wohnzimmer gemütlich machte.

Vor seinen Besuchen kündigte er sich mit einer Postkarte an, auf der meistens in Schwarzweiß der Kölner Dom zu sehen war. Abends zeigte meine Mutter diese meinem Vater, während sie stöhnte: »Hemmersbachs kummen!« Dann verdrehten beide genervt die Augen zur Zimmerdecke, als wäre ein Gottesurteil auf sie niedergegangen.

Nach Jahren getraute sich meine Mutter, ihm abzusagen. Sie schrieb ihm, es sei alles belegt. Das wiederholte sie bei der nächsten Anmeldung und bei der übernächsten noch einmal. Zum Glück hatten wir noch kein Telefon. Im direkten Gespräch mit Hemmersbach, auch telefonisch, hätte sie sich das nie getraut. Irgendwann kam eine Nachricht von seiner Frau, dass er gestorben sei. Käme ich jemals in die Verlegenheit, jemanden benennen zu müssen, den ich als einen tyrannischen Menschen empfunden habe, dann wäre er in der Auswahl ganz vorn mit dabei.

Ebenfalls weit vorn auf der Liste der touristischen Tyrannen würde die Familie Möckle rangieren. Sie löste Hemmersbach gewissermaßen ab. Als er nicht mehr kam, kamen sie. Allerdings mit dem Unterschied, dass sich weniger meine Mutter, als mein Bruder und ich von der Familie völlig vereinnahmt, überfahren und ignoriert fühlten. In den ersten Jahren hatten Möckles zwei Jungs dabei, die im Alter meines Bruders und meinem waren, Siegfried und Manfred. Einer, der Siegfried, war auf einem Auge blind, was man ihm nicht ansah und was erst bekannt wurde, als er deswegen im dritten Schuljahr eine Aufgabe nicht lösen konnte. Dann stellte sich heraus, dass der Junge sich über seine einäugige Blindheit durchaus im Klaren, aber der Meinung war, dass dies bei allen Kindern, ja, bei allen Menschen so sei. Niemand hatte ihm jemals etwas anderes erklärt.

Meinem Bruder und mir ging es mächtig auf die Nerven, dass die beiden Möckle-Knaben ständig Thema waren: Was die alles konnten und leisteten und machten und taten und in der Schule und im Sport und der Älteste schon auf dem Gymnasium und … Und wir, der Winni und ich, durften nach dem ausladenden Frühstück der Möckle-Familie deren Frühstücksgeschirr abwaschen. Verdammte Hacke!

Ausladend waren die Frühstücksbesuche der Möckles im Sinne von: Sind wir einmal hier, gehen wir so schnell nicht mehr weg. Daran hatten am wenigsten die männlichen Mitglieder der Möckle-Familie Anteil, die eigentlich nur rumstanden. Die Frau war's, die mit einer Wuchtigkeit und Ausgelassenheit in breitestem schwäbischem Akzent – die Familie kam aus Ravensburg – lautstark daherschnodderte, dass man sich nur wundern oder – verdammt nochmal – ärgern konnte, oder beides. Die Familie musste ja auch, genau wie Hemmersbachs und all die anderen

Gäste, durch unsere Küche laufen, um an ihr Frühstück zu kommen, das im Wohnzimmer gedeckt war. An Sonntagen saß unsere Familie in der Küche am Frühstückstisch und damit unweigerlich in der Falle. Frau Möckle, die ihren runden Körper mit dem ausladenden Busen, der in ihrem Dekolleté wackelte wie eine Götterspeise und einem beim Gehen gefährlich ausschwingenden Hintern in ein überschwängliches Dirndl gekleidet hatte, nutzte die Gelegenheit aus und baute sich, flankiert von ihren schweigenden Männern, vor uns auf. Unser Tischgespräch versiegte augenblicklich. Frau Möckle strotzte vor grundloser Fröhlichkeit. Meist begann sie ihr Theater mit einem ausgelassenen Lachen über etwas, das sie vorher selbst gesagt hatte. Und dann fuhr sie fort zu quasseln, im ständigen Wechsel zu jauchzen und zu jodeln in vielen, kaum vorstellbaren Variationen. Ihr war nicht beizukommen. Bei ihrem Mann glaubte ich gelegentlich eine peinliche Berührtheit zu erkennen. Er zupfte ihr manchmal am Ärmel, um sie in die Wirklichkeit zurückzuholen. Dann schlug sie zu, als wäre eine Fliege auf ihrem Arm gelandet. Ihren Mann ignorierte sie. Außer, wenn sie manchmal für ihr Gesagtes eine Bestätigung brauchte: »Gell, so ischs doch gwä?«

Dann nickte er.

41

1968.

An das Zeitungsaustragen gerät der Junge ganz ohne sein Zutun. Seine Mutter ist von einer Frau aus dem Dorf angesprochen worden. Ihr Junge müsse für eine Weile ins Krankenhaus, in die Orthopädie, wo eine Fehlstellung seiner Hüfte operativ korrigiert werden müsse. Das würde dauern. Auch wenn er nach Wochen wieder zu Hause wäre, müsse er auf Krücken laufen und könne auf keinen Fall die Illustrierten austragen wie bisher. Ob denn nicht ihr Junge das übernehmen und sich damit etwas Geld verdienen wolle. Mittags nach der Schule fragt Johanna den Jungen, was er meine, ob so eine Arbeit für ihn infrage käme. Der Junge ist unentschlossen, hätte sich jetzt mehr Führung von der Mutter gewünscht, eine Idee oder einen Vorschlag. Doch auch die hat keine klare Meinung. Es geht hin und her, für und wider. Der Vater wird am Abend gefragt, aber der schaut kaum von seiner Zeitung auf, fragt wieviel es zu verdienen gebe und schweigt. In der Woche, sagt der Junge, könne er auf achtzehn Mark kommen.

Achtzehn Mark? Der Vater zuckt mit den Schultern.

Er solle jetzt doch auch mal was dazu sagen, drängt seine Frau, und er antwortet genervt, dass er das doch auch nicht wissen könne. Die Entscheidung fällt am nächsten Tag ohne den Vater, also gut, er würde es versuchen.

Schon am folgenden Montag werden die Illustrierten stapelweise ins Haus geliefert. Die halbe Familie ist erschrocken über die Massen von Papier. Sogar der Vater wirft in seiner Mittagspause einen Blick darauf.

»Eijeijei!«, ruft er, »Do host de awwer wat ze doon!«

Der Junge schlingt sein Mittagessen herunter und macht sich statt an die Schulaufgaben an das Sortieren der Illustrierten. Er hat eine Liste der Abonnenten, auf der steht, welche Zeitschrift an welche Adresse geliefert werden muss. Die Bezieher wohnen im gesamten Stadtgebiet von Cochem, also auch in Cond und in Sehl und nicht selten in abgelegenen Häusern. Schon das Sortieren nimmt viel Zeit in Anspruch, zumal er sich immer wieder dazu verleiten lässt, die Illustrierten durchzublättern und anzuschauen, bevor er sie in seine Fahrradtaschen einsortiert. Die Fernsehzeitschrift *tv Hören und Sehen* interessiert ihn am wenigsten. Er hatte gehofft, dass auch die *HÖR ZU*, ebenfalls eine Fernsehzeitschrift, dabei wäre. Von dieser weiß er, dass die derzeit im Kino laufenden Filme von Winnetou und Old Shatterhand wie in einem Comic als Fortsetzung darin abgebildet werden. Aber schade, Fehlanzeige! *tv Hören und Sehen* ist klassisch und langweilig. Besonders bleibt er an den Illustrierten *Quick*, *Neue Revue* und vor allem an der *praline* hängen. Auf der Titelseite der *Neue Revue* gibt es immer eine Frau mit nacktem Busen zu sehen, und im Innenteil hier und da auch. Aber das ist nichts gegen die *praline*, deren Zweck durch und durch darin besteht, Sexbilder zu präsentieren, die allerdings, wie der Junge schnell herausfindet, mit ziemlich dämlichen Texten versehen sind. Aber die muss er ja nicht lesen. Auch ist das Papier von *praline* matt und billig, nicht so hochglänzend wie beispielsweise bei *Quick* und *Neue Revue*, aber bei den Bildern traut sich die *praline* was!

Montags nach dem Sortieren fährt er die erste Runde, danach noch einmal nach Hause zum Nachladen und auf zur zweiten Runde. Dienstags und mittwochs schafft er jeweils drei Runden und donnerstags verteilt er den Rest. Wobei, und das ist eine gefährliche Tücke seines Geschäfts, er kann die Illustrierten nicht einfach in den Briefkasten stecken. Er hat einen Beutel mit Wechselgeld dabei. Das benötigt er, denn er muss jede einzelne der Zeitschriften wöchentlich kassieren. Die kosten 80 oder 90 oder 95 Pfennige. Die Leute haben selten Kleingeld, falls er sie überhaupt antrifft. Trinkgeld gibt es seltener als gedacht. Ist niemand zu Hause, muss er ein weiteres Mal vorfahren, klingeln und hoffen, dass es diesmal klappt. Überall auf seinem Weg gibt es Kioske und Eisbuden im Sommer, oder einfach auch nur Läden mit Süßigkeitenverkauf. Da juckt es ihm manchmal in den Fingern, schließlich hat er einen Beutel voll Geld dabei. Er widersteht selten. Aber er möchte auch am Ende der Woche etwas in der Tasche haben. Die Mutter ist ihm bei der Abrechnung behilflich und nicht selten bleiben vom erwarteten 18-Mark-Gewinn nur zwei oder drei Mark übrig. Manchmal weniger.

Viel weniger Zeit hat er jetzt, sich mit Freunden im Dorf zu treffen, mit ihnen rumzuhängen und Blödsinn auszuhecken, und den Gregor sieht er fast nur noch in der Schule. Bis dieser mit einer Dummheit im Kopf kommt, zu der er seinen Freund überredet. In der Leichenhalle des Friedhofs liege heute und morgen der tote Lehrer Löchberg aufgebahrt. Übermorgen sei die Beerdigung, sie müssten sich beeilen, um ihn anzugucken. Er, sagt Gregor, sei schon da gewesen. Der Sargdeckel sei abgenommen und die Tür zur Leichenhalle nicht abgeschlossen. Sie könnten ohne weiteres rein und sich den Toten anschauen.

»Hos dou schunn emol en Duude jesehn?«

»Nä, dat well ech och net.«

»Stell dech net ohn! Do es nix dobei!«

»Ech wääs net …«

»Erjendwann mooß jeder mol en Duude sehn. Mir träwen uns heit Nomdaach um drei Uhr om Kirchhoff.«

Anders als Gregor es erzählt hat, ist die Tür zur Leichenhalle abgeschlossen. Der Junge spürt Erleichterung. Aber durch die getönten Fensterscheiben ist klar zu sehen, dass da jemand liegt. Gregor hat die Idee, durch das Schlüsselloch zu gucken. Der Schlüssel der Tür muss sehr groß sein. Das Schlüsselloch ist es auch. Es lässt sich leicht hindurchgucken. Erst guckt Gregor, der ist begeistert, dann der Junge, der fährt zusammen, blickt direkt in das Gesicht der Leiche, die zu blinzeln scheint. Er schüttelt sich und schreit vor plötzlicher Todesangst und Grausen.

Während für Gregor das Erlebnis in den nächsten Tagen kaum mehr einer Erwähnung wert ist, wird der Junge das Bild des toten Löchberg und wie dieser ihn angeblinzelt hat nicht wieder los. Im Gegenteil! Der ihm widerfahrene Schrecken steigert sich in den nächsten Tagen und Wochen. Hinter jedem Winkel und auf schlecht beleuchteten Wegen fürchtet er, der Tote könne auftauchen, ihm nachspüren, hinter ihm her sein, ihm mit kalter Hand in den Nacken greifen. Was er beim Blick durch das Schlüsselloch der Leichenhalle gesehen hat, verfolgt ihn wie ein Gespenst. Ist er am späten Nachmittag in der herbstlichen Dämmerung unterwegs, rennt er mit einem Mal los oder tritt besessen in die Pedale seines Fahrrads, weil er glaubt, von einer Leiche, ja, vom Tod selbst verfolgt zu werden.

Auch zu Hause meidet er die abendliche Dunkelheit, schaltet überall die Beleuchtung an, schläft nur noch bei Licht ein und will nicht, dass es jemand löscht. Zitternd liegt er im Bett, getrieben von Angst und Entsetzen vor dem Bild des Toten, das sich seiner bemächtigt hat und das er nicht wieder loswird. Ihm ist eiskalt. Gleichzeitig schwitzt er schlackernd und jammernd das Bettlaken nass. Die Mutter fragt besorgt, was denn nur mit ihm los sei. Sie wechselt das Laken. Er kann ihr nicht antworten, klappert furchtbar mit den Zähnen, bis die Erschöpfung kommt und er in Schlaf sinkt. Am nächsten Abend geht das wieder los. Sein Bruder, der im gleichen Zimmer schlafen möchte, ist genervt und der Junge schämt sich, dass der jüngere Bruder ihn so erlebt, so unvorbildlich und völlig ausgeliefert. So oder ähnlich geht das jeden Abend. Erst scheint nichts zu sein, dann im Bett, wenn er die Augen schließt, kommt es gekrochen, tief aus seinem Innersten, und er weiß ihm nicht auszuweichen, ihm nichts entgegenzuhalten, diesem gespenstischen Entsetzen, das Macht über ihn erlangt hat und dem er ausgeliefert ist. Jeden Abend sitzt die Mutter an seinem Bett wie bei einem Schwerkranken. Aber genau das ist er ja auch, schwerkrank, auch wenn ihm tagsüber solange es draußen hell ist nichts zu fehlen scheint. Aber wehe, das Dämmerlicht zieht herauf. Es ist Herbst und schon früh dämmrig und überall scheint es zu säuseln, zu rascheln und zu raunen. Wieder sitzt die Mutter an seinem Bett, streichelt ihm den Kopf, murmelt: »Wat es dann, meine Jung, wat hos de dann nur? Komm, soh mir wat de hos.« Dabei lässt sie ihren Körper leicht und leise schwingen, wie bei einem Wiegenlied. »Wat hos de dann?« Leise summt sie eine Melodie. »Komm, soh mir, wat de hos, brouchs et och nur *mir* zu sohn.« Zart schwingt sie hin und her und der Junge findet allmählich in ihren Rhythmus. In der Umarmung pendeln sie lange. Sehr lange und wie *ein* Körper. Der Bruder ist längst eingeschlafen.

»Mir woren dä duude Löchberg gucke«, sagt er auf einmal, ohne jede Hast. Die Mutter wiegt ihn noch eine Weile im Arm.

»Jetzt jeft alles widder good«, flüstert sie leise, »alles widder good.« Der Junge spürt, dass sein Körper sich entspannt, ruhig wird und warm. Nach einer Weile fügt sie noch hinzu: »Un met denne Zeitschrifte, domet es jetzt och Schluss. Die werden sofort jekündigt. Die soll verteile, wer well!«

Später, als diese Zeit seiner Angst und Not schon weit von ihm abgerückt ist, wird er manchmal denken, die Mama, die ist doch wirklich eine Zauberin.

42

Ende der 1960er Jahre.

Von einer der ersten Schallplatten, die er besitzt, erklingt das Hörspiel *Der Schatz im Silbersee*. Wieder und wieder lässt er sich die Platte vordudeln, auch weil er keine Auswahl hat. Ganze Passagen kann er auswendig nachsprechen, und sie werden ihm lange im Gedächtnis bleiben.

»Uff, der Große Geist hat uns verlassen, wir ertrinken!«

»Klag nicht wie ein Weib! Da, die Leiter, sie führt den Schacht hinauf, über die Leiter können wir uns retten.

Ovuts-avath geht voran.«

»Nein, Tschia-nitsas geht voran, er hat die Fackel.«

»Die Fackel nehme ich. Los, her damit!«

»Tschia-nitsas ist kein Dummkopf!«

»Ein Hund ist er, ein stinkender Frosch, ein kümmerlicher Wurm. Fort, runter von der Leiter!«

»Ha!«

»Oder Ovuts-avath stößt dir das Messer in die Brust!«

»Wag es, den Arm zu heben und Tschia-nitsas schleudert die Fackel ins Wasser. Dann seid ihr verloren. Ihr könnt nicht mehr sehen, wohin ihr steigen müsst, und das Wasser holt euch ein.«

»Also gut, steig voran, du Hund. Aber später wirst du es büßen!«

»Du nennst Tschia-nitsas einen Hund und willst dich an ihm rächen? Du bist selbst ein Hund und sollst wie ein Hund sterben! Zurück mit dir ins Wasser!«

»Aaaaah!«

»Schreit nur, jammert, reißt euch gegenseitig in die Tiefe. Nichts wird von euch übrigbleiben, elende Kojoten! Die Fische werden eure Knochen fressen! Uff-uff, das Wasser steigt, nur schnell nach oben, schnell, nur fort!«

Die Vorstellung, ein edler Indianer zu sein, nicht wie die hier zitierten, die zu den Bösen gehören, beflügelt sein Spiel und das vieler Gleichaltriger schon früh. Weise handelnd, gerecht entscheidend, ausgestattet mit besonderen Kenntnissen und außergewöhnlichen Fähigkeiten, so will er sein. Flink im Kampf den Gegner besiegen und ihn dennoch schonen, das spielt er gern. Während eines heißen Sommers läuft er in den Ferien nahezu unbekleidet herum. Er trägt eine kurze Hose, die er von vorn und hinten mit einem von der Hüfte herabhängenden farbigen Tuch bedeckt, dass es aussehen soll wie ein Lendenschurz. Früh schon besitzt er ein Fahrtenmesser. Das hängt an einem Ledergürtel. Dazu Pfeile im Köcher und ein Flitzebogen über der Schulter, flache Schlappen als Mokassins, das war's.

Die Ausstattung geht so lange gut, bis der Vater, der bis dahin von der Verkleidung noch gar nichts geahnt hat, von einem Arbeitskollegen angesprochen wird, wie sein Junge denn im Dorf herumlaufe und ob das etwas Bestimmtes zu bedeuten habe.

Das Fazit des Vaters und die Ansage an den Jungen sind klipp und klar: Verkleidet wird sich nur an Karneval. Selten, dass vom Vater eine solch klare Botschaft kommt. Aber diese hier ist unmissverständlich.

An Karneval, na wenn schon, dann muss es auch Winnetou sein, am besten genauso wie jener, der neuerdings in den Kinos und auf den Titelseiten vieler Zeitschriften zu sehen ist. Ganz gelingt das nicht, obwohl die Mutter sich viel Mühe mit dem Nähen des Kostüms gegeben hat. Aber auf den Fotografien, die von ihm, dem Indianerjungen an Karneval gemacht werden, sieht er recht zufrieden aus.

Und edel.

Abwechslung im Plattenschrank der Eltern bieten ihm die Schallplatten des Vaters. Es sind nicht viele, deshalb wechseln sie in kurzer Folge immer und immer wieder mit dem *Schatz im Silbersee* ab. Vater findet Chöre toll. Er selbst singt im Männergesangverein. Männerstimmen, wuchtig und stark, die liebt er. Die liebt auch der Junge und sie prägen sich ein, dass er sie schon bald mitsingen kann. Eine Schallplatte heißt *Beliebte Opernchöre*. Zum ersten Mal kommt er, ohne es zu wissen, mit klassischer Musik in Berührung. *Steuermann lass die Wacht, hohohee,* und der Gefangenenchor aus der Oper *Nabucco*. Immer kommen ihm die Tränen, wenn er die aus der Tiefe klagenden Hebräer hört, die auf der Schallplatte auf Deutsch, nicht auf Italienisch singen: *Zieh Gedanke, von Sehnsucht getragen*. Als der Vater ihn an einem Sonntagmorgen sieht, wie er schluchzend vor dem Plattenspieler sitzt, fragt er, was denn mit ihm los sei. Der Junge wischt sich verlegen die Tränen aus dem Gesicht, antwortet: »Die singen su schön!«

Am besten findet er den Männerchor im *Freischütz,* bei dem die Hörner mächtig scheppern und schallen. Da sitzt er dabei und haut sich im Takt mit beiden Händen auf die Oberschenkel und trötet die Melodie durch die zusammengepressten Lippen wie durch ein Horn. Leider ist das Lied kurz. Vorsichtig hebt er den Plattenarm und setzt ihn zurück auf die vorherige breite Rille, damit es noch einmal erklingt. Der Pilgerchor aus dem *Tannhäuser* wird ihm Jahre später wiederbegegnen, als er und Gregor sich zum ersten Mal entschließen, nach Koblenz in die Oper zu fahren. Und noch einmal viele Jahre später passiert ihm folgendes. Als Mitglied im Koblenzer Kulturausschuss ist Albert, inzwischen erwachsen, bei einer Inspektion des Stadttheaters dabei, nachdem das über Jahre renoviert und modernisiert worden war und das in Kürze mit Mozarts *Zauberflöte* wiedereröffnet werden soll. Die Ausschussmitglieder bewegen sich auf einem hoch über der Bühne fest installierten Gerüst aus Metall. Nichts für Menschen mit Höhenangst, denn von hier oben schaut man auf die Bühne wie in eine tiefe Schlucht. Während der Theaterintendant erläutert, welche fantastischen Möglichkeiten man jetzt habe, das Bühnengeschehen von hier aus zu bereichern, erklingt von unten herauf eine Musik und ein Chorgesang, auf die Albert intuitiv reagiert.

O Isis und Osiris hört er. Augenblicklich wird er von der Melodie vor den Plattenspieler seines Vaters getragen und er reagiert, wie er immer an dieser Stelle reagiert hat, er singt aus voller Brust: »Welche Wonne!«

Augenblicklich winkt der Dirigent auf der Bühne die Probe ab.

»Da hat was nicht gestimmt!«, sagt er ärgerlich. »Wir machen das direkt noch einmal. Also los, Konzentration bitte!«

Gregor scheint seinem Freund in vielen Dingen voraus zu sein. Lief er beim letzten Karneval noch als Old Shatterhand an der Seite seines Blutsbruders durchs Dorf und ballerte mit seinem Luftgewehr Vögeln hinterher, erklärt er wenig später, dass er sein aus Kartoffelsäcken genähtes Karnevalskostüm zur Altkleidersammlung gegeben habe. Der Junge kann die Entscheidung seines Freundes nachvollziehen, denn auch er ist inzwischen aus den Mokassins herausgewachsen. Er schlägt vor, beim nächsten Karneval als Hippies aufzutreten und dementsprechend eine wilde Party zu feiern. Gregor findet die Idee gut und auch die Leute einer losen Clique, mit der sie sich zuweilen auf eine Cola treffen, müssen nicht lange überzeugt werden mitzumachen.

Die Party ist schlecht vorbereitet. Sie findet bei Margit, einem Mädchen aus der Gruppe, im Wohnzimmer statt. Die vorbereitenden Räumarbeiten werden von Margits Mutter beaufsichtigt und in wohlwollendem, aber bestimmendem Ton kommentiert. Kein Handgriff geschieht ohne ihre vorherige Anweisung. Dabei muss viel erledigt werden: Tisch zur Seite rücken für die Tanzfläche, Sessel an die Wand schieben, Stühle raus, Teppich aufrollen und im Hausflur deponieren, Girlanden und Fackeln aufhängen, Glühbirnen gegen Leuchtmittel mit rotem Dämmerlicht austauschen. Da die Party schon mittags um halb zwei beginnt, weil um halb sieben schon wieder Schluss sein und vorher alles wieder zurückgeräumt sein muss, werden die Jalousien ein wenig heruntergelassen, um den Dämmereffekt zu verstärken. Zwischendurch mault Gregor, dass er sich vorkomme, als arbeite er für ein Umzugsunternehmen. Dabei nimmt er seine Hippieperücke vom Kopf und wischt sich mit dem Ärmel Schweiß von der Stirn.

Als alles fertig ist, beginnt die Party. Fünf Jungen und drei Mädchen gucken ratlos in die Runde und knabbern Salzstangen. Margit legt eine Platte auf und ruft: »Damenwahl!« Sie schnappt sich einen Jungen. Sie stehen ratlos auf der Tanzfläche. Die Schallplatte hängt und knackt in kurzen, regelmäßigen Abständen. Margit hilft nach und das Lied beginnt, *Weiße Rosen aus Athen*. Ach du liebe Zeit! Das kennt der Junge von Oma. Er sieht, es ist die gleiche Langspielplatte, *Nana Mouskouri und ihre großen Erfolge*. Sie gehört Margits Eltern. Margit hat keine eigenen Schallplatten. Sie besteht darauf, dass beide Seiten abgespielt werden, sechzehn Lieder insgesamt. Der Nachmittag ist also gelaufen. Die drei Mädchen haben sich mit ihren Tanzpartnern festgetanzt. Gregor und der Junge sind die Verlierer der Damenwahl, hängen albern in den beiden Sesseln und witzeln über die Veranstaltung, deren Impulsgeber sie waren. Die Tür fliegt auf. »Kinder! Wer viel tanzt, hat auch viel Hunger!«, ruft Margits Mutter. Sie bringt ein Tablett herein, beladen mit Käse-, Wurst- und Schinkenschnittchen, garniert mit eingelegten Gürkchen und Silberzwiebeln. Noch bevor Nana Mouskouri mit ihrem Lied die

Kurve kriegt – oder ist es inzwischen Mireille Mathieu, deren Stimme aus dem Lautsprecher dringt? – fallen Gregor und der Junge über die Schnittchen her. Margits Mutter ruft: »Langsam, langsam«, lässt sich auf der Couch nieder und lächelt den Tanzenden huldvoll zu.

Gregor fragt respektlos: »Machen Sie jetzt auch bei der Party mit?«

Die antwortet spontan und gar nicht verlegen »Natürlich, junger Mann, was denkst du denn?«

»Okay«, sagt Gregor, schwingt sich aus dem Sessel, verbeugt sich vor ihr: »Darf ich bitten!«

Der Junge lacht bewundernd über seinen Freund und dessen Dreistigkeit. Jetzt sitzt nur noch er ohne Tanzpartnerin da, denn Margits Mutter hat sich gleich erhoben und zum Tanz weit ihren Arm über Gregors Schulter gelegt. Während die anderen Tanzpaare züchtig und ungeübt darauf achten, sich nur ja nicht zu nahe zu kommen und mit ausgestreckten Armen ihr Gegenüber auf scheue Distanz halten, entpuppt sich Margits Mutter als kecke Tänzerin.

»Was für ein Teufelskerl!«, murmelt der Junge vor sich hin, als er seinen Freund tanzen sieht. Margits Mutter, die ihn sofort fest gegriffen und nah an sich herangezogen hat, lässt Gregor keine andere Wahl, als mit ihr in engem Körperkontakt über die Tanzfläche zu schwingen. Dann, als das flotte Lied zu einem sehnsuchtsvollen, langsamen Gesang wechselt, traut er seinen Augen kaum. Die Körper seines Freundes und Margits Mutter reiben sich nicht nur in ihren Tanzbewegungen, Gregor getraut sich auch, seine Hand langsam auf den Po der schlanken Frau zu schieben. Die aber greift nach seinem Handgelenk und zieht seinen Arm energisch noch oben. Das geschieht auch ein zweites und ein drittes Mal. Beim vierten Versuch wehrt sie sich nicht mehr und jetzt verflucht der Junge das Dämmerlicht, denn er hätte zu gern deutlich gesehen, ob sein Eindruck stimmt und Gregor tatsächlich den Po der Frau mit winzigen Bewegungen bis zum Ausklang des Sehnsuchtsliedes massiert.

Er verzichtet darauf, sich großartig zu verabschieden, tut so, als müsse er pinkeln gehen, fragt Margit, wo denn die Toilette sei. Er schleicht sich durch den Flur und öffnet leise die Haustür. Draußen hat es begonnen zu nieseln, aber die Luft ist kühl und erfrischend. Er weiß nicht, was er jetzt mehr genießt, das leise Geraschel der winzigen Regentropfen, die auf seine Blumengirlande aus Papier fallen, die er um den Hals trägt, oder das Schlagergedudel in Margits Wohnzimmer endlich nicht mehr ertragen zu müssen.

Mitten auf der Skagerrak-Brücke kommen ihm eine Prinzessin mit langen Zöpfen und ein Cowboy entgegen, der mit der Pistole herumfuchtelt. Die Prinzessin schwankt. Sie torkelt. Das Trottoir scheint für sie zu klein zu sein. Der Cowboy versucht, sie zu stützen und festzuhalten und schießt mit seinem Colt dreimal in die Luft. Die Prinzessin taumelt gegen das Brückengeländer, wirft sich mit dem Oberkörper weit darüber, und wie es aussieht, will sie in hohem Bogen in die Mosel kotzen. Aber es weht ein scharfer Wind und der kommt von der falschen Seite. Glücklicherweise ist der Junge noch auf Abstand, als er Zeuge des nun Unabänderlichen wird.

Der Cowboy, jetzt mit roter Soße und halbverdauten Wurstbrocken auf der Weste, zielt und schießt auf den Jungen, der im Laufschritt einen großen Bogen um die beiden schlägt. Der Cowboy ruft ihm mit schwerer Zunge hinterher: »Helau, stehen bleiben!«

»Prost Mahlzeit«, antwortet der Junge und macht sich schleunigst rüber nach Cochem.

Auf der Moselpromenade ist von überall her Musik zu hören. Vergnügte Menschenstimmen überschlagen sich, der schrille Klang karnevalistischer Ausgelassenheit. Er geht ohne Ziel, will einfach nur gucken, was hier und da los ist. Beim Hotel *Friedrichs* wird er auf eine Musik aufmerksam, die aus dem warm erleuchteten Hotelsaal herausdringt. Sie lässt ihn anhalten und genauer hinhören. Er bemerkt, es ist weniger die Musik als ihr Rhythmus, dem er die Treppe hinauf zur Terrasse folgt, dem er jetzt nicht mehr entkommen kann. Nie hat er sich bisher hier hinaufgewagt. Warum auch? Was soll er hier gewollt haben? Jetzt aber wird er gezogen, wird eingesogen von den Klängen eines Schlagzeugs. Vorsichtig schiebt er die Tür auf. Sofort wird es laut, und was er bisher dezent vernommen hat, fliegt ihm jetzt aufs Angenehmste um die Ohren. Einer der Musiker lässt geschickt die Hände auf zwei hohe Congas sausen, schenkt seinem sich wild bewegenden Publikum diesen urwüchsigen, bisher nie gehörten Rhythmus. In diesen hinein mischt sich jetzt ein Gesang, der einem Gejaule gleicht, einem Geheule aus zwei oder mehr Stimmen, das aber genau auf den geschlagenen Sound abgestimmt ist. *Wohooooo*, klingt es erst leise, herantastend, nimmt an Intensität zu mit jedem *wohooooo, wohooooo*! Er kann gar nicht anders, als sofort in diesen Sound einzustimmen, nicht gesanglich, doch sich bewegend, tanzend – *wohooooo, wohooooo*! Er sieht die Band, bestehend aus sechs Leuten. Manche sind kaum älter als er selbst. Und diese Teufel an ihren Gitarren, an der Orgel und an den Trommeln erzeugen ein solch unfassbares Spektakel! Der Sound will nicht enden, beginnt immer wieder von vorn. Der Sänger schnappt sich das Mikrofon, biegt und dreht sich vor dem Publikum, das völlig außer sich geraten ist und singt in englischer Sprache. Ein paarmal schnappt der Junge einen immer gleich lautenden Gesangsfetzen auf: *Pleased to meet you, hope you guess my name – wohooooo, wohoooo*!

Alle, die Band, der Saal voller tanzender Menschen und er selbst fahren ab in einem Rausch aus Rhythmus und Gesang wie in einem gewaltigen Sog. Und das spürt er augenblicklich: Dieser Sog ist dazu geschaffen, die Zeit auf den Kopf zu stellen, das Leben zu verändern und mit ihm die ganze Welt. Es ist ein Traum, ein völlig verrückter, ein wunderschöner Traum aus Trommeln und glücklichen, sich ekstatisch bewegenden Menschen. Ohne sich selbst darüber im Klaren zu sein, hält er die Augen geschlossen und in einem Blinzeln, in einem Bruchteil einer Sekunde hat er jetzt ein Gesicht erkannt, ganz direkt, gleich neben ihm. Das Gesicht einer Tänzerin. Auch sie hat ihre Augen geschlossen wie er, *wohooooo!* und wie nah er ihr ist, wie nah sie bei ihm tanzt! Elektrisiert begegnen sich plötzlich ihre Hände, wie aus Versehen. Ein Knistern, ein Funke springt über. Ist es wahr, was er gesehen hat? Das Gesicht, er hat es erkannt, er hat das Gesicht des Mädchens erkannt, mit dem er hier tanzt, und gegen alle Widerstände reißt er jetzt die Augen auf, denn er muss es wissen, will sicher sein und erkennen, dass sie Leila ist!

»Ja sicher, wer denn sonst, dummer Kerl!«

Frei schwingen ihre Arme in der Musik und ihre Haare umwehen ihren Kopf. Sie trägt ein dunkles enganliegendes Kostüm. Aus dem Mädchen mit dem karierten Faltenrock im Dickicht des Moselufers ist eine junge Frau geworden, die jetzt aus der Bewegung heraus ihre Hände um seinen Nacken legt und etwas in die Raserei dieser Menschenmenge hineinruft. Da bemerkt er, dass er seine Perücke noch auf dem Kopf sitzen hat, diese lächerliche Hippieperücke aus Plastikhaaren! Er befreit sich, reißt sich das Ding vom Kopf und schleudert es von sich. Mit beiden Händen greift er sich, immer noch tanzend, in die Haare und zerzaust sie so gut wie möglich. Auch Leila fährt ihm über den Kopf und hilft ihm seine Haare zu verstrubbeln.

Nur langsam verklingen der Gesang und das wilde unglaubliche Gerassel der Band. Das tobende Publikum beruhigt sich allmählich, die ungestümen Tänze werden ruhiger. Als sie wieder zu Atem kommen, fragt der Junge: »Wer macht denn nur eine so wahnsinnige Musik?«

»Eigentlich die *Rolling Stones*«, sagt Leila. »Aber das hier ist tatsächlich eine Band aus unserer Gegend, *Magic Light*. Der lange Kerl an den Congas, das ist mein großer Bruder.«

»Oh, ich wusste gar nicht …«

»Ja, das wissen viele nicht. Das hier ist sein Abschlusskonzert.«

Sie gehen gemeinsam über die Brücke hinüber nach Cond. Es ist kalt und noch immer liegt Regen in feinen Tropfen in der Luft. Alberts Blumengirlande hat sich in Wohlgefallen aufgelöst und ihre Reste hängen ihm schlapp vor der Brust. Leila hat sich in einen dunkelgrünen Parka gehüllt. Ein altes, fetziges Ding, ein Erbstück von ihrem Bruder, das ihr viel zu groß ist.

Die Band hat längst aufgehört zu spielen, der närrische Kehraus im Hotel Friederichs ist vorbei und der Abend ist längst schon tiefschwarz und von Nebel durchdrungen. Auf der Conder Brückenseite erklärt Leila, sie müsse jetzt nach links ein Stück den Berg hinaufgehen.

Überrascht fragt Albert, wieso das? Sie wohne doch, wie er, unten im alten Teil des Dorfes.

»Nicht mehr«, lächelt Leila. Sie sei noch bis morgen bei einer Freundin ihrer Mutter in der Bergstraße untergebracht. Ihre ganze Familie sei nach Pinneberg umgezogen, zurück in die Stadt bei Hamburg, aus der ihr Vater stamme und in die er zurückgewollt habe, jetzt, da er im Ruhestand sei. Die Eltern seien schon seit einer Woche dort. Sie und ihr Bruder führen morgen hinterher. Ihr Bruder nehme in Hamburg sein Musikstudium wieder auf, das er in Bonn habe abbrechen müssen. Er habe noch dieses eine Konzert mit *Magic Light* spielen wollen.

Sein Herz hinge sehr an der Band, die er vor ein paar Jahren mit drei anderen Musikern gegründet habe.

»Deswegen hast du es heute Abend auch sein Abschlusskonzert genannt«, sagt Albert und seine Stimme, die bis vorhin noch gut hörbar von Glück getragen wurde, klingt plötzlich belegt.

Leila nickt.

»Und du, Leila, was wird mit dir?«

Sie hebt die Schultern, lässt sie wieder fallen und sagt: »Ich werde in Pinneberg das Gymnasium fortsetzen. Und dann mal sehen.« Sie blickt ihm ins Gesicht. Das Licht der Straßenlaterne über ihnen dringt nur schwach an sie heran. Leila schürzt die Lippen. Lange liegt ihr Blick in seinen Augen, ganz ohne Wimpernschlag. Albert tastet nach ihrer Hand, umfasst sie und zu seiner Überraschung ist sie warm und weich.

»Komm«, sagt er. »Ich begleite dich die Bergstraße hinauf.«

Leila lächelt und verstärkt ihren Händedruck, als wolle sie seine Hand umklammern, um sie nie wieder loszulassen. Aber der Weg bis zum Haus ist kürzer als Albert gehofft hat.

Es gibt keine lange Szene. Leila umarmt ihn, küsst ihn auf die Lippen und pellt sich aus ihrem Parka.

»Hier, den schenke ich dir, damit du auf dem Nachhauseweg nicht ganz aufweichst und damit du mich nicht vergisst.« Die Haustür springt auf. Scheinbar hat jemand auf Leila gewartet. Im Flur geht das Licht an, und eine Frauenstimme ruft: »Du bist aber reichlich spät dran, Leila!« Das klingt nicht vorwurfsvoll, eher besorgt. »Morgen früh ist die Nacht vorbei!«

Zu laut und zu schnell fällt die Haustür hinter Leila ins Schloss. Die Beleuchtung im Haus erlischt. Er kann noch ein paar ferne, schnell leiser werdende Stimmen erhaschen. Dann ist Leila fort. Nur ihr Duft und ihre Körperwärme stecken noch im Parka und als er ihn überzieht, spürt er, wie unangenehm lieblos und feucht sein Hemd sich darunter anfühlt.

Es ist nach Mitternacht. So lange war er noch nie allein unterwegs. Zu Hause würde man sich schon ein paar Stunden um ihn sorgen und gewaltiger Ärger wird sich nicht vermeiden lassen. Der aber würde ihm jetzt nichts mehr anhaben können.

43

Meistens waren meine Besuche bei ihr Überraschungsbesuche. Ich liebte es, spontan zu ihr hinzufahren, wenn ich spürte, dass es mal wieder an der Zeit war. Weil sie schlecht hörte und der Fernseher immer auf voller Lautstärke lief, machte ich mir manchmal einen Spaß daraus, minutenlang im Zimmer zu stehen, fast neben ihr, ohne dass sie mich bemerkte. Wenn ich sie dann antippte und *Hallo Mama* sagte, strahlte sie über ihr ganzes Gesicht und fragte: »Albert, wo kimmst dou dann of einmol her?« Und sie freute sich: »Dat es awwer schön, dat dou mech besoche kimmst!«

Mühsam beugte sie sich vor, griff nach der Fernbedienung vor ihr auf dem Tisch und schaltete den Fernseher aus.

»So«, sagte sie. »Jetzt es dä schunn emol still!« Sie bediente einen Knopf auf der kleinen Armatur rechts unter der Armlehne ihres Sessels, der Sitz fuhr hoch, kippte meine Mutter förmlich auf ihre Beine. Sie schaute mich an, als wolle sie Lob dafür erhalten, dass sie diese Leistung so spielerisch beherrschte.

Ich nickte ihr zu und sagte: »Toll machst de dat!«

»Tja, gelernt ist eben gelernt«, sagte sie in feinstem Hochdeutsch. Wir lachten.

Sie müsse jetzt erst einmal aufs Klo, sagte sie, packte behäbig, aber zielgerichtet nach den Griffen ihres Rollators und gondelte davon. Ich ging nach nebenan ins Eckzimmer, setzte mich auf den gleichen Stuhl wie immer, eine Art Stammplatz. Es war ein Novembertag, an dem es nicht hell werden wollte. Wie Tränensäcke, dachte ich, haften die tiefen Wolken an den Berghängen. Alles, was vor wenigen Wochen da draußen farbig schillerte, als stecke noch Hoffnung darin, war jetzt zur Silhouette abgewirtschaftet. Mutter kam herein, nahm meinen Blick nach draußen wahr, und als könne sie Gedanken lesen, sagte sie: »Weihnachtswetter!«

»Jou«, sagte ich. »Grey Christmas!« Und prompt begann sie mit wackliger Stimme zu singen: »Im dreaming of a grey christmas …« Sie erklärte, das Lied habe sie damals im Englischkurs gelernt und vor Weihnachten gesungen, allerdings mit *white* Christmas. Ich sagte, dann sei der Englischlehrer sicher nicht von der Mosel gewesen. Sie korrigierte, Englischlehrerin, sie sei eine Frau gewesen.

Fotos lagen kreuz und quer durcheinander auf ihrem Esstisch. Ich wunderte mich, denn ich war es von meiner Mutter nicht gewohnt, dass sie Dinge einfach herumliegen ließ. Ihr Tisch war sonst immer aufgeräumt.

»Och, die Bilder«, sagte sie. »Un die Fotoalben!« Die Kinder, sie meinte ihre jugendlichen Enkel, meinen Neffen und meine Nichte, seien vorhin hier gewesen und hätten Bilder geguckt. Neuerdings interessierten sie sich für ihre Fotografien, und je älter diese seien, umso besser.

Das sei doch gut, sagte ich, wenn die Kinder sich interessierten.

Ja schon, antwortete sie. Doch müssten sie auch lernen, alles wieder wegzuräumen.

Vielleicht hätten sie die Bilder ja auch für uns hier liegengelassen, sagte ich und griff nach einem Papier in der Art eines in der Mitte gefalteten Totenzettels, das mir auffiel, weil kein Bild, sondern ein Text darauf zu sehen war. Ich hielt den Zettel nicht zum ersten Mal in der Hand und las ihn auch zum wiederholten Mal mit großer Verwunderung: *Um deiner heiligen Wunden willen, o Jesus, erbarme dich der armen Seelen.*

Bei näherem Anschauen erkannte ich, es handelte sich um eine Art kleines Dokument über die Aufnahme der Oma in den sogenannten Messbund des katholischen Ordens der *Hünfelder Oblaten*, verbunden mit deren Zusicherung, künftig täglich in einer Heiligen Messe für sie und die anderen Mitglieder des Messbundes zu beten. Die Aufnahme sei von einer Spende abhängig. Das handschriftlich eingetragene Datum zeigte, dass Omas Aufnahme kurz nach ihrem Tod erfolgt war. Eine Art Ablasshandel, dachte ich angewidert.

Sie war diesem Messbund nicht selbst und aus freien Stücken beigetreten. Nichts wäre aber auch verwunderlicher gewesen als das. Wie auch die katholische Kirche verehrte sie zwar Wein und Brot. Aber damit dürften die Gemeinsamkeiten auch schon am Ende gewesen sein. Beides genoss sie gern und zu Genüge, und Brot am liebsten mit Sülze oder Hausmacher Wurst belegt. Nein, die Kirche hatte in Omas Leben keinen Platz gehabt.

Im Gegenteil. Neben ihrem nationalsozialistischen Ehemann hatte sie in ihren jungen Jahren, wenn überhaupt, eher anderen Ideen angehangen. Und obwohl mein Großvater aus dem selbst mit angerichteten Krieg nicht wieder aufgetaucht war, hatte sie ihre von ihm übernommene Haltung ihr Leben lang nicht infrage gestellt. Sie war ohne Zweifel eine unpolitische Frau gewesen und wie viele ihrer Generation nicht willens, die NS-Zeit und die eigene Rolle darin zu betrachten. Sie liebte Geselligkeiten unter Gleichaltrigen und mit ihren Geschwistern, hatte Freunde und Bekannte, die sie in Weinhäusern und Straußwirtschaften des Dorfes und der Stadt traf. Sie liebte uns und wir liebten sie. Und sie liebte und lebte die Erinnerung an ihren Ehemann, ohne jede Skepsis und vorbehaltlos.

Es klarte nicht auf. Kein Novemberwind zerstreute die Nebelschleier im Tal. Aus dem Westfenster des Eckzimmers konnten wir kaum noch die nahen Schieferdächer der Häuser unten im Dorf erkennen. Meine Mutter hatte mir lange beim Erzählen zugehört. Sie wendete den Kopf und schaute mich aus wässrigen Augen an.

Sie begann, die vielen über die Tischplatte verteilten Fotografien zusammenzuraffen. Ich reichte ihr den Totenzettel, das kleine Dokument, den Ablassbrief. Sie nahm ihn und ließ ihn unter den Bildern verschwinden.

»Komm«, sagte sie. »Mir verzellen mol wat Schönes!« Dabei legte sie ihre Hand auf meinen Handrücken und in die sich ausbreitende Stille hinein fragte sie, ob ich eigentlich noch an dem Buch schreibe, in dem wir doch alle vorkämen.

Nachbemerkung des Autors

Vielleicht wird mancher beim Lesen dieses Buches den Eindruck gewinnen, hier Teile der authentischen Familiengeschichte des Autors zu lesen. Deswegen möchte ich darauf hinweisen, dass es sich bei dem vorliegenden Text um die literarische Gattung des *Romans* handelt. Es werden also wahre und fiktive Ereignisse beschrieben, für welche mir die eigene Familiengeschichte lediglich als Vorlage diente.

Die Namen der handelnden Personen sind überwiegend frei erfunden. Namen von Personen des öffentlichen Lebens, der Politik und solche, die im Zusammenhang mit historisch belegten Vorgängen stehen, wurden beibehalten.

Geschichtliche Ereignisse sind mit Sorgfalt recherchiert und so genau wie möglich und nötig wiedergegeben.

Viele agierende Figuren entspringen meiner freien Fantasie oder sind an tatsächliche Personen angelehnt. Für manche Romanfiguren haben mir zwei, drei oder mehr reale Personen als Vorbilder gedient. Rückschlüsse auf tatsächlich lebende Personen sind daher eher zufälliger Natur.

Die im Roman erzählten Begebenheiten sind einerseits so gut und sorgfältig wie irgend möglich recherchiert, zu Teilen aber auch frei erfunden. Oder anders gesagt, da wo die Erinnerungen nebulös werden und die Recherchen enden, beginnt die fiktive Erzählung.

Im Übrigen halte ich es mit Friedrich von Schiller, den ich zum Schluss wie folgt zitieren möchte:

Da der tragische Dichter, so wie überhaupt jeder Dichter, nur unter dem Gesetz der poetischen Wahrheit steht, so kann die gewissenhafte Beobachtung der historischen ihn nie von seiner Dienstpflicht lossprechen.

Ernst Heimes im Januar 2024

Herzlichen Dank

Mein Dank geht besonders an meine Ehefrau Gudrun Linde, die immer ein offenes Ohr hatte, wenn ich bei meiner Arbeit an diesem Roman ins Zweifeln geriet oder nicht weiterwusste. Sie hat mich gelobt, kritisiert, beraten und angespornt. Vor allem aber danke ich ihr dafür, dass sie in der Stunde des Abschieds von meiner Mutter aus dem noch unveröffentlichten Manuskript dieses Romans einen Text gelesen hat.

Ich danke Dorothee Mendner, die bis heute alle meine Manuskripte mit Empathie, mit wachen und kritischen Augen gelesen hat. Ich danke ihr, mit der ich auch unsere Buchhandlung zusammen betreibe, dafür dass sie mir so oft den Rücken freigehalten und mir damit die Zeit zum Schreiben ermöglicht hat.

Ich danke Doris Rheingans für ihre Freundlichkeit. Sie hat mich mit Presseartikeln versorgt und mir für diesen Roman wichtige Unterlagen zur Verfügung gestellt.

Ich danke Marianne Heimes-Katzinski, die mit mir, besonders zu Beginn meiner Arbeit an diesem Roman, einen intensiven Briefwechsel führte.

Ich danke meinem Neffen Maik Drobneski für die vielen Fotografien und Bilder, die er ausfindig gemacht, kopiert und mir zur Verfügung gestellt hat. Auch danke ich seiner Schwester Laura Drobneski für ihr stetes, so überaus freundliches Interesse an der Arbeit ihres Onkels.

Ich danke meinem Bruder Manfred für seine große Geduld, die er mit mir hat, wenn ich nach der ersten gemeinsam geleerten Flasche Wein ins Erzählen komme, um mich bei ihm meiner Erinnerungen zu versichern.

Ich danke meinem Freund Heinz Bremm, mit dem ich seit Jahrzehnten unendlich viele Dinge, die uns und das Dorf unserer gemeinsamen Herkunft betreffen, besprechen kann, und der mir stets Einblicke in seine großartigen Forschungsarbeiten gewährt hat.

Literaturverzeichnis

Appelhans, Heribert: Zeitgeschichtliche Bilddokumente Cochem. Band I – III, Horb am Neckar: Geiger-Verlag Cochem 1989 – 1992.

Ettelt, Rudibert: Geschichte der Stadt Kehlheim. Band II von 1933 bis 1945, Kehlheim, 2005.

Grisar, Erich: Ruhrgebietsfotografien 1928 – 1933, Essen: Klartext Verlag 2016.

Hamburger Institut für Sozialforschung (Hg.): Vernichtungskrieg. Verbrechen der Wehrmacht 1941 – 1944. Hamburger Edition 1996. Ausstellungskatalog zur »Wehrmachtsausstellung« des Historikers Hannes Heer, die in den 1990er Jahren als Wanderausstellung in vielen deutschen Städten zu sehen war und zum ersten Mal in großem Stil die Beteiligung der Wehrmacht an Kriegsverbrechen belegte.

Kershaw, Ian: Höllensturz. Europa 1914 bis 1949. Frankfurt am Main: Büchergilde Gutenberg 2016.

Kreuz, Hans-Peter: Pastor Jakob Ziegler. Lebens- und Leidensweg eines Bekenners in unserer Heimat. In: Kirche und Erinnerungskultur. Hrsg. Von Dekanat Cochem, im Bistum Trier, Ellenz-Poltersdorf 2018

Landeszentrale für politische Bildung Rheinland-Pfalz (Hg.)

Kriegsgefangenschaft in den Rheinwiesenlagern (1945 bis 1948) In: Blätter zum Land, Nr. 63.

Dorfgemeinschaft Pumpenfest (Hg.): Leben am Fluss. Cond an der Mosel in Vergangenheit und Gegenwart. Cochem-Cond: M. Heinz Bremm Verlag 2010.

Meyer, Hermann Frank: Blutiges Edelweiß. Die 1. Gebirgs-Division im Zweiten Weltkrieg, Berlin: Ch. Links Verlag 2008.

Schleindel, Angelika: Spuren der Vergangenheit. Jüdisches Leben im Landkreis Cochem-Zell. Briedel: Rhein-Mosel-Verlag 1996.

Werner, Erich: Kriegsgefangenenlager Bretzenheim: Gemeindeverwaltung Bretzenheim 6. Auflage 2010.

Jakob Anton Ziegler. In: Wikipedia. Die freie Enzyklopädie. URL: https://de.wikipedia.org/wiki/Jakob_Anton_Ziegler (zuletzt aufgerufen am 11.03.2024)

Rheinisches Infanterie-Regiment Nr. 68. In: Wikipedia. Die freie Enzyklopädie. URL: https://de.wikipedia.org/wiki/6._Rheinisches_Infanterie-Regiment_Nr._68 (zuletzt aufgerufen am 11.03.2024)

Skagerrakschlacht. In: Wikipedia. Die freie Enzyklopädie. URL: https://de.wikipedia.org/wiki/Skagerrakschlacht (zuletzt aufgerufen am 11.03.2024)

Kapitelweise Übersetzung der wörtlichen Rede im Dialekt und der im Text verwendete Dialekt-Begriff

1

»Du Scheißkerl! Du Dreckshund, du dreckiger!«

2

Daljaas = In Cond gebräuchlich für *Talstraße*, wörtlich: *Talgasse*

Neije Wäch = In Cond lange Zeit gebräuchlich für *Neuer Weg*, auch noch als dieser schon längst offiziell *Valwiger Straße* hieß.

Streckboa = Der Conder Friedhof und das Terrain drumherum wird im Volksmund *Streckboa* genannt. Der Wortteil *Boa* bedeutet Kuhle, Senke, Grube. Die *Streckboa* ist demnach eine Grube, in der jemand gestreckt (ausgestreckt) liegt.

»Der Vinz ist da!«

»Das Häppesje« (Häppesje = Häppchen)

»Ja, ja!«

»Wenn etwas ist, dann rufst du.«

»Hier ist das Pättchen!«

»Du bist also das Pättchen von unserem Jakob«,

»Ja! Und wer bist du?«

»Einmal lässt er es noch fallen«,

»Danke, danke, danke, der Franz ist wieder da! Danke ich habe das Fränzjen gefunden!«

3

»Mama, guck einmal hier das!«

»Ja, das ist schön, Agathe.«

»Ja, der Erich«,

»Und da wohnen auch Leute?«

»Das ist es ja, dass da Leute wohnen, mitten in dem ganzen Qualm«,

»Oje!«, rief der alte Dores hinter ihm her. »Jetzt schlage nicht noch den Kabelz!« (Kabelz ~ sich überschlagen, hinfallen)

5

Geet = moselfränkisch, steht für Patentante

Pett = moselfränkisch, steht für Patenonkel

6

»Was ist los mit Euch?«

»Hat sie wieder ihre Tour?«

»Das hörst du doch!«

7

»Kinder, wenn ihr meine Füße hättet!«

»Kommt jetzt.«

8

eine getachtelt = eine runtergehauen

Lauxe-Phillips-Gässje, Straßen oder Gassen werden an der Mosel oft nach einer Familie bezeichnet, die schon lange dort wohnt oder gewohnt hat. In diesem Fall handelt es sich um die Gasse, in der *Lauxe Phillip*, also Phillip Laux wohnt.

9

»Ach, was du schon weißt!«

»Bringst du dem Opa die Zeitung?«, fragt er. »Das ist aber schön!«

»Das ist aber schön, mein Jungchen.«

10

»Geruch«, fragt er. »Was denn für ein Geruch?«

11

»Gib mir auch einmal den Jungen!«

»Komm einmal zu der Tante Berta!«

»Wir schauen einmal, ob wir was haben für den Jungen.«

»Hast du einmal eine Windel oder einen Lappen? Das Kind hat gekotzt!«

»Da habe ich einen Moment lang nicht aufgepasst«,

»Ist doch nicht schlimm!«

12

»Jaja«, sagt sie. »Seht Ihr mal, wie flott so etwas geht!«

»Dass ich von meinem Fenster aus nicht mehr auf die Judenschule gucken muss«,

13

Das ist doch klar, sagt sie. »Die leben doch von den Amis. Ganz Bitburg lebt heute von den Amis.«

14

de Deckel of dat Debbe = der Deckel auf denTopf

»Wem es gut geht«, pflegte Wilhelm zu sagen, »dem mache ich den Rock weiter, wem es schlecht geht, dem mache ich ihn enger.«

»Unsere Älteste!«

Hängel = Anhang

»Unsere Mutter hat immer nur *Anna-Maria* gerufen, und wir kamen alle drei gerannt.«

»So, jetzt machen wir Feierabend. Ab jetzt, in sämtliche Betten – po-po-po-po-po!«

15

»Du bleibst hier!«

»Die drehen ab!«, rief Albert in den Raum. »Das war haarscharf!«

»Hier«, sagte er und tippte mit dem Finger auf einen Punkt der Karte. »Hier liegt Cochem.«
»Und wo liegt Sachsen?«, fragt Klara zögerlich.
»Hier!«

16

»Frage nicht!«, sagte er auf Cochemer Platt. »Freu dich, dass ich hier bin. Morgen muss ich beizeiten wieder weg.«

»Die wollen nichts von uns, die fliegen Richtung Chemnitz und Dresden.«

»Dresden?«, fragte sie. »Meinst du wirklich, die fliegen in Richtung Dresden?«
»Ja, Mama, ganz sicher!«

»Ich gehe jetzt Wasser holen.«

»Keine Lust zu verdursten!«

»Albert, hier sind wir! Albert hier! Wir mussten umsteigen.«

»Das hast du richtig gut gemacht, Johann!«

»Du lieber Gott, da seid ihr ja!«

»Ich glaube, Johanna, wir machen uns heim«,
»Halt! Warte mal!«

»Da kommt eine Armee!«

»Riechst du das auch?«

»Das sind ja deutsche Soldaten!«

»Deutsche Soldaten waren das«,

»Hast du das auch gesehen, dass das deutsche Soldaten waren?«

17

»Mein Heinrich.«

»Vermisst eben. Er ist nicht mehr wiedergekommen.«
»Wie, nicht mehr wiedergekommen?«
»Er kam nicht mehr aus dem Krieg zurück.«
»Wurde er erschossen?«
»Wenn wir das wüssten, wäre er ja nicht vermisst!«

»Gell, Papa, du willst nicht mehr zurück in den Krieg.«

»Wer weiß?«

»Komm, ich bringe dich der Oma zurück.«

Juddehäuser = Judenhäuser, Häuser, in denen Juden lebten

18

»Was ist denn hier passiert?«

»Ich habe das Kind mal aus der Sonne geholt.«

»Das bisschen Sand, das macht nichts, das kehre ich nachher wieder auf.«

19

ose Bärkes = unser Bärkes = liebevoll für einen lauten, impulsiven Menschen

»Dann machen wir das mal zuerst«,

»Po-po-po-po-po! Da ist noch keiner reingefallen.«

»So, jetzt könnt ihr alle in Ruhe kacken!«

jojo, dä Bärkes = jaja, der Bärkes

»Sei doch nicht so ordinär!«

»Ei, ist doch wahr«,

»Wer will zuerst?«

»Pha! Wasserklo«, sagte er. »So etwas Modernes brauche ich nicht.«

21

»Das sind ja Neuigkeiten.«

»Besser ein Kätzchen im Arm, als die Katz im Sack!«
»Besser ein Kätzchen am Sack, als eine Katze auf dem Arm.«

»Mensch Pitter, nicht so laut! Du weißt doch, dass die Wände Ohren haben.«
»Mach so weiter, dann landest du eines guten Tages in Dachau.«

»Was soll mir denn schon passieren!«

»Aber ich hätte jetzt nichts gegen einen schönen Schoppen Wein.«

Summerhäusjens Zuckerjäbche = Spottname: Sommerhäuschens Zuckerjäbchen

23

»Komm, Albertchen, wir zwei gehen jetzt mal runter in die *Daljaas*. Da ist mehr Ruhe, und das Bübelchen, das nehmen wir auch mit.«

»Gehen wir weiter?«

24

»Der Krieg hat sie gefressen!«

25

»Vater, das Brett ist gerissen!«
»Sei Still, dummer Junge, dein Arsch ist auch gerissen!«

»Ja, Donnerkeil, bester Gregor«, bricht es aus mir hervor. »Das ist ja ein Bild wie verrückt!«

»Tschö Uba, mach es gut!«

Wingertspohl = Weinbergspfahl

26

Heffje = Höfchen

»Halte das Maul, sonst kommst du wieder ins *Jeckigenhaus*!«

»Komm rein in die Küche, Albert!«

»Lass mich!«

»Was ist denn gestern Abend bei euch los gewesen?«

»Ach, der Jakob …«

»Der hat ja gebrüllt, der Junge!«

»Der Jakob, der hat ja …«

»Etwa wegen der Ollichs?«

»Ja sicher«

27

»Das ist ja gut gemeint«, sagt der Bauer. »Aber sieh lieber zu, dass ihr daheim selbst mal wieder auf die Beine kommt.«

28

»Frage nicht so viel, pack lieber an.«

»Sind ja gleich da, sind ja gleich da, ein bisschen noch, gleich sind wir da.«

»Aber halte nur die Klappe!«

»Na, dann fort damit!«

»Fort, pack an!«

»Hier, pass gut drauf auf!«

»Ich glaube, der hängt noch daheim am Schlüsselbrett.«

»Ein bisschen weiter rechts.« Oder »Nein, doch eher ein bisschen weiter zum Waldrand hin.«

»Der ganze Nazikram von deinem Großvater war da drin«,

»Hier musst du abschneiden, hier, siehst du, und auch hier!«

»Das sieht man doch!«

29

»Er brutschelt schon.« (brutschelt = blubbert)

»Vater, ist noch etwas?«

»Etwas, etwas!«

»Morgen Abend gehst du um acht Uhr in die *Gute Quelle*. Da kommt dann auch dem Franz sein Lissje hin.«
»Was habe ich denn mit dem Franz seinem Lissje?«
»Die wäre eine gute Partie für dich. Ich habe schon mit dem Franz geschwätzt. Also, sei ordentlich und freundlich zu dem Mädchen.«
»Vater, ich will mich aber nicht mit dem Lissje treffen. Die ist nämlich überhaupt nicht mein Fall.«
»Ob die dein Fall ist oder nicht: du gehst morgen dahin!«
»Aber ...!«
»Basta, du gehst dahin! Und blamier mich nur nicht!«

»Wir zwei, Jakob«, sagte sie, »wir zwei sind nicht füreinander gemacht, obwohl du ein feiner Kerl bist. Aber dass wir nicht zusammenpassen, das weißt du und das weiß ich. Trinken wir also unsere Gläser leer und gehen heim.«

»Aber Schluss damit!«

Gejackel = Gezerre

32

»Wir waren Ratten schießen!«

33

»Der Riese kommt!«

»Geh mal aufmachen«, hatte die Mutter gesagt. »Wer mag das noch sein, so spät am Abend?«

»Was ist denn hier los?«

35

»Morgen.«
»Morgen.«
»Komm, mach voran, es ist Zeit.«
»Ja, ich mache ja.«
»Mal ein bisschen schneller!«
»Ja!«

»Ich haue dir eine hinter die Läuskaul!« (Läuskaul = Läusekuhle, gemeint ist Hinterkopf)

37

»Tach!« (Tag für Guten Tag)

Backes = Backhaus

»Na, was haben wir denn!«
»Die Lederhose ist kaputt.«

»Zeig mal her.«

»Wie hast du das denn hinbekommen?«
»Beim Bockspringen über einen Eisenpfahl«,
»Jungejung«, staunt der Schuster, »da kannst du aber froh sein, dass dein Pitterchen noch dran ist.«

»Das machst du aber nicht noch einmal!«

»Hast du mich verstanden?«
»Ja.«

»Morgen Mittag kannst du sie wieder abholen.«
»Ist gut. Tschö dann, bis morgen.«
»Tschö!«

»Ja, was denn jetzt?«

»Was willst du mir für eine Leckmuschel geben?«

»Nä« = »Nein«

»Unter den Rock?«

»Hm, ja, ganz anders.«

»Und was soll ich da?«

»Hier, die schenke ich dir. Das Röckchen kannst du wieder …«

»He du da, Jungchen! Willst du noch mit übersetzen?«

»Dann beeile dich!«, ruft der Fährmann. »Es wird bald dunkel. Sieh zu, dass du heimkommst!«

38

»Was denn für ein Datum?«
»Irgendein Datum«,

»Komm«, sagt sie, fast bittend: »Lass uns über etwas anderes reden!«

»Ja«, sagte ich mit belegter Stimme und einem Blick auf die Armbanduhr, wenn sie den Nahverkehrszug nach Köln bekommen wolle, müsse sie jetzt los.

»Ja, dann, tschüs.«
»Tschüs.«

»Also dann …«
Draußen hatte es zu nieseln begonnen.

»Nicht schlimm«,

»Oje oje!«, ruft meine Mutter. »Nein, die kommt nicht mehr.«

39

»Ihr wisst auch nicht alles besser!«

»Macht mal die Musik aus!«,

»Die Tante Lissabeth ist tot«,

och, ohs Lissabeth! = o, unsere Lisabeth!

»Es ist ein Mädchen!«

»Ihr habt ein Schwesterchen gekriegt!«

»Müssen wir uns denn jetzt auch freuen?«

»Wir haben wohl ein Schwesterchen bekommen. Die kann dann demnächst spülen.« (den Abwasch machen)
»Und wir kommen früher zum Spielen ins Dorf.«

»Was soll das denn sein?«

»Du bist ja mein großer Junge«, sagt sie sanft. »Komm, setz dich, sonst wird das Essen kalt.«

40

»Hemmersbachs kommen!«

»Gell, so ist es doch gewesen?«

41

»Eijaijai!«, ruft er. »Da hast du aber was zu tun!«

»Hast du denn schon einmal einen Toten gesehen?«
»Nein, das will ich auch nicht.«
»Stell dich nicht so an! Da ist nichts dabei.«
»Ich weiß nicht ...«
»Irgendwann muss jeder mal einen Toten sehen. Wir treffen uns heute Nachmittag um drei Uhr am Kirchhof.«

»Was ist denn, mein Junge, was hast du denn nur? Komm, sag mir was du hast.«

»Was hast du denn?«

»Komm, sag mir, was du hast, brauchst es auch nur *mir* zu sagen.«

»Wir waren den toten Löchberg gucken«,

»Jetzt wird alles wieder gut«, flüstert sie leise, »alles wieder gut.«

»Und mit den Zeitschriften, damit ist jetzt auch Schluss. Die werden sofort gekündigt. Die soll verteilen, wer will!«

42

»Die singen so schön!«

43

»Albert, wo kommst du denn auf einmal her?« Und sie freut sich: »Das ist aber schön, dass du mich besuchen kommst!«

»So«, sagt sie. »Jetzt ist der schon einmal still!«

»Toll macht du das!«

»Ach, die Bilder«, sagt sie. »Und die Fotoalben!«

»Komm«, sagt sie. »Wir verzählen (erzählen) mal etwas Schönes!«

Ebenfalls von Ernst Heimes:

Ermittlungen über das KZ-Außenlager Cochem

»Ich habe immer nur den Zaun gesehen«
Klappen-Broschur · 270 S.
ISBN 978-3-89801-412-0
14,90 €

»Bevor das Vergessen beginnt«
Erweiterte Neuausgabe
Klappen-Broschur · 284 S.
ISBN 978-3-89801-461-8
19,80 €